A TRAIÇÃO DO
Duque

SÉRIE BASTARDOS IMPIEDOSOS – 3
SARAH MACLEAN

A TRAIÇÃO DO
Duque

Tradução: Nilce Xavier

GUTENBERG

Copyright © 2020 Sarah MacLean
Publicado originalmente nos Estados Unidos pela Avon, um selo da HarperCollins Publishers.

Título original: *Daring and the Duke*

Todos os direitos reservados pela Editora Gutenberg. Nenhuma parte desta publicação poderá ser reproduzida, seja por meios mecânicos, eletrônicos, seja via cópia xerográfica, sem a autorização prévia da Editora.

EDITORA RESPONSÁVEL
Flavia Lago

EDITORAS ASSISTENTES
Natália Chagas Máximo
Samira Vilela

PREPARAÇÃO DE TEXTO
Gabriela Colicigno

REVISÃO
Claudia Vilas Gomes

CAPA
Larissa Carvalho Mazzoni (sobre imagem de Lia Koltyrina / Shutterstock)

DIAGRAMAÇÃO
Guilherme Fagundes

Dados Internacionais de Catalogação na Publicação (CIP)
Câmara Brasileira do Livro, SP, Brasil

MacLean, Sarah
 A traição do Duque / Sarah MacLean ; tradução Nilce Xavier. -- São Paulo, SP : Gutenberg, 2022. -- (Série Bastardos Impiedosos ; 3).

 Título original: Daring and the Duke.
 ISBN 978-85-8235-655-5

 1. Romance norte-americano I. Título. II. Série.

 22-110397   CDD-813

Índices para catálogo sistemático:
1. Romances : Literatura norte-americana 813

Eliete Marques da Silva - Bibliotecária - CRB-8/9380

A **GUTENBERG** É UMA EDITORA DO **GRUPO AUTÊNTICA**

São Paulo
Av. Paulista, 2.073, Conjunto Nacional
Horsa I . Sala 309 . Cerqueira César
01311-940. São Paulo . SP
Tel.: (55 11) 3034 4468

Belo Horizonte
Rua Carlos Turner, 420
Silveira . 31140-520
Belo Horizonte . MG
Tel.: (55 31) 3465 4500

www.editoragutenberg.com.br
SAC: atendimentoleitor@grupoautentica.com.br

Para garotas rebeldes.
Especialmente a minha.

Capítulo Um

Burghsey House
Sede do Ducado de Marwick
Passado

Não havia nada no vasto mundo como a risada dele.
 Pouco importava que ela não fosse a pessoa mais apropriada para falar da vastidão do mundo. Ela, que nunca fora além dos plácidos limites da enorme casa senhorial, perdida nos recônditos de Essex, a dois dias de caminhada a nordeste de Londres, onde as colinas verdejantes se transformavam em tapetes de trigo quando o outono varria os campos.
 Pouco importava que desconhecesse os sons da cidade ou o cheiro do oceano. Ou que nunca tivesse ouvido outra língua além do inglês, ou assistido a uma peça ou escutado uma orquestra.
 Pouco importava que seu mundo se limitasse aos três mil acres de terra fértil que ostentava ovelhas branquinhas e felpudas, fardos de feno colossais e uma comunidade com a qual não tinha permissão de interagir – pessoas para quem era praticamente invisível – porque ela era um segredo que deveria ser guardado a qualquer custo.
 Uma garota, batizada como herdeira do Ducado de Marwick. Enrolada na finíssima renda reservada exclusivamente a uma longa linhagem de duques, ungida com os óleos reservados apenas aos mais privilegiados residentes da Burghsey House. Consagrada com o título e um nome masculino, até mesmo diante de Deus, já que o homem que não era seu pai pagara pelo silêncio dos sacerdotes e da criadagem, falsificara documentos e arquitetara planos para substituir a filha bastarda por um dos

filhos bastardos, nascidos no mesmo dia que ela – de mulheres que não eram sua duquesa –, oferecendo ao escolhido um único caminho para o legado ducal: roubo.

E oferecendo àquela garota imprestável, um bebê que chorava no colo da aia, nada mais que uma vida pela metade, repleta apenas de uma solidão dolorosa oriunda de um mundo que era tão grande e, ao mesmo tempo, tão pequeno.

E, então, ele chegou. Há um ano. Cheio de fogo e vitalidade, vindo de um mundo desconhecido por ela. Era alto e magro, com 12 anos, era tão esperto e astucioso e a coisa mais linda que ela já tinha visto. Os cabelos loiros caíam sobre os radiantes olhos cor de âmbar que guardavam mil segredos, e a risada era tão discreta quanto difícil – tão rara que, quando se ouvia, era como um presente.

Não, não havia nada no vasto mundo como a risada dele.

Ela sabia que não, mesmo que o vasto mundo estivesse tão fora de seu alcance que não era nem capaz de imaginar onde começava.

Mas ele era.

E adorava contar para ela. Foi justamente o que fez naquela tarde, em um de seus preciosos momentos furtados entre as artimanhas e manipulações do duque – um dia roubado antes da noite em que o homem que tinha seus destinos na mão voltaria para se regozijar no tormento dos três filhos. Porém, naquela tarde tranquila, enquanto o duque estava longe, em Londres, fazendo o que quer que os duques façam, o quarteto aproveitaria cada momento de felicidade – explorando cada pedacinho de natureza que compunha a propriedade.

O lugar favorito dela era a extremidade oeste dos campos, longe o bastante da casa senhorial para que pudesse ser esquecida antes mesmo de ser lembrada. Um formidável bosque de árvores que se erguia rumo ao céu se alinhava a uma das margens de um pequeno rio borbulhante, mais um riacho do que um rio, para ser honesta, mas um riacho que proporcionara horas, dias, semanas de companhia quando ela era mais nova e conversar com as águas era tudo o que tinha.

Mas aqui, agora, não estava sozinha. Em meio das árvores, onde os raios de sol se infiltravam e se derramavam sobre o solo, estava deitada – esparramada após correr pelos campos, inspirando grandes lufadas do ar carregado do aroma de tomilho selvagem.

Ele se sentou ao lado dela, quadris se encostando, com o peito acelerado pela respiração pesada, olhando para o rosto dela, com as longas pernas esticadas para além da cabeça da amiga.

– Por que a gente sempre vem aqui?

– Gosto daqui – respondeu ela simplesmente, virando o rosto na direção dos raios de sol, as batidas do coração se acalmando conforme observava o céu brincando de esconde-esconde por entre a copa das árvores. – E você também gostaria se não fosse sempre tão sério.

A atmosfera mudou no meio da calmaria, adensando-se com a realidade – a de que eles não eram crianças comuns e descuidadas de 13 anos. Cuidado era estratégia de sobrevivência. Seriedade era como sobreviviam.

Mas não queria saber de nada disso agora. Não enquanto as últimas borboletas do verão dançavam à luz do dia, preenchendo o ambiente com uma magia que mantinha longe todas as coisas ruins. Portanto, ela mudou de assunto:

– Me conta.

Ele não pediu que ela fosse mais específica. Não precisava.

– De novo?

– De novo.

A menina se ajeitou e puxou as saias para que ele pudesse se deitar ao lado dela, como fizera dezenas de vezes antes. Centenas. Assim que se deitou, com as mãos atrás da cabeça, ele falou, olhando para a copa das árvores:

– Lá nunca faz silêncio.

– Por causa das carruagens e dos paralelepípedos.

– As rodas de madeira são barulhentas – ele concordou –, mas não é só isso. São os gritos das tavernas e os mascates na praça do mercado. Os cachorros latindo nos armazéns. As brigas no meio da rua. Eu costumava subir no telhado de casa para apostar nas brigas.

– É por isso que você luta tão bem.

– Sempre achei que era o melhor jeito de ajudar minha mãe... – Ele deu de ombros levemente. – Até...

O garoto se interrompeu, mas ela ouviu o resto. Até que a mãe ficou doente e o duque esfregou um título e dinheiro na cara de um filho que faria qualquer coisa para ajudá-la. A menina se virou para encará-lo e viu o rosto muito sério, fitando o céu de maneira resoluta, com a mandíbula cerrada.

– Me fala dos palavrões – incentivou ela. Ele deixou escapar uma risada surpresa.

– Uma rebelião de linguagem chula. Você gosta dessa parte.

– Eu nem sabia que palavrões existiam antes de vocês três.

Moleques que entraram em sua vida, eles próprios uma rebelião, grosseiros, bagunceiros, bocas-sujas e maravilhosos.

– Isso é coisa do Devil!

Devil, batizado Devon – um de seus meios-irmãos –, criado em um orfanato de garotos e com um vocabulário amplo para provar.

– Ele se mostrou bem útil.

– Só se for pela boca suja. Especialmente nas docas. Ninguém xinga como ele.

– Me conta o melhor palavrão que você já ouviu.

O amigo olhou feio para ela.

– Não.

Tudo bem, depois perguntaria para Devon.

– Fala mais da chuva.

– É Londres. Chove o tempo todo.

Ela o empurrou com o ombro.

– Me conta a parte boa.

Ele sorriu, e a menina retribuiu, adorando o jeito como ele brincava com ela.

– A chuva deixa as pedras das ruas escorregadias e brilhantes.

– E, à noite, elas ficam douradas por causa das luzes das tavernas – acrescentou ela.

– Não só das tavernas. Dos teatros na Drury Lane. Dos lampiões dos bordéis. – Como o bordel em que a mãe dele foi parar depois de ser escorraçada pelo duque por decidir ter o filho. Bordéis como o que ele tinha nascido.

– Para deixar a escuridão bem longe – disse ela com suavidade.

– A escuridão em si não é tão ruim – ponderou ele. – O problema é que as pessoas que vivem nela não têm outra opção a não ser lutar por aquilo que necessitam.

– E elas conseguem? Conseguem o que precisam?

– Não. Não conseguem o que precisam e muito menos o que merecem. – Ele fez uma pausa e suspirou para as árvores, como se conjurasse um feitiço. – Mas nós vamos mudar tudo isso.

Ela captou o *nós*. Não era só ele. Eram todos eles. Um quarteto que fizera um pacto quando os garotos foram trazidos para essa competição absurda: o vencedor manteria todos os outros a salvo. E, juntos, escapariam desse lugar que os aprisionava em uma batalha de astúcia e armas, o que daria ao pai exatamente o que o velho queria: um herdeiro digno de um ducado.

– Quando você for duque – acrescentou ela baixinho, e ele a encarou:

– Quando um de nós for duque.

Ela balançou a cabeça, encontrando o brilho daqueles olhos cor de âmbar, tão parecido com o dos irmãos. Tão parecido com o do pai.

– Você vai vencer.

Ele continuou a encará-la por um longo momento, então perguntou:

– Como você sabe?

– Sei que vai. – Ela apertou os lábios. As maquinações do velho duque estavam cada dia mais desafiadoras. Devil fazia jus ao nome, era puro fogo e fúria. E Whit... ele era pequeno demais. Bonzinho demais.

– E se eu não quiser?

Ora, que ideia ridícula.

– É claro que quer.

– Você deveria vencer.

Ela não conseguiu conter a risada curta, porém selvagem.

– Garotas não se tornam duques.

– E, mesmo assim, olha só você: nada mais, nada menos que uma herdeira.

Mas, não. Não de verdade. Ela era fruto de um caso extraconjugal da mãe, um golpe planejado para dar um herdeiro bastardo a um marido tenebroso, manchando para sempre a preciosa linhagem familiar – a única coisa que importava para o duque.

Porém, em vez de um varão, a duquesa deu à luz uma menina e, portanto, ela não era uma herdeira. Era um estepe. Um marcador de página em um exemplar antigo do Nobiliário de Burke. E todos sabiam disso.

Ignorou o que ele disse e respondeu apenas:

– Não importa.

E não importava. Ewan venceria. Ele se tornaria duque. E isso mudaria tudo.

O garoto continuou a encará-la.

– Quando eu for duque, então. – Tais palavras saíram em um sussurro, como se desse azar dizê-las em alto e bom som. – Quando eu for duque, manterei todos nós a salvo. Nós e todo o Covent Garden. Terei a fortuna. O poder. O nome dele. Vou embora sem nunca olhar para trás.

As palavras pairaram entre os dois, reverberando por entre as árvores por um longo instante antes que ele se corrigisse:

– Não. Não o nome dele – sussurrou. – O seu.

Robert Matthew Carrick, Conde de Sumner, herdeiro do ducado de Marwick.

A menina ignorou a centelha de emoção que se agitava dentro de si e tentou não mudar o tom de voz:

– Pois faz muito bem em pegar o nome. Está novinho. Nunca usei.

Afinal, ela podia ter sido batizada como herdeiro, mas não tinha acesso ao nome. Ao longo dos anos, era uma ninguém, chamada de *menina, a menina* ou *mocinha*. Certa vez, por pouquíssimo tempo, quando tinha 8 anos, houve uma criada que a chamava de *meu amorzinho*, e ela gostou muito. Mas a criada foi embora depois de alguns meses, e a menina voltou a ser uma ninguém.

Até que *eles* chegaram – um trio de garotos que a enxergou –, especialmente este, que não só parecia enxergá-la, como parecia entendê-la. E eles a chamavam de mil nomes: *Rojão* pelo jeito como disparava pelos campos, e *Ruiva* pelo tom quente dos cabelos, e *Rebelde* pelo modo como se indignava com os desmandos do pai deles. E ela respondia a todos os apelidos, ciente de que nenhum era seu nome de verdade, mas não se importando tanto com isso desde que eles haviam chegado. Porque talvez bastasse.

Porque, para aqueles garotos, ela não era uma ninguém.

– Me desculpe – murmurou ele, sincero.

Para Ewan, ela era alguém.

E ali, olho no olho, com a verdade nua e crua diante de ambos, eles permaneceram por um milésimo de segundo, até que ele pigarreou e desviou o olhar, quebrando a conexão. Voltou a se deitar e a contemplar a copa das árvores.

– Enfim, minha mãe costuma dizer que adora a chuva, porque era a única ocasião em que via joias em Covent Garden.

– Promete que me leva junto quando for embora – sussurrou ela na calmaria.

Ewan contraiu os lábios em uma linha dura, a promessa estampada em cada linha do rosto que parecia mais velho do que deveria ser. Mais jovem do que precisaria ser. Assentiu uma única vez. Firme. Resoluto.

– E garanto que você terá joias.

Ela também voltou a se deitar, as saias amarfanhadas na grama.

– Ora, é o mínimo – gracejou. – E fios de ouro para todos os meus vestidos.

– Providenciarei todos os carretéis.

– Sim, por favor. E uma criada habilidosa com penteados.

– Você é bastante exigente para uma garota do campo – provocou ele.

– Tive uma vida inteira para preparar minhas demandas – respondeu ela com um sorriso maroto.

– E acha que está preparada para Londres, camponesa?

O sorriso se transformou em uma careta de desdém:

– Creio que me sairei perfeitamente bem, garoto da cidade.

Ewan riu, e aquele som tão raro preencheu o espaço ao redor, aquecendo-a por dentro.

E, naquele momento, algo aconteceu. Algo estranho e desconcertante e maravilhoso e esquisito. Aquele som, que não se igualava a nada no vasto mundo, a despertou.

De repente, podia senti-lo. Não só o calor do corpo dele, encostado nela do ombro ao quadril. Não só o roçar do cotovelo dobrado perto de sua orelha. Não só o toque em seus cachos quando ele removeu uma folha de seus cabelos. Podia senti-lo por inteiro. A cadência da respiração. A serenidade arraigada. E aquela risada... a risada dele.

– Aconteça o que acontecer, prometa que não vai me esquecer – pediu ela em um fiapo de voz.

– Nem se eu quisesse poderia te esquecer. Nós vamos ficar juntos.

Ela balançou a cabeça, discordando.

– As pessoas vão embora.

– Mas eu não. *Eu não vou* – Ewan atalhou com o cenho franzido, e ela sentiu a veemência de cada palavra.

Mas mesmo assim...

– Às vezes, não se tem escolha. Às vezes, as pessoas simplesmente...

A expressão dele se abrandou ao captar a referência que ela fazia à própria mãe na frase interrompida. Virou-se de lado, e ficaram cara a cara, com as bochechas apoiadas nos braços dobrados debaixo da cabeça, a uma distância perfeita para compartilharem segredos.

– Ela teria ficado se pudesse – declarou Ewan, sem sombra de dúvida.

– Não tenho tanta certeza. – A amiga suspirou, odiando como as palavras saíram embargadas. – Ela morreu assim que nasci, deixando-me à mercê de um homem que não é meu pai, que me deu um nome que não me pertence e nunca saberei o que teria acontecido se ela tivesse sobrevivido. Nunca saberei se...

Ewan aguardou. Sempre paciente, como se estivesse disposto a esperar todo o tempo do mundo.

– Nunca saberei se ela teria me amado.

– Ela te amaria.

A resposta foi imediata, e ela cerrou os olhos, querendo acreditar.

– Ela nem sequer me deu um nome.

– Mas daria. Ela teria escolhido um nome para você, e seria um nome lindo.

A certeza de suas palavras era reforçada por seu olhar, firme e inabalável.

– Nada de Robert, então?

Ewan não sorriu. Tampouco riu.

– Sua mãe teria escolhido um nome pensando em quem você é. Em tudo o que você merece. Ela teria te dado o título.

E de repente tudo fez sentido.

– Assim como eu vou te dar – sussurrou ele.

O mundo parou. O farfalhar das folhas na copa das árvores, a gritaria dos irmãos dele no riacho ali perto, o cair vagaroso da tarde, e a menina soube que, naquele momento, Ewan estava prestes a lhe dar um presente que ela nunca teria imaginado receber.

Sorriu, com o coração martelando no peito.

– Me fala.

Queria ouvir dos lábios dele, na voz dele, sabendo que, depois que ouvisse, nunca mais conseguiria esquecê-lo, mesmo que ele a deixasse para trás.

E ele deu o que ela queria.

– Grace.

Capítulo Dois

*Londres
Outono 1837*

— À Dahlia!

No salão principal, uma estrondosa ovação ecoou em uníssono da multidão aglomerada brindando à proprietária do número 72 da Shelton Street – um clube exclusivo e o segredo mais bem guardado da mulher mais esperta, ladina e escandalosa de Londres.

A mulher conhecida por Dahlia estava aos pés da escadaria central, contemplando o imenso espaço já abarrotado de sócios do clube e convidados, embora ainda fosse cedo. Ofereceu à assembleia um sorriso largo e brilhante.

– Bebam, meus queridos, temos uma noite para lembrar!

– Ou para esquecer! – A resposta fanfarrona veio do fundo do salão. Imediatamente Dahlia reconheceu a voz de uma das viúvas mais alegres de Londres, que investira no 72 da Shelton Street desde o início e que amava aquele lugar mais que a própria casa. Aqui, uma alegre marquesa gozava da privacidade que nunca teria em Grosvenor Square. E seus amantes também.

A multidão mascarada caiu na risada, desviando a atenção de Dahlia apenas o suficiente para que seu braço direito, Zeva, se juntasse a ela. A beldade alta, esguia e de cabelos escuros era a segunda em comando, parceira desde o surgimento do clube, e administrava os meandros da adesão, garantindo que a dupla conseguisse o que desejasse.

– Já estamos lotados – observou Zeva.

– É só o começo. – Dahlia checou o relógio que trazia preso à cintura.

Era cedo, pouco depois das onze; a essa hora, a maior parte de Londres só conseguia escapar de jantares e bailes enfadonhos alegando indisposição e constituição delicada. Dahlia se divertia com o fato de que as sócias do clube se aproveitavam da ideia preconcebida de fraqueza do sexo frágil para fazer o que quisessem longe das vistas da sociedade.

Elas se valiam de tal fraqueza e a utilizavam a seu favor: tudo enquanto chamavam o cocheiro na saída dos fundos das residências, trocavam os vestidos respeitáveis por trajes mais excitantes; tiravam as máscaras que usavam no dia a dia para colocarem outras: nomes diferentes, desejos diferentes – tudo o que quisessem, bem longe de Mayfair.

Logo elas chegariam, entupindo o número 72 da Shelton Street até o teto, para se refestelarem naquilo que o clube oferecia todas as noites do ano – companhia, prazer e poder –, mais especificamente para o que era oferecido na terceira quinta-feira de todo mês, quando mulheres de todos os cantos de Londres, e do mundo, eram convidadas a explorar seus desejos mais loucos.

Absolutamente confidencial, o evento em questão – chamado apenas de *Dominion* – era um misto de baile de máscaras com bacanal e cassino, planejado para proporcionar às afiliadas do clube e seus acompanhantes de confiança uma noite toda dedicada aos prazeres... quaisquer que fossem.

O Dominion tinha um único objetivo propulsor: a escolha das damas. Não havia nada que Dahlia apreciasse mais do que proporcionar às mulheres acesso ao prazer. O sexo "frágil" nem de longe era tratado de maneira justa, e seu clube fora construído para mudar tal cenário.

Desde que chegara a Londres, vinte anos antes, ganhara a vida das mais diferentes maneiras: como serviçal em pubs fedidos e teatros embolorados, moendo carne em lojas de tortas e forjando metal para fabricar colheres, e nunca recebeu mais do que meros tostões pela jornada. Não demorou a aprender que o trabalho diurno não compensava.

E tudo bem, afinal não era mesmo talhada para trabalhar de dia. Depois que os penicos e as tortas de carne reviraram seu estômago e a forja deixou as mãos em carne viva, conseguiu um trabalho como florista, no qual tinha de correr para esvaziar um cesto repleto de ramalhetes semimurchos antes do anoitecer. Durou dois dias nesse, até que um mascate no mercado de Covent Garden percebeu seu tino para clientes e lhe ofereceu um trabalho como vendedora de frutas.

Nesse, durou menos de uma semana, até que o mascate lhe deu um safanão por derrubar sem querer uma bela maçã no chão coberto de serragem. Assim que se levantou, enfiou a cara do sujeito no chão, antes de sair correndo do mercado com três maçãs enfiadas nas saias – que valiam mais do que ela ganhava em uma semana.

Ao menos o caso serviu para chamar a atenção de um dos maiores promotores de lutas de Covent Garden. Digger Knight vivia em uma constante caça por garotas altas de rosto bonito e mão pesada. *Os brutos têm seus encantos*, ele costumava dizer, *mas são as coquetes que conquistam a multidão*. Dahlia se revelou a mistura perfeita de ambos.

Ela fora bem-educada.

Lutar não era um trabalho diurno, mas da noite. E pagava como tal.

Pagava bem. E a fazia se sentir ainda melhor – especialmente sendo uma menina que veio do nada, com o coração cheio de raiva e traição. Não se importava com a dor e rapidamente descobriu como lidar com a ressaca na manhã após uma luta... e, assim que aprendeu a discernir um golpe chegando e a desviar daqueles que poderiam causar um estrago real, nunca mais olhou para trás.

Deu as costas à vida de florista e vendedora de frutas. Passou a vender seus punhos, em lutas justas e sujas. E quando se deu conta do dinheiro que estas últimas podiam lhe render, vendeu seus cabelos para um peruqueiro de Mayfair que comprava por atacado em Covent Garden. Madeixas longas eram uma fraqueza... e, portanto, mau negócio para quem ganhava a vida na porrada.

Magra, musculosa e com um soco de aço, a garota de quase 15 anos, cabelos curtos e pernas compridas, tornou-se lendária nos recônditos mais escuros de Covent Garden, uma lenda que homem nenhum gostaria de encontrar em um beco escuro, especialmente se estivesse flanqueada pelos dois moleques que a acompanhavam e que lutavam com uma fúria animal e juvenil, capaz de destroçar quem quer que ousasse enfrentá-los.

Juntos, ganharam muito dinheiro, literalmente com as próprias mãos, e construíram um império, Dahlia e aqueles meninos que logo viraram homens – seus irmãos de alma e coração, embora não de sangue –, os Bastardos Impiedosos. E o trio vendeu os punhos até não precisar mais... até que, finalmente, tornaram-se invencíveis. Indestrutíveis.

Régios.

E só então Rainha Dahlia erigiu seu castelo e reivindicou o trono, sem negociar flores, maçãs, cabelos ou lutas.

E, às súditas, ela oferecia um único, porém magnífico, dom: escolha. E não o tipo de escolha que ela teve, entre o ruim e o menos pior, mas o tipo que permitia às mulheres explorarem seus sonhos. Fantasias e prazer se tornando realidade.

O que as mulheres queriam, Dahlia lhes proporcionava.

E Dominion era o seu jeito de celebrar.

— Vejo que está vestida para a ocasião – comentou Zeva.

— Estou? – respondeu Dahlia, fingindo surpresa diante do corpete vermelho que ficava perfeito com as calças pretas superjustas, ressaltando suas curvas exuberantes sob o sobretudo ricamente bordado com linha preta e fios de ouro, forrado de finíssima seda dourada.

Raramente usava saias, preferindo, para trabalhar, a vantajosa liberdade de movimento das calças – sem falar, é claro, no valioso lembrete que traziam de seu papel como proprietária de um dos segredos mais bem guardados de Londres e rainha de Covent Garden.

— A modéstia não faz seu tipo – rebateu a leoa de chácara, olhando torto. – Sei muito bem onde passou os quatro últimos dias. E não foi usando veludo ou seda.

Um clamor de animação ecoou da roleta ali perto, salvando Dahlia de responder. Ela olhou para a multidão, reparando no sorriso largo e deliciado de uma mulher mascarada que, anônima para todos, menos para a dona do clube, puxava Tomas, seu companheiro da noite, para um beijo de celebração. E Tomas exercia o papel com gosto, o amasso terminando com assovios e hurras.

Quem diria que, para toda a Mayfair, aquela dama não passava de uma coitadinha acanhada que ficava muda diante dos homens? Máscaras tinham poder ilimitado quando usadas por vontade própria.

— Ela está com a corda toda.

— Terceira vitória seguida. – Claro que Zeva sabia. – E Tomas não é exatamente o que se pode chamar de influência apaziguadora.

— Nada te escapa – disse Dahlia com um meio-sorriso.

— Você me paga muito bem para isso. Sei tudo o que acontece por aqui. Incluindo seus sumiços.

Dahlia encarou a amiga e faz-tudo.

— Não hoje à noite – disse placidamente.

Zeva ia dizer algo, mas preferiu ficar quieta. Em vez disso, apontou para uma das extremidades do salão, onde uma porção de mulheres mascaradas estava reunida em uma discussão particular.

— A votação de amanhã será um fracasso.

Tratava-se de esposas de aristocratas, a maioria delas infinitamente mais inteligente que os maridos e tão qualificada quanto (ou mais, na verdade) para ocupar um assento na Câmara dos Lordes. A falta de toga, entretanto, não as impedia de legislar e, quando o faziam, era ali, em aposentos privados, longe do escrutínio de Mayfair.

Dahlia assentiu satisfeita para Zeva. O pleito queria tornar a prostituição e outras formas de trabalho sexual ilegais na Grã-Bretanha. Dahlia passara as últimas três semanas convencendo as esposas em questão de que elas – e os maridos – deveriam se interessar por essa pauta e garantir que não fosse aprovada.

– Que bom. Seria ruim para as mulheres, principalmente as mulheres pobres.

Seria ruim para Covent Garden, e isso Dahlia não aceitaria.

– Assim como o resto do mundo – observou Zeva, seca. – Você tem um projeto de lei para isso?

– Dê tempo ao tempo – ponderou Dahlia, enquanto cruzavam o salão e passavam por um longo corredor, onde vários casais se aproveitavam da escuridão. – Nada é mais lento que o Parlamento.

– Você e eu sabemos que não há nada que você ame mais do que manipular o Parlamento. – Zeva deu uma risadinha irônica. – Eles deveriam te dar um assento.

O corredor terminou em um grande e convidativo espaço repleto de foliões. Uma pequena banda no canto tocava uma música empolgante para o público, que dançava solto, sem se preocupar com coreografias afetadas ou com o espaço adequado entre casais, sem ficar bisbilhotando qualquer indício de escândalo – no máximo, quem observava queria se divertir, não censurar.

As duas seguiram pela orla do salão, passando por um homem musculoso que lhes deu uma piscadinha enquanto a mulher em seus braços acariciava-lhe o peito robusto, que parecia prestes a arrebentar as costuras do paletó. Oscar, outro funcionário – seu trabalho, dar prazer às damas.

Apenas alguns dos homens presentes não eram funcionários, e cada um fora devidamente examinado com antecedência, investigado e verificado graças à ampla rede de contatos de Dahlia, composta por empresárias, aristocratas, esposas de políticos e mais uma dúzia de mulheres que detinha a mais complexa forma de poder: informação.

A orquestra fez uma pausa enquanto a estrela da noite assumia o centro do palco, uma jovem negra cuja voz potente e angelical ressoou pelo salão em trinados alegres, deixando os convidados momentaneamente paralisados com a ária que ia subindo em um crescendo capaz de botar abaixo qualquer teatro na Drury Lane.

O público se derreteu em suspiros boquiabertos de admiração.

– Dahlia.

A dona do lugar se virou e deu de cara com uma mulher vestida com um formidável traje verde brilhante que combinava com a máscara que usava. Nastasia Kritikos era uma famosa cantora grega de ópera, que já se apresentara em todas as casas de shows da Europa. Após um abraço caloroso, ela indicou o palco com a cabeça.

– De onde você tirou essa garota?

– Eve? – Um sorriso maroto brincou nos lábios de Dahlia. – Da praça do mercado, cantando em troca de alguns tostões para o jantar.

– E não é isso que ela está fazendo hoje à noite? – respondeu a cantora, não sem certo grau de divertimento.

– Não. Hoje à noite, ela canta para você, minha amiga.

Era verdade. A jovem cantara até conseguir acesso ao Dominion, de onde um punhado de outras cantoras talentosas tinham sido catapultadas para o estrelato.

Nastasia lançou um olhar perspicaz para o palco, onde Eve entoava uma sequência impossível de notas.

– Essa era a sua especialidade, não era? – disse Dahlia.

– Essa *é* a minha especialidade – rebateu a mulher. – Não diria que a técnica dela é perfeita.

Dahlia deu um sorrisinho malicioso. Era perfeita, e ambas sabiam disso.

Com um enorme suspiro, a diva fez um gesto afetado.

– Diga a ela para vir me ver amanhã. Vou apresentá-la a algumas pessoas.

Antes que se desse conta, a garota faria sua grande estreia.

– Você tem o coração mole, Nastasia.

Olhos castanhos faiscaram por trás da máscara verde.

– Se você contar para alguém, eu mando queimar este lugar.

– Seu segredo está seguro comigo. – Dahlia sorriu. – Ah, Peter anda perguntando por você.

Era verdade. Além de ser uma celebridade londrina, Nastasia também era um prêmio cobiçado entre os homens do clube. A mulher mais velha se envaideceu.

– Claro que sim. Creio que posso matar algumas horinhas.

Dahlia soltou uma risada gostosa e chamou Zeva.

– Nós vamos encontrá-lo para você, então.

Isso resolvido, seguiu em frente, atravessando a multidão que se aglomerava ainda mais para ouvir a muito-em-breve famosa cantora, até chegar a uma pequena antecâmara, onde os jogos de azar corriam soltos. Bebeu da excitação que impregnava o ar, e da sensação de poder que ela trazia. As mulheres mais influentes de Londres, ali reunidas para se deleitar.

E tudo por causa dela.

– Agora temos que encontrar uma nova cantora – resmungou Zeva enquanto passavam pelas mesas de jogos.

– Eve não quer ser o entretenimento de nossas bacanais para sempre.

– Mas bem que poderíamos mantê-la por mais de um mês.

– Ela é talentosa demais para nós.

– *Você* é que tem o coração mole – replicou a ajudante.

– ...a explosão.

Dahlia se interrompeu antes mesmo de começar a responder, ao pescar o trecho de uma conversa paralela, seu olhar encontrando o da garçonete que servia uma bandeja de champanhe à mesa que fofocava. Com um aceno de cabeça quase imperceptível, a funcionária indicou que estava de ouvidos atentos. Era paga para isso, e ganhava bem.

Mesmo assim, Dahlia se demorou por ali.

– Ouvi dizer que foram duas explosões – alguém falou, alegremente escandalizada, e Dahlia teve que se segurar para não perder a compostura. – E que elas dizimaram as docas.

– Sim, posso imaginar, e só dois mortos.

– Um milagre! – As palavras foram sussurradas, como se a mulher realmente acreditasse nelas. – E quantos feridos?

– Cinco, segundo os jornais.

Seis, Dahlia pensou cerrando os dentes, com o coração começando a martelar.

– Pare de encarar – disse Zeva gentilmente, desviando a atenção de Dahlia da conversa. Afinal, o que já não sabia? Estivera no local minutos após a explosão. Conhecia o número de fatalidades.

Mal olhou para Zeva, concentrando-se em uma pequena porta do outro lado da sala, praticamente invisível, revestida com o mesmo papel de parede que cobria o restante do cômodo, de um tom de safira profundo com detalhes em prata. Até quem já tinha visto a equipe usando tal passagem esquecera-se da abertura despretensiosa antes mesmo que fosse discretamente fechada, pensando que o que quer que estivesse por trás dela seria muito menos interessante do que o que havia à frente.

Zeva sabia a verdade, no entanto. Tal porta dava acesso a uma escadaria que, subindo, levava a aposentos privados e, descendo, conduzia aos túneis que corriam debaixo do clube. Era apenas uma das cerca de meia dúzia de escadas que corriam pelo número 72 da Shelton Street, mas a única que permitia alcançar um corredor privativo no quarto andar, escondido atrás de uma parede falsa, cuja existência era conhecida somente por três membros da equipe.

Dahlia ignorou o impulso de desaparecer por aquele corredor.

— É importante sabermos o que a cidade acha da explosão.

— Eles acham que os Bastardos Impiedosos perderam dois carregadores, um porão cheio de carga e um navio. E que a mulher do seu irmão quase morreu no acidente. — A pausa foi seguida de um mordaz: — E estão certos. — Dahlia ignorou o comentário, e Zeva sabia quando uma batalha não deveria ser ganha. — O que devo dizer a eles?

— A quem? — Dahlia a encarou.

A outra mulher ergueu o queixo na direção do labirinto de salas que tinham acabado de cruzar.

— A seus irmãos. O que quer que eu diga a eles?

Dahlia praguejou baixinho, observando aquele monte de gente que se abarrotava entre as sombras do espaço. À entrada da antessala, uma notória condessa terminou uma piada obscena para um grupo de admiradores.

— ...camuflar minha cenoura no buraco *dos fundos*, querida!

Gargalhadas ribombaram, e Dahlia se virou de volta para Zeva:

— Droga, eles não estão aqui, estão?

— Não, mas não podemos mantê-los afastados para sempre.

— Podemos tentar.

— Eles têm razão...

Dahlia cortou a amiga com um olhar penetrante e uma resposta ainda mais incisiva:

— Pode deixar que eu me preocupo com eles.

Zeva indicou a porta escondida e as escadas além dela.

— E quanto àquilo?

Uma onda de calor percorreu Dahlia da cabeça aos pés – algo que poderia ser interpretado como rubor, se ela fosse do tipo de mulher que fica corada. Ignorou a sensação e o coração acelerado.

— Pode deixar que me preocupo com isso também.

A expressão de descrença estampada no rosto de Zeva indicava que ela tinha um milhão de coisas a dizer. Em vez disso, fez apenas um gesto afirmativo.

— Então vou tomar conta do clube.

E, abrindo novamente caminho no meio da multidão, deu as costas à Dahlia, deixando-a sozinha.

Sozinha para pressionar o painel escondido na porta, desativar a trava e fechá-la atrás de si, barrando a cacofonia do salão.

Sozinha para subir silenciosamente as escadas estreitas em um ritmo constante – que contrastava com o crescente ritmo acelerado de seu coração conforme passava pelo segundo andar. Pelo terceiro.

Sozinha para contar as portas no corredor do quarto andar.

Uma. Duas. Três.

Sozinha para abrir a quarta porta à esquerda e fechá-la atrás de si, escondendo-se na escuridão espessa o suficiente para obliterar a festança selvagem lá embaixo, o mundo se reduzindo a este cômodo e nada mais, a única janela dando vista para os telhados de Covent Garden e a mobília se resumindo a uma pequena mesa, uma cadeira dura e uma cama de solteiro.

Sozinha, naquele quarto.

Sozinha, com o homem inconsciente naquela cama.

Capítulo Três

Tinha sido resgatado por anjos.

A explosão o arremessou pelos ares, de mau jeito, derrubando-o em um canto escuro das docas. A queda deslocou seu ombro, inutilizando o braço esquerdo. Dizem que deslocamento é uma das piores dores que o corpo pode sentir, e era a segunda vez que o Duque de Marwick a enfrentava. Era a segunda vez que cambaleava tentando ficar de pé, com a cabeça girando. Era a segunda vez que quase morria de dor. Era a segunda vez que procurava um lugar para se esconder de seu inimigo.

Era a segunda vez que era resgatado por anjos.

Da primeira vez, foi um anjo de rosto jovem e inocente, cachos ruivos rebeldes e mil sardas no nariz e nas bochechas, além dos maiores olhos castanhos que ele já vira. Ela o encontrou dentro do armário onde ele se escondeu, pousou um dedo nos lábios e segurou sua mão boa enquanto outra mão – maior e mais forte – colocava a junta no lugar. Desmaiou de dor, mas, ao acordar, lá estava ela como um raio de sol, com um toque gentil e a voz suave.

E ele se apaixonou.

Desta vez, os anjos que o resgataram não eram gentis, nem cantavam. Vieram para cima dele, fortes e poderosos, com capuzes mergulhando seus rostos em sombras, casacos balançando como asas ao vento enquanto se aproximavam, as botas estalando nos paralelepípedos. Vieram armados como soldados angelicais, empunhando lâminas que se tornaram espadas flamejantes à luz do navio que ardia nas docas – destruído ao seu comando, junto da mulher que seu irmão amava.

Desta vez, os anjos eram soldados, e vieram para puni-lo, não salvá-lo.

Ainda assim, foi um resgate.

Colocou-se de pé quando eles se aproximaram, preparado para enfrentá-los, para receber o castigo que infligiriam. Estremeceu com a dor na perna, que não tinha notado antes: um fragmento do mastro do navio destruído atravessara a coxa, empapando a calça de sangue e impossibilitando qualquer luta.

Quando estavam perto o suficiente para atacar, ele perdeu a consciência.

E foi aí que os pesadelos vieram, e não eram pesadelos aterrorizantes com bestas brutais de dentes afiados. Eram bem piores.

Os sonhos de Ewan estavam cheios *dela*.

Por dias, sonhou com o toque refrescante dela em sua testa. Com seu braço levantando-lhe a cabeça para ajudá-lo a beber um líquido amargo de um copo que ela segurava junto aos seus lábios. Com dedos percorrendo seus músculos doloridos, aliviando a dor aguda na perna. Com o cheiro dela, com raios de sol e segredos, com o sorriso daquele primeiro anjo, de tantos anos atrás.

Ewan quase acordou dezenas, centenas de vezes. E isso, também, fazia parte do pesadelo – o medo de que a compressa fria em sua testa não fosse real. O terror de que pudesse perder o cuidado gentil com a ferida na coxa quando a bandagem era trocada, de que o gosto amargo do caldo que ela lhe oferecia não passasse de fantasia. Que o alívio do bálsamo espalhado pelas feridas fosse um delírio febril.

E sempre sonhava que o toque permanecia muito depois que o bálsamo era absorvido, suave e persistente, percorrendo seu peito, descendo pelo torso, explorando as extremidades além.

Sempre sonhava com os dedos dela acariciando seu rosto, descrevendo o contorno das sobrancelhas e descendo pela mandíbula.

Sempre sonhava com os lábios dela em sua testa. Na bochecha. No canto da boca.

Sempre sonhava com a mão dela na sua, dedos entrelaçados, palmas quentes e unidas.

E sonhar com isso era um pesadelo – a dolorosa consciência de que tudo não passava de imaginação. Que ela não estava ali. Que não era real. Que ele não poderia retribuir o toque. O beijo.

Permanecia prostrado, tentando sonhar, querendo reviver o pesadelo de novo e de novo, na esperança de que sua mente lhe desse o único pedaço que faltava dela – a voz.

Mas isso nunca aconteceu. O toque veio sem palavras, os cuidados chegaram sem voz. E o silêncio doía ainda mais do que as feridas.

Até aquela noite, quando o anjo falou, e sua voz o atingiu como uma arma perversamente boa – um suspiro longo, e suave e encorpada, como uísque quente.

– Ewan.

Era como estar em casa.

Estava acordado.

Abriu os olhos. Ainda era noite – era noite de novo? Noite para sempre? Estava em um quarto escuro, e o primeiro pensamento foi o mesmo que tivera ao acordar nos últimos vinte anos. *Grace.*

A garota que amava.

A garota que havia perdido.

A garota por quem passou metade da vida procurando.

Uma ladainha que nunca traria cura. Uma bênção que nunca traria salvação, porque nunca a encontraria.

E ali, na escuridão, o pensamento o atingiu com ainda mais força que de costume. Com mais urgência. Veio como uma lembrança – sentindo um toque fantasma no braço. Na testa. Nos cabelos. Seguido pelo som da voz dela em seu ouvido – *Ewan.*

Grace.

Som, distante. *Tecido?*

A esperança ardeu, dura e desagradável. Estreitou os olhos em meio às sombras. Preto no preto. Silêncio. Vazio.

Fantasia.

Não era ela. Não podia ser.

Passou a mão no rosto. O movimento fez seu ombro doer – uma dor chata e persistente, que já sentira anos antes. Quando deslocara o ombro e o recolocaram no lugar. Tentou se sentar, a coxa latejando – a bandagem estava apertada, e o machucado já cicatrizava. Cerrou os dentes contra as pontadas de dor, mesmo que fossem bem-vindas por distraírem-no de outra forma de dor, muito mais familiar. A dor da perda.

Seu raciocínio clareava rapidamente, e percebeu que era efeito do láudano. Há quanto tempo estava sedado?

Onde estava?

Onde ela estava?

Morta. Disseram-lhe que ela estava morta.

Ignorou a angústia que sempre sentia ao pensar nisso. Estendeu a mão para a mesinha perto da cama, tateando em busca de uma vela ou uma pederneira, e derrubou um copo. O som do líquido se derramando no chão fez com que prestasse atenção aos sons.

Percebeu que podia ouvir o que não podia ver.

Uma cacofonia de sons abafados, gritos e risos ali perto – seria do lado de fora do quarto? – e uma barulheira mais aguda, porém distante – seria do lado de fora do prédio? Ou do lado de dentro, só que mais longe? O ruído surdo de uma multidão – algo que nunca ouvira nos lugares em que costumava acordar. Algo de que mal se lembrava. Mas a lembrança veio com o som, também distante – de muito longe, de uma vida atrás.

E, pela primeira vez em vinte anos, o homem conhecido por todos como Robert Matthew Carrick, décimo segundo Duque de Marwick, estava com medo. Porque o que ele ouvia não era o mundo em que crescera.

Era o mundo em que havia nascido.

Ewan, filho de uma cortesã de alto luxo que, com um bebê na barriga, teve de descer um nível – ou melhor, vários níveis – e se tornar a prostituta mais requisitada de Covent Garden.

Levantou-se e começou a andar pelo quarto escuro, tateando ao longo da parede até encontrar uma porta. Uma maçaneta.

Trancada.

Os anjos o resgataram e trouxeram para um quarto trancado em Covent Garden.

Não precisava atravessar o cômodo para saber o que veria do lado de fora: telhados de ardósia e chaminés tortas. Um menino nascido ali não esqueceria os sons do distrito, não importa o quanto tentasse. Mesmo assim, foi aos tropeços até a janela e abriu a cortina. Chovia, as nuvens bloqueavam a luz do luar, impedindo que vislumbrasse o mundo lá fora. Privado da visão, aguçou os ouvidos.

Uma chave na fechadura.

Virou-se, músculos contraídos, preparado para o inimigo. Dois deles. Pronto para a batalha. Travava essa guerra havia meses, anos, uma vida inteira, contra os homens que governavam Covent Garden, um lugar onde duques não eram bem-vindos. Pelo menos não duques que lhes ameaçavam a vida.

Pouco importava que fossem irmãos de tal duque.

E Ewan não se importava, já que os irmãos haviam quebrado sua confiança – incapazes de manter segura a única mulher que ele amou.

E, por isso, lutaria até o fim dos tempos.

A porta se abriu, e ele cerrou os punhos, sentindo a coxa doer ao se firmar na planta dos pés, preparando-se para o golpe. Preparando-se para atacar com a mesma intensidade. Já estava forte o bastante para isso.

Congelou. O corredor era só um pouco mais claro do que o quarto onde ele estava – iluminado apenas o suficiente para revelar uma silhueta. Não do lado de fora. Lá dentro. Não estava chegando. Estava *saindo*.

Tinha razão, havia alguém ali no quarto quando ele acordou. No escuro. Mas não eram seus irmãos.

O coração começou a martelar com selvageria no peito. Chacoalhou a cabeça, tentando clarear os pensamentos.

Uma mulher nas sombras. Alta. Esguia e forte, vestindo calças agarradas a pernas impossivelmente longas. Botas de couro que subiam acima dos joelhos. E um sobretudo que poderia facilmente ser masculino se não fosse pelo forro dourado, que brilhava mesmo na escuridão.

Fios de ouro.

O toque não tinha sido de um fantasma. Não tinha imaginado a voz.

Deu um passo em sua direção, estendendo a mão, dolorosamente ansiando por ela. O nome foi arrancado de dentro de si, balbuciado como rodas batendo em paralelepípedos quebrados.

– Grace.

Um delicado suspiro. Quase inaudível. Quase imperceptível.

Mas foi o bastante.

E, assim, ele soube.

Ela estava viva.

A porta bateu com força, e ela desapareceu.

Seu grito fez todo o prédio estremecer.

Capítulo Quatro

Grace girou a chave na fechadura na velocidade da luz, quase não conseguindo retirá-la a tempo quando a maçaneta foi sacudida do lado de dentro – uma tentativa de fuga. Não. Não de fuga. De perseguição.

Um grito ecoou, raivoso e ferido. E algo mais.

O urro foi pontuado por um baque pavoroso e inconfundível. Um murro desferido contra a madeira, violento o bastante para aterrorizar qualquer um.

Mas ela não estava com medo. Encostou a mão espalmada na porta, contendo a respiração, esperando.

Nada.

E se ele tivesse esmurrado a porta mais uma vez, o que será que teria acontecido?

Retirou a mão, consumida por tal pensamento.

Ele não deveria estar acordado. Recebera uma dose de láudano suficiente para derrubar um urso. Suficiente para mantê-lo na cama até que o ombro e a perna estivessem recuperados. Até que estivesse pronto para a luta que ela planejava armar.

Todavia, ele se levantou sem hesitação, indicativo de que as feridas saravam rapidamente. De que seus músculos estavam tão fortes como sempre.

Conhecia bem aqueles músculos. Embora não devesse.

Sua intenção era ser o mais clínica possível. Cuidar dos ferimentos e depois escorraçá-lo – para enfim poder aplicar o castigo que Ewan merecia desde aquele dia, duas décadas atrás, quando destruiu a vida de todos, sobretudo a dela.

Lapidara sua vingança por anos, com raiva e habilidade, e estava pronta para colocá-la em prática.

Só que cometeu um erro. Tocou nele.

Ele estava tão quieto, tão forte e tão diferente do menino que conhecera e, mesmo assim... os traços do rosto, o jeito como o cabelo caía sobre a testa, o desenho dos lábios e o contorno das sobrancelhas ainda eram os mesmos. E Grace não teve escolha.

Na primeira noite, disse a si mesma que estava procurando lesões, contando as costelas sob a pele do torso, passando a mão pelos músculos do peito. Estava bem magro para seu tamanho, como se não dormisse e não se alimentasse direito.

Como se andasse muito ocupado procurando por ela.

Não tinha uma desculpa para a maneira como explorou o rosto dele, acariciando as sobrancelhas, maravilhando-se com a pele macia das bochechas, sentindo a aspereza da barba em sua mandíbula.

Não sabia explicar por que catalogara as mudanças que encontrou, o jeito como o garoto que ela amava se tornara um homem forte, de traços marcantes, perigoso.

E fascinante.

Ele não devia ser fascinante. Ela não devia estar curiosa.

Afinal, ela o odiava.

Por duas décadas, Ewan pairou sobre eles, caçando-a. Ameaçando seus irmãos. Em última análise, prejudicando não só a eles, mas também os homens e as mulheres de Covent Garden, a quem os Bastardos Impiedosos juraram proteger.

E, por isso, era seu inimigo.

Portanto, não deveria ser fascinante.

E não deveria ter desejado encostar nele.

E não deveria ter tocado nele, não deveria ter ficado hipnotizada por suas formas, pela oscilação regular de sua respiração, a aspereza da barba por fazer, a curva dos lábios... tão macios.

As tábuas do assoalho do quarto trancado rangeram quando ele se agachou.

Ela recuou, encostando-se na parede do outro lado do corredor, garantindo que o homem lá dentro não pudesse vê-la ao espiar pelo buraco da fechadura. Fora ele quem a ensinara sobre buracos de fechadura, quando ela era jovem o suficiente para acreditar que uma porta fechada era o fim da história.

Grace encarou o pequeno buraco negro sob a maçaneta da porta, invadida pela lembrança tempestuosa de outra porta. Da forma de outra maçaneta em sua mão, o mogno frio contra a testa conforme ela se inclinava, uma vida inteira antes, espiando lá dentro.

Só viu o mais puro breu.

A sensação do metal gelado da fechadura contra os lábios enquanto sussurrava para o outro lado. *Você está aí?*

Duas décadas depois, ainda podia sentir o coração batendo forte ao pressionar o ouvido na abertura misteriosa, tentando distinguir os sons, já que não podia contar com a visão. Ainda podia sentir o medo. O pânico. O desespero.

Seguido do vazio...

Estou aqui.

A esperança. O alívio. A alegria ao repetir as palavras dele.

Eu também estou aqui.

Silêncio. Mas...

Mas não deveria estar.

Que absurdo.

Para onde mais ela iria?

Se te pegarem aqui...

Ninguém vai me pegar.

Ninguém nunca a viu.

Você não deveria arriscar.

Risco. A palavra que faria toda a diferença entre eles. Mas, é claro, não sabia disso na época. Só sabia que houve um tempo em que jamais arriscaria. O lar, se é que poderia chamar de lar aquela propriedade enorme e fria, a quilômetros de distância de qualquer lugar, que lhe fora concedida por um duque a quem supostamente deveria ser eternamente grata. Afinal, era a filha bastarda de outro homem com a duquesa.

Teve sorte, disseram-lhe, de não ter sido dada para alguma família da aldeia quando nasceu. Ou pior.

Como se uma vida escondida, sem amigos ou família ou futuro não fosse pior.

Como se ela não fosse consumida pela certeza de que um dia seu tempo iria se esgotar. De que chegaria o dia em que sua sobrevivência teria servido a seu propósito.

Como se não soubesse que chegaria o dia em que o duque se lembraria de sua existência. E se livraria dela.

E depois?

Desde cedo, aprendeu a dura verdade de que meninas eram dispensáveis. E, portanto, era melhor ficar onde não podia ser vista nem ouvida. *Sobreviver* era seu propósito. E não havia espaço para riscos.

Até que *ele* chegou, junto de dois outros meninos – seus meios-irmãos – todos bastardos, assim como ela. Não. Não como ela.

Garotos.

E, por serem garotos, eram infinitamente mais valiosos.

Ela fora esquecida no momento em que nasceu – uma menina, filha bastarda de outro homem, indigna de atenção ou até mesmo de um nome próprio, cujo único valor era ter nascido para ser a substituta de um filho.

Para guardar o lugar *dele*.

E, ainda assim, arriscou-se por ele. Para estar perto dele. Para estar perto de todos eles – três meninos que aprendeu a amar, cada um de um jeito – dois deles como irmãos de coração, sem os quais talvez não tivesse sobrevivido. E o terceiro... ele. O garoto sem o qual ela nunca poderia ter vivido.

Não...

O quê?

Não vá embora. Fique.

Queria ficar. Queria ficar para sempre.

Nunca. Jamais irei embora. Não até que você possa ir comigo.

E ela não foi embora... até que ele não lhe deu escolha.

Grace balançou a cabeça ao se recordar.

Em vinte anos, tinha aprendido a viver sem ele. Mas, hoje à noite, tinha um problema, porque Ewan estava ali, em seu clube, e cada momento que estava consciente era um momento que ameaçava tudo o que Grace Condry – poderosa mulher de negócios, exímia negociadora e líder de uma das mais cobiçadas redes de inteligência de Londres – tinha construído.

Não era mais o garoto com quem ela conversara por uma fechadura.

Agora, era um duque, o Duque de Marwick, e seu prisioneiro. Rico, poderoso e furioso o bastante para derrubar as paredes – e seu mundo.

– Dahlia... – Era Zeva de novo, em um tom de voz cheio de alerta.

Grace voltou a si. Não tinha deixado claro que Zeva não devia ir atrás dela?

Que porra era essa?

– Que porra é essa?

Ah. O motivo do alerta na voz de Zeva.

Grace fechou os olhos por um segundo ao ouvir a voz do irmão, afastou-se da porta do quarto do prisioneiro, agora estranhamente quieto, e saiu andando pelo corredor estreito, com o indicador sobre os lábios, pedindo silêncio.

– Aqui não.

Seu olhar cruzou com o de Zeva, cujo semblante revelava que ela sabia demais. Ignorando esse fato, ordenou:

– O quarto precisa de um guarda. Ninguém entra.

Um aceno de concordância.

– E se ele sair?

– Ele não vai sair.

Zeva mostrou que compreendera, e Grace estava quase alcançando o irmão no começo da escada dos fundos.

– Aqui não – repetiu, vendo que ele estava prestes a falar novamente. Devil sempre tinha algo a dizer. – Vamos para o meu escritório.

O cenho franzido revelava sua irritação, pontuada por uma batida rápida da bengala que ele nunca ficava sem. Grace conteve um suspiro, esperando que o irmão concordasse... sabendo que ele não tinha nenhuma razão para isso. Sabendo que ele tinha todos os motivos para passar por cima dela e enfrentar o duque. Mas não o fez. Em vez disso, acenou na direção da escada, e Grace soltou o fôlego baixinho, assumindo a dianteira rumo ao último andar do edifício, onde seus aposentos privados eram contíguos ao escritório de onde administrava seu reino.

– Você nem deveria estar aqui – disse ela, sem se alterar, conforme seguiam no escuro. – Sabe que não gosto de você perto das clientes.

– E você sabe tão bem quanto eu que suas belas damas só querem dar uma olhadinha no rei de Covent Garden. Elas só não gostam do fato de que agora eu tenho uma rainha.

– Essa parte, pelo menos, é verdade – zombou, ignorando as batidas fortes do coração, tão ciente quanto Devil de que essa conversinha fiada seria imediatamente esquecida assim que estivessem nos aposentos dela. – Onde está minha cunhada?

Daria tudo para ter Felicity e seu bom senso ali, para contrabalançar a determinação de Devil.

– Na casa de Whit, cuidando da mulher dele – respondeu Devil, quando chegaram ao escritório.

Grace olhou por cima do ombro para o irmão, com a mão sobre a maçaneta da porta.

– E Whit não está cuidando da própria mulher porque...

Devil ergueu o queixo, indicando a sala diante deles.

– Droga, Dev.

– E o que você queria que eu fizesse? – Ele deu de ombros. – Que dissesse que ele não podia vir? Você tem é sorte de eu ter conseguido convencê-lo a esperar aqui até eu te encontrar. Ele queria revirar o lugar de cima a baixo.

Grace apertou os lábios, apreensiva, e abriu a porta, dando de cara com um homem enorme lá dentro, que já cruzava o cômodo em direção aos dois, fora de si.

Assim que entraram, Grace fechou a porta e ficou postada na frente dela, fingindo não estar abalada com a fúria estampada no rosto do irmão. Nos vinte anos que se conheciam, desde que escaparam do passado compartilhado e se reinventaram como os Bastardos Impiedosos, nunca tinha visto Whit com raiva.

Conhecia seu lado mortal, que punia com frieza, mas só depois de chegar ao fim de um carretel de paciência tão longo quanto o Tâmisa.

Mas isso fora antes de se apaixonar.

– Onde ele está, caralho?

Ela não se fez de desentendida.

– No andar de baixo.

Whit grunhiu – um resmungo gutural quase inaudível, porém ameaçador, como um animal selvagem pronto para dar o bote. Era conhecido por todos em Covent Garden como Beast. E estava muito tenso e nervoso – tinha passado a semana inteira assim, desde a explosão nas docas que quase matou Hattie, obra de Ewan.

– Onde?

– Trancado.

– É verdade? – perguntou para Devil.

– Não sei. – Devil encolheu os ombros.

Oh, Senhor, livrai a pobre mulher desses irmãos detestáveis.

– É verdade? – Whit a encarou.

– Não – respondeu Grace lentamente. – Ele está jogando lá embaixo, girando a roleta.

Whit não mordeu a isca.

– Você deveria ter dito que ele estava aqui.

– Para quê? Para você vir aqui e matá-lo?

– Exatamente.

Mesmo possesso, Grace o enfrentou, recusando-se a se acovardar.

– Você não pode matá-lo.

– Eu não tô nem aí que ele seja um duque. – Cada centímetro de seu ser deixava transparecer o Beast, como o resto de Londres o chamava. – Eu vou acabar com a raça dele pelo que fez com Hattie.

– E vai ser enforcado por isso – Grace rebateu. – O que isso vai trazer de bom para a sua mulher, para quem te ama?

Whit rugiu de frustração, avançando para a enorme mesa que ficava no canto, onde a papelada do clube se amontoava – dossiês de membros, recortes de fofoca, faturas e correspondências. Grace tentou detê-lo quando ele esbofeteou uma torre de novos pedidos de filiação e fez um monte de papel voar pela sala.

– Ei! Isso aí é o meu trabalho, seu idiota.

Beast enfiou as mãos nos cabelos e investiu contra ela, surdo aos protestos da irmã.

– O que planeja fazer com ele, então? Ele quase matou minha mulher. Ela poderia ter... – ele se interrompeu, incapaz de colocar em palavras. – E isso depois de largar Devil para morrer congelado. Depois de quase te matar, tantos anos atrás. Meu Deus, todos vocês poderiam ter...

Grace ficou com o coração apertado. Whit sempre fora protetor. Sempre desesperado para mantê-los seguros, mesmo quando era muito pequeno e estava muito ferido para dar conta do recado. Ela concordou.

– Eu sei. Mas estamos todos aqui. E sua mulher está se recuperando.

Ele bufou, aliviado.

– E essa é a única razão para a minha lâmina não estar revirando as entranhas dele.

Não tinha o que contestar. Whit merecia vingança. Todos eles mereciam. E Grace pretendia servir-lhes esse prato frio. Mas não assim.

Devil se pronunciou, ainda perto da porta, encostado na parede, falsamente relaxado, com uma perna cruzada sobre a outra.

– E você, não sei como, permanece calma, Grace. Não sei por que está disposta a deixá-lo vivo.

Percebendo aonde ele queria chegar, Grace o encarou de maneira hostil.

– As mulheres não podem se dar ao luxo da raiva.

– Dizem que você anda sonhando acordada com ele.

Ela se permitiu tal luxo, enrolando raivosamente os dedos no lenço vermelho que trazia amarrado na cintura.

– Quem anda dizendo?

Quando Whit não respondeu, dirigiu-se a Devil.

– Quem disse isso?

Lentamente, Devil bateu a bengala no chão duas vezes.

– Tem que admitir, é estranho você estar cuidando dele. E Zeva disse que está fazendo isso sozinha. Resgatou-o da porta da morte. Recusou-se a chamar um médico. – Olhou acusatoriamente para a desordem da mesa. – E o trabalho do clube se acumulando enquanto você banca a enfermeira.

– Em primeiro lugar – Grace retorquiu com uma carranca –, Zeva fala demais. – Quando os irmãos não responderam, ela prosseguiu: – Em segundo, minha mesa está sempre uma bagunça e você sabe disso. Em terceiro, quanto mais pessoas souberem que ele está aqui, menos chances teremos de puni-lo como merece.

Pronto! Foi por isso que ela limpou as feridas dele. Que passou os dedos por sua testa, checando a febre. Por isso que ficou no escuro, ouvindo sua respiração.

Só por isso.

Não tinha nada a ver com o passado.

– Quanto mais pessoas souberem que ele está aqui, mais perigo representa para todos nós – acrescentou ela.

– Ele é um perigo para todos nós seja como for – argumentou Devil.

A frustração tomou conta de Grace, calma e sorrateira, como se o irmão estivesse discutindo o próximo carregamento que chegaria ao porto. Ela sabia que a verdade nua e crua das palavras dele eram nada além da verdade. Sabia, também, que manter o Duque de Marwick prisioneiro no quarto andar do 72 da Shelton Street não era o curso de ação mais sensato.

– Me dê um bom motivo para eu não matar ele depois de tudo o que fez. Depois do que fez com Devil. Com Hattie. Depois de interceptar os carregamentos. Atacar nossos homens. Cinco não sobreviveram. O Covent Garden precisa lavar a honra com o sangue dele.

A voz de Whit ficou rouca, e Grace foi pega de surpresa. Não o ouvia falar tantas palavras ao mesmo tempo desde que... bem, talvez desde nunca.

Devil mostrou-se tão surpreso quanto ela, mas se recobrou rapidamente.

– Ele tem razão, Grace. É a nossa vez de ter com ele.

– Não!

A cicatriz perversa na lateral do rosto de Devil ficou branca conforme sua fisionomia se contraía.

– Então é melhor você ter uma justificativa muito boa.

Ela apertou os lábios, os pensamentos em um turbilhão de frustração e medo e raiva e décadas de uma ânsia desesperada por justiça, que se resumiram em:

– Porque foi de *mim* que ele tirou a maior parte.

Silêncio. Espesso e potente, finalmente quebrado por Whit, que resmungou um palavrão. Grace se dirigiu a Devil, observando sua figura longilínea e a cicatriz feia no rosto – outra cortesia de Ewan.

– Não faz muito tempo, estávamos juntos nas docas e você mesmo disse isso, mano. Que ele tirou mais de mim do que de você.

– E daí? – Devil a fitou por um longo momento, tamborilando a bengala na própria bota. – Agora ele recebe seus cuidados? Tratamento carinhoso da mulher que ama?

– Ah, vai se ferrar. Ele não me ama.

Dois pares de olhos cor de âmbar a desafiaram.

Seu coração começou a bater forte.

– Não ama.

Sem resposta.

– O que ele sente... nunca foi amor.

Não importava que eles tivessem chamado assim quando eram crianças, brincando com uma versão delicada e suave do sentimento – meiga demais para ser real. Algo que nunca seriam destinados a sentir na vida adulta.

Torceu para que os irmãos parassem de insistir nisso.

Milagrosamente, eles pararam.

– O quê, então? – perguntou Whit. – Ele fica livre? Volta para Mayfair como se nada tivesse acontecido? Só por cima do meu cadáver, Grace. Não me importa o que ele tirou de você. Esperamos por este dia há anos, e ai de mim se ele voltar para a vida que roubou da gente.

– Até parece que vocês não me conhecem – disse ela. Duas décadas atrás, quando Ewan traiu os três, eles juraram retribuir se algum dia ele os procurasse. Prometera isso a si mesma, enquanto cuidava dos dois. – Vocês não foram os únicos que juraram vingança. Eu também estava lá.

Whit com as costelas quebradas, Devil com um rasgo no rosto.

E Grace com o coração partido e, pior, a confiança em pedacinhos.

– E você acha que é forte o suficiente para manter essa promessa, Grace? – Whit perguntou em um tom baixo e sombrio.

Grace agarrou o lenço na cintura, enroscando os dedos no tecido.

– Sei quem sou.

Uma batida na porta pontuou a promessa.

– A vingança é minha. – Ela afrontou Beast. – E, se preciso, saio na mão com os dois por isso, e vocês não vão gostar do resultado.

Silêncio outra vez, enquanto os dois homens mais temidos de Londres ponderavam as palavras. Devil foi o primeiro a concordar. Um toque da bengala. Um rápido aceno de cabeça.

– Se você não... – rosnou Whit no fundo da garganta.

– Eu vou – jurou ela.

Outra batida, mais alta e mais rápida.

– Entre – ordenou Grace, a palavra ainda no ar quando a porta abriu, revelando outra mulher de confiança, Veronique.

Se Grace mantinha as finanças e gerenciava o negócio além das paredes do número 72 da Shelton e Zeva cuidava do funcionamento interno e das exigências da clientela, Veronique garantia que toda a operação ocorresse com segurança. A mulher negra de olhos escuros estava de sentinela junto à porta, o casaco aberto deixando à mostra uma camisa de linho, calças justas e botas de couro de cano longo, acima do joelho, combinando com as de Grace.

O que não combinava era a pistola presa a uma coxa, a uma altura perfeita para ser sacada sem hesitação.

Ainda no coldre.

Não que isso importasse.

A mulher abordou Grace com urgência:

– Dahlia.

– Onde ele está? – Grace não hesitou.

Veronique olhou para Devil e Whit, e de volta para Grace.

O que ela tinha feito?

– Ele arrancou a porta das dobradiças.

Beast começou a xingar, saindo da sala, Devil ficou tenso como um arco bem esticado.

– Onde? – Grace perguntou, colocando-se no caminho do irmão, ignorando os sentimentos conflitantes que acompanhavam a pergunta.

– Ele escapou? – Beast falava com a outra mulher.

– Não – respondeu Veronique com um ar levemente ofendido. – Nós o detivemos. – E para Grace: – Consciente.

Outra emoção que ela não se importou em nomear a invadiu.

– Aposto que ele amou isso – disse Devil, seu sorriso audível.

Veronique deu um largo sorriso para os Bastardos Impiedosos, o sotaque caribenho na voz quando respondeu:

– Ele não caiu sem lutar, mas nada com que não pudéssemos lidar.

– Não tenho dúvidas – disse Devil. Os guardas do 72 da Shelton eram os melhores lutadores de Covent Garden, e todos sabiam disso.

Não havia tempo para orgulho, no entanto.

– Ele está chamando por Grace. – Era estranho ouvir o nome nos lábios de Veronique; nunca fora pronunciado na frente dela, e, ainda assim, a outra mulher sabia.

E ali estava, o passado chegando para um ajuste de contas.

– Ele te viu. – Beast a censurou com um olhar.

Pensou em negar. Afinal, o quarto estava escuro. Não era possível que ele realmente tivesse visto que era ela. Mas:

– Por uma fração de segundo.

Eu toquei nele.

Não deveria, mas não consegui evitar.

– Estou surpreso que conseguiram derrubá-lo – comentou Beast.

– Por quê?

– Porque você acaba de dar a ele algo pelo que lutar.

Grace não pediu explicações. Estava muito perturbada com o que ele quis dizer. Veronique preencheu o silêncio.

– O que devemos fazer com ele, Dahlia?

Não pensou duas vezes, a menção de seu nome foi uma lembrança bem-vinda de seu propósito. Da vida que construíra nas duas últimas décadas desde que o deixara. Do domínio sobre o qual reinava.

– Se ele está bem o suficiente para arrancar uma porta da parede, está bem o suficiente para lutar.

– Ele está forte o bastante para isso; deu aos rapazes uma boa luta.

– Então eu também terei a minha. Isso termina hoje à noite.

Grace cruzou a sala em direção à sua câmara privada, já desamarrando o lenço na cintura, seguida pelas palavras de Devil:

– Quase sinto pena do desgraçado. Ele nem saberá o que o atingiu.

Ao que Whit respondeu:

– Quase.

Capítulo Cinco

Ela estava viva.

Mesmo agora, subjugado, de joelhos, com as mãos amarradas nas costas, um saco na cabeça, os músculos tensos da briga que o derrubara a poucos metros da porta onde a vira, era consumido por aquele único pensamento.

Ela estava viva e tinha fugido dele.

Não perdera a consciência na luta – foi imobilizado e arrastado, com as mãos atadas e os olhos vendados, para uma sala grande o suficiente para ter eco – vindo de algum lugar ao longe podia ouvir um zum-zum-zum baixo e ininteligível. Seus captores verificaram as amarras e – uma vez certos de que ele não poderia escapar – deixaram-no só. Aguardou. O assoalho de madeira sob os joelhos estava escorregadio, e os pulsos estavam em carne viva de tanto tentar se soltar das cordas, que não cediam de jeito nenhum. Esperou e esperou até que os segundos se transformaram em minutos, em um quarto de hora. Meia hora.

Contar o tempo era uma habilidade que aperfeiçoara quando menino, trancado no escuro, esperando que a luz voltasse para si. Esperando que ela retornasse. E, portanto, parecia tão natural quanto respirar que contasse os minutos naquele momento, por mais atormentado que estivesse com a ideia de que poderia não estar esperando por ela desta vez.

Talvez só estivesse dando tempo para ela fugir.

E, ainda assim, o medo de que ela poderia estar fugindo foi ofuscado pelo mais puro e absoluto alívio de saber que estava viva. Quantas vezes os irmãos tinham dito que ela estava morta? Quantas vezes ficou à espreita na escuridão – em Covent Garden, em Mayfair, nas docas – e ouviu aquelas mentiras? Seus irmãos, que escaparam da casa onde passaram a infância com Grace sob seus cuidados... Quantas vezes eles tinham mentido?

Ela fugiu para algum lugar ao norte. Foi o que disseram. *Tornou-se uma criada. Perdemos contato. Mas...*

Quantas vezes ficou tentado a acreditar neles?

Centenas. Milhares. Com cada respiração desde a primeira vez em que Devil lhe contara tal mentira.

Quando finalmente acreditou, enlouqueceu com o luto. Só queria saber de castigá-los com as próprias mãos, usar seu poder para fazê-los sofrer. A ponto de atear fogo nas docas de Londres, só para vê-los ardendo em chamas como punição pelo que tinham roubado dele.

A única pessoa que já tinha amado.

Não mais perdida.

Viva.

O pensamento – e a paz que ele lhe trouxe – mexeu com algo no fundo de sua alma. Por anos, ansiou encontrá-la. Saber se ela estava bem. Por anos, disse a si mesmo que se pudesse apenas ver com os próprios olhos – ter certeza, sem sombra de dúvida, de que ela estava bem e feliz – seria o suficiente. E agora sabia disso. Ela estava bem. Estava viva.

Foi consumido pela perfeição desse pensamento enquanto esperava. Não conseguia deixar de pensar na sombra da silhueta junto à porta do quarto que arrebentara. A menina que um dia amou. Será que ela tinha mudado? Como será que olharia para ele? Outra vez.

Uma porta foi aberta atrás de si, à esquerda, e Ewan se virou na direção do ruído, com a visão furtada pelo saco de estopa em sua cabeça.

– Cadê ela?

Ninguém respondeu.

Incerteza e desespero o invadiram conforme o recém-chegado se aproximou, com passos lentos e regulares. Havia outros atrás. Dois, talvez três, mas não se aproximaram. Guardas.

Seu coração disparou.

Onde ela estava?

Esticou o pescoço, girando sobre os joelhos, ignorando a pontada na coxa quando se movimentava. Dor não era uma opção. Não neste momento.

– Onde ela está?

Ninguém respondeu, e a porta foi fechada. Silêncio. Aqueles passos cada vez mais próximos, uma promessa sinistra. Endireitou-se, para enfrentar o que viria. A falta de visão e os movimentos limitados não eram bons presságios. Conforme o estranho se aproximava, preparou-se para o ataque.

Qualquer golpe físico que o atingisse não seria nada comparado à tortura mental que sofria.

E se a perdesse bem quando tinha acabado de encontrá-la?

Tal pensamento ecoou dentro de si como um grito. Ewan se contorceu, subitamente sufocando com o saco na cabeça, as amarras apertadas demais em seus pulsos enquanto se debatia sem sucesso.

– Diga-me onde ela está!

A ordem pairou, pesada, no cômodo silencioso. E, por uma fração de segundo, não houve nenhum movimento, tudo tão quieto e parado que ele se perguntou se estava sozinho de novo. Se tinha imaginado tudo. Se tinha imaginado Grace.

Por favor, permita que ela esteja viva. Deixe-me vê-la.

Só uma vez.

De repente, o saco em sua cabeça sumiu. E suas preces mais fervorosas foram atendidas.

Ele parou agachado nos calcanhares, de boca aberta como se tivesse acabado de levar um soco.

Por vinte anos, sonhara com ela, a coisa mais linda que já vira. Imaginava como ela estaria mais velha, como teria mudado, como teria passado de menina a mulher. E, ainda assim, não estava preparado para o que encontrou.

Sim, ela mudara em vinte anos. Mas Grace não tinha passado de menina a mulher; mas de menina a deusa.

Havia pequenos indícios de sua infância, visíveis apenas para alguém que a conhecera na época. Que a amara. Os cachos cor de laranja haviam escurecido para um tom de cobre, embora permanecessem fartos e indomáveis, emoldurando o rosto e caindo pelos seus ombros como o vento de outono. A pequena cicatriz em uma sobrancelha era praticamente invisível, perceptível somente para quem sabia de sua existência. Ele sabia. Estava lá quando ela ganhou a marca, aprendendo a lutar na floresta. Ewan desceu o punho na cara de Devil pelo machucado antes de ajudá-la a limpar o sangue com a manga da camisa.

E, embora ela permanecesse impassível ao encará-lo, Ewan notou as linhas finas nos cantos da boca e dos olhos, linhas que provavam que sabia dar boas risadas, e que o fizera com frequência nos últimos vinte anos. Quem a fazia rir? Por que não era ele?

Houve um tempo em que era o único que seria capaz de provocar seu riso. Ali, de joelhos, com pulsos amarrados, teve um desejo selvagem de fazer isso de novo.

Foi consumido por essa ideia até encontrar os lindos olhos castanhos, com bordas escuras, os mesmos de quando eram crianças. Mas não eram mais amistosos. Não demonstravam a adoração de antes. Não demonstravam mais amor.

O fogo que ardia naqueles olhos não era amor, era ódio.

Ainda assim, embriagou-se naquela visão.

Grace sempre foi alta e, pairando ali sobre ele, do alto de seu quase 1,80 m, Ewan notou que a menina desajeitada e magricela de outrora exibia curvas lindas de doer. Ela tinha um halo impossível de luz ao seu redor – um brilho dourado apesar da escassez de velas. Havia outras pessoas no recinto – ouviu mais alguém chegando com ela, não ouviu? Mas não desperdiçaria um momento sequer olhando para outros quando podia olhar para ela.

Grace lhe deu as costas, saindo da luz, fora de vista.

– Não!

Ela não respondeu, e Ewan conteve a respiração, esperando que ela voltasse. Quando o fez, trazia uma longa tira de linho na mão direita e outra pendurada no ombro. Começou a enfaixar metodicamente o punho e o pulso esquerdo.

E foi aí que ele entendeu.

Grace usava as mesmas calças do início da noite – pretas e bem justas nas pernas longas e perfeitas. As botas eram de couro marrom escuro e maleável e cobriam suas panturrilhas, subindo até meio palmo acima dos joelhos. Estavam gastas nas pontas, não o bastante para parecerem descuidadas, mas o suficiente para provar que eram usadas regularmente – fazia negócios com elas.

Na cintura, dois cintos. Não. Um cinto e um lenço, escarlate e bordado com fios de ouro – fios de ouro que ele sempre lhe prometera quando eram crianças e se permitiam sonhar. Ela mesma os comprou. Acima do cinto e do lenço, uma camisa de linho branco de mangas curtas deixava os braços à mostra até acima dos cotovelos. A camisa estava cuidadosamente enfiada na calça, sem pontas soltas.

Porque tecido solto é uma desvantagem em uma luta.

E, enquanto ela enfaixava o pulso meticulosamente, como se já tivesse feito aquilo centenas de vezes – milhares —, Ewan entendeu que ela viera para brigar.

Mas não se importou. Contanto que fosse com ele.

Daria tudo o que ela desejasse.

– Grace – chamou, e embora tenha falado sem segundas intenções, ricocheteou como um tiro na sala.

No entanto, ela não reagiu. Não recuou, não demonstrou o menor sinal de reconhecimento. Não mudou um centímetro de sua postura. E Ewan teve uma sensação ruim.

– Ouvi dizer que você arrancou minha porta da parede – foi tudo o que ela disse; e sua voz era grave, fluida e magnífica.

– Botei Londres de joelhos procurando por você. Acha que uma porta me deteria?

Grace arqueou as sobrancelhas.

– E, no entanto, é *você* que está de joelhos, então parece que algo o manteve afastado de mim, afinal.

– Estou olhando para você, meu amor. – Ele ergueu o queixo. – Não acho que estou afastado.

Um ligeiro estreitamento no olhar dela foi a única indicação de que suas palavras a atingiram. Grace terminou de enfaixar o pulso, prendendo cuidadosamente a ponta da bandagem na palma antes de começar a enfaixar a segunda mão. E só então, só quando recomeçou o movimento comedido e metódico, foi que ela falou.

– É estranho, não é, que chamemos de luta de mãos nuas, quando não lutamos com os punhos nus?

Ewan não respondeu.

– É claro que nós realmente lutamos com as mãos nuas. Quando viemos para cá. – Ela encarou Ewan. – Para Londres.

Tais palavras foram um golpe, pior do que qualquer outro que ela poderia ter desferido, com as mãos enfaixadas ou não. Um lembrete do que os três enfrentaram quando fugiram. Ele ficou sem ação.

– Ainda me lembro da primeira noite – prosseguiu Grace. – Nós dormimos em um campo nos arredores da cidade. Estava quente, o céu estava estrelado e nós, apavorados. Mas eu nunca tinha me sentido tão livre. Com tanta esperança. – Ela o encarou de novo. – Estávamos livres de você.

Outro golpe, esse quase o nocauteou.

– Eu costurei o rosto de Devil naquele campo, com uma agulha que peguei ao sairmos da mansão e com uma linha que arranquei das minhas saias! – Ela fez uma pausa. – Não me ocorreu que eu pudesse precisar de saias inteiras para conseguir um trabalho.

Ewan fechou os olhos. Meu Deus... Eles tinham corrido tanto perigo.

– Mas não importa – continuou –, aprendi rápido. Depois do terceiro dia sem conseguir nenhum tipo de trabalho que pudesse nos sustentar, bancar um prato de comida e um teto decente sobre nossas cabeças, entendemos que tínhamos escolhas limitadas. Mas eu, eu era uma menina e tinha mais uma opção disponível, que Dev e Whit não tinham.

Ewan respirou fundo, contraindo a mandíbula de raiva e endireitando a coluna. Os três tinham fugido juntos, e seu único conforto era a ideia de que eles protegeriam uns aos outros. Isto é, de que os irmãos iriam protegê-la.

Grace o encarou, soturna.

– Não precisei escolher essa opção. Digger nos encontrou antes que fosse tarde demais.

Ele encontraria esse tal de Digger e o estriparia.

– E quem diria que havia um mercado para crianças lutadoras? – Grace sorriu, terminando de enfaixar o pulso. Chegou mais perto, e Ewan teve a impressão de sentir sua fragrância, limão, creme e especiarias. – Pelo menos, lutar era algo que todos nós sabíamos fazer, não é mesmo?

Eles sabiam. Aprenderam juntos.

– Digger não deu nenhuma bandagem para a gente naquela primeira noite. Sabia que elas não servem só para proteger os nós dos dedos? As faixas, na verdade, tornam a luta mais longa. Foi uma gentileza... Ele pensou que as lutas terminariam mais rápido se lutássemos com as mãos nuas. – Outra pausa, e Ewan a observou enquanto Grace relembrava o passado. – As lutas realmente terminaram mais rápido.

– Você ganhou. – As palavras saíram raspando como cascalho, como se ele não usasse a própria voz há anos. Mais de vinte.

E talvez não tivesse usado mesmo. Não conseguia se lembrar.

– Claro que ganhei. – Outra pausa. Olho no olho. – Aprendi a lutar com o melhor. Aprendi a lutar sujo. Com o menino que fez de tudo para vencer, mesmo que isso significasse o pior tipo de traição.

Sem saber como, Ewan conseguiu não estremecer com tais palavras, que pingavam o mais absoluto desprezo. Com a lembrança do que tinha feito para vencer. Sustentou o olhar dela e disse, direto e honesto:

– Sou grato por isso.

Grace não respondeu. Em vez disso, chegou mais perto e continuou sua história:

– Não demorou muito para que nos dessem um nome.

– Bastardos Impiedosos – disse Ewan. – Pensei que eram só os dois.

Só Devil e Whit, um com uma cicatriz horrível no rosto – talhada por Ewan – e o outro com punhos pesados como pedra, movidos pela fúria que Ewan tinha despertado naquela noite, tanto tempo atrás. Achou que os Bastardos eram apenas os dois meninos que se transformaram em homens, homens que se tornaram contrabandistas. Lutadores. Criminosos. Reis de Covent Garden.

Quando, o tempo todo, havia uma rainha.

Os lábios dela se curvaram em um fantasma de sorriso.

– Todo mundo pensa que são só eles dois.

Grace estava tão perto, e, se suas mãos estivessem desamarradas, ele a teria tocado. Não teria sido capaz de se conter com ela tão próxima, pairando acima dele, alta e imponente.

– Conseguimos sair da lama e construímos nosso reino aqui em Covent Garden, neste lugar que um dia foi seu. Pensei muito nisso enquanto descobria as curvas da Wild Street. Enquanto aprendia a andar pelos telhados, fora do alcance dos bandidos e da Bow Street, a rua dos prostíbulos. Enquanto furtava bolsas na Drury Lane e derramava sangue nos ringues dos cortiços.

Ewan tentou se soltar novamente, mas estava muito bem amarrado para conseguir se libertar.

A liberdade se tornou impensável, porque ela estava estendendo o braço para ele. Iria tocá-lo. As pontas dos dedos roçaram sua bochecha, deixando um rastro de fogo. Inspirou profundamente enquanto ela arranhava a barba de vários dias, em direção ao seu queixo. Ficou paralisado, com medo de que ela parasse caso se movesse.

Não pare.

Grace não parou, fechou os dedos sob o queixo e ergueu o rosto dele, seu próprio rosto marcado pelas sombras e emoldurado pelos cachos vermelhos. Olhou bem no fundo dos olhos de Ewan, prostrando-o na mais completa submissão.

– O jeito que você olha para mim – balbuciou ela, cada sílaba cheia de descrença.

Mas ela precisava acreditar. Não era assim que ele sempre tinha olhado para ela?

Ah, meu Deus, ela estava se aproximando ainda mais, inclinando-se sobre ele, bloqueando a luz. Tornando-se a luz.

Podia ver cada centímetro dele, desnudando-o com seu escrutínio. E Ewan não conseguia se conter conforme ela se aproximava cada vez mais, o pulso acelerando, até a sala desaparecer e não existir mais nada além dos dois. Ele também desapareceu, e não existia nada além dela.

– Eles te esconderam de mim.

Grace negou, e o movimento de cabeça o envolveu no perfume que exalava dela, e era como sentir o gosto de um doce que um dia provara e nunca esquecera, mas que nunca mais conseguira encontrar.

– Ninguém me esconde – afirmou Grace. Oh, meu Deus, ela estava tão perto. Estava bem ali, os lábios carnudos e perfeitos a um fio de distância dele. – Sei cuidar de mim mesma.

Ewan forçou as amarras mais uma vez. Tenso como aço. Duro como o metal. Desesperado para diminuir a distância entre os dois. Fazia quanto tempo desde que encostara nela pela última vez? Havia quanto tempo sonhava com isso?

Uma vida inteira.

Os olhos dela estavam negros de desejo, fixados em sua boca, e Ewan lambeu o lábio inferior, sabendo que ela o queria, assim como sabia que precisava respirar. Grace o queria tanto quanto ele a queria.

Impossível. Ninguém poderia querer nada do jeito que ele a queria.

Me beija, ele ardia de desejo.

Por favor. Me beija.

– Eu te encontrei – disse como se entoasse uma oração.

– Não – ela o corrigiu, suavemente. – Eu encontrei *você*, Ewan.

O nome – o nome que ninguém mais usava – calou fundo em seu peito. Não pôde deixar de sussurrar o nome dela em resposta.

Entreolharam-se novamente. Era como um presente.

Sim.

– Faça o que quiser – disse ele, enfim. *Faça o que quiser de mim.*

Tudo o que quiser.

– O que você quer, Grace?

Ela se inclinou, e a dor que ele sentiu ia além da razão.

Duas batidas, afiadas e insistentes, ecoaram na escuridão, e soube imediatamente que era Devil, seu irmão de sangue.

E irmão dela por um laço muito mais forte.

Grace o abandonou no mesmo instante, como se puxada por uma corda, e a perda do toque o deixou em um estado de selvageria. Ewan se virou na direção do som, um rosnado baixo se formando na garganta, tal qual um cachorro que, atraído pela promessa de uma refeição, tem a comida tirada de si no último segundo.

– Ele me disse que você estava morta – clamou, ansiando para que ela voltasse, por sua proximidade. – Mas você não está morta. Está viva.

E mais uma vez não era capaz de esconder o alívio em sua voz. A reverência.

– Você está viva.

Grace o encarou, irritada, implacável.

– Você tentou matá-lo.

– Ele me disse que você estava morta!

Como ela não entendia?

– Você quase matou o amor da vida de Beast.

– Achei que eles tinham te abandonado, deixado você morrer!

E quase enlouqueceu quando soube disso. *Quase, não.*

– Isso não é justificativa.

Uma risada seca rasgou o peito de Ewan ao cogitar a possibilidade de não ter tocado o terror em Londres para vingar a morte dela.

– Tem razão. Não é o bastante. É tudo.

Com altivez, encarou-a mais uma vez – e admirou o olhar caloroso e castanho que envelhecera como tudo mais nela: com sabedoria e poder.

– E eu faria tudo de novo. Agora solte-me.

Por um longo momento, ela o observou em silêncio.

– Sabe, pensei muito em você enquanto caminhava por essas ruas de paralelepípedos e aprendia a amá-las. Assim como aprendi a protegê-las, como se eu que tivesse nascido aqui, em uma espelunca em Covent Garden, e não você.

– Solte-me. Deixe-me...

Deixe-me te abraçar.

Deixe-me tocar você.

Grace ignorou o pedido.

– Pensei em você... até que não pensei mais. – Ela deu tempo para que ele absorvesse as palavras. – Porque você não era mais um de nós. Você era, duque?

Grace empunhou o título como uma faca, cravando até o osso, mas Ewan não demonstrou o quanto doeu. Em vez disso, reagiu fazendo a única coisa em que conseguiu pensar para mantê-la ali consigo.

O único presente que Grace receberia dele.

Encarou-a, com firmeza, e disse:

– Solte-me, e eu darei a luta que você quer.

Capítulo Seis

Uma luta *era* exatamente o que ela queria.

Foi ali, no último andar do prédio que era de Grace, no mundo sobre o qual reinava – um mundo que já tinha sido dele –, que olhou nos olhos de seus irmãos e lhes garantiu que ansiava por vingança.

Era tudo o que desejava, para ser honesta. Todo o resto – tudo o que tinha e tudo o que era – não passava de meios para esse fim. Afinal, era a única coisa que realmente pertencia a ele. Todo o resto – sua casa, seu negócio, seus irmãos, o povo do cortiço, eram todos compartilhados. Mas a vingança era só dela.

Desde seu nascimento, nunca tivera nada seu.

Seu nome fora roubado. Seu futuro. A mãe que a amou. O pai que nunca conheceria. E então encontrou o lado bom do mundo só para perdê-lo. Felicidade. Amor. Conforto. Segurança. Também se foram. Roubados dela.

Pela única pessoa que já tinha amado, porque a ideia de uma vida com ela não bastava. Não quando poderia ter um ducado.

Foi o que o pai dos garotos prometera, ao convocar os filhos, meios-irmãos, para sua propriedade no campo. Que eles competiriam, como cães, por um título que não pertencia a nenhum deles. Um título que traria consigo uma enorme fortuna e poder – o suficiente para mudar vidas.

No início, a competição foi fácil. Dança e traquejo social. Geografia e latim. As armadilhas da aristocracia, quando apenas o duque e uma infinidade de criados e tutores sabiam da existência das crianças. E aí tudo deu uma guinada para pior, e os desafios se focaram cada vez menos no aprendizado e mais no sofrimento. Aquilo que o duque chamava de "fortaleza mental".

Os meninos foram separados dela... trancados em quartos escuros. Isolados. No frio. E obrigados a lutar entre si. Tudo em nome de uma promessa de poder. De fortuna. De futuro. Em troca de um nome que fora dado a ela no batismo: Robert Matthew Carrick, Conde de Sumner. Futuro Duque de Marwick.

Pouquíssimos sabiam que o bebê nos braços da aia era uma menina, e os que sabiam... morriam de medo do duque para denunciá-lo enquanto ele quebrava as leis do país e de Deus.

E, no longo prazo, não tinha mais importância, porque, no fim das contas, foi um menino que assumiu o nome. Um menino que ganhou, por mais que Grace, Devil e Whit tivessem fugido antes que Ewan completasse a tarefa final.

Os três tentaram esquecer, construíram sua família e império sem Ewan. Mas nenhum deles encontrou paz – pelo menos não até que Devil e Beast tivessem encontrado o amor.

Grace, porém, continuou sem paz.

Mas seu tormento acabaria naquela noite, ao cumprir a promessa feita aos irmãos. Escorraçaria, de uma vez por todas, aquele homem caído de joelhos à sua frente, com a certeza de que nunca mais viria atrás deles. Ewan passou anos lhes procurando – procurando Grace – enquanto eles passaram anos se escondendo. Já passara da hora de o novo duque entender que aquilo que buscava não existia, e não existia havia vinte anos.

A lembrança a atingiu em cheio, Devil e Whit gritando enquanto Ewan avançava contra ela, empunhando uma lâmina. Grace não reagiu rápido o suficiente. Ficou paralisada ao perceber que ele realmente pretendia machucá-la. O que quer que o monstruoso duque tinha prometido, não importava! Ewan alegou que a amava. Jurou protegê-la. Todos juraram proteger uns aos outros. Quantas vezes os três irmãos tinham lutado como um? Quantos planos os quatro fizeram na calada da noite?

Quantas promessas *os dois* fizeram?

Futuro. Família. Segurança. Amor.

Nada disso importou naquela noite. Não quando havia um ducado em jogo. Nem quando o título já havia sido conquistado. Ewan ganhara o dia e, com isso, poder e privilégio, que tornavam o resto deles, na melhor das hipóteses, inúteis e, na pior, perigosos.

E Grace era mais perigosa de todas, porque era a prova viva de que Ewan – agora Robert Matthew Carrick, Conde de Sumner, Duque de Marwick – era uma fraude.

Conforme Grace, Devil e Whit se fortaleceram – conforme forjaram suas identidades na fuligem do cortiço dos Bastardos, onde ainda viviam e de onde administravam negócios que empregavam centenas de pessoas e lhes rendiam muito dinheiro –, sabiam que estavam construindo mais do que nomes. Estavam construindo o poder que os protegeria do inevitável – a chegada deste *homem*, seu inimigo, que sabiam que um dia viria atrás deles – as únicas pessoas no mundo que sabiam de seu segredo... um segredo que poderia levá-lo à forca por traição.

Todos os anos de preparação terminariam naquela noite. Agora. Pelas mãos de Grace, enquanto seus irmãos assistiam.

Antes de puni-lo, porém, tocou nele.

Não sabia dizer por quê.

Não foi porque queria.

E o beijo – não o queria também.

Mentira.

Ela não queria querer.

Mas ali, na escuridão daquele cômodo subterrâneo, com os sons da festa estrondosa que acontecia acima abafados pela serragem, não fora capaz de resistir. Ewan tinha sido um menino bonito – mais alto que a maioria, atlético, cujos perspicazes olhos cor de âmbar e o sorriso lento e fácil poderiam tentar qualquer um a segui-lo até os confins da Terra. Como todos os três um dia estiveram dispostos a fazer.

Ewan. O menino rei.

Não mais havia sorriso. Ele se perdera nos magníficos traços de seu rosto. Todos os três – Devil, Beast e Ewan – carregavam as marcas do pai nos olhos e no desenho das mandíbulas. Mas, ao crescerem, Devil ficou alto e virou um libertino, Beast se tornou um brutamontes com rostinho de anjo. Ewan, no entanto, não se tornou nada disso. Era um aristocrata, elegante, com um longo nariz aquilino, covinha no queixo e bochechas marcadas, uma fisionomia nobre – e os lábios eram pura tentação.

Grace era a dona e proprietária do número 72 da Shelton Street, o mais discreto e sofisticado bordel para damas em Londres, e um lugar conhecido por oferecer homens que eram espécimes belíssimos de masculinidade, um mais perfeito que o outro, a uma clientela exigente. Considerava-se uma conhecedora de beleza. Afinal, era o seu negócio.

E ele era o homem mais bonito que já tinha visto, mesmo agora. Mesmo um pouco magro demais. Mesmo com as bochechas encovadas demais. Mesmo com um toque selvagem nos olhos.

Portanto, é claro que ficou tentada. Só por um instante. Um segundo. Uma fração de segundo. Teria tido vontade de beijar qualquer um com aquele rosto. Teria tido vontade de tocar em qualquer um com aquele corpo.

Outra mentira.

Ela o acariciou porque jamais teria outra chance de tocar o menino que um dia amou. De olhar em seus olhos e talvez encontrar um vislumbre daquele garoto, escondido no duque frio e malvado que se tornara.

E talvez, se o tivesse visto lá dentro, tivesse largado tudo isso. Talvez. Mas não viu, então nunca saberia. E, se o deixasse ir, qualquer possibilidade de saber estaria acabada.

– Solte-me e eu darei a luta que você quer.

As palavras pairaram no ar enquanto analisava o rosto dele, toda a suavidade da infância desaparecida, engolida pelos traços duros da masculinidade, perdidos no tempo.

Ewan sempre soube o que ela queria.

E, esta noite, Grace queria uma luta, mas não sentia que as longas faixas de linho estavam tão confortáveis como de costume, bem enroladas sobre os nós de seus dedos. Não tinha a impressão de que eram uma segunda pele, como teve por anos a fio, noite após noite, enquanto batia e apanhava na serragem de ringues improvisados nos cantos mais escuros, sombrios e sujos de Covent Garden.

Hoje, elas a arranhavam, tal qual como a arranharam vinte anos antes, quando enfaixou os nós dos dedos pela primeira vez. Desconhecidas. Indesejadas. Sacudiu as mãos enquanto rondava o duque, abaixando-se para extrair uma lâmina da bota e cortar as amarras dos pulsos dele.

Uma vez livre, Ewan se colocou imediatamente de pé, como se estivesse relaxando em uma espreguiçadeira, e não subjugado, de joelhos, na serragem do ringue de um porão em um clube de Covent Garden. Endireitou-se com a facilidade e habilidade de um lutador – o que deveria tê-la surpreendido. Afinal, duques não se movem como lutadores. Mas Grace o conhecia muito bem. Ewan sempre se movimentou como um lutador.

Sempre foi ágil e veloz... o melhor lutador do quarteto, capaz de desferir golpes que quebravam ossos e, milagrosamente, frear o soco de modo que pousasse como uma pena. Viu que ele não havia perdido essa habilidade.

Mas Grace... Grace tinha evoluído.

Ewan treinou onde os cavalheiros treinavam. Eton e Oxford e Brooks ou onde quer que os engomadinhos aprendiam a lutar de acordo com suas lindas regras.

Regras que não o ajudariam em Covent Garden.

Analisou os movimentos enquanto ele saltava para trás, fora do alcance da luz, sacudindo os braços para que o sangue voltasse a circular nos dedos.

Desde criança, Grace Condry era uma lutadora de rua campeã, mas não foi a força bruta que lhe trouxe vitórias – meninas raramente conseguem competir nessa arena – tampouco foi velocidade, embora fosse bem rápida. No caso de Grace, foi a capacidade de identificar os pontos fracos dos inimigos, não importa o quão bem escondidos estivessem. E o duque tinha fraquezas.

Seus passos eram um pouco longos demais, ficaria acuado na beira do ringue antes de sequer notar os golpes que viriam.

Mantinha os ombros largos muito eretos – amplificando a extensão do corpo exposta a um ataque. Deveria se inclinar sobre si mesmo, liderando com um dos lados e protegendo a maior parte do peito, que ficaria fora do alcance dos golpes.

E, claro, a perna direita: era quase imperceptível, mas ele a arrastava... tão sutilmente que mal poderia se dizer que o fazia. O início ínfimo de um mancar que ninguém notaria, e que sumiria assim que o rasgo na coxa – conquistado quando mandou pelos ares metade do cais de Londres e a noiva do irmão – sarasse totalmente.

E iria sarar porque Grace suturava perfeitamente.

Esta noite, entretanto, era uma desvantagem. E ela não hesitaria em tirar proveito disso. Duas décadas atrás – uma hora atrás – prometera a si mesma e aos irmãos que teria sua vingança. E esse momento estava ali, bem ao seu alcance.

Ewan foi para o canto mais distante da sala, onde Devil e Whit estavam sentados na escuridão, invisíveis:

– Então quer dizer que vocês deixam que ela lute suas batalhas?

– É isso aí, mano – foi a resposta límpida de Devil. – Lançamos dados para decidir de quem seria a honra. Ela sempre foi a sortuda.

– É verdade? – Ewan olhou para Grace.

– Estou aqui no ringue, não estou? – Ela ergueu o queixo, balançando o corpo desafiadoramente.

Ele contraiu a mandíbula enquanto parecia avaliar o próximo movimento. Grace esperou, tentando ignorar as longas linhas de sua silhueta, o jeito como os cabelos loiros escuros caíam sobre a testa dele, o modo como seus membros permaneciam relaxados, mesmo enquanto ele a encarava, preparando-se para o combate.

Quando criança, Ewan era um lutador nato. Do tipo que todo larápio em Londres ansiava ser. Do tipo que todo larápio em Londres ansiava vencer. Grace inclusa.

Ela respirou fundo, tentando se acalmar. Quantos lutas tinha disputado até agora? Praticamente sem derrotas. Seu batimento cardíaco desacelerou junto com o tempo. Ewan se aproximou e ela ergueu os punhos, pronta para a luta enquanto ele diminuía o espaço entre os dois.

Só que não chegou até ela. Em vez disso, lançou mão de um tipo diferente de ataque. Um para o qual Grace não estava preparada.

Começou a se despir.

Ela ficou paralisada quando Ewan ergueu os braços e puxou a camisa pela gola, tirando-a sem hesitação e jogando-a para o lado, no chão empoeirado. O olhar dela seguiu a camisa descartada.

– Que jeito de tratar a única roupa que você tem.

– Depois eu pego de volta.

Ao se concentrar de novo no oponente, descobriu que ele estava mais perto do que tinha imaginado. Grace resistiu ao impulso de dar um passo para trás, recusando-se a revelar sua reação diante de como Ewan ocupara o ringue. Isso era bem diferente de vê-lo inconsciente em uma cama.

Se o rosto dele tinha mudado nas últimas duas décadas, o corpo sofrera uma verdadeira revolução. Ele era alto – mais do que ela, e os ombros largos iam se afunilando gradualmente até os quadris estreitos, seguindo um caminho de músculos esguios. A trilha de pelos ia ficando mais escura conforme descia pelo umbigo, até se perder no cós de suas calças. O tom quente de sua pele indicava que aquele físico atlético fora lapidado ao ar livre. À luz do sol.

Fazendo o quê?

Teria feito a pergunta se não tivesse se distraído com a cicatriz no músculo peitoral esquerdo. Quase dez centímetros de comprimento, quatro linhas claras e irregulares talhadas na pele bronzeada. Ficou presa na visão da marca – prova de que este homem era o menino que conhecera. Ela estava presente quando ele ganhou a cicatriz.

Uma punição do pai por tê-la protegido. Um lembrete do que era realmente valioso. Ainda conseguia se lembrar de pressionar o punho cerrado com força contra os lábios, desesperada para manter os gritos em silêncio enquanto a lâmina cortava a pele dele. Mas os gritos não foram silenciosos. Ewan gritou por ela, já que foi ele que suportou a dor.

Dias depois, com a letra M ainda fresca na pele, Ewan não viria mais em seu socorro.

Seria ele o carrasco.

Tal pensamento a trouxe de volta ao presente. Para a luta. Os olhos faiscaram ao percorrer o peito, o pescoço, a mandíbula, as maçãs do rosto – até finalmente, travarem nos olhos de Ewan, que a encarava de volta. Impassível.

O bastardo sorriu com malícia.

– Gostou do que está vendo?

– Não.

– Mentirosa.

A mera palavra a fez corar. Vinte anos antes, poderia ser um rubor de prazer ou de constrangimento. A certeza profunda de que ele sabia o que se passava em seu coração. Mas, agora, era raiva. Frustração. E a recusa em acreditar que ele ainda podia ver através dela. Que ainda podia ser a mesma garota de anos atrás. Que ele ainda podia ser o mesmo menino.

– Eu te senti – disse ele, baixo o suficiente para que somente Grace pudesse ouvir. – Sei que você me tocou.

Impossível. Ewan fora medicado com láudano. Mas Grace não pôde deixar de negar:

– Eu, não.

– Foi você, sim – ele insistiu, baixinho, avançando sobre ela lento e gracioso como um predador. – Acha que eu esqueceria do seu toque? Acha mesmo que eu não o reconheceria na escuridão? Seria capaz de reconhecê-lo no meio de uma batalha. Andaria sobre brasas por ele, eu o reconheceria até no inferno. Aliás, eu iria para o inferno por ele. Que é onde eu estou, ansiando por isso todos os dias desde que você foi embora.

Grace ignorou o coração martelando ao ouvir tais palavras. Vazias. Sem significado. Recobrou o foco e retorquiu, desafiadora:

– Desde que você tentou me matar, é o que quer dizer. Eu tenho um prédio inteiro cheio de homens decentes bem acima da gente. Não preciso de um duque maluco.

Por um instante, uma expressão sinistra cruzou o semblante inabalável de Ewan. Ciúmes? Grace ignorou a pontada de prazer que a percorreu ao perceber, concentrando-se em sua abordagem. Agora ele estava ao seu alcance.

O duque abriu os braços.

– Vá em frente.

Será que pensou que ela recuaria? Talvez pensasse que ainda era aquela garotinha, que jamais encostaria um dedo nele. Que nunca o machucaria.

Ele estava errado.

Grace deu um soco de pura potência com o punho direito, que estalou na cara dele e mandou sua cabeça para trás com a força do golpe. Ela recuou enquanto Ewan tentava recuperar o equilíbrio.

Grace soltou um suspiro, lento e uniforme.

A bengala de Devil ressoou nas trevas, duas batidas de aprovação.

Ewan a encarou:

– Você sempre soube dar um bom soco.

– Você me ensinou.

Percebeu que as lembranças o invadiam. As tardes que passaram escondidos na clareira dos bosques em Burghsey House, quando os quatro faziam planos e conspiravam contra o duque que jurou roubar o futuro e a infância deles. As tardes em que prometeram que, independentemente de quem ganhasse o torneio perverso, protegeriam uns aos outros. Quando juraram que quem se tornasse herdeiro botaria um fim na linhagem.

Eles foram reunidos porque não havia outro herdeiro possível – nem irmãos, nem sobrinhos ou primos distantes. Com a morte do duque, o ducado centenário retornaria à Coroa. O trio de meninos era a única chance de o velho duque construir um legado.

E eles não lhe dariam esse gostinho.

Ninguém venceria, prometeram. Não no longo prazo.

Grace percebeu que Ewan se lembrava daquelas tardes, quando se empenharam com tanto afinco para coreografarem as lutas – ideia de Ewan, inspirada nos lutadores de palco que a mãe conhecera em Drury Lane – para que pudessem sobreviver às batalhas que o pai os forçava a travar. Ewan não poderia mantê-los a salvo de todas as intrigas do duque, sabia que não, mas poderia mantê-los protegidos uns dos outros.

E foi o que fez. Até que não fez mais.

E, ao pensar nisso tudo, ela socou novamente. Anos de fúria e frustração carregados no golpe. Um segundo, nas costelas. Ele deixou o terceiro soco empurrá-lo para trás, em direção à borda do ringue, fora da luz.

Grace percebeu que ele não estava se defendendo.

Parou. Recuou. Desenhou uma linha na serragem com a ponta da bota. Ergueu os punhos.

– Venha para a luta, duque.

Ele deu um passo à frente em direção a ela, mas não ergueu os punhos.

A raiva dela aumentou.

– Lute.

Ele balançou a cabeça.

– Não.

Grace deu mais um passo em direção a ele, levantando a voz de frustração.

– Lute comigo!

– Não.

Baixou as mãos e se afastou dele, cruzando o ringue. Um palavrão brutal ecoou da escuridão, quase selvagem. Beast queria entrar. Grace agarrou a lateral do ringue, apreciando o toque da madeira nos dedos nus.

Quantos desses ringues reivindicara? Em quantos havia triunfado, e tudo por causa desse homem? Quantas noites chorou até dormir pensando nele?

– Esperei vinte anos por isso – disse ela, enfim. – Por esta punição. Para ter minha vingança.

– Eu sei. – Ewan estava atrás dela. Mais perto do que Grace esperava. – E eu estou dando isso para você.

Grace olhou para trás ao ouvir tais palavras.

– Você quer dar isso para mim? – Riu, mas foi um riso desprovido de humor, e se virou para encará-lo novamente. – Você acha que pode me *dar* o que eu quero? Acha que pode oferecer a vingança que é minha por direito? Seu próprio castigo? Sua destruição? – Perseguiu-o de volta ao ringue. – Que absurdo! Você, que roubou tudo de mim. Meu futuro. Meu passado. Meu maldito nome. Sem mencionar o que tirou das pessoas que eu amo.

Ela continuou, a faísca de raiva lançada pela oferta se incendiando. Virando um inferno.

– Sério mesmo que você acha que uma noite no ringue, aceitando meus golpes, vai fazer eu te perdoar? Acha mesmo que o perdão é um prêmio ao qual você tem acesso?

Ewan estava desequilibrado. Ela podia ver. Assim como podia ler claramente seus pensamentos selvagens, tão claramente quanto se ela os tivesse colocado ali.

– Nããão... Talvez você pense que, se aceitar os golpes, não vou dá-los. Tornar-se um duque certamente afetou o seu cérebro. Permita-me esclarecer algo, Vossa Graça. – Grace deixou Covent Garden se infiltrar em sua voz. – Se alguma coisa vier de graça, aceite.

Ewan se enrijeceu, e ela foi com tudo.

– Isto é pelo que fez com Whit ao ameaçar a mulher dele. – Outro soco. – E isto é pela minha amiga! Sorte a sua que ela não morreu, ou eu deixaria Whit te matar. – Mais um soco perverso no estômago, que ele não bloqueou. Grace não estava nem aí. – E este é pela mulher de Devil, a quem você quase arruinou. – E mais dois murros em rápida sucessão, ela estava ficando com a respiração acelerada, o suor brilhando na testa, movida por uma fúria doentia. – E este é pelo Devil, por tê-lo abandonado para morrer congelado ano passado, e mais um pelo corte que fez no rosto dele há vinte anos.

Grace fez uma pausa.

– Eu deveria cortar o seu rosto para combinar com o dele.

Ewan aceitou todos os golpes. Um atrás do outro, e sua inação era combustível para a cólera de Grace. Outro golpe, que fez o nariz dele sangrar.

– E este? Este é pelos meninos que não estão mais no cortiço por sua culpa. Porque seus capangas estavam com sede de sangue. Porque você estava em uma busca desenfreada para garantir a sua própria segurança.

Isso chamou a atenção dele, e Ewan a encarou.

– O que foi que você disse?

– Você me ouviu – ela cuspiu. – Seu monstro de merda. Fazer a gente se esconder porque não bastava tirar da gente tudo o que você sempre quis. Precisava das nossas vidas também!

Grace se afastou dele, cruzando para o outro lado do ringue.

– Atrás de você!

Grace girou de volta ao aviso de Beast enquanto Ewan vinha por detrás dela. Antes que pudesse resistir, ele a ergueu pela cintura e a colocou contra a parede. Não com força – embora até preferisse que sim. Teria ficado feliz com um oponente.

Os dois ficaram paralisados, a respiração forte e rápida, quase sincronizada. Ewan roçou os lábios no ouvido de Grace, perto o suficiente para ela sentir as palavras ásperas que sussurrou:

– Eu não vim por minha causa. Vim por você. Eu jurei que iria te encontrar. Quantas vezes eu prometi que te encontraria?

Eu vou te encontrar, Grace. Preocupe-se em manter-se em segurança. Eu vou te encontrar.

Uma promessa, sussurrada décadas atrás por um menino que não existia mais.

– Eu nunca deixei de te procurar – disse ele, os lábios deslizando por sua pele. Pelo cabelo. Grace ofegou. Como era possível que ele ainda cheirasse a couro e chá preto? Depois de passar dias lá em cima trancado no quarto? Como era possível que mexesse com ela desse jeito? Depois de anos sendo o inimigo?

Como podia fazer seu corpo arder?

– Nunca deixei de sentir sua falta – ele sussurrou, com a respiração quente em sua orelha.

Arder de desejo.

Não. Ela não cederia.

Desvencilhou-se do aperto, libertando os punhos o suficiente para atingi-lo na cabeça e nos ombros, mas sem o ângulo certo para causar o estrago que queria.

– Eles me disseram que você estava morta.

A dor que latejava naquelas palavras era real e, por um momento desvairado e inexplicável, ela quis consolá-lo.

– A perna! – Devil gritou, resgatando-a de seus pensamentos malucos. O irmão vira o mesmo que ela no começo do embate. O ponto fraco. Um chute bem dado na coxa ferida de Ewan o deixaria prostrado de joelhos. Ele a soltaria. E tudo estaria acabado.

Levou a mão ao lenço amarrado na cintura e a enrolou em uma das pontas.

– É verdade o que eles te disseram. Aquela garota está morta. Foi morta por um menino em quem confiava, que a atacou com uma faca, disposto a qualquer coisa para vencer.

Puxou o lenço por uma das pontas, desfazendo o nó, e o jogou por cima de suas cabeças, formando um grande arco escarlate. Agarrou a ponta solta com a outra mão e esticou o tecido com força. Em um instante, o lenço estava na garganta de Ewan, tão perigoso quanto a ponta de uma faca empunhada por alguém que sabe como usá-la.

E Grace passara anos aprendendo.

Ele tentou pegar o lenço, uma reação natural, porém errada. Com um volteio dos pulsos, ela prendeu as mãos dele com o tecido. Algemado e imobilizado, ele não teve escolha a não ser recuar, baixando as mãos.

– Solte-me.

Em vez disso, Grace deu um nó na seda, tornando qualquer movimento impossível.

– Eu jamais te mataria. Jamais te machucaria.

Grace o afrontou, cínica.

– Que mentira.

– É a verdade.

– Não é – ela cuspiu. – Você me machucou.

O verbo estava no passado, mas poderia muito bem ser no presente.

Ewan rosnou uma resposta sem palavras, um som arrancado do fundo da garganta, mas foi ignorado.

– E, mesmo que fosse verdade, você machucou *meus irmãos*. Quebrou meia dúzia de costelas de Whit, e Devil poderia ter morrido com o rasgo que você fez no rosto dele, se não pela perda de sangue, de febre. Esqueceu que eu estava lá? Que eu vi você se transformar nisso?

Grace o mediu de cima a baixo, do jeito que alguém olha para um rato ou uma barata.

– Eu te vi, Ewan. Vi você se tornar quem é hoje. Vi você virar duque. – Praticamente cuspiu a palavra. – Vi você trocar a gente, sua família, por um maldito título.

Uma pausa. Os dois se entreolharam, mas, antes que ele pudesse falar, ela continuou:

– Você não me escolheu. Me trocou por um título. Você me matou. A garota que eu era. Os meus sonhos. Você fez isso! E não pode voltar atrás. – Fez uma pausa, recusando-se a deixá-lo desviar o olhar. Querendo que ele ouvisse até o fim. Precisando ouvir a si mesma. – Nunca mais verá aquela garota de novo. Porque ela está morta.

Contemplou o peso de suas palavras se abatendo sobre Ewan.

Corroendo-lhe com a verdade.

Ele acreditava nela.

Ótimo.

Grace se virou, concentrando-se nos dedos doloridos, provas de que finalmente conseguira a vingança que tanto almejara.

Recusando-se a admitir as outras dores – que provavam outra coisa.

Os irmãos permaneceram de sentinela fora do ringue, dois homens que a protegeriam sem hesitação. Dois homens que a protegiam havia anos.

Eles me disseram que você estava morta.

O desespero em suas palavras ecoou dentro dela.

– Grace! – Ewan gritou do centro do ringue, e ela se virou para enfrentá-lo, encontrando-o banhado por uma luz dourada, impossivelmente bonito, mesmo todo machucado.

Veronique se materializou nas sombras atrás dele, ladeada por outras duas mulheres cujos músculos rivalizavam com o de qualquer brucutu em Covent Garden. Elas renderam Ewan, que perdeu as estribeiras, tentando se libertar, sem deixar de olhar para Grace nem por um segundo.

Ele não tinha a menor chance. As mulheres eram mais fortes do que pareciam, e ele não era o primeiro homem a ser escorraçado do número 72 da Shelton Street.

Nem seria o último.

Ewan xingou e gritou por ela uma segunda vez. Grace ignorou o som de seu nome nos lábios dele. Ignorou as lembranças que isso trazia.

– Você deveria ter nos escolhido.

Referia-se aos três – Beast, Devil e ela – não é?

Ewan se acalmou, o olhar de alguma forma se fixando no dela mesmo na escuridão.

– Eu escolhi nós dois – disse ele. – Era para você ser duquesa.

Vamos nos casar, ele lhe prometera naquela vida distante, quando eram muito jovens para saber o que estava em jogo. *Vamos nos casar, e você será duquesa.* Lindas promessas para uma garota que não existia mais, feitas por um garoto que nunca nem existira, para começo de conversa.

A lembrança de infância teria deixado Grace triste se ela já não tivesse desperdiçado tristeza o suficiente para uma vida inteira por causa de Ewan. Foi direto para o estágio da frieza.

Virou o argumento contra ele, deixando o passado no passado. Nada de Grace, era apenas Dahlia vestindo o manto da fúria e da vingança:

– E por que eu me contentaria com duquesa se nasci sendo duque?

As palavras o atingiram em cheio, e ela percebeu.

– Nunca mais volte aqui. Se o fizer, não terá uma recepção tão calorosa.

E, com isso, virou as costas para o passado e foi embora.

Capítulo Sete

Shelton Street, nº 72
Um ano depois

— Você vai querer ver isso.

Dahlia fez uma pausa enquanto passava pelas cozinhas do número 72 da Shelton Street, inspecionando uma bandeja de *petits-fours* preparada para um dos quartos no andar superior do clube.

— Em minha experiência, nada de bom é começa com "Você vai querer ver isso". — Com um aceno de aprovação para os belos petiscos, voltou a atenção para Zeva.

— Desta vez, sim, acredite ou não – disse a faz-tudo, entregando a Dahlia uma página do livro fiscal. – Parabéns!

Leu os dados da última linha, curiosa, ficando espantada conforme analisava o restante do documento, calculando uma longa coluna de números para ter certeza de que lia corretamente. Zeva se divertia com a surpresa da amiga.

— O mês mais lucrativo do clube até hoje!

— Deus salve a Rainha – balbuciou Dahlia, cruzando a porta para o salão oval, o cômodo central do clube, verificando os números mais uma vez.

A rainha Vitória fora coroada somente alguns meses antes, e a coroação de uma monarca, uma mulher, fez mais do que prolongar a alta temporada em Londres – estendendo-se pelo verão e outono. Proporcionara às mais refinadas damas da cidade a crença de que poderiam obter o que quer que desejassem; à Dahlia, um golpe fortuito de sorte, já que seu ramo de negócios era fornecer justamente isso às mulheres.

– Sim, mas eu não iria tão longe – contrapôs Zeva. – Não tenho dúvidas de que ela se empenhará tanto quanto os tios na expansão do Império, sem nem pensar duas vezes.

– Sem dúvida – Dahlia concordou. – Poder a qualquer preço é a única certeza para um líder.

Zeva bufou em concordância enquanto cruzavam o grande salão oval, um dos mais deslumbrantes de Londres, ricamente mobiliado em tons de azul e verde, combinando com suas saias de um tecido roxo profundo que brilhava à luz ambiente, assim como com as calças azul-escuras bordadas com fios de prata de Dahlia.

Dahlia lançou um olhar criterioso ao redor do salão, projetado para servir a vários propósitos, com champanhe e chocolates em cada canto – mimos oferecidos antes que as clientes fossem servidas com o que realmente vinham consumir. As filiadas eram conduzidas ao salão oval do 72 da Shelton enquanto os quartos do andar de cima eram preparados com comidas, bebidas e, é claro, os acessórios requisitados. Durante a espera, as senhoras beliscavam e bebericavam – as cozinhas do 72 da Shelton eram famosas por sua ampla variedade de iguarias –, e Dahlia se certificava de que os armários estivessem sempre abastecidos com as preferências das clientes regulares.

Toda e qualquer predileção era registrada e depois replicada, sempre com a máxima discrição. Uma dama preferia a *chaise longue* verde junto à janela; outra tinha aversão a nozes; outra gostava de ficar no canto mais escuro – morrendo de medo de ser reconhecida e, ainda assim, incapaz de resistir à atração do clube.

Não que fosse fácil reconhecer alguém por lá. Mesmo nos dias de menor movimento, o uso de máscaras era obrigatório para garantir o anonimato. As frequentadoras mais novas geralmente selecionavam máscaras menos elaboradas, básicas, todas pretas, mas a maioria usava máscaras requintadas de formas magníficas, projetadas para ostentar o poder e a riqueza de uma mulher, sem revelar sua identidade. No momento, havia seis mulheres mascaradas no recinto, cada uma delas aproveitando o terceiro propósito do salão.

Companhia.

Ao lado de cada mulher estava um companheiro amoroso, vestido de acordo com a fantasia de sua dama: Matthew, em seu belo uniforme de soldado, entretinha uma solteirona de meia-idade de máscara lilás bordada com contas; Lionel, em seu belo traje de gala escuro, que faria

Brummell[1] parecer cafona, sussurrava ao pé do ouvido da jovem esposa de um conde decrépito; e Tomas, com uma camisa esvoaçante e calças justas, os longos cabelos puxados para trás em uma trança, tapa-olho escuro sobre a testa, entretinha uma dama cuja imaginação era notavelmente ativa... E que sabia exatamente o que ela queria: Tomas.

Uma gargalhada ribombou, alta e genuína, decididamente mais livre do que seria em Mayfair – Dahlia não precisava olhar para saber que vinha de uma marquesa viúva, que ria junto de uma baronesa casada, a quem amava desde que eram crianças.

Mais tarde, as duas iriam para um quarto no andar de cima para se entregar ao prazer mútuo.

Na extremidade do salão oval, onde as janelas tinham vista para Covent Garden, Nelson – um dos mais habilidosos trabalhadores do clube, e muito bem pago por tais habilidades – cochichava no ouvido de uma viúva particularmente rica. A viúva em questão era uma condessa já na casa dos 50 e que só vinha ao 72 da Shelton quando Nelson estava disponível.

Os dois riram quando ele, sem dúvida, fez uma sugestão escandalosa, em seguida acenou para um lacaio com uma bandeja de prata carregada de champanhe. Nelson levantou-se, colocou-a de pé e, com duas taças em uma mão e a viúva na outra, foi em direção às escadas luxuriantemente acarpetadas, que os levariam até um quarto. No caminho, os amantes passaram por Dahlia e Zeva, mas Nelson nem deu atenção à dona do clube – só tinha olhos para sua dama.

– Se eu não o conhecesse tão bem – Dahlia comentou, abrindo a passagem privada para os aposentos dos funcionários –, diria que Nelson está prestes a zarpar para outras paragens.

– Não tenho tanta certeza de que você o conheça tão bem – Veronique a interrompeu, surgindo atrás delas.

– É mesmo? – indagou Dahlia.

– Ele se colocou à disposição dela todas as noites desta semana... – respondeu Zeva, suavemente. Os funcionários do clube podiam escolher as clientes que queriam e, por mais que encontros regulares não fossem incomuns, encontros regulares *diários* chamavam atenção.

– Mmmm... – soltou Veronique. – Pelo jeito, ele está mais do que disposto a jogar a âncora.

---

[1] Referência a Beau Brummell, dândi considerado ícone de beleza, elegância e estilo masculino na Inglaterra regencial. [N. T.]

– Mmm... – Dahlia concordou com um aceno sábio. – E assim a viúva garante seu próprio almirante.

– Quero ver você fazer piadas quando perdermos um de nossos melhores homens – Zeva bufou, dando risada.

– Aí é que você se engana. Se Nelson for feliz com a viúva, serei a primeira a desejar-lhe tudo de bom. – Dahlia apanhou uma taça de champanhe de uma bandeja que passava e levantou um brinde: – Ao amor!

– Dahlia brindando ao amor... – alfinetou Veronique. – Nada mais me espanta...

– Ora, que bobagem – devolveu a dona do clube. – Estou rodeada de amor, incluindo dois irmãos em seu idílio doméstico, e olhe só para isso. – Ela abriu os braços, mostrando a sala à sua frente. – Por acaso esqueceram que meu negócio é o amor?

– Seu negócio são as fantasias – Zeva corrigiu. – São áreas completamente diferentes.

– Mesmo assim é uma força poderosa – Dahlia desconversou. – E, com certeza, em algum lugar, fantasias engendram realidade.

– *Você* bem que poderia realizar uma fantasia de vez em quando – Veronique provocou, observando cinicamente os casais diante delas. – Devia aceitar uma das tantas ofertas dos rapazes de passar umas horinhas em algum dos quartos.

Dahlia administrava o clube havia seis anos, quando decidiu que não havia absolutamente nenhuma razão para que as damas de Londres não tivessem o mesmo acesso ao prazer que os cavalheiros – sem vergonha ou medo de dano.

Após contratar Zeva e Veronique, o trio transformou o 72 da Shelton em um clube de damas, especializado em atender as expectativas e os desejos de uma clientela exigente. Elas contrataram os melhores cozinheiros, os melhores funcionários e os homens mais bonitos que conseguiram encontrar, e assim estabeleceram um lugar que era conhecido pela discrição, respeito, segurança, bons salários...

E prazer.

Para todos, menos Dahlia.

Como proprietária do clube, Dahlia não aproveitava os benefícios da adesão por uma série de motivos, sendo um dos principais o fato de que os homens empregados pelo clube – independentemente o quanto ganhassem – eram empregados por ela. Olhou de cara feia para as parceiras.

– Depois que vocês duas aceitarem.

O que nunca aconteceria. Por mais que ambas não seguissem a estrita conduta da dona do clube, Veronique era casada e feliz com o capitão de um navio que, embora passasse muito tempo no mar, amava-a além da conta. E Zeva podia até estar solteira, mas nunca estava sozinha; mas se cansava com muita rapidez e por isso mantinha seus relacionamentos longe do 72 da Shelton Street para facilitar o fim inevitável.

– Dahlia não precisa de fantasias – acrescentou Zeva, sorrindo para Veronique. – Mal precisa chegar nos finalmentes e de uma dose de realidade, mas Deus sabe que ela podia aproveitar de vez em quando.

– Cuidado! – Dahlia avisou, olhando feio para a outra.

Ao longo dos anos, teve um ou dois amantes – homens que, assim como ela, não queriam nenhuma complicação além de prazer mútuo e descompromissado. E, em geral, uma noite apenas bastava, e tais arranjos logo eram esquecidos, tanto para Dahlia quanto para seus acompanhantes. Ainda assim, não resistiu e mordeu a isca de Zeva:

– Eu cheguei a muitos finalmentes.

Ambas as mulheres encararam a chefe, sem disfarçar as expressões incrédulas. Veronique falou primeiro.

– Ah, é?

– Mas é claro. – Dahlia tomou um gole de champanhe e desviou o olhar.

– E quando foi o último? – Zeva perguntou, toda inocência. – Finalmente?

– Não acho que é da conta de nenhuma das duas.

– E não é. – Veronique sorriu. – Mas a gente gosta da fofoca.

– Ah, não sei. – Dahlia revirou os olhos. – Ando muito ocupada. Administrando um negócio. Pagando seus salários.

– Mmm... – Zeva não parecia convencida.

– Ando sim! Alguns até chamariam de império, considerando o número de garotas que temos nos telhados da cidade.

O clube no 72 da Shelton era a central de uma ampla rede de informantes e espiões que mantinham Dahlia a par de tudo e os negócios fluindo.

– Dois anos – disparou Veronique.

– O quê?

– Faz dois anos desde seu último finalmente.

– E como é que você poderia saber disso? – Dahlia perguntou, ignorando o calor subindo pelas bochechas.

– Porque você me paga para saber.

– Eu definitivamente não te pago para saber dos meus...

– Finalmentes? – Zeva completou.

– Dá pra parar de chamar assim? – Dahlia disse, colocando a taça na bandeja de um lacaio que passava.

E daí que Veronique estivesse certa, ou que fazia dois anos desde que procurara... companhia. Não era porque houvesse uma razão específica para isso.

– Não foi há dois anos que o Duque de Marwick voltou para Londres e começou a criar caos?

– Foi? – Dahlia perguntou, ignorando o choque elétrico que a menção do nome dele causou. – Não teria como saber. Não fico monitorando o que o Duque de Marwick faz ou deixa de fazer.

Ele se foi, de qualquer maneira.

– Nem mais nem menos – Veronique disse baixinho.

– O que você quis dizer com isso? – Dahlia estava ficando irritada.

– Só comentando quanto tempo faz – provocou Veronique.

– E, pelo jeito, nem chegou aos finalmentes – acrescentou Zeva, meneando a cabeça. – Caso contrário, ela teria ficado mais satisfeita.

Veronique riu tanto que fez até um barulhinho de porco, mas Dahlia só revirou os olhos.

– E pensar que este deveria ser um lugar de discernimento...

Nessa deixa, ouviram um gritinho agudo seguido por um retumbante "Yargh!", e Dahlia se virou a tempo de ver que o pirata Tomas tinha jogado sua dama por cima do ombro. As saias dela farfalharam em todas as direções, revelando meias finas de seda amarradas com elaboradas fitas de seda rosa.

Enquanto as três assistiam à cena, a condessa mascarada soltou outro gritinho deliciado e prontamente começou a bater nos ombros largos de Tomas:

– Solte-me, seu bruto! Jamais revelarei a localização do tesouro!

O francês deslizou a mão pela parte de trás da coxa da dama, subindo o bastante para Dahlia imaginar que ele alcançara curvas amplas e secretas.

– Eu já sei a localização do seu tesouro, mocinha! – rosnou o pirata.

Enquanto o restante do salão aplaudia, divertindo-se, a condessa se desfez em risadinhas, e Tomas subiu as escadas em direção ao quarto seis, onde uma grande cama aguardava qualquer que fosse a atividade pretendida pelos pombinhos.

– Ora, ora, aí sim. Muito apropriado – retorquiu Veronique, ao que Dahlia sorriu.

– Como eu estava dizendo antes, se as senhoras de Londres se sentem em vantagem agora que têm uma rainha e querem dar vazão aos seus desejos, nós as ajudaremos nisso. E, neste mês, os ganhos extras e inesperados que recebemos dessas damas serão compartilhados com toda a equipe, incluindo vocês duas, se pararem de me irritar.

– Eu com certeza não vou recusar – disse Zeva, parando na extremidade do salão, diante de uma discreta saída que conduzia a um corredor escuro que levava à parte da frente do clube, a uma sala de estar preparada para convidadas adicionais. – Contudo...

– Ah, lá vem ela! O que foi agora, Zeva? – Dahlia questionou. – Você é a única pessoa na face da Terra capaz de achar problemas no fato de quase dobrarmos os lucros.

– Sua rainha aumentou nossos lucros, sim, mas também aumentou a filiação. – Zeva entrou no modo mulher de negócios, passando pelo corredor e obrigando Dahlia a segui-la. – Recebemos nove sócias inesperadas esta noite, todas chegaram sem hora marcada.

Zeva mal terminou de falar e uma das seguranças de Veronique apareceu à porta mais próxima da entrada do clube, indicando uma situação que exigia a *expertise* da mulher. Despediu-se de Dahlia e Zeva com um aceno:

– Vamos ver que tipo de encrenca elas estão arranjando.

Não era incomum que alguma afiliada chegasse sem hora marcada. As duas principais promessas do clube eram discrição e prazer, e as sócias geralmente iam e vinham ao seu bel-prazer, ansiosas para experimentarem a vasta gama de ofertas do 72 da Shelton. Mas nove mulheres sem aviso prévio era um número maior do que o habitual – o que sobrecarregaria os recursos do clube.

– Lembre-se, um aumento no número de adesões é um aumento de poder – Dahlia ponderou enquanto seguia Zeva rapidamente pelo corredor. Cada sócia do clube era um ativo em potencial para Dahlia e seus irmãos, que muitas vezes tinham rusgas com o Parlamento, com Bow Street, com Mayfair e com as docas de Londres.

– E haverá um aumento no número de quartos no andar de cima?

– Existem outras formas de diversão além de uma cama – argumentou Dahlia. As sócias tinham acesso a salões de jogos, salas de jantares, teatros e danças. Do que quer que gostassem, estava disponível para elas. Zeva arqueou uma sobrancelha negra:

– Existem mesmo?

Sem dúvida, a maioria das mulheres vinha atrás de companhia.

– Quem está aqui?

Zeva recitou a lista de mulheres que aguardavam: três esposas ricas e duas mulheres mais novas – solteironas – que vinham ao clube pela primeira vez.

– Essas têm hora marcada, mas não vieram sozinhas.

Antes que pudesse inquirir quem mais tinha vindo, o trio adentrou a sala e Dahlia nem precisou perguntar.

– Dahlia, querida!

Dahlia se virou ao som da alegre saudação, sorrindo ao ser abraçada pela mulher alta e bela que se aproximava.

– Duquesa! – E, terminando o abraço, Dahlia acrescentou: – E sem máscara, como sempre.

– Ora, por favor. – A Duquesa de Trevescan fez um gesto de pouco-caso. – O mundo inteiro me conhece por meus escândalos. Acho que eles ficariam desapontados se eu não frequentasse a Shelton Street.

O sorriso simpático de Dahlia passou a deliciado. A duquesa não exagerava – ela era a perfeita definição de viúva alegre, mas, em vez de um marido morto, fora presenteada com um marido ausente – um duque desaparecido que não gostava do clima fervilhante de Londres e vivia isolado em uma pitoresca propriedade nas Ilhas Scilly.

– Sempre me surpreendo ao vê-la nas noites que não são para o Dominion.

– Que bobagem. O Dominion é para se mostrar, minha querida – disse a duquesa chegando mais perto. – Hoje, a noite é para segredos.

– Segredos desmascarados?

– Não, não os *meus* segredos, querida. Sou um livro aberto, como dizem por aí! – A mulher sorriu. – Os segredos de todas *as outras*.

– Bem – Dahlia sorriu –, seja qual for o motivo, somos gratas por tê-la aqui.

– Você é grata pelas clientes que eu trago – replicou a duquesa com uma risadinha.

– E por isso também – Dahlia admitiu. A duquesa fora uma das primeiras clientes, e uma crucial: alguém com acesso às mais brilhantes estrelas de Mayfair, e apoio arraigado de mulheres que desejavam explorar a si mesmas, o próprio prazer e o mundo que era oferecido sem hesitação aos homens. Ela e Dahlia se cumprimentavam com o respeito mútuo que vinha de duas mulheres que entendiam o imenso poder uma da outra, um respeito que poderia ter sido a semente de uma amizade nunca cultivada – e somente porque ambas guardavam segredos demais para que pudessem ter uma amizade honesta.

Segredos que nenhuma das duas nunca tentou adivinhar, fato pelo qual Dahlia era grata, pois não tinha nem sombra de dúvida de que, se realmente quisesse, a Duquesa de Trevescan seria uma das poucas pessoas no mundo capazes de descobrir seu passado.

Um passado que não tinha o menor interesse em revisitar. Nunca mais.

A memória veio do nada, como uma carruagem desgovernada, com olhos cor de uísque envelhecido por 20 anos e uma mecha de cabelos loiros escuros, um queixo quadrado e severo que recebeu com gosto os socos dela.

Ele mereceu.

Ficou estática, por um instante perdendo o sorriso fácil. Por um momento, esquecendo onde estava.

– Dahlia? – chamou a duquesa, de cenho franzido.

Dahlia sacudiu a cabeça, simultaneamente espantando as lembranças e cumprimentando o quarteto de mulheres enfeitadas e mascaradas sentadas em um canapé estofado de seda atrás da duquesa. Abriu um sorriso radiante de saudações:

– E, falando nisso, hoje você me trouxe mais clientes! Sejam muito bem-vindas, senhoras!

Ninguém no 72 da Shelton Street ousaria cochichar o nome ou o título de uma sócia, mas Dahlia elencou o quarteto que muitas vezes vinha sem aviso à Shelton Street na esteira da duquesa: Lady S___ , uma dama notoriamente escandalosa que gostava de Covent Garden mais do que de Mayfair; Senhorita L___, uma intelectual pedante que vivia entrando em enrascadas na alta sociedade por seus modos e pelo hábito de dizer a coisa errada na hora errada; Lady A___ , uma solteirona introspectiva de meia-idade cujo olhar aguçado valia o de meia dúzia das espiãs de Dahlia; e, finalmente, Lady N___ , filha de um duque muito rico, muito ausente e muito complacente, e namoradinha da moça que era braço direito dos irmãos de Dahlia,

– Vejo que está sem a acompanhante de sempre – Dahlia comentou a uma sorridente Lady N___ , que fez um gesto de pouco-caso.

– Seus irmãos estão recebendo um navio no porto e têm uma longa noite pela frente. E você sabe tão bem quanto eu que, sem ela, todos se afogariam no porão do navio. Mas isso não é motivo para eu ficar em casa e arrancar os cabelos, não é mesmo?

Os Bastardos Impiedosos contrabandeavam para Londres, em navios carregados de gelo, mercadorias altamente tributadas pela Coroa; a carga, desembarcada rapidamente e sempre ao abrigo do manto noturno, proporcionava ganhos que eram ao mesmo tempo perfeitamente legais e extremamente ilegais. Esses eram os negócios em Covent Garden.

– Bem, estamos mais do que felizes em tê-la conosco esta noite, milady. – Dahlia riu, antes de se dirigir à duquesa.

– Suponho que não veio aqui atrás de companhia?

– Na verdade, não. – A duquesa inclinou a cabeça. – Viemos simplesmente para ler as notícias.

Ou seja, para coletar toda e qualquer fofoca que pudessem.

– Então ficará feliz em saber que temos uma grande variedade de material esta noite.

Estas mulheres – malfaladas e consideradas péssimos partidos nos salões de baile – eram mais do que bem-vindas ao 72 da Shelton, mas raramente desfrutavam das vantagens mais sensuais da filiação, preferindo relaxar e circular pelos salões e, quando estavam na programação, assistir às lutas no andar de baixo. Afinal de contas, os quartos privados não forneciam fofocas, e elas negociavam, sobretudo, informação.

– Temos três lutas marcadas para esta noite, além de um programa de adesão que não para de crescer, o que está deixando Zeva um pouco ranzinza.

Zeva, que falava baixinho com um funcionário uniformizado, interrompeu a conversa só para dizer:

– Você me paga para ser ranzinza.

A duquesa riu antes de baixar a voz e segredar com Dahlia:

– Confesso que esperava um nível mais alto de segurança... – E olhou para trás, para a porta guardada por dois dos maiores brutamontes existentes em Covent Garden. – Mas suponho que aqueles dois dão conta do recado.

Eles, e meia dúzia de atiradoras posicionadas estrategicamente nos telhados ao redor do clube, mas ninguém precisava saber delas além de um pequeno e seleto grupo. Ainda assim:

– E por que precisaríamos de mais guardas?

A duquesa baixou ainda mais a voz para ter privacidade e esquadrinhou as mulheres espalhadas pela sala ricamente estofada com tecidos vermelhos e muitos detalhes dourados e extravagantes.

– Ouvi dizer que estão acontecendo batidas.

– Que tipo de batidas? – Dahlia quis saber, surpresa.

– Eu não sei... – A duquesa meneou a cabeça. – Mas o The Other Side foi fechado duas noites atrás.

The Other Side era o ramo secreto dedicado às mulheres de um dos clubes de jogatina mais amados de Londres – cuja maior parte das filiadas era de mulheres da alta sociedade. Dahlia ficou alarmada.

– Os proprietários são três dos aristocratas mais queridos de Londres, que, não por acaso, têm parceria com os homens mais poderosos que já pisaram na cidade. Acha que a Coroa iria atrás deles?

A duquesa encolheu os ombros de forma enigmática.

– Acho que o Anjo Caído não fecharia metade de seus negócios sem motivo. Eles têm informações sobre cada um dos homens associados... e esses segredos por si sós são suficientes para justificar uma batida. – Ela fez uma pausa e acrescentou: – Mas você... você também sabe muitos desses segredos, não é? Por meio das esposas.

Uma morena escultural entrou na sala, usando uma máscara ricamente elaborada, e Dahlia inclinou a cabeça para cumprimentar a baronesa que passava antes de responder baixinho:

– Acho que, em geral, as mulheres sabem mais do que os homens pensam.

– E mais do que os homens sabem, não? – acrescentou a duquesa.

– Isso também – Dahlia sorriu.

Tais palavras foram pontuadas por uma gargalhada estrondosa do outro lado do cômodo, onde um grupo de mulheres mascaradas conversava enquanto aguardava a escolta para outras partes do clube.

– Juro que é verdade! – disse uma delas com urgência. – Lá estava eu, esperando os suspeitos de sempre, e lá estava ele! No Hyde Park, em um magnífico cavalo cinza.

– Ah, ninguém se importa com o cavalo – retrucou a amiga. – Como ele estava? Ouvi dizer que está *completamente* mudado.

– Está mesmo! – respondeu a primeira, com os cachos ruivos balançando. – E para muito melhor. Lembra de como ele estava taciturno na última temporada?

Dahlia fez menção de se afastar da conversa, mas a duquesa a deteve pousando a mão de luvas esmeralda em seu braço, ao que Dahlia respondeu com um olhar petulante:

– Não me diga que está interessada em quem quer que seja o solteiro da vez de quem elas estão falando...

A duquesa sorriu, mas não moveu a mão.

– Como qualquer uma, gosto de uma boa história de transformação.

Uma nova participante entrou na conversa.

– Ele estava no baile de Beaufetheringstone na semana passada, e dançou todas as danças! Uma delas comigo, e foi como dançar em uma nuvem. Ele é *tão* habilidoso. E agora está tão bonito. Ah, e aquele sorriso! Ele é não é mais soturno como antes.

Suspiros se seguiram.

– Você é tão sortuda!

Dahlia revirou os olhos.

– Quem quer que seja o pobre coitado está claramente à caça de uma esposa se passou de taciturno a pé de valsa em um ano.

– Mmm... – fez a duquesa.

– Meu irmão me contou que faz uma semana que ele vai ao clube, apresentando-se para... *os pais*! – uma delas fez um adendo resfolegante.

A duquesa olhou para Dahlia.

– À caça, de fato.

– A velha história de sempre. – Dahlia ofereceu à outra mulher um sorriso presunçoso. – E nem um pouco interessante, exceto para dizer que vou buscar o caderno de lances se você quiser fazer uma aposta.

– Ouvi dizer que ele está organizando um baile de máscaras na próxima quarta-feira. – A jovem tocou a borda de sua deslumbrante máscara dourada enquanto ria. – E cá estamos nós, já mascaradas!

– Ah. É isso, todo mundo sabe que um baile de máscaras é para flertes. Aposto que ele já tem a escolhida e terá uma nova duquesa antes do Natal.

Duquesa.

A palavra cortou o ar.

Não podia ser ele.

– *Agora* a coisa ficou interessante – disse baixinho a duquesa ali presente. – Não existem tantos duques solteiros dando sopa por aí.

– Não – concordou Dahlia, distraída. – Você teve que correr para uma ilha distante para conseguir o seu.

– E ele nunca vem quando é chamado – a duquesa respondeu com um "tsc". – Mas este...

– Quem é ele? – Dahlia foi vencida pela curiosidade, mas a duquesa também não sabia e só deu de ombros, sem palavras.

Dahlia levantou a voz para as garotas ouvirem.

– O duque que vocês estão comentando – comentou, dizendo a si mesma que era mera curiosidade. Dizendo a si mesma que era simplesmente porque informação era poder. – Esse modelo de masculinidade tem um nome?

Não era ele. *Não podia ser.*

A jovem da máscara preta respondeu primeiro, com ansiedade em seu tom, como se estivesse esperando pelo momento em que poderia falar com Dahlia. Seus lábios se curvaram no tipo de sorriso que antecedia um segredo magnífico, lento e fácil, como se tivesse todo o tempo do mundo para compartilhá-lo.

– Quem é ele? – Dahlia repetiu, afiada e urgente, incapaz de se conter. O que diabos havia de errado com ela?

A jovem arregalou os olhos por trás da máscara.

– Marwick – disse simplesmente. Como se não conseguisse respirar direito.

Grace sentiu o sangue latejar nos ouvidos, em um rugido de calor e frustração e raiva nublando seu julgamento. Aquele nome a atormentava. *Marwick*.

Impossível. Elas estavam erradas.

Não mandara ele embora? Ele não tinha fugido, desaparecido na escuridão?

– Não acredito – disse para a duquesa. Ele não podia voltar. Fazia um ano que estava sumido e não havia nenhuma razão para estar de volta.

Claro, não era verdade. Havia uma razão bastante singular para ele estar de volta.

Com um movimento lânguido e casual, a outra mulher se serviu de uma taça de champanhe de uma bandeja que passava, sem perceber o coração de Grace trovejando. Ou a tempestade que invadia seus pensamentos.

– E por que não? Todo duque precisa de uma duquesa.

Escolhi o título para fazer você minha duquesa.

Era pra você ser duquesa.

– Ele está aqui para se casar – disse ela.

– Ah, que tédio – respondeu a duquesa.

Grace sentia um turbilhão de sentimentos, menos tédio. Meu Deus. Ele estava de volta.

Ele estava de volta.

E, assim como veio, a tempestade passou. Sabia o que devia fazer. Encarou a duquesa, olho no olho.

– Eu preciso de um convite para esse baile de máscaras.

Capítulo Oito

Se não soubesse que o anfitrião do baile de máscaras na Mansão Marwick era o Duque de Marwick em carne e osso, nunca teria acreditado. Nem de longe a festa de arromba que tinha diante de si se encaixava com o homem que ela expulsara um ano antes.

Aquele homem teria achado cada detalhe do evento uma frivolidade indigna de seu tempo. Mas, é claro, aquele homem passara cada hora desperta de seus dias atrás de Grace, só para descobrir que a garota que tanto procurara não existia mais.

Na semana que soube do retorno, fez tudo que estava a seu alcance para tentar entender. O que ele procurava, como e por quê.

E *quem*.

Porque só havia um motivo para o Duque de Marwick estar de volta a Londres e ainda por cima se apresentando à sociedade – e não mais como o duque maluco que todos imaginavam que ele era, mas, ao que tudo indicava, como alguém completamente distinto.

Os elogios das mulheres no clube ecoavam em sua cabeça.

Tão bonito. Aquele sorriso! Ele dançou todas as danças. Era como dançar em uma nuvem.

Ela sabia que a última afirmação era verdadeira. Tinham aprendido juntos – parte da competição idiota do pai dos meninos. E somente para um propósito. Todo duque precisa de uma duquesa.

E o Duque de Marwick estava de volta para finalmente garantir a sua.

Era para você ser duquesa.

Resistiu ao eco das palavras ditas um ano antes. Resistiu ao impulso de remoê-las, de chafurdar na dor contida nelas quando ele chamou seu nome no ringue – uma derradeira tentativa de reconquistá-la, por mais que ela já tivesse lhe dito o que estava entalado na garganta. Jamais a reconquistaria.

Porque não era mais a garota que um dia ele amou, e nunca mais seria.

Isso, no entanto, não mudava o fato de que, havia muito tempo, tinham feito um trato. Não se casariam. Não teriam filhos. Não perpetuariam a linhagem de Marwick – a única promessa que poderiam fazer e que estava fora do alcance do pai dos garotos.

E agora ele estava de volta para se casar? Para produzir um herdeiro? Grace não tinha escolha a não ser colocar um ponto-final naquilo.

Mas... E se tivesse retornado com outros propósitos?

Nesse caso, ela também não tinha alternativa a não ser colocar um ponto-final nisso. Porque, a cada segundo que o Duque de Marwick estivesse na boca do povo, todos eles corriam perigo. Ele roubara um título, e ela e os irmãos tinham sido parte disso. Teria de passar por cima dela se pretendia colocar os outros em risco só para ter uma chance de conseguir algo a mais – não quando Devil e Whit tinham acabado de encontrar a felicidade com suas esposas e famílias recém-formadas.

Ewan não tinha o direito de retornar e reclamar um futuro para si.

Não quando isso colocaria o futuro dos outros em risco.

Não contara aos irmãos que ele retornara, pois sabia que insistiriam em acompanhá-la à festa, que talvez insistissem em algo pior – em surpreender Ewan em um canto escuro e cumprir o juramento feito anos atrás. Grace os impedira de cumprir por medo do que poderia lhes acontecer se fossem descobertos; afinal, a morte de um duque não era algo que poderiam varrer para debaixo do tapete.

Portanto, cabia a Grace encontrar o Duque de Marwick no território dele, adivinhar suas intenções e lidar com sua justiça. Afinal, ela não dissera para ele nunca mais voltar? Não foi ela que o golpeara naquela noite? E não só com golpes físicos – esses saravam e eram esquecidos –, mas os golpes que realmente o atingiram. Os golpes que Grace viu estilhaçarem seus propósitos.

Tinha sido fácil demais?

Afastou tal pensamento. Não importava. O que importava era que ele estava de volta, e com novas intenções, conquistando a aristocracia com danças, um rosto bonito e um sorriso charmoso. E ela acabaria com isso.

Fez uma careta diante da Mansão Marwick, uma casa tão requintada que ocupava quase um quarteirão inteiro de Mayfair, reluzindo com luzes douradas na escuridão e oferecendo vislumbres dos convidados lá dentro. Espiou uma Cleópatra e um Marco Antônio, uma pastora com cajado na mão diante de uma das janelas, como se estivesse esperando as ovelhas chegarem.

Ainda inspecionava as janelas quando um grupo de pessoas passou por ela com alvoroço, vestidas de peças de xadrez: rei negro, rainha branca, cavalo negro, torre branca. Momentos depois, um bispo mascarado chegou e, por um segundo, Grace pensou que ele era uma adição espirituosa às peças de xadrez, mas tudo fez mais sentido quando a acompanhante dele apareceu, vestindo um diáfano hábito de freira.

Londres chegava em peso ao baile de Marwick – o que fez Grace se dar conta de duas coisas: a primeira, Ewan realmente devia ter mudado, já que, ano passado, a maior parte de Londres o considerava intragável – duque ou não; e, a segunda, o mar de gente proporcionaria a cobertura perfeita para sua infiltração.

Entraria, descobriria o que havia por trás desse novo e melhorado Ewan, desvendaria seus planos e iria embora para arquitetar um jeito de acabar com ele. E estar ombro a ombro com o resto da cidade só aumentaria suas chances de sucesso.

Aprumou a postura e afofou as saias cor de esmeralda antes de certificar-se de que a máscara prateada repleta de pedras brilhantes estava perfeitamente ajustada ao rosto – grande o bastante para cobrir três quartos de seu semblante, deixando à mostra somente os olhos escuros e os lábios de um vermelho profundo. Uma vez preparada, foi à guerra.

A turba de convidados a arrastou escadas acima e pelo comprido e refinado corredor da Mansão Marwick, diminuindo o ritmo conforme se aproximavam do salão de baile. Ao redor de Grace, as pessoas soltavam exclamações e suspiros de admiração. Um homem à sua esquerda comentou:

– Marwick acabou de ganhar uma inimiga em cada anfitriã de Mayfair.

A multidão foi se dispersando, e Grace pôde ver o salão. Seu coração parou por um minuto enquanto contemplava a elaborada decoração – e começou a martelar no peito.

Ewan recriara o lugar especial dos dois.

O pequeno bosque na extremidade oeste da propriedade de Marwick era o lugar favorito de Grace – o lugar favorito dos dois. E o salão de baile era um eco da clareira.

Boquiaberta, adentrou o espaço enorme e convidativo, admirando o teto, com os lustres resplandecentes belíssimos, ornamentados com folhagens e flores exóticas. Quem quer que tivesse decorado a festa não economizara recursos. Projetara até mesmo caramanchões de ramagem e flores naturais, que criavam espaços mais intimistas no barulhento salão de baile.

E, se o teto imitando a copa das árvores não bastasse, havia três maciços troncos se elevando no meio da pista de dança, colossais, interrompendo o fluxo de dançarinos que se moviam pelo salão. Emulavam carvalhos, altivos e ancestrais, evocando o ar livre. O ar livre em que *eles* corriam.

Sem pensar, foi atraída na direção das árvores, como se elas a chamassem, e percebeu que o piso de mármore tinha sido revestido por um tipo de musgo bem macio, que devia ter custado uma fortuna.

E isso sem falar na fortuna que custaria removê-lo. Olhou para os próprios pés, e encantou-se com o contraste das saias esmeralda e do musgo verdejante, brilhando à luz das velas tal e qual grama de verão salpicada de raios de sol. Sua mente estava acelerada, distraída da missão daquela noite – e pelo que encontrara ali, na casa dele.

Lembranças.

Involuntárias, inconvenientes e inevitáveis.

Tinha 13 anos. Era um dia de verão, e o duque não estava na propriedade sabe-se lá por que motivo, e os quatro estavam livres para aproveitar a infância. Não que os meninos soubessem como ser crianças ou como aproveitar a liberdade, mas, quando o progenitor do mal estava longe, faziam o que era possível.

Whit e Devil correram direto para o riacho, onde jogavam água um no outro, brincavam e brigavam como irmãos que eram.

Grace ficou com eles por algum tempo e depois foi para o bosque, atrás de Ewan, agora mais do que seu amigo. Seu namorado.

Não que ele soubesse. Como poderia contar, quando já levavam uma vida tão turbulenta? Quando viviam cada dia de acordo com os caprichos de um pai monstruoso?

Ele estava sentado no chão, recostado em um dos carvalhos maiores, de olhos fechados. Os sons eram abafados pela camada grossa de musgo que revestia o solo naquele refúgio quieto e mágico, mas não importava. Ele a ouviu se aproximar, mas não abriu os olhos.

– Não precisava me seguir.

Grace se aproximou. Os gritos de Devil e Whit ecoavam distantes.

– Mas eu quis.

– Por quê? Eu não sou como eles.

Ele olhou para ela, e seus olhos refletiam um brilho estranho e etéreo.

Ele não era. O trio podia até ter nascido no mesmo dia, do mesmo pai, mas cada um fora criado por uma mãe diferente. Ewan não era órfão como Devil. Tampouco fora criado cercado de livros e com a esperança de receber uma boa educação como Whit. Vivera a primeira década da vida em um bordel em Covent Garden, criado por uma amante rejeitada e mais uma dúzia de mulheres que os acolheram quando a mãe chegou com vestidos caros e presilhas de brilhante.

Ela não ficou com os adornos, mas ficou com Ewan, e Grace agradecia à mãe dele todos os dias por isso.

Fazia dezoito meses que estavam todos juntos, tempo o bastante para que conhecessem as histórias uns dos outros, ou melhor, para que Grace conhecesse a história deles. Ela não tinha nenhuma história para compartilhar. Pelo menos nenhuma que valesse a pena.

Fora privada desse direito.

As únicas histórias que tinha eram as que escrevera com esses garotos, com este em particular – o menino alto, loiro, impossivelmente bonito que ela sempre desconfiou ser meio mágico pelo modo como conseguia desarmar todas as suas defesas em um minuto, com apenas um sorriso. Pelo jeito como engendrava a batalha silenciosa que os três travavam contra aquele homem que parecia ter o destino deles na palma da mão.

Naquele dia, porém, Ewan parecia diferente. Mais sério. E Grace pressentiu o que viria, embora ainda não pudesse definir. Estava quase no fim.

Ajoelhou-se na frente dele, inalando o intenso cheiro de terra que os envolvia.

– Você vai vencer.

– Você não tem como saber. – O olhar dele era penetrante.

– Mas eu sei – ela aquiesceu. – Soube desde o princípio. Você é forte e inteligente e tem boa aparência... Devil é muito raivoso, e Whit muito inseguro. Será você.

O velho duque queria um herdeiro, e seria Ewan.

E em breve.

– *Eu* sou raivoso – ele retrucou com veemência. – *Eu* sou inseguro.

– Mas não demonstra – Grace explicou, sentindo um aperto no coração.

– Não consigo... – ele disse em um sussurro que não deveria vir de uma criança, e Grace odiou o pai dele por isso. – Não consigo.

– Mas pode demonstrar para mim. – Grace acariciou o rosto dele, mas Ewan ficou ainda mais sério, severo, e afastou a mão.

– Não quero demonstrar para você. Não quero que me veja assim. Nunca.

Estava confusa. Ele se mostrava tão tempestuoso que ela até esqueceu o dia bonito de sol que fazia por cima das árvores.

– Por quê?

Uma pausa, e Ewan parou de afastá-la, de recusar seu toque. E a puxou para mais perto, colocando-se de joelhos para ficar diante de Grace. Encostou sua testa na dela, e ficaram assim pelo que pareceu uma eternidade. O coração de Grace batia daquele jeito misterioso que só os corações jovens batem, movido pela promessa de algo que não podia ser nomeado e pela esperança de algo que não podia nem sequer ser imaginado.

Ele a beijou. Ou ela o beijou.

Não importava quem beijou quem. Só que o beijo acontecera. E que transformara ambos do jeito que as primeiras vezes fazem, virando lembranças que nunca se perderiam.

Lembrança que a atormentava vinte anos depois, no salão que parecia ter sido projetado como pura ressurreição da memória, que invocava a sensação de que tudo acontecera ontem. De que tinha acontecido momentos antes. De que estava acontecendo naquele momento.

Respirou fundo, grata pelas pessoas que se aglomeravam ao seu redor, pasmas com a decoração, e que permitiam que passasse despercebida; grata pela máscara e pela peruca que impediam que fosse reconhecida – não que sua identidade fosse ser revelada se alguém porventura a reconhecesse. Afinal de contas, se alguém reconhecesse Dahlia era porque frequentava o 72 da Shelton Street, e isso seria uma fofoca bem mais perigosa do que a introdução de Dahlia à Sociedade.

– Estamos brincando de ser morena hoje? – alguém cochichou em sua orelha.

A ironia da intrusão naquele momento em particular, enquanto Grace se regozijava do anonimato, não passou batida, embora a pessoa recém-chegada fosse uma intrusa mais do que bem-vinda ao forçar Grace a parar de pensar no passado.

Virou-se para a outra mulher – cujos olhos faiscaram por trás de uma rebuscada máscara de pavão – certificando-se de que todas as suas máscaras, físicas e emocionais, permaneciam no devido lugar. Imediatamente reconheceu a Duquesa de Trevescan – que conseguira o convite requisitado por Grace.

– É tão fácil assim me reconhecer?

– Faz parte dos meus negócios conhecer todo mundo. – A duquesa sorriu.

Era verdade. A duquesa tinha a rede de contatos mais ampla que Grace conhecia. O que fazia dela uma inimiga poderosa e uma amiga essencial.

– A peruca é fantástica – elogiou a duquesa, apertando um dos cachinhos castanhos escuros artisticamente arrumados sobre a cabeça de Grace. – Francesa?

– Francesa. – Trazida em um dos carregamentos dos irmãos duas semanas antes.

– Creio que, no seu caso, o tom natural é o que te entrega. Mas é linda mesmo assim.

– Eu poderia dizer o mesmo de você. – Grace permitiu que a surpresa se manifestasse em sua voz. – Raramente te vejo mascarada.

A duquesa riu e pavoneou as saias do magnífico vestido que, à luz das velas do salão, causou um brilhante turbilhão em tons de turquesa, safira, verde e púrpura, e agitou as penas de pavão acrescentadas à fantasia.

– Você raramente me vê mascarada porque geralmente me encontra em um lugar que não deveria exigir máscaras, como bem sabe. Homens nunca escondem suas identidades quando visitam clubes privados. Por que eu deveria?

Não era inteiramente verdade, mas Grace não podia negar o padrão duplo que existia quando se tratava de gênero e prazer. Não obstante, não conseguia deixar de olhar ao redor para ver se alguém ouvia o que diziam.

– Não se preocupe. As máscaras garantem que absolutamente ninguém está interessado no que temos a dizer... Entende por que prefiro estar totalmente identificável?

Antes que Grace pudesse responder, a duquesa soltou um suspiro e continuou:

– Confesso que, já que nunca a vi deste lado de Piccadilly, fiquei um tanto surpresa quando me pediu para te arranjar um convite. – Ela abriu o enorme leque de penas de pavão e acrescentou: – Vai me contar o porquê do interesse nesta festa *em particular*?

– Eu sempre um tive um quê de arborista.

A duquesa gargalhou.

– Ora, que mentira mais trágica. Só posso presumir que tem algo a ver com a óbvia busca de Marwick por uma noiva.

– Não. – Grace se permitiu um sorrisinho malicioso. – Como disse, sou uma aficionada por musgo, e onde mais poderia encontrar tanto dentro dos limites da cidade? – A risada da duquesa se transformou em um largo sorriso conforme Grace acrescentou: – E carvalhos no interior?! Que beleza! É lógico que eu faria de tudo por um convite.

A duquesa cutucou o braço dela com o ridículo leque de pavão e disse:

– Hei de desvendar a verdade, você sabe.

Grace respondeu com seu sorriso mais enigmático:

– Não, não há, Vossa Graça, mas te convido a tentar.

Os olhos da interlocutora cintilaram por trás da penugem da máscara.

– Desafio aceito!

Antes que Grace pudesse responder, a atmosfera entre as duas mudou, anunciando algo novo e excitante. Não, não algo.

Alguém.

Virou-se para trás e sentiu uma onda de calor ao avistar o homem alto e bonito, vestindo calças pretas e paletó perfeitamente sob medida, adornado com um peitilho branco engomado à perfeição. Uma simples máscara preta não era nada além de um gracejo que não lhe escondia a identidade – não que ele pudesse esconder quem era naquele salão.

O Duque de Marwick, a quem não via fazia um ano, desde que o colocara de joelhos diante de si e o escorraçara, estava a menos de três metros dela.

Dois.

Um.

Ah, como odiou a sensação de perder o fôlego ao examiná-lo, perto o bastante para tocá-lo se estendesse o braço. Perto o bastante para reparar no quanto mudara. Ainda era alto, atlético e bonito, mas parecia ainda maior do que era, mais musculoso. O rosto não estava mais encovado, embora as bochechas permanecessem lindamente marcantes por baixo da máscara.

Não que fosse capaz de confundir aqueles belos olhos cor de uísque, com cílios escuros, com os de qualquer outra pessoa, mas, se isso não bastasse, aquela boca, linda e carnuda, só podia ser dele, e de ninguém mais.

Tinha ficado maravilhada com a beleza dele ano passado no clube, mas hoje... Hoje ele humilhava o passado.

Estava se alimentando.

Estava dormindo.

Mais do que as mudanças físicas, no entanto, ele também parecia mudado de outros modos – seus movimentos estavam mais lânguidos, seu sorriso mais fácil... o sorriso existia.

Ele estava *bem*.

Por um momento, Grace se perguntou se poderia estar se confundindo e se, no fim das contas, aquele homem era mesmo ele. Mas claro que era, porque jamais o confundiria com outra pessoa. Estava ali, em carne e osso na frente dela. Para o bem ou para o mal. Personificando desejo, pesar e raiva.

Agarrando-se ao último sentimento, assistiu a Ewan medir o extravagante vestido da duquesa de cima a baixo e aceitar a mão que ela lhe estendia com modos impecáveis e fazer uma graciosa mesura, ao que a mulher se deleitou de prazer:

– Ah, outra descoberta surpreendente no meio da multidão.

– Achou mesmo que eu não ficaria para o festejo? – ele respondeu, falsamente ofendido, uma reação tão destoante dele. O salão ao redor de Grace começou a girar.

Ele a ouvira. Ele a escutara. E fora embora.

– Creio que você nunca deu muita importância aos festejos – a duquesa entoou, achegando-se mais; algo em Grace ficou de sobreaviso. – Por que começar agora?

– Talvez porque nunca tive companhia tão sedutora – ele sugeriu, os lábios se curvando em um sorriso magnífico, de repente deixando Grace com a bizarra impressão de que estava enlouquecendo. Ewan se virou para ela e seus olhos se encontraram, e o maldito lhe lançou uma piscadela.

Não a reconhecera.

Não poderia. Nada no modo como reagira à sua presença indicava que tinha reconhecido Grace, nem ligeiramente. *Como?*

Não importava. Na verdade, só tornava tudo mais fácil.

Mesmo assim, a dor do choque a acometeu, por mais que devesse estar satisfeita – afinal, não era o que queria? Estar escondida dele bem à vista? Não era parte do plano que formulara e reformulara enquanto caprichava na maquiagem dos olhos e pintava os lábios? Enquanto vestia a máscara de Dahlia?

Nunca o encontraria novamente como Grace.

Muito menos ali, na casa dele em Mayfair – o lar de uma linhagem de duques. E, mesmo que encontrasse – mesmo que Ewan estivesse à espera para surpreendê-la –, ele é quem seria pego de surpresa ao vê-la assim, tão sofisticada, com vestido, cabelo e maquiagem perfeitamente dignos de uma mulher da alta aristocracia. De uma mulher que recebera a melhor educação e dispunha de um batalhão de criadas, riqueza inconcebível e uma vida de privilégios, que não poupava gastos.

Ele decerto a esperaria tal como sempre, em calças e sobretudo, botas acima do joelho e armas nos ombros, pronta para fazer prisioneiros.

E, se tivesse vindo, Ewan não sorriria para ela.

Não sorriam mais um para o outro.

Ewan fez uma mesura e, por um momento, Grace voltou no tempo, ou melhor, foi jogada em uma realidade paralela, em outro tempo, outro lugar, quando teriam cruzado o caminho um do outro não como ex-amigos e inimigos jurados, mas como milady e gentleman.

Um duque e uma duquesa.

Afastou tal pensamento e aproveitou a ignorância dele ao fazer uma mesura.

– Vossa Graça.

– A graça é toda sua – ele disse, cheio de charme.

Ela deixou Grace de lado, com Dahlia assumindo a dianteira do flerte. Estava ali por uma razão.

– Tenho certeza de que isso não é verdade.

– É sim – ele se aproximou. – Você tem um nome?

Só o que você me deu.

A resposta – que jamais diria em voz alta – a dilacerou, mas anos de prática a impediram de demonstrar.

– Não hoje à noite.

Aquele sorriso de novo, que a deixou tonta de confusão e algo a mais que Grace não estava interessada em nomear. Algo que nunca admitiria para si mesma. Ele se dirigiu à duquesa:

– E, você, milady, me dirá seu nome?

A outra mulher olhou para o duque, para Grace, e novamente para o duque.

– Não tenho certeza de que deseja saber meu nome, duque. – Grace arregalou os olhos com a resposta, mesmo que as palavras tivessem se dissolvido em uma risada rutilante como um sino tocando. – Em qualquer evento, receio que me canso das conversas... sem ofensa.

A duquesa era uma das poucas pessoas no mundo que poderia dizer semelhante frase sem realmente ser ofensiva.

– E vejo um balanço vazio em uma árvore logo ali. – Ela deu uma reboladinha, farfalhando as vibrantes saias. – Esperando por um pavão, tenho certeza.

Antes que os dois pudessem responder, a duquesa se retirou, abrindo caminho em meio a uma emperiquitada Maria Antonieta e um alto e funesto médico da peste, e desapareceu na multidão, sem dúvida se deliciando com a ideia de que um duque e a proprietária de um dos bordéis mais exclusivos de Londres estavam flertando – e graças à sua influência. Grace resmungou desapontada ao ficarem a sós, por mais que soubesse que ficar a sós com Ewan era o melhor jeito de entender por que ele tinha retornado.

– A sua amiga é sempre tão...

– Fugidia? – Grace completou. – Sim.

– Eu ia dizer excêntrica.

– Isso também.

– E você? – Ewan a fitava.

– Eu também sou excêntrica. – Ela não conseguiu conter um sorrisinho misterioso.

– Estava perguntando se você também planeja fugir.

Mesmo na aglomeração e cacofonia de pessoas, Ewan falava de um jeito baixo e sensual, e Grace sentia um frio na barriga por mais que lembrasse a si mesma que não devia se comprazer na companhia daquele homem.

Aquele homem que roubara tudo dela.

Esta noite não era para prazer. Era para planejar.

Mas Ewan tinha preparado um salão e um evento que eram pura fantasia, e, para que pudesse entender por que – e o que Ewan estava planejando para interceptá-lo –, Grace teria de fazer aquele joguinho.

O que não poderia ser difícil – afinal, não ganhava a vida com jogos?

Não era tola – sabia o que ele tinha perguntado.

De quem?

Ignorou o sussurro insidioso e a inquietação que o acompanhava, ignorou a ideia de que ele flertava com outra mulher. Pois que flertasse. Que imaginasse um futuro com uma parceira, como se ela não tivesse jurado tirar isso dele desde o princípio.

Grace manteria a máscara, daria o que ele desejava e, no processo, esclareceria o objetivo de seu retorno. De sua mudança. De sua recém-descoberta vontade de ingressar nesse mundo do qual tinham jurado nunca fazer parte.

Era por isso que estava ali. Reconhecimento.

Inseridos, depois excluídos. Aqui, então bem longe dali.

– Não estamos todos aqui para fugirmos de algo?

– Estamos? Somos o produto coletivo de séculos de estirpes aristocráticas.

Mas você, não, ela pensou. *Eu, não.*

– Nunca tive estirpes aristocráticas em alta conta, duque.

Usou o título de propósito. Será que ele se entregaria?

Ewan colocou a mão no peito, zombeteiro e pretensamente desapontado, com o sorriso sedutor se ampliando.

– Assim me fere, milady. Deveras.

Ele não a reconhecia, e Grace sentiu algo se soltar em seu peito, relaxando e entrando no papel:

– Olhe ao seu redor – ela incitou, acenando na direção de um Henrique VIII e um Sir Thomas More ali perto, em animada conversa com uma Ana Bolena e uma Duquesa de Devonshire, cuja peruca era tão alta que era um milagre conseguir manter a cabeça elevada sobre o vestido escandalosamente decotado. – Sem máscaras, nenhum de vocês é capaz de arcar com o comportamento que realmente desejariam ter. Qual o sentido de tanto poder acumulado se não podem usá-lo para encontrar prazer?

– Nós? – Ele inclinou a cabeça na direção dela. – Você não é uma de nós?

– Não sou uma de vocês.

– E como nos encontrou? Vagando perdida em meus jardins?

– Recebi um convite. – Ela não resistiu e deu um sorrisinho.

– Meu?

Grace ignorou a pergunta. Em vez disso, prosseguiu:

– Milhares de pessoas na cidade dariam tudo pela oportunidade de alegria que vocês podem conseguir em um instante. E, ainda assim, vocês hesitam, permitem-se uma pitada de prazer somente quando podem negar de forma razoável que o tiveram. Que desperdício.

– E o que sugere? Entregar-se ao mais puro prazer?

As palavras a envolveram, macias como seda. Era precisamente o que sugeria. Ela, cujo negócio era entregar prazer nu e cru.

– Sou apenas uma realista. – Grace sorriu.

– Diga-me algo real, então.

Ela não hesitou.

– Eu sou fugaz. E a noite também. – Ela admirou as magnânimas árvores se erguendo acima da multidão de convidados. – Mas você já sabe disso.

– Sei? – Ewan a observava atentamente, e ela resistiu ao ímpeto de virar o rosto, receosa de que se ele olhasse muito perceberia demais.

Agarrou-se ainda mais às máscaras e deu um sorriso matreiro:

– Transformou seu salão de baile em um espaço aberto, Vossa Graça. Se isso não é fugaz, não sei mais o que é.

– Mmm... – Ele gemeu baixinho, e Grace sentiu calor, por mais que soubesse que não devia. – Mas e daí? O que devemos fazer desta noite?

Ele não sabia quem ela era. A prova estava estampada em seu olhar – cheio de curiosidade e charme.

Ela era uma estranha. Planejara ser uma, é claro. Mas não esperava que ele também fosse.

– O mesmo que deveríamos fazer de todas as noites – respondeu com doçura, subitamente mais honesta do que imaginou que seria. – Saboreá-las.

Silêncio.

– Gostaria de dançar?

Grace foi pega de surpresa com a pergunta. Quando fora a última vez que alguém a convidara para dançar? Aliás, alguém já havia lhe tirado para dançar? Uma ou duas vezes, provavelmente, em Covent Garden, alguém cheio de coragem induzida pelo álcool. Mas a última vez que dançara assim? Em um salão de baile?

Tinha sido com ele.

E Ewan nascera para isso. Bonito, charmoso e com um sorriso capaz de conquistar até a mais frígida cética. Ali, diante dela, personificando a fantasia de qualquer mulher.

Você bem que poderia realizar uma fantasia de vez em quando.

As palavras de Veronique ecoaram em seus ouvidos, e atrás delas ecoaram a certeza e o foco. Motivação. Propósito.

Aquilo não era uma fantasia. Era uma missão de *reconhecimento*.

Tinha um *plano*.

Grace pousou a mão enluvada na mão que ele estendia.

– Adoraria dançar.

Capítulo Nove

Soube que era Grace no momento em que ela pisou no salão de baile, portando um vestido que descia até o chão em camadas exuberantes de esmeralda. Soube que era Grace apesar da máscara que cobria quase todo o rosto, exceto os olhos carregados de sombra e delineador pretos e os lábios cor de vinho, apesar da peruca que roubavam dele a visão dos cachos cor de fogo.

Presumiu que estava tentando se disfarçar. Como se ele não fosse percebê-la, como se não fosse sentir sua presença. Como se fosse possível ela adentrar algum ambiente sem que Ewan sentisse o corpo inteiro se retesar tal e qual uma mola esticada.

O disfarce, porém, era uma arte que exigia uma habilidade que Grace jamais teria: a de passar despercebida. Pois Grace seria a primeira coisa que ele notaria em qualquer lugar, sempre.

Ela viera.

O coração começou a martelar no peito no segundo em que ela entrou – ele conversava com alguém – um lorde, sobre um voto no Parlamento –, algo em que Ewan vinha trabalhando havia alguns meses.

Ou será que era alguma lady que queria apresentar a filha ao Duque de Marwick? Talvez fosse um velho amigo da escola. Espere, Ewan não tinha velhos amigos da escola, não podia ser isso, mas não tinha certeza quanto ao resto. Porque, quando desviou o foco da conversa, viu que ela estava lá, na borda do salão, olhando para cima, para a copa de árvores que tinha projetado justamente para este momento.

O lugar favorito de Grace na propriedade Marwick.

O lugar ao qual ele nunca retornara desde que ela se fora.

Desde que ela fugira. Desde que ele a deixou apavorada.

Não que ele tivesse tido escolha.

Planejara este baile de máscaras para ela, dando a certeza para os funcionários e jardineiro de que era o mesmo duque maluco de sempre, com o acréscimo de exigências insanas de árvores no interior do salão e uma pista de dança coberta de musgo. E ele sabia que tudo isso custaria uma fortuna que provavelmente seria desperdiçada já que a chance de que ela não viesse era grande.

Afinal, da última vez que estiveram juntos, ela deixara bem claro que não tinha o menor interesse em vê-lo novamente.

Mesmo assim, fez tudo isso só para ela, ciente de que saberia de seu retorno a Londres – afinal de contas, um duque não se reintegraria à sociedade sem despertar burburinho –, e torcendo para que ela não fosse capaz de resistir à curiosidade.

Torcendo para que ela viesse descobrir seu plano. Torcendo para que se tornasse parte dele. E aí é que residia a verdadeira loucura.

Nunca mais verá aquela garota de novo.

As palavras ecoavam todos os dias desde aquela noite, quando ela desferiu o único golpe que realmente o atingiu. O golpe que acabou com ele, a prova de que a garota que tinha amado, a quem procurou e perseguiu, com quem tanto sonhou, estava perdida.

Grace tinha punhos de aço, sem dúvida, e o esmurrou com força admirável – merecida punição por tudo o que havia feito. Para ela. Para seus irmãos. Para o mundo deles. Mas, quando falou – olhando no fundo de seus olhos, com as lindas írises castanhas alagadas de desprezo – que ele tinha matado aquela garota, ela o destruiu.

Porque, nestas palavras, ouvira a verdade.

Por isso, fez o que ela mandou. Foi embora. E continuaria acatando o que ela reivindicara e jamais a perseguiria novamente. E tal decisão exigiu que ele se tornasse uma pessoa diferente. Mais forte. Melhor. Mais digno.

Um homem diferente daquele que traiu Grace. Que traiu os próprios irmãos e a si mesmo.

As palavras que ela proferiu naquela noite ainda o assombravam.

Você, que roubou tudo de mim. Meu futuro. Meu passado. Meu maldito nome. Sem mencionar o que tirou das pessoas que eu amo.

Assim, ele montou esse salão de baile alucinante e deu esse treslouca-do baile de máscaras jurando unicamente que nunca mais a perseguiria.

Mas que, em vez disso, ela o perseguiria.

Ou que, pelo menos, viria atrás dele.

E ela veio, e foi como respirar depois de passar muito tempo debaixo d'água. Ewan observou Grace admirar o salão, contemplar os troncos maciços e a copa de árvores, se surpreender com o musgo sob os pés. Ele simplesmente deixou de lado a conversa que entabulava, de acordo com a fama de duque maluco que tinha em Londres, virou as costas e atravessou o cômodo na direção dela, incapaz de se conter, catalogando cada pequeno gesto de sua musa: o nó que se formou na garganta, o modo como os lábios afrouxaram, ligeiramente, boquiabertos de surpresa... De surpresa? Ou de lembranças? O jeito como arregalou os olhos... em reconhecimento?

Tomara que sejam lembranças.

Tomara que seja reconhecimento.

E, conforme a fitava, ele viu que ela afastou quaisquer pensamentos que a levavam para longe. Ele a viu modular as emoções e vestir uma carapaça em todo o seu ser, empertigando a coluna, endireitando os ombros e erguendo o queixo em um movimento discreto, porém desafiador.

E, assim, do nada, Grace desapareceu. Outra mulher assumira seu lugar.

Ewan se apressou, ansioso para encontrá-la, esta mulher em que a garota que ele amava tinha se transformado. Apressou-se ainda mais quando essa mulher – ela própria um pouco apreensiva – abriu um sorriso da cor de um vinho francês para a Duquesa de Trevescan. Ewan as alcançou, e Grace se virou para ele, encarando-o com os lindos olhos castanhos que não davam o menor sinal de que o reconheciam.

Com a passagem dos anos, ela se transformara em muitas coisas: uma beldade deslumbrante, uma mente brilhante, uma boxeadora com punhos furiosos... e, ao que tudo indicava, também uma atriz. Porque conseguiu esconder tudo o que ele vira segundos antes.

Os dois recomeçaram do zero com novas mentiras, ignorando o fato de que houve um tempo em que conheciam um ao outro melhor do que conheciam qualquer outra pessoa – ele fazendo piadinhas, e ela o provocando, ambos sorrindo, mas o sorriso dela era tão bonito e radiante que ele estaria disposto a fazer qualquer coisa para testemunhá-lo de novo.

Até a tirou para dançar, sabendo que tê-la em seus braços seria um tipo especial de tortura. E como era – puxá-la para junto de si, mas não tanto quanto gostaria. Sentir as notas cítricas e especiarias de seu perfume o envolvendo, mas sem a possibilidade de enfiar o nariz nos cabelos dela para inspirá-las. E, quando ela o fitou com um olhar frio e comedido, um sorriso frio e comedido, como se tivessem acabado de se conhecer, e não tivessem passado uma vida inteira em um tipo diferente de dança, seu peito doeu de vontade de levá-la para longe dessa sala cheia de gente e deleitar-se com ela.

Mas isso não era o que Grace queria.

O que ela queria?

– Por que as árvores? – A pergunta o pegou de surpresa, e Ewan a encarou.

As árvores eram para ela. O que será que diria se ele respondesse assim? Se arrancasse a máscara dela e dissesse: *Você sabe por que as árvores. Porque você as amava, por isso as árvores. Este lugar, porque você o amava. Tudo isso. Para você.*

Para sempre.

Mas não disse, porque, se dissesse, Grace fugiria... e jamais retornaria. Por isso, manteve a máscara no lugar e devolveu a pergunta dissimulada com uma resposta igualmente dissimulada:

– E por que não?

Ela não conseguiu evitar o olhar exasperado e, ali, por uma fração de segundo, Ewan teve um vislumbre de *sua* Grace, que o encarou daquele mesmo jeito um milhão de vezes quando eram crianças. Ewan sempre foi muito sério – a vida de todos eles não tinha espaço para manha ou caprichos –, mas provocar Grace era um de seus prazeres mais puros.

– Não quer tentar adivinhar?

Antes mesmo que ele terminasse de falar, *sua* Grace havia desaparecido outra vez.

– Qualquer um com um mínimo de juízo diria que é porque você é maluco, sobrecarregando seus criados com toda a bagunça que este monte de folhas vai gerar em poucos dias.

– Se este é o seu palpite, então você não me conhece. E todo mundo já me acha louco mesmo.

– Não é de hoje que todos dizem que você é louco – ela argumentou. – Creio que escolhas decorativas sejam os menores de seus problemas.

– Bem, talvez seja a hora de começar com uma nova folha em branco – ele enfatizou o trocadilho.

– Mmm... – Ela suspirou, ignorando a resposta e entregando-se à dança. Grace era uma dançarina magnífica, movendo-se com facilidade à condução do parceiro, e Ewan resistiu ao ímpeto de perguntar com quem dançara para se tornar uma parceira tão habilidosa.

– E você? O que acha? – ele instigou, querendo que ela se revelasse, que demonstrasse que o conhecia. Que falasse a verdade sobre sua identidade e desse aos dois a oportunidade de conversar.

– Acho que todos os sinais corroboram a hipótese de que você é mesmo louco.

Ewan riu ao ouvir tal resposta, girando com ela conforme o ritmo da música se acelerava. Sentiu os dedos delicados apertando-lhe o braço, e uma onda de prazer percorreu todo o corpo.

– Quis dizer, por que acha que construí um bosque em meu salão de baile?

– Loucura não é uma resposta apropriada?

– Não – asseverou, incapaz de se conter. – Já virei a folha no quesito loucura.

Um átimo de hesitação e ela disse:

– Acho que está tentando chamar a atenção das pessoas.

Pessoa, ele pensou. *Você.*

– E acha que está funcionando?

Ela deu uma gargalhada deliciosa – como Ewan nunca tinha ouvido antes, e gostou mais do que podia imaginar – e disse, contemplando o salão:

– Sim, acho que este baile em particular será lembrado por muitos anos.

– Você se lembrará?

Os dois se olharam, e a mulher sorriu, mas ainda não era sua Grace.

– É a primeira vez que danço em uma clareira no meio de árvores, então diria que sim.

Não era verdade. Ewan se lembrava muito bem dela rodopiando no bosque enquanto ele estava sentado, encostado em uma árvore, jovem e cheio de raiva, desesperado para mantê-los a salvo do homem que roubaria o futuro deles. Que roubara esse futuro.

Lembrava-se de Grace rodopiando de braços abertos, os raios de sol sarapintando a pele conforme ela girava e girava e girava, até ficar tonta e se jogar no chão coberto de musgo macio, rindo. E a risada dela era a única coisa capaz de resgatar Ewan dos próprios pensamentos.

Ela dançava, e ele a admirava, amando observá-la naquele momento. Ela, e somente ela, era tudo o que ele já tinha amado.

Mas não expôs a mentira.

Em vez disso, girou de novo, mais rápido que antes. Ela relaxou em seus braços e soltou um leve suspiro... de deleite? Ewan não conseguia se conter:

– Então, você se lembrará desta decoração?

– Está tentando ganhar elogios, Vossa Graça?

– Descaradamente.

Ela ficou séria, como se o rumo da conversa a tivesse lembrado de que estavam em desacordo, e sempre estiveram – exceto quando não estavam.

– Decerto me lembrarei de você.

Ewan se recusou a desviar o olhar, a correr o risco de perder a atenção dela. Baixou a voz, deixando algo além de amabilidade inundar suas palavras:

– E eis o porquê das árvores. Para te proporcionar algo para se lembrar.

Por uma fração de segundo, pensou que ela havia caído na armadilha, mas Grace não se entregou.

Pelo contrário, virou a cabeça para contemplar as árvores uma vez mais e sorriu discretamente:

– E quanto aos jardins? Foram completamente desfolhados?

– Está pedindo para vê-los?

– Não.

Ele indicou a parede repleta de portas abertas em um lado do salão.

– É um baile de máscaras... Todos os mascarados estão conduzindo damas inocentes para os jardins.

– Para sua infelicidade, porém, eu não sou nem um pouco inocente.

Ewan se engasgou e riu ao mesmo tempo com a resposta, impressionado com a alfinetada. Ela não era assim quando eram crianças. Era tão meiga e tão inocente, mas agora... Agora era algo a mais.

Antes que pudesse se aprofundar na reflexão, no entanto, ela acrescentou, cínica:

– E não é esta a maravilha das máscaras? Não há necessidade de fingir inocência. As pessoas estão livres para se lançarem à ruína.

A palavra – *ruína* – veio acompanhada de um complô de imagens que fez Ewan querer transformar cada uma delas em realidade.

– Você veio sozinha?

Ela viera. Se tivesse vindo com os irmãos, eles já teriam reivindicado seu quinhão do couro de Ewan.

Ela viera sozinha.

E, só de pensar nisso, ficou excitado. O que quer que fosse... Por qualquer que fosse o motivo... não era desinteresse. E podia trabalhar com isso.

Os lábios cor de vinho se curvaram em um sorriso discreto e malicioso:

– Está tentando me levar à ruína, Vossa Graça?

Ele devolveu o sorriso cheio de malícia.

– Está me pedindo para te levar à ruína?

Ela não titubeou. Ainda não era sua Grace, mas a máscara de Grace, e uma que não seria removida facilmente.

– E quem disse que *eu* é que seria arruinada?

– Está tentando me levar à ruína? – Ele quase perdeu o eixo.

– Está me pedindo para te levar à ruína?

Sim.

Ela viu a resposta. Seria preciso ser acéfalo para não ver a resposta. Ela deu uma risadinha que o deixou duro como aço, doendo de vontade de ter esta Grace-que-não-era-Grace.

– E se eu disser que sim?

Ewan falou tais palavras sem pensar, mas foi ela que, por um segundo, ficou boquiaberta.

– Você não sabe com o que está brincando, Vossa Graça.

Mas queria saber. Queria brincar.

Quando fora a última vez que tinham brincado?

Já tinham brincado?

Não assim.

A música parou, e eles também, as volumosas saias enroscadas nas pernas de ambos, mantendo-os juntos, o toque do tecido era mais uma tentação. Ewan se inclinou até estar a pouquíssimos centímetros da orelha dela e murmurou:

– Mostre pra mim.

Grace não recuou, permanecendo exatamente onde estava:

– Você não está procurando uma esposa?

Não. Já a encontrei.

– Está interessada na posição? – Ele forçou o flerte quando tudo o que mais queria era arrancar as máscaras de ambos, enfiar Grace em uma carruagem e levá-la diretamente ao vigário mais próximo. E fazer dela uma duquesa, como prometera tantos anos atrás.

– Não.

E por que eu me contentaria com duquesa? As palavras arderam dentro dele e, com elas, a verdade singular de que a garota que um dia ele amou estava perdida, substituída por esta mulher, forte como aço e que não cederia a galanteios. Que não aceitaria ser perseguida.

– Esta é uma resposta um tanto incomum.

– É porque a maioria das mulheres vê um título e enxerga uma oportunidade, um caminho para liberdade.

– E você?

Ela sorriu, mas não com os olhos.

– Eu sei que títulos são gaiolas douradas.

As palavras cortaram seu coração, trazendo o passado à tona. E eram a mais pura verdade, a verdade deles mais do que de qualquer outro. E ela nem tinha ideia da história completa.

– Hoje, a noite não é para o futuro – ele disse, odiando o som da mentira em seus lábios. Odiando o modo como Grace compactuava com isso. Mas ciente de que era o que precisava dizer para mantê-la ali. Ciente, acima de tudo, de que, se Grace o deixasse agora, nunca mais retornaria.

Ciente de que o convite era um risco imenso.

Mas risco sempre foi o que representaram um para o outro.

Ela se virou ligeiramente, apenas o suficiente para encontrar seus olhos.

– Máscaras são perigosas. Nunca se sabe exatamente quem uma pessoa é por trás de uma máscara.

Ewan não hesitou:

– Ou, então, elas tornam mais fácil para alguém mostrar a verdade.

E soube que tinha dito a coisa errada ao ouvir a amargura na resposta dela:

– Devo acreditar que esta é a sua verdade, duque?

Era a segunda vez que ela usava o título e a segunda vez que ele tinha de se segurar para não estremecer. Recobrou rapidamente o controle das emoções que o consumiam.

– Está mais próxima da verdade do que você pode imaginar. – Uma pausa. – Ninguém vai notar se sairmos agora.

– Você passou tempo demais afastado da sociedade. – Ela riu. – *Todos* vão notar. Todos notaram você flertando com centenas de mulheres esta noite.

Ewan gostou de tal observação.

– Você notou?

Grace ignorou a pergunta.

– E vão notar se você deixar o salão comigo, e vão querer saber quem eu sou.

– Já querem saber quem você é – ele assegurou, sabendo que tinha poucos segundos para convencê-la, pois, se a orquestra recomeçasse a tocar, ela daria um jeito de desvencilhar-se dele. – A joia rara que ainda não percebeu que sou a pior companhia da festa.

– Esta é, provavelmente, a primeira verdade que você disse a noite inteira.

Maldita máscara que não deixava que visse direito o rosto dela. As palavras doeram. O acordo tácito de que ele não servia para ela. E, mesmo assim, Grace ainda estava ali. Ewan se agarrou a isso.

– Não é a primeira, mas é verdade. Então, eis a questão: todos vão querer saber quem você é, mas serão capazes de descobrir?

Claro que não seriam. Ela não fazia parte desse mundo. Podia não saber onde ela vivia – ah, o que não daria para saber mais da vida dela! –, mas sabia que Grace não era uma aristocrata e poderia remover a máscara sem medo de que alguém no salão soubesse quem era ela.

Mesmo assim, nunca a colocaria em perigo de propósito.

– Alguns poucos, talvez. – Ela sorriu. – Tenho um convite, não tenho? – Ewan adorou a provocação contida nas palavras, o modo como lhe davam calor. Mas não era isso que tinha perguntado, e ela sabia muito bem. – Mas não devem perceber quem eu sou – ela acrescentou, pensativa. – Estão todos absortos nos desejos de fantasia que você lhes oferece.

Ewan aproveitou a deixa, adiantando-se aos primeiros acordes da orquestra:

– E você, milady? – Encarou os profundos olhos castanhos. Os olhos de *sua* dama. – Quais são seus desejos? Que fantasias posso te oferecer?

O tempo parou enquanto ela considerava a pergunta, um único acorde de violino parecia envolvê-los.

Talvez ele nunca a tivesse sem a máscara. Talvez ela nunca o deixasse se aproximar novamente. Mas ali estavam os dois, e ela em seus braços, e, se isso era tudo que ele podia ter... teria de bastar.

Nunca.

– Deixe-me ser sua fantasia – sussurrou ele.

Deixe-me ser tudo o que você precisa.

– Só por hoje – ela aceitou.

Ele respirou fundo. Grace lhe oferecia uma noite. Mascarados. Pura fantasia.

Não era o bastante. Mas era um começo.

– Só por hoje – mentiu ele.

Tais palavras destrancaram algo dentro dela. Apertou sua mão e saiu andando, magnificente, puxando-o com uma força impossível no meio dos convidados, rumo aos jardins.

Capítulo Dez

Que fantasias posso te oferecer?

Talvez, se ele não tivesse falado dessa maneira, usando esta palavra que adorava – a palavra que fora usada contra ela no início da semana –, ela tivesse resistido.

Talvez, se ele não fosse tão sedutor. Talvez, se não fosse tão lindo. Talvez, se não tivesse um sorriso tão atraente.

Talvez... mas pouco provável.

Porque quando ele perguntou, por trás das máscaras, sobre seus desejos, ela se deu conta de que, lá no fundo, *isto* era o que desejava. Uma noite de fantasia, uma noite com este homem, o homem com o qual ela comparara todos os outros nos últimos vinte anos, como uma maldição. Uma noite com ele, sem pensar nas consequências – contanto que mantivessem as máscaras. Contanto que permanecessem no escuro.

Uma noite em que tiraria tudo dele, e não o contrário.

Ewan havia tirado tantas coisas dela. O nome, a vida, a segurança, o futuro. Prometera todas essas coisas, mas não lhe deu nada. Ele estava em débito com ela, não estava?

E se ela cobrasse o pagamento?

Só uma vez. Só hoje. Nos jardins. Mascarados e anônimos.

Dahlia, cobrando por Grace.

Uma mulher finalmente coletando o que lhe era devido.

Uma noite e ela pararia de pensar nisso – e nele.

E amanhã? Amanhã encontraria um jeito de bani-lo de Londres.

Mas, hoje à noite, ela o segurou pela mão e o arrastou para fora do salão de baile, desbravando a multidão que se refestelava, passando pelas enormes árvores, sentindo a fragrância intensa do musgo que os envolvia à medida que cruzavam as portas e chegavam aos jardins, recebidos pelo perfume das flores – uma profusão de mudas de plantas noturnas transbordando em diversos vasos por toda a varanda. Grace parou por um momento, sentindo o cheiro que fluía no ar.

A estufa de laranjas em Burghsey Hall sempre tivera mudas em abundância e era um de seus esconderijos favoritos à noite por causa da penumbra perfumada de flores. E, com o cheiro, veio outra lembrança, Ewan e ela, embaixo de uma mesa de jardinagem enquanto o sol se punha nas janelas a oeste. Ele segurava sua mão, dedos entrelaçados. Envolvidos por este mesmo cheiro.

Virou-se para ele. *Será que ele lembrava?*

– Por tudo o que há de mais sagrado, milady – ele pediu com um sorriso e a voz embargada de promessas profanas –, não pare agora.

Quem era este novo homem?

Onde estava Ewan? O que havia acontecido com ele?

Você o mandou embora. E este homem assumiu o lugar dele.

Uma pontada de suspeita se seguiu ao pensamento. Algo similar a dúvida. Algo não parecia certo. Não deu importância e seguiu em frente, entrelaçou os dedos e o puxou escadas abaixo. Passaram por uma peça de xadrez se divertindo nos braços de um mosqueteiro e por outra Maria Antonieta, que os seguiu com o olhar.

Qual era o lance entre mulheres da aristocracia e Maria Antonieta? Será que tinham esquecido que ela não calculara bem seu poder e acabou perdendo a cabeça?

Mas deixem que comam brioches...

Ewan apertou sua mão e Grace olhou para trás, diminuindo o ritmo, deixando que ele assumisse a dianteira e a puxasse para mais perto de si, redirecionando a trajetória – não seguiam mais rumo ao jardim principal, mas por um caminho lateral, mal iluminado e ladeado por árvores de tília. Grace o seguiu.

– Pelo jeito, é verdade o que dizem – ela sussurrou enquanto ele a levava para longe da casa e das luzes. – Cavalheiros solteiros sempre vão te levar para o mau caminho.

Ewan não riu da brincadeira. Em vez disso, encarou-a rapidamente, mas foi o suficiente para ela ver que seu olhar estava pegando fogo. Parou diante de uma portinha na parede à sua direita. Grace não percebera que havia uma parede, muito menos uma porta, até ele puxar o ferrolho de ferro e empurrar a pesada placa de carvalho, revelando uma paisagem fascinante – um pequeno caminho de grama, ladeado por belíssimos jardins que, Grace tinha certeza, à luz do dia exibiriam vibrantes leitos de flores. E, bem no centro, um gazebo, lindamente arquitetado e pintado.

Ela perdeu o fôlego, observando o espaço.

– É mágico.

– É privado – ele disse, conduzindo-a ao gazebo, antes de ficar de frente para ela e deslizar os dedos pelo braço dela, subindo, subindo, subindo deliciosamente até que ela sentiu o toque frio das luvas de couro em seu queixo, a sensação aproximando-a ainda mais dele. Grace entreabriu os lábios, devorando, com os olhos protegidos pela máscara, a boca de Ewan, carnuda e luxuriosa – do jeitinho que ela se lembrava. Quantas vezes pensou naquela boca? Quantas vezes sonhou em beijá-lo, na calada da noite, quando se permitia ter um sonho com gosto de traição?

Quantas vezes teve de se forçar a parar de fantasiar, odiando o quanto ainda queria aquele homem que a traíra tão profundamente?

Deixe-me ser sua fantasia.

– Espere... – disse ele, tirando a mão, o que foi quase um castigo para Grace. Ewan arrancou a luva com os dentes e a jogou no chão. – Agora sim. Permita-me... – E a acariciou novamente. Os dedos eram uma promessa quente em sua pele.

O toque era urgente e gentil, como se mal pudesse se conter para possuí-la, mas quisesse agir do jeito certo.

– Permita-me... – O comando anterior se tornou uma súplica. Estava pedindo para beijá-la.

Ela queria. *Sim.* E ainda assim – antes que conseguisse pronunciar as palavras, hesitou.

– Espere.

Ele esperou, imediatamente soltando-a com um gemido de frustração.

Era uma armadilha? Sabia quem ela era? Ela sabia quem ele era... Qual o problema dos dois jogarem o mesmo jogo?

E se ele *não* soubesse – como parecia não saber – qual era a importância?

Grace fitou os olhos dele, quase invisíveis à luz do luar.

– Por que as árvores?

Ele ficou tenso com a pergunta. De nervoso? Surpreso? Ambos?

– Já te falei. Para você se lembrar de mim.

Lembrar-se dele no passado? Ou agora?

Claro que se lembraria dele. Assim, lindo e charmoso e ardendo de desejo por ela, para o resto da vida.

– Eu vou me lembrar de você.

Nunca te esqueci.

Ewan aquiesceu, dando um passo à frente e empurrando-a gentilmente para a borda do gazebo, até que estivesse encostada na mureta de madeira. Baixou a cabeça e sussurrou ao pé do ouvido:

– Pretendo tornar impossível que você tenha outra opção.

Grace sentiu o corpo inteiro se incendiar com essa jura. Não importava que fosse tudo uma fantasia.

Lembraria de tudo.

Lembraria da sensação do hálito dele em seu pescoço, deixando-a em frenesi. E do resto da promessa de Ewan:

– E eu vou me lembrar do seu cheiro, de creme e especiarias.

Grace se lembraria dos dedos de Ewan descendo pelo pescoço, passando pelos ombros, deslizando pelo braço até agarrarem sua luva. Removendo-a lentamente, desnudando sua mão naquela noite quente de verão. Mais palavras.

– Vou me lembrar do toque da sua pele, macia como seda.

Ela também se lembraria do toque dele, e de como deu graças a Deus pela máscara que o escondia – porque não sabia se podia confiar em si mesma para não se entregar de corpo e alma a ele caso pudesse vê-lo por completo.

– E vou me lembrar do som de sua respiração em meus ouvidos. O modo como suspira de prazer. E gostaria de me lembrar do seu gosto – disse ele, roçando os lábios em sua bochecha, quase lá, como uma promessa. Aguardando, no cantinho de sua boca, como um suspiro.

Não confiava em si mesma, de qualquer maneira, sabia que não conseguiria se impedir de cair nos braços dele.

Só uma noite. Só um deslize.

– Sim – Grace suspirou.

Por favor, sim.

Ewan não se mexeu.

– Me diga seu nome.

Ela se retraiu com a pergunta e, por um segundo, eles se encararam.

Grace. Deveria dizer. Tinha quase certeza de que ele já sabia. Mas se ele soubesse... seria assim, se ele soubesse? Tão simples? Tão fácil?

Ela teria de acabar com o jogo se revelasse sua identidade. E não queria que acabasse. Não agora. Não quando estava tão perto.

Isto era o máximo que poderia ter dele.

Teria de bastar.

Levou a mão até o pescoço de Ewan, deslizando-a até a nuca, acariciando, deixando os dedos se enroscarem nos cabelos dele, puxando-o para mais perto. Eles olhavam no fundo dos olhos um do outro. Ela murmurou:

– Não.

Uma fração de segundo antes de beijá-lo. Ele paralisou quando os lábios se tocaram e, por um instante, ela pensou que Ewan se afastaria. *Não*, pediu. *Me deixe ter pelo menos isso.*

Ele levou as mãos ao rosto dela, mantendo-a firme enquanto abria os lábios e recebia o beijo dela com o próprio, e o mundo desabava ao redor deles – a noite, o baile de máscaras e, acima de tudo, as memórias. O garoto que lhe dera seu primeiro beijo, desajeitado e esquisito e perfeito... havia desaparecido e, em seu lugar, estava este homem – forte e decidido e perfeito –, e Grace sentiu no âmago algo que era, ao mesmo tempo, extremamente poderoso e absolutamente aterrador.

Não parou para pensar no que era mais importante. Não queria parar. Não queria que ele parasse, nunca mais. Um som baixo se formou na garganta dele enquanto deslizava os polegares sob a borda inferior da armação da máscara de seda dela, posicionando-a para tomar seus lábios mais completamente.

Foi a vez de ela gemer, o prazer daquele beijo era diferente de tudo que já tinha experimentado – e a deixava em brasas. Grace ficou na ponta dos pés, com os braços ao redor do pescoço de Ewan, puxando-o para mais perto, sem pensar na noite, ou no baile, ou nos planos dele de arrumar uma esposa ou de construir uma vida da qual ela não fazia parte – pensando unicamente nele, neles, no que poderiam ter naquele momento, sem mais nada no caminho.

Nada além de desejo.

Oferecido e aceito.

Ewan passou a língua pelos lábios dela, e o toque áspero foi como uma chama; ela ofegou, fechando os olhos enquanto ele descia o beijo para a linha da mandíbula, para a coluna do pescoço, a pele macia do ombro, enquanto ele a levantava e a colocava sentada na mureta do gazebo, não lhe dando outra opção a não ser se agarrar a ele.

Não que ela fosse escolher qualquer outra opção.

Nunca desejou tanto alguma coisa como desejava aquilo – prazer e dor, desejo e risco. Um beijo que era ao mesmo tempo passado e presente – embora jamais fosse futuro.

E um único pensamento a inundou: *Meu*.

Não havia espaço para isso, claro. Ele não era dela. Nunca seria. E ela não conseguia lidar com o fato de que ele ainda poderia ser uma parte dela. Era isso. Uma noite. Uma fantasia. Como prometido.

E ele nunca saberia.

Ewan se afastou como se tivesse ouvido seus pensamentos, e ambos recuperaram o fôlego. Grace fechou os dedos em seus cabelos e o puxou para si novamente. O bastante para ele gemer de desespero por um novo beijo cheio de luxúria antes de lembrar que queria dizer algo. Apartando sua boca da de Grace, suspirou:

— Espere.

— Já esperei tempo demais.

Uma vida inteira.

Ele deu uma leve risada.

— Então um momento a mais não fará diferença.

Só que faria. Seria um momento a menos para a coleção – a única que ela teria.

— Me diga o seu nome – ele pediu, antes que ela pudesse protestar mais uma vez.

— Não. – Ewan abriu a boca para protestar contra a recusa tão imediata, mas Grace foi mais rápida e colocou um dedo sobre os lábios dele. – Shhh. Você me prometeu uma fantasia, não prometeu?

— Prometi – ele falou como se estivesse com dor.

— Você perguntou quais eram meus desejos.

— Sim... – Ele ia continuar, mas ela colocou o dedo sobre os lábios dele de novo.

— Isso é o que eu desejo. Esta é minha fantasia. Nada de nomes.

Se ele pressionasse, haveria lembranças. Haveria o passado. Haveria Grace e Ewan. E esta noite poderia ser Dahlia e o duque, escusos e misteriosos, repletos de promessas que poderiam ser mantidas pela noite, sem exigências para uma vida.

— Você me disse – ela continuou – que, hoje, a noite não é para o futuro.

Grace o observou, torcendo para que ele concordasse, o tempo se estendendo como uma eternidade. Ewan entreabriu os lábios e chupou suavemente a ponta de seu dedo, deixando-a louca. Ficou boquiaberta ao assistir àquilo, sem conseguir esconder a volúpia que a consumia ao sentir a língua dele na pele sensível do dedo. Quando ela soltou um gemido de prazer, ele a libertou, arranhando os dentes na ponta do indicador, o que só deixou Grace ansiando por mais.

– Nada de nomes – ele concordou, baixinho. – Então quer dizer que as máscaras também ficam?

Ela inclinou a cabeça diante de tal pergunta. É claro que as máscaras ficavam. A regra, no entanto, não o impediu de tirar a própria máscara e jogá-la longe, na escuridão, como se não tivesse a menor intenção de voltar para o próprio baile, ou para casa ou para a própria vida. Se tivesse, não tinha intenção de retomar nada disso no anonimato.

Grace se embriagou com a visão de Ewan – incapaz de se conter agora que ele estava enfim desnudo diante dela –, desejando com todas as forças que pudesse vê-lo nitidamente ao luar. Para compensar, levou as mãos ao rosto dele, deslizando os dedos pelas maçãs altas e aristocráticas, sentindo a quentura da pele. Ele pegou as mãos dela e as colocou em suas bochechas, como se fosse uma oferenda.

– Agora posso te ver – disse ela.

– Você poderia ter me visto antes, era só pedir.

Grace ficou maravilhada com tais palavras, tão livres e despojadas. Como seria nunca ter de se esconder? Grace era especialista em se esconder, em representar papéis – uma miríade de papéis –, que frequentemente esquecia quem era de verdade.

Não que ela pudesse mostrar essa verdade ali.

Ewan passou a mão pelos cabelos, o loiro escuro com uma pitada de dourado à luz da lua, e sustentou o olhar de Grace:

– E então? Gosta do que vê?

E como gostava.

– Dá para o gasto – ela anuiu, entregando-se ao momento. – Para esta noite.

Ele sorriu, aquele sorrisinho torto e familiar que era seu charme na juventude, e Grace sentiu um aperto no peito com o eco das lembranças. Não o bastante para querer ir embora, apenas o suficiente para querer ficar ali para sempre.

– Milady, se serei sua fantasia, por onde devo começar?

Grace sentiu o coração martelando, mas se recusou a vacilar. Ergueu o queixo:

– Beije-me novamente.

– Onde?

Em todos os lugares.

– Onde quiser.

– Eu quero tudo – disse ele com a voz rouca raspando na garganta.

Grace o puxou para si, sussurrando na escuridão:

– Então beije tudo.

Os dois se agarraram com o furor de uma tempestade, colidindo um com o outro quando Ewan ergueu o queixo dela para expor a linha do pescoço e imediatamente traçou um rastro pelo pescoço de Grace com sua língua. Ela inspirou fundo, preenchendo-se com a sensação de prazer, mal conseguindo suportar o deleite de sentir as mãos dele firmes em seus quadris, aprisionando-a ali na mureta do gazebo, enquanto ela enfiava as mãos no cabelo dele, em parte se segurando, em parte guiando-o para baixo, em direção à pele exposta pelo generoso decote do vestido. E, de repente, percebeu que uma das mãos de Ewan estava lá, no decote, penetrando-o, ajustando o tecido antes de rasgá-lo um pouco, apenas o suficiente para libertar os seios na brisa do verão.

Era loucura e selvageria, e, em questão de minutos, a realidade estaria de volta e, com ela, a verdade sobre as ações de Ewan, a raiva de Grace, o passado irreparável e o futuro impossível, mas, agora, o que havia era isso... loucura e selvageria.

Grace respirou fundo, e Ewan se afastou para observá-la. Ela passou os dedos sobre o próprio colo, checando as mangas do vestido que ainda cobriam os ombros, antes de baixar os braços e permitir que ele a contemplasse.

E ele contemplou, por tanto tempo que Grace chegou a pensar que não encostaria mais nela. Mas Ewan soltou um palavrão, deliciosamente sujo, e, por um piscar de olhos, a elocução perfeita dele o levou de volta ao passado – a Covent Garden. A gíria que ele usou fez Grace arder de tesão, só que ela também percebeu que Ewan se dera conta do que dissera – palavras que duques jamais diriam a damas, não importa o quanto estivessem levando-as para o mau caminho. Uma centelha de hesitação.

Será que ele ia parar?

Claro que não. Não agora.

Não pare.

– Isto... – sussurrou ele, com a voz grave e libidinosa. – Isto era o que eu queria. Na hora em que você chegou, eu já queria arrancar este vestido do seu corpo. – Ewan a encarou com aqueles olhos lindos iluminados pelo luar: – Diga-me que queria o mesmo.

Grace se endireitou, colocando os ombros para trás, oferecendo a visão de seu busto, exibindo-se para Ewan, e suspirou:

– Era tudo o que eu queria.

– Seu desejo é uma ordem, milady – Ewan grunhiu, extasiado, e caiu de boca onde ela mais ansiava, acariciando-a delicadamente com a língua antes de começar a sugar os seios em uma cadência lenta e ritmada, e Grace começou a se mexer debaixo dele, acolhendo as investidas calorosas de Ewan com o balanço de seu próprio corpo, cochichando-lhe palavras de encorajamento enquanto ele roubava todos os seus pensamentos.

E ali, sob o manto de estrelas e o telhado do gazebo secreto, Grace se entregou à fantasia e ao homem e à sua boca e às suas mãos magníficas, mãos que deslizavam por baixo da saia, subindo pelos tornozelos, subindo e subindo pelas pernas dela, levantando o tecido com o movimento, até que a brisa de verão estivesse soprando nas coxas com a mesma promessa de libertinagem com que soprara nos seios.

Quando Ewan parou de sugar seus seios, Grace quase chorou de frustração, mas ele começou a soprar lentamente um de seus mamilos entumescidos e olhou para ela, deslizando os dedos para a parte interna de sua coxa, brincando com a pele sensível e quase a deixando louca.

– Onde mais devo beijá-la, milady?

Grace quase o xingou com a provocação, embora tenha aberto um pouco mais as pernas. Ela era uma mulher que negociava o prazer e sabia o que queria para conseguir o próprio. Sabia que havia apenas um homem de quem queria ter prazer – por mais que jamais fosse admitir. Por mais que ele não pudesse saber. Fitou Ewan, grata pela máscara – tanto pela de tecido quanto pela outra, mais complexa e difícil de remover – e respondeu como Dahlia, que não hesitaria em ter o que queria:

– Você não disse que queria tudo?

Ele grunhiu baixinho ao ouvir tais palavras, inclinando-se para dar mais um beijo nos lábios dela, antes de se afastar e dizer:

– Mmmm. Não a deixarei partir até te provar por inteiro. Cada pedacinho.

Sem perder tempo, ajoelhou-se e afastou as coxas dela. Grace fechou os olhos ao sentir o toque, quase perdendo o discernimento, querendo aquilo mais do que poderia dizer, enfiando os dedos nos cabelos de Ewan, sentindo o nome dele ecoar dentro de si – o nome que nunca poderia dizer em voz alta – Ewan. Quando ele beijou a pele macia na lateral de seu joelho, raspando os dentes como uma promessa, Grace soltou um longo suspiro, trêmula. O hálito dele era quente e perfeito, e o ouviu sussurrar:

– Eu me sinto como Apolo nos bosques.

Abriu os olhos, fitando as estrelas pintadas no teto do gazebo, outra cobertura que nunca mais veria sem pensar nele.

– A-Apolo?

– Aham. – Ele depositou um beijo na outra coxa. – Apolo, vagando pelos bosques, se deparou com a mulher mais bela que já tinha visto.

Grace riu, surpresa, mas o riso logo se transformou em um arquejo de prazer conforme sentia os lábios dele subindo e subindo, cada vez mais perto de onde ela queria senti-lo. Agarrou-lhe os cabelos e o puxou, adorando o gemido de dor e prazer que Ewan soltou e odiando como ele a torturava com a demora, perto o bastante para sentir seu hálito, mas longe demais para sentir todo o resto.

– Ela estava nadando nua em uma lagoa?

– Mmm – ele respondeu, divertindo-se, mas, pelo som, Grace notou que Ewan estava distraído. Na verdade, concentrado em outra coisa. Nela. No lugar onde ela, também, estava concentrada.

– Mais tarde eu te conto.

Levou os lábios àquele ponto nevrálgico, que estava em brasas, e Grace gemeu com a sensação – incapaz de se impedir de olhar para baixo. Ela era puro desejo. Necessidade desenfreada.

E Ewan a controlava, como sempre.

Ele deu uma lambida firme e demorada, incendiando-a, antes de recuar para levantar mais as saias e puxar seus quadris mais para a frente, para ter uma visão melhor.

– Você está tão molhadinha – grunhiu, enfiando um dedo dentro dela.

Grace suspirou, balançando-se na direção dele, querendo mais, mais toques, mais palavras, mais de tudo que ele pudesse dar. Depois, se odiaria por desejá-lo com tanta força, mas, naquele momento, estava completamente rendida.

– Você reluz como ouro aqui. O luar te ama.

– No momento, estou mais interessada em você me amando – ela respondeu, enfiando os dedos nos cabelos dele novamente.

Uma pausa, e Grace mordeu a língua. Será que ele entenderia o que ela quis dizer...?

– Seu desejo é uma ordem, milady.

Entendera.

Grace deslizou os dedos pelos cabelos de Ewan e o puxou para mais perto, pressionando-o contra seu centro, aberto e pulsante de uma fome que ele começou a aplacar quando a lambeu, saboreando-a uma vez mais, perdendo-se nela. Ele chupou e a acariciou com a língua e com os dedos até que ela começou a se esfregar contra ele, a respiração cada vez mais acelerada, os quadris achando o ritmo que a conduziriam ao ápice.

– Isso! – ele rosnou, enquanto ela o puxava pelos cabelos. – Mostre pra mim.

E ela mostrou, satisfazendo-se sem vergonha, sabendo que ele também teria seu prazer. Sabendo que esta noite era tudo que poderiam ter.

Sabendo que era um erro.

A língua de Ewan encontrou um ponto glorioso, e Grace gemeu alto, dando-lhe toda a informação de que precisava. Ele continuou investindo naquele ponto com movimentos circulares rápidos e constantes, sem parar. Sua língua era como uma promessa, e ela continuava se esfregando nele, ainda segurando-o pelos cabelos, em busca de prazer.

Ewan se afastou para admirá-la, ardente, adorando a visão do tecido rasgado no corpete. Grace gemeu de frustração, balançando os quadris na direção dele, e foi recompensada com uma chupada lenta e deliciosa, exatamente onde queria.

– Você é uma rainha – ele sussurrou.

Ela fechou os olhos, saboreando a promessa impossível que aquelas palavras encerravam. Ele acrescentou:

– E, hoje, eu sou o seu trono. – As palavras explodiram em faíscas dentro dela, deixando um rastro de excitação. Grace abriu os olhos, dando de cara com os dele, que perguntou: – Do que você precisa?

Isto era o que precisava.

Ele era tudo o que precisava.

Por uma noite.

Não para sempre.

Só por uma noite.

E talvez fosse o suficiente.

Mais uma vez, fechou a mão nos cabelos dele e o puxou para si, adorando o jeito como ele fechou os olhos de prazer, adorando a sensação de tê-lo ali, acariciando-a...

– Isto – ela murmurou. – Preciso disto. – Um grunhido delicioso vibrou por todo seu corpo. – Isto – repetiu. – Preciso...

De você.

Milagrosamente, não disse a última parte.

Mesmo assim, ele pareceu ter ouvido.

Porque gemeu e começou a chupar com mais força, fazendo círculos, a língua firme e insaciável, lambendo o pontinho em que ela estava desesperada para senti-lo, Grace na ponta dos pés, tremendo de prazer.

Perdeu o controle, ainda agarrando-o pelos cabelos, murmurando palavras tão selvagens quanto os gemidos dele, sentindo o mais puro pecado dentro de si.

Ewan permaneceu onde estava, de joelhos contra ela, firme e gentil, até que Grace soltou um longo suspiro que guardara para o final, soltando os cabelos dele.

Ele a amparou quando ela desabou, colocando-se de pé e se encaixando entre as pernas dela, segurando-a pelo joelho com uma das mãos enquanto, com a outra, acariciava o rosto, puxando-a para um beijo lento e profundo. Começou a se insinuar com o membro duro, e Grace sentiu a pressão deliciosa ali em seu centro que ainda latejava e não conseguiu resistir ao impulso de se esfregar nele.

Terminaram o beijo e encostaram testa com testa, separados somente pela seda da máscara de Grace.

– Diga-me o seu nome – ele ofegou.

Grace.

Precisou morder a língua para conter a palavra. A revelação. Balançou a cabeça.

Ewan se insinuou contra ela mais uma vez, desencadeando outra onda de prazer – quase insuportável.

– Diga-me – grunhiu no ouvido de Grace.

Quase insuportável.

Ela abriu os olhos, só para descobrir que ele estava a menos de um fio de cabelo de distância. E ali, no olhar dele, enxergou.

Saudade.

Desaparecera praticamente antes de se revelar, mas ela viu. Reconheceu.

– Por favor – ele insistiu, afastando um cachinho que havia caído sobre a bochecha dela. E com esse toque – ao colocar as mãos na peruca do disfarce, a fantasia terminou.

Será que ele sabia? Só de pensar nisso, estremeceu de medo e ficou tensa, empurrando-o. Ewan recuou imediatamente.

– Espere.

Grace não respondeu. Afastou-se da mureta, ajeitando as saias e puxando a capa de seda sobre o rasgo no corpete. Arrumando a postura. Recompondo-se.

Voltando à realidade.

Ewan percebeu a mudança na atitude dela e, no escuro, praguejou a própria frustração.

Grace o encarou, amando e odiando o jeito como ele a encarava de volta – como se não houvesse mais nada no mundo para o que quisesse olhar.

– Deixe-me vê-la novamente – ele pediu, com veemência. Havia, no ar, a tensão de que algo parecia prestes a colapsar.

Nunca. Se vissem um ao outro novamente, se ele encostasse nela outra vez... ela poria tudo a perder. Não podia retornar, nunca mais. Este era o fim.

Grace respirou fundo, mas Dahlia respondeu:

– Não.

Capítulo Onze

Propriedade Burghsey
Vinte anos antes

—O que você fez?

As palavras de Grace ricochetearam como um tiro do outro lado da sala, choque e traição estampados em seu rosto conforme ela se debruçava sobre o irmão, encolhido em posição fetal no chão, com os braços ao redor do tronco.

Ewan tinha quebrado uma costela. Mais de uma. Sentira os ossos se partindo sob os nós dos dedos. Claro que tinha quebrado. Era vários centímetros mais alto que Whit e, de longe, um lutador muito melhor que o outro menino, o "anão da ninhada" nas palavras do pai.

O pai deles, o monstro.

Tamanho não o tornava melhor que Whit, no entanto. Foi Whit que se prontificou a lutar com Ewan, antecipando o que o monstro havia planejado, sabendo, antes de todos, que, no fim, Ewan seria a arma do duque.

E Ewan provou que ele tinha razão, nocauteando-o, deixando-o no chão, sangrando, com as costelas quebradas e lágrimas no rosto. Lágrimas no rosto dele e no dela também, mas Ewan não podia olhar para ela, pois sabia que, se olhasse, sucumbiria aos sentimentos que não podia se dar ao luxo de ter.

Cada segundo que a garota vive, você está a um passo da forca.

Palavras do pai, ditas momentos antes, no corredor, ao colocar uma adaga na palma de Ewan, em uma consagração pervertida. Não era mais Ewan. Era Robert Matthew Carrick, Conde de Sumner, herdeiro do Ducado de Marwick.

Só que este não era seu nome. Era dela.

Ela não é nada. Só estava guardando seu lugar. Agora, você deve reivindicá-lo.

Deveria ter esperado por isso – a prova final – que o deixava a um piscar de olhos do futuro prometido quando o pai o tirou da lama, indo até o bordel em Tavistock Row, onde Ewan vivia com a mãe e mais uma dúzia de outras mulheres como ela, com uma oferta que nenhuma criança recusaria. Dinheiro, segurança, uma nova chance para a mãe e uma vida longe do fedor e do suor e da brutalidade das ruas. Um título – um ducado – e um futuro tão impossível que até parecia tangível.

E, de repente, *era* tangível, só que ele fora um tolo de pensar que poderia aceitar tudo o que seu lorde oferecera sem abrir mão de todo o resto. A mãe. Os irmãos.

Amor.

Deveria ter desconfiado que o duque tomaria providências. Que se encarregaria de garantir que isso não acontecesse. O mal raramente age com estupidez.

Ela não pode ficar viva, foi o que o pai disse, sem a menor emoção na voz. *Nenhum deles pode.*

Ewan se recusou, imediatamente se preparando para fugir. Para salvar todos eles.

Só que, mais uma vez, o duque estava à frente. A sentença fora dada e não tinha mais volta.

Agora.

Quando Ewan protestou, o velho disse a única coisa que poderia forçá-lo a agir. *Mate-a, garoto. Se você não matar, eu mato – e eu vou fazê-la sofrer.*

Ewan acreditou nele. Afinal de contas, quantas vezes o pai já tinha mostrado que era sádico? Quantas surras levaram por causa de um passo errado em uma valsa, por usarem um talher errado no jantar. As noites em que quase morreram de frio. Ou que quase enlouqueceram trancados no escuro. Os espancamentos.

Os doces, os presentes, os animais de estimação... destruídos diante de seus olhos.

E, agora, a ameaça final.

Ewan era o único que talvez pudesse colocar um ponto-final nisso.

Whit fora o primeiro, enfrentando-o sozinho, sabendo, como sempre soubera, o que estava por vir. Ewan o derrubou e, por mais que Whit tentasse ficar quieto, seus lamentos chamaram a atenção dos outros, o que, é lógico, fazia parte do plano sádico do pai.

Devil irrompeu pela porta, dando de cara com o irmão no chão e Ewan pairando acima dele, empunhando uma adaga.

Ewan não.

Robert. Sumner. Um dia, o próprio Marwick.

Os nomes o fizeram estremecer. Não os queria. Não mais. Não a esse preço.

Mas não tinha mais escolha.

— Afaste-se dele agora mesmo, mano — Devil rosnou, partindo para cima de Ewan guiado pela raiva borbulhante que era sua força motriz. Punhos e fúria. Empurrou Ewan para o outro lado da sala, e ele aceitou os golpes. Era o que merecia. E porque também sabia que isso diminuiria a força de seus próprios golpes.

Precisava perder força.

Os dois viraram uma mesa e tombaram uma cadeira antes de Ewan conseguir derrubar Devil no chão, ganhando tempo para focar em seu real objetivo.

— O que você fez? — Era a voz de Grace. Baixa. Incrédula.

Ela era a coisa mais linda que ele já vira.

A melhor pessoa que já conhecera.

A única que amaria.

E ele não tinha escolha.

Robert Matthew Carrick, Conde de Sumner, agarrou a adaga com mais força, sentindo a mordida do cabo de aço na palma, ciente de que tinha apenas uma chance de fazer aquilo do jeito certo. Sabendo o que tinha de fazer.

Grace se levantou, percebendo o que estava prestes a acontecer.

— Ewan... não!

Aos pés dele, Devil reagiu, colocando-se de joelhos.

Salve-a, Robert pensou, torcendo para que o irmão entendesse e se levantasse logo.

Eles entenderiam, não é?

— Ewan, mas que porra... — Whit, ainda caído, tentava se reerguer e ignorar a dor nas costelas, embora as lágrimas ainda estivessem frescas em seu rosto.

— Ewan! — Grace... os cabelos formavam uma nuvem de fogo ao redor dela, e os enormes olhos castanhos revelavam que se sentia completamente confusa... confusa e algo pior... traída.

– Pare com isso – Devil gritou atrás dele. – Caralho, mano!

Esses bastardinhos imundos terão o que merecem.

Se parasse, o pai agiria no lugar dele.

Nunca permitirei que todos vocês saiam daqui.

O maldito pai.

Faça o que mandei e trarei sua mãe para cá. Ewan sabia que era outra mentira. Mas também sabia que só tinha uma chance de garantir que o pai não destruiria todas as pessoas com quem ele se importava.

Sacrifício. Era o que o pai queria pelo título.

Sacrifício. Dane-se o título.

Cerrou o punho com força no cabo da adaga, torcendo para que os irmãos fossem quem Ewan sabia que eram. Torcendo para que fossem mais do que ele nunca seria. Fixou os olhos nela, do outro lado da sala. Podia ler seus pensamentos – sempre conseguiu. Grace não acreditava que ele faria aquilo.

Claro que não acreditava.

Sabia que ele a amava.

Ela balançou a cabeça, foi quase imperceptível, mas ele notou. Notou, e as palavras que sussurravam um ao outro noite após noite ecoaram em seus ouvidos: *Vamos fugir. Todos nós.*

Mas ela não sabia do resto. Não sabia que o pai dele jamais permitiria que fossem todos juntos. Não sabia que a maior chance que tinham de sobreviver era... se Ewan ficasse.

E merecia ficar. Não era como eles... ele quis o título. O que porventura o tornava tão ruim quanto o pai.

Mas eles mereciam viver.

Eu sinto muito.

Devil estava bem atrás dele.

Salve-a.

Ewan avançou contra Grace, incapaz de desviar o olhar do dela... aqueles olhos com que sonhava todas as noites. Olhos que amou praticamente desde a primeira vez que os viu. Olhos que o atormentariam para sempre.

Arregalados de choque. Compreensão. E, por fim, medo.

Ela gritou, e a lâmina cortou a carne.

Uma batida rápida na porta do gabinete arrancou Ewan de suas lembranças e o trouxe de volta ao presente, quase derrubando o copo de uísque que segurava de qualquer jeito.

Estava diante da janela, contemplando a tranquilidade dos jardins que, uma semana atrás, transbordavam com as festividades. O céu noturno estava límpido e a lua de outono, quase cheia, revelando, à distância, o telhado do gazebo atrás da parede secreta. O lugar onde vira Grace pela última vez. O lugar onde ela o deixara.

– Entre.

A porta foi aberta antes que terminasse de falar. Ewan olhou para trás e viu O'Clair, o impecável mordomo da casa de Londres, que nunca parecia precisar de comida, sono ou descanso.

– Vossa Graça – chamou O'Clair, com dicção perfeita, adentrando o cômodo. O vocativo imediatamente deixou Ewan aborrecido. Por Deus, como odiava aquele título. – Há dois... cavalheiros na entrada.

A ênfase deixava claro que quem quer estivesse lá embaixo não havia passado na inspeção do mordomo, e isso era o que bastava para Ewan no momento. Não queria saber de visitantes.

– Estamos no meio da noite. Quem quer que seja pode retornar em uma hora mais apropriada.

– Sim, bem... – O mordomo pigarreou. – Eles não parecem...

– Não somos do tipo que dá as caras em horas apropriadas em Mayfair, duque – alguém falou atrás de O'Clair, cujos olhos se arregalaram em um misto de choque e afronta que teria divertido Ewan se ele também não estivesse surpreso com os recém-chegados.

Devil pontuou as próprias palavras com um chute na porta, que bateu com estrondo na parede, estalando as dobradiças. Entrou no gabinete enquanto Whit se postava na soleira da porta, com os braços cruzados na frente do imenso peitoral, realmente parecendo a besta-fera à qual Londres se referia quando o chamava pelo apelido de Beast.

Nem de longe o "anão da ninhada".

Ewan encarou os irmãos intrigado. Era como se os tivesse conjurado com o poder da memória. Ora, que azar.

– Senhores! Devo insistir... – O'Clair, de sua parte, mantinha a compostura e seguia firme em seus deveres: – O duque não está recebendo visitantes.

– O-oh! Não está? – Devil deu um tapinha no ombro de O'Clair com a alça de prata da bengala de ébano, deixando visível a cicatriz medonha em sua bochecha. – Ora, deixemos de lado tanta cerimônia, meu bom homem. O duque está radiante por nos receber. – Devil não olhou para Ewan ao dizer isso. – Não é mesmo, mano?

– Eu não usaria a palavra *radiante*, não.

– Foda-se! – disse Beast, ainda postado à porta, com a voz áspera.

O mordomo ficou indignado, e Ewan se conteve para não soltar um palavrão. Poderia muito bem salvar o pobre homem desse impasse.

– Obrigado, O'Clair.

– Vossa Graça? – o mordomo respondeu, horrorizado.

Esta, dentre todas as noites, era a que ele escolhia para questionar ordens?

– Não precisarei de seus serviços pelo resto da noite.

O'Clair não parecia convencido, mesmo assim, recobrou-se e fez uma mesura rápida: – Como queira. – E, retirando-se do gabinete, parou diante de Beast junto à porta. – Com vossa licença, senhor.

Beast grunhiu e afastou-se apenas o suficiente para o homem passar.

– Agradeceria se não atormentassem meus criados.

– O Beast ali não sabe muito bem como se comportar.

Era mentira. Todos eles tinham maneiras impecáveis. O pai garantiu isso. O velho se deleitava em encenar sua própria versão de Pigmaleão com a vida dos meninos antes de encontrar outros jeitos de se entreter. Beast rosnou enquanto Devil contornava a mesa e se sentava.

– Esta é a escrivaninha do velhote?

– Sim – disse Ewan, servindo-se de mais uísque. Pressentia que ia precisar.

– Legal – disse Devil, enfatizando a frase com o baque das pesadas botas sobre a mesa, cheias de lama e quaisquer outras imundícies que trouxera de Covent Garden.

Ewan não podia culpá-lo. Também detestava aquela maldita mesa e tudo o mais naquela casa que pertencera ao pai. Mas ai dele se demonstrasse isso de maneira escancarada.

Grace os mandaria ali? Será que descobrira a verdade da noite que passaram nos jardins, no gazebo, e decidira mandar os irmãos para terminar o trabalho que ela começou um ano antes? Será que ele tinha avaliado tudo errado?

Sentiu o coração acelerar. Não, ela não mandaria ninguém fazer seu trabalho sujo. Não era mulher de fugir de uma luta. Muito menos de uma luta com ele.

Então por que não viera confrontá-lo pessoalmente?

Obrigou-se a ficar calmo e, em silêncio, encheu o copo.

– Mas e aí, vocês estão aqui para outra rodada de "Quem vai matar o duque"?

Todas as vezes que encontrara os dois nos últimos dois anos, acabavam lutando. Na verdade, todas as vezes que os encontrara nos últimos vinte anos. E sempre os derrotava, mas, no fundo, eram eles que tinham ganhado. Eles tinham lares e famílias e um mundo inteiro para encher suas vidas de propósito e prazer.

E tinham Grace.

– Olha que não é má ideia, hein?! – Devil respondeu, falando exatamente como as pessoas de Covent Garden e carregando tanto no sotaque que Ewan percebeu que ele fazia isso só para irritá-lo: – Puxa vida, mano, a gente não é nenhum monstro, não.

E conseguindo.

Mas Ewan se recusou a deixar transparecer.

– Ah, não são?

– Não. Essa sempre foi a sua especialidade. – A resposta veio lá da porta.

Ewan não olhou na direção da voz, nem mesmo quando Devil assoviou de admiração e bateu a bengala nas botas imundas, agindo sempre como se fosse o apresentador de um espetáculo.

– Olha só! Você até conseguiu arrancar um monólogo de Beast.

– O que você quer, Devon?

O nome foi um risco calculado, e que valeu a pena considerando o silêncio que veio em resposta. Ewan virou o rosto na direção do irmão, que o encarava fixamente. Toda a descontração se esvaíra da voz de Devil.

– Será que devo lembrá-lo de que apenas um de nós tem um nome que pode levá-lo à forca?

Ewan não respondeu. Eles gozavam de todos os meios para ter revelado o duque impostor havia décadas e, sabe-se lá por que, nunca os usaram. Não começaria a se preocupar com isso agora.

Em alguns dias, até desejava que o tivessem exposto.

Devil bateu a bengala nas botas de novo. Uma, duas vezes, em uma lenta sucessão, enquanto media Ewan dos pés à cabeça:

– Você mudou.

Ewan tinha consciência do que eles tinham visto no ringue havia um ano – quando reencontrara Grace depois de uma eternidade acreditando que ela estava morta. Quando levou os golpes dela. E quando ela o subjugou com o pior de todos: a admissão de que nunca seria digno da garota que um dia amou.

De que aquela garota não existia mais.

Esses dois homens assistiram à sua destruição.

E tinha consciência do que eles viam agora. Estava maior que antes. Mais largo e mais musculoso. As bochechas barbeadas e menos encovadas. O corpo sadio e a mente sã.

Nem sempre, mas a maior parte do tempo.

Havia se preparado para isto, a grande batalha de sua vida.

– Te falei – Beast resmungou lá da soleira.

– Mmm... – Devil ruminou, pensativo.

Beast rosnou em resposta.

– Vocês dois vieram aqui para conversar comigo ou... – Ewan chegara ao limite da irritação.

– Você a viu?

Ficou paralisado com a pergunta, arrepiando-se por inteiro. Ela não tinha contado nada para eles. Não sabiam que ela tinha se disfarçado e viera ao baile. Não sabiam que dançara com ele. Não sabiam dos jardins, do gazebo.

Da fantasia.

O que significava que ela queria guardar tudo para si.

Sentou-se, tratando de esconder os pensamentos, estendendo os braços sobre o encosto da poltrona que ficava de frente para Devil no outro lado da mesa. E mentiu:

– Não.

Um grunhido, atrás dele, de Beast.

Devil o observou atentamente, batendo aquela bengala infernal como uma goteira que pinga sem parar sobre uma pedra:

– Não acredito em você.

– Não a vi – repetiu, ignorando o modo como as palavras conjuravam todos os modos como a vira, o jeito como Grace curvara os lábios em um sorriso só para ele, o jeito como a voz dela o inundou depois de tantos anos, a maciez dos seios em suas mãos, as coxas o apertando, o gosto dela.

– Está querendo nos dizer que você não voltou por causa dela?

Ewan não respondeu. Não era capaz. As palavras se recusaram a tomar forma. Claro que tinha voltado por causa dela. Sempre voltaria por ela.

Outro grunhido ecoou da porta e, desta vez, Ewan não se conteve e o encarou:

– Por acaso você tem algum problema de fala? Levou muita pancada na cabeça?

– Acho melhor você não dar muitas ideias sobre pancadas para Beast, duque – observou Devil. – Ele está doidinho para ter cinco minutos a sós com você.

– E não se saiu muito bem da última vez – provocou Ewan.

– Seu filho da puta! – Beast rugiu, finalmente saindo da soleira da porta. – Você quase matou a minha mulher; não vou pegar leve desta vez.

Ewan resistiu ao tremor que a ameaça disparou. Não tinha machucado a dama de propósito. Ela estava nas docas quando o idiota que ele contratara para punir os irmãos destruiu um carregamento dos Bastardos Impiedosos no meio da noite. Os Bastardos administravam um milhão de negócios em toda a Londres, alguns às claras, outros às escuras, mas o grosso de seus ganhos vinha do contrabando de mercadorias, e Ewan estava de olho *neste* negócio porque sabia que, se o destruísse, destruiria os irmãos.

— Ela não era meu alvo.

— Não, nós éramos — corrigiu Devil, atrás da mesa.

— Eu tinha contas a acertar. — Ewan sustentou o olhar do irmão. Foram eles que disseram que Grace estava morta, e isso o destruiu, deixou-o selvagem. Encheu-o de ódio e vingança. Em troca, ele estava disposto a fazer qualquer coisa para destruí-los.

Mas Grace estava viva.

E, com ela, a esperança dele.

— Tenho grande simpatia por Lady Henrietta — dirigiu-se a Whit. — Mas agora não é mais Lady Henrietta, né? É Sra. Whittington — Ewan fez uma pausa, ignorando o aperto no estômago. — Fiquei sabendo que tem um bebê a caminho. Parabéns.

— Fique longe da minha família, seu cretino. — Whit se aproximou, mas Ewan permaneceu imóvel, sabendo que não podia demonstrar medo.

— Não tenho o menor interesse na sua família.

Mentira. Tinha imenso interesse pela família de seus irmãos, afinal, para ele, ter uma família sempre soara algo tão provável quanto ter um unicórnio ou encontrar uma sereia no riacho de sua propriedade no campo.

Os três fizeram um pacto quando eram crianças: na escuridão, após um dia inteiro de torturas nas mãos do pai, juraram que, quem quer que se tornasse duque, acabaria com a linhagem, recusando-se a proporcionar ao pai o prazer de ter herdeiros.

Ewan nunca se permitiu nem sequer pensar em crianças. Mas, agora, seus irmãos tinham filhos e ele se perguntava como eram. Será que tinham os olhos cor de âmbar que todos os três compartilhavam? Será que a filha de Devil tinha um sorriso largo como o do pai? Será que era esperta como a mãe? Será que o filho de Whit se tornaria tão leal quanto o pai?

A vida de Ewan também seria assim se ele tivesse perdido o ducado em vez de ganhar. No entanto, não era hora de ficar pensando nisso.

— A questão é a seguinte: eu fui atrás do que vocês amavam porque vocês me tiraram o que eu amava. Vocês me disseram que ela estava morta.

– E está morta para você, se for considerar as chances de ela te aceitar de volta.

Deixe-me vê-la novamente. Foram as palavras dele no gazebo.

Não. A resposta dela.

Deixou a lembrança de lado, assim como a ameaça de que suas esperanças podiam ser em vão.

– Ela não é o motivo de vocês estarem aqui.

– Não, não é – admitiu Devil. – Estamos aqui porque toda vez que você retorna a Londres, pessoas morrem. E isso não vai acontecer desta vez.

– A menos que seja você a morrer – Whit clarificou. Ewan o encarou.

– E o que pretendem fazer?

– Não é de hoje que tenho sanha de estripar um tal de Duque de Marwick – disse Devil, ainda à mesa.

– E, mesmo assim, eu continuo vivo.

Embora sempre se perguntasse por que os irmãos nunca tinham retornado para concretizar sua vingança. Só Deus sabe como ele merecia.

– Pois é, quando a gente faz promessas, a gente honra nossa palavra.

Ewan entendeu muito bem o que Devil quis dizer. Os quatro fizeram uma promessa quando crianças. De que fugiriam juntos, de proteger uns aos outros. E ele não fora capaz de honrar a palavra. Todavia, olhou feio para o irmão:

– Promessas para quem?

– Você sabe quem – o outro rebateu, cínico.

– Grace. – O nome saiu inesperadamente, em um suspiro que ele devia ter contido, um suspiro que revelava demais.

Ela o manteve vivo.

– Eu te falei. – Whit olhou para Devil.

– Mmm... – Devil anuiu. – Mas não viemos aqui por conta disso.

Por conta do quê? O que ela tinha dito?

Resistiu à vontade de fazer mais perguntas, resignando-se a apenas uma, frustrado:

– Então por quê? Vão direto ao ponto!

Devil escarneceu diante de sua irritação:

– Só porque concordamos em não te matar, não significa que não teríamos imenso prazer em te machucar, mano.

A frustração se transformou em algo diferente dentro de Ewan, e ele teve de fazer um esforço sobre-humano para permanecer relaxado na cadeira, porque estava se coçando para arrumar uma briga. Ansiava por uma desde que retornara a Londres, desde que jurara ser um homem diferente.

E, se havia alguém capaz de trazer à tona o pior lado dele, eram esses dois.

— Estou dentro se vocês estiverem.

Devil arqueou as sobrancelhas, abrindo um sorriso diabólico para Whit, que imediatamente tirou os punhos – enormes – dos bolsos.

— Eu vou primeiro, já que está oferecendo. Ou será que estamos diante do covarde que enfrentou Grace ano passado? Doidinho para lamber as próprias feridas exatamente como o almofadinha que foi treinado para ser?

Ah, como queria descer a mão na cara dos irmãos. Mas permaneceu distante, encenando o papel que era esperado dele.

— Devo mais a ela do que a vocês.

Verdade.

— Ah, então quer dizer que foi um presente? Não lutar contra ela?

— Eu nunca a machucaria.

Os outros dois ficaram imóveis ao ouvirem tal declaração, e Ewan notou que estavam surpresos; entreolharam-se rapidamente antes de voltarem a si, Devil balançando a cabeça desapontado.

— Oh, meu Deus...

— Ele não se deu conta – disse Whit.

— Conta de quê?

— De que você a machucou todos os dias desde que fugimos.

O silêncio se abateu sobre os irmãos no rastro das palavras, e ele observou Devil contrair mandíbula, sem dúvida lembrando do passado, deixando ainda mais evidente a cicatriz que descia por uns quinze centímetros na lateral do rosto dele – cicatriz que Ewan talhara décadas atrás. Ewan, que passou uma vida inteira ameaçando-os. Ameaçando suas vidas, seus futuros, suas esposas, seu mundo.

E isso fora a menor parte de tudo o que fizera.

Whit continuou e, sendo o irmão que tão raramente falava, suas palavras acertaram Ewan com ainda mais força:

— Ela nunca teve segurança. Nunca teve um dia em que não precisou se esconder. Nunca teve um dia em que não precisou olhar para trás. Por sua causa. Você continua perseguindo Grace desde a noite em que a perseguiu em Burghsey.

— Perseguindo, não. Procurando.

— Ah, é, procurando para terminar o que começou – Devil interveio. – Para eliminar a prova de que você roubou um ducado, uma vida e um futuro.

Jamais teve a intenção de roubá-lo. Pretendia que fosse deles dois, juntos.

– Isso não é verdade.

– Nah, agora eu sei que não. Mas ela não sabe e, mesmo que soubesse, não teria importância.

Ewan não pôde mais conter a cólera, irracional e cheia de indignação, ao ouvir o fundo de verdade da frase.

– Digam-me por que estão aqui ou deem o fora da minha casa já!

Devil o fitou por um longo instante.

– Cuidado, mano, está começando a soar como um verdadeiro Marwick.

À menção de que ele era como o pai, a fachada de desdém ducal desmoronou. Ewan percebeu a visão turva de raiva ao se movimentar com uma agilidade que não experimentara em duas décadas. Levantou-se de um salto da cadeira e parou diante da mesa, com as mãos espalmadas sobre a madeira, encarando Devil, bradando com a voz límpida:

– Repita o que disse. Me dê uma boa razão para acabar com você.

Devil bateu de novo aquela bengala infernal nas botas, e de novo. Quando Ewan estava prestes a parti-la em duas, o irmão perguntou com casualmente:

– Você o matou?

O pai deles.

Por uma fração de segundo, imaginou que seria assim se tivessem permanecido juntos. Os três, tarde da noite, tomando uísque e falando do passado. Engoliu em seco com a pontada de arrependimento que sentiu ao pensar nisso e levantou o copo.

– E faz alguma diferença? – Virou o copo com uma golada.

Viu os irmãos se entreolharem, sobrancelhas arqueadas, em uma irritante comunicação interna e silenciosa que Ewan não sabia decodificar.

– Na verdade, não – Devil respondeu.

– Por que vocês dois não superam isso de uma vez?

– Não precisa ficar com raiva.

– Estamos todos com raiva – Ewan cuspiu –, sempre estivemos. Três irmãos, nascidos sob o signo da mesma estrela raivosa. – No mesmo dia, à mesma hora, foi o que disseram a eles. Nascidos da mesma fôrma e, mesmo assim, tão diferentes.

– Mmm... – Devil inclinou a cabeça. – Mas não foi só a gente, foi?

Não fora. Grace tinha nascido naquele mesmo dia, na mesma hora, de um homem diferente, mas destinada à mesma sina.

Será que os dois achavam que ele não sabia? Será que achavam que ele não pensava naquele destino todos os dias? Será que não desconfiavam que ela era a primeira coisa em que pensava ao acordar e a última ao dormir, e que estava presente em cada sonho?

Será que achavam que não a queria mais do que tudo?

Queria Grace. E queria que eles fossem embora só para que pudesse voltar a se entregar à vontade de tê-la.

– Por que vocês estão aqui?

Por um momento, pensou que aquele era o motivo: atormentá-lo, forçá-lo a enfrentar o passado, questionar o presente e temer o futuro – sozinho. Por um momento, viu tudo isso nos olhos de Devil.

Mas Whit se pronunciou atrás dele:

– Viemos discutir o bagarote.

Um arrepio de surpresa frio e desagradável percorreu seu corpo, e Ewan se empertigou, olhando para trás, para o irmão gigantesco – o homem mais bonito que Londres já vira, apesar do apelido – depois olhou para a mesa de mogno, que pertencera a gerações e gerações de duques e foi seguindo o veio da madeira, perfeitamente reto, até se deparar com um nó escuro que não fora oculto na mancha ao final da escrivaninha. Concentrou-se no nó e retrucou:

– Que bagarote?

– Que bagarote? – Devil rebateu, com desdém. – Você sabe muito bem que bagarote. O baú de moedas que você enviou para comprar perdão em Covent Garden. Não é todo dia que dez mil libras aparecem em nosso armazém.

– Eu não mandei para o armazém – disse Ewan, subitamente agitado.

– Não interessa para onde você mandou, mano – chiou Devil com os olhos cor de âmbar faiscando. – Quando um dinheiro desses aparece em Covent Garden, é no nosso armazém que vai parar.

– Não é para vocês! – Ewan disse entredentes.

– E você acha que precisamos do seu dinheiro sujo?

Dinheiro sujo.

Ewan ignorou as palavras e o modo como elas o acertaram em cheio:

– Creio que dez mil libras seja o suficiente para tentar homens melhores a coisas muito piores.

– Devíamos acabar com ele só por causa disso – praguejou Beast baixinho.

– Primeiro, vamos direto ao ponto, duque. – Devil o encarava com um olhar assassino. – Nós somos ricos como reis. Beast, sozinho, é dono de metade da Berkeley Square. Não precisamos do seu dinheiro. E, mesmo que não tivesse sido contaminado por tudo que aconteceu no passado, nós não o aceitaríamos.

– Que bom, porque não é mesmo para vocês.

– Nah. É pros garotos que você matou.

Ewan se forçou a manter a compostura. Enviara o dinheiro para o médico do cortiço, depois de ouvir que o homem tinha salvado dois garotos feridos durante a explosão nas docas, o último ato de violência perpetrado a seu mando contra os irmãos. Enviou a soma via três diferentes emissários, para evitar que fosse rastreado e ligado a ele. Para evitar chamar atenção. Para evitar justamente esta conversa.

Pelo jeito, três emissários não foram o bastante.

– Vocês não deviam saber disso.

– Sabemos de tudo que acontece em nosso território – Devil esclareceu.

– E o que vocês querem? Querem que eu me desculpe por tentar ajudar?

Devil deu uma gargalhada, mas não era de humor. Arrostou Ewan, mas se dirigiu a Whit:

– Está ouvindo isso? – E voltou-se para Ewan. – Esse bastardo toca o terror em Covent Garden, persegue nossos homens, mata cinco deles e mutila outra meia dúzia durante dois anos de baderna, depois acha que um pacote de grana basta para deixar tudo de lado?

Cinco.

Fechou os olhos, ruminando o número perverso. Estava desesperado para encontrá-la, e alucinado para vingá-la, mas não era justificativa. Eram cinco vidas. Roubadas. Não foi ele que puxou o gatilho, mas foi ele que pagou os homens que puxaram e sem nem pensar duas vezes, porque estava atrás dos peixes grandes: seus irmãos.

Queria os dois mortos e, por anos, não pensou em mais nada além de destruí-los. Enlouquecido pela fúria e pelo luto, e com sede de vingança, apodreceu por dentro.

Eles haviam dito que Grace estava morta, e ele perdeu as estribeiras da moralidade e da ética, sem o menor pesar e sem qualquer intenção de continuar sendo decente.

Mas ela estava viva.

E com essa descoberta veio outra: o retorno de sua humanidade.

Então, sim, enviou o dinheiro e pediu que fosse distribuído àqueles que tinham sido feridos por suas ações. Crescera na pobreza de Covent

Garden e ainda se lembrava de como era. O fedor das lojas de miúdos, cachorros brigando por qualquer resto, as rixas disputadas na escuridão. Barrigas famintas e olhos vazios. A mãe chorando em silêncio nos momentos de quietude depois que os homens iam embora, o céu ficando rosado com a aurora.

A morte de um filho, de um parceiro, de um amigo... podia destruir um futuro. Um monte de futuros. E esses bastardos estavam pensando em não dar o dinheiro àqueles que sofriam? E para quê? Para puni-lo? Por orgulho?

– O que vocês pensam que estão fazendo? – Ewan estava furioso. – Esse tipo de dinheiro pode mudar vidas! – Encarou Devil e Whit. – Pode comprar comida, alugar casas e dar educação para as crianças. Uma vida. A porra de um futuro! Pensem como tudo poderia ter sido diferente para a gente se tivesse tido algum dinheiro.

– Ah, não. Algum dinheiro não teria feito de você um duque, teria? – Devil sorriu com escárnio, e Ewan teve vontade de voar em seu pescoço.

Nos últimos dois anos, aprendera tudo o que pôde sobre os Bastardos Impiedosos e o modo como operavam – como tinham feito de tudo para melhorar Covent Garden. Médicos. Escolas. Saneamento básico. Os irmãos – que jamais contariam com ele de novo – tinham cumprido a promessa que Ewan fizera havia tantos anos. E, naqueles momentos em que estava sozinho e se permitia uma pausa de tudo, Ewan era grato por tudo o que tinham feito.

Dessa forma, isso – o que quer que fosse – não fazia sentido.

– Vocês estão brincando com vidas para ferrar comigo?

– Não – Whit respondeu, a fúria na voz se equiparando à de Ewan. – *Você* é que está brincando com aquelas pessoas ao achar que pode pagar pelo sofrimento delas só para conseguir dormir direito à noite.

– Eu não durmo direito há 22 anos.

Beast grunhiu com a resposta.

– Vocês não são idiotas. Sabem tão bem quanto eu que esse dinheiro pode ajudar.

– Ah, sim – disse Devil. – E vai ajudar.

– Mas vocês vão ficar com ele. – Ewan estava genuinamente confuso.

– Claro que vamos ficar com ele!

Caralho!

– Mas por que...

– Porque não é o bastante – Beast rugiu. – Vamos dar o seu dinheiro pra quem precisa, mas eles merecem mais. E vão ter mais.

Ewan não se fez de desentendido.

– Mas não em dinheiro.

– Não *só* em dinheiro – Devil o corrigiu.

– Em quê? Minha cabeça em um espeto no cruzamento da Seven Dials? Voltamos ao joguinho "Quem vai matar o duque"?

– Olha que não é má ideia. – Whit olhou para Ewan como se já estivesse medindo a cabeça dele para ver que tamanho de espeto teria de arranjar.

– Eles não são aristocratas, Marwick. São pessoas de verdade, com problemas e lembranças de verdade. E elas não querem ser pagas para esquecer a raiva e o luto que estão sentindo. E, se por um segundo, você tivesse pensado em como era a sua vida antes de se tornar um almofadinha, saberia disso.

Uma lembrança o tomou de assalto ao ouvir as palavras do irmão. Grace, na clareira entre as árvores na extremidade oeste da propriedade Burghsey. O lugar deles. Devil e Whit brincavam ao longe, gritando e provocando um ao outro, inseparáveis como sempre, e Grace pedindo pela milésima vez para que ele falasse de Londres.

Ewan falou de Covent Garden – a única parte da cidade que conhecia. A única que importava. Falou das pessoas. Sobre como elas lutavam por tudo o que tinham, com orgulho e determinação, porque não tinham condições de aceitar nada menos que isso.

Elas não conseguem o que precisam e têm muito menos do que merecem, foi o que ele disse. *Mas nós vamos mudar tudo isso.*

E não cumpriu sua promessa.

Mas ela cumpriu.

Fitou os irmãos, sabendo, instintivamente, que eles tinham entendido o que Grace não entendera na outra noite. Não estavam ali para impedi-lo de conseguir uma noiva debutante e perpetuar o nome da família. Aqueles dois sabiam que ele se jogaria no lodo do Tâmisa antes de tocar em outra mulher que não fosse Grace.

E, para sua infelicidade, Ewan finalmente entendeu. Whit e Devil estavam ali para lhe dar um recado: deveria deixar Covent Garden em paz. Deveria deixar *Grace* em paz.

Impossível.

– Estou em débito com vocês, não vou negar. Mas não vou embora.

– Você não está entendendo, duque – Devil rebateu. – Não está em débito conosco. Está em débito com eles. Nós não precisamos do seu perdão. Você é quem precisa do perdão de Covent Garden.

Jamais o conseguiria, mas queria.

Nós vamos mudar tudo isso.

– Você precisa do perdão de Grace – acrescentou Devil.

Isso era o que mais queria. Mais do que tudo.

– Como?

Whit resmungou e disse:

– Eu te falei.

Devil sorriu, a cicatriz – a cicatriz que Ewan talhara com a própria lâmina – se esticando na bochecha.

– Venha nos visitar.

Por Covent Garden? Ou por Grace?

– Para quê? Para você me transformar em um gladiador e me jogar de comida aos leões?

– Tá se achando demais, mano – Whit o repreendeu, duro como rocha.

– Você já passou tempo demais longe da gente, seu almofadinha. – O sorriso de Devil se desfez em uma risada gostosa. Colocou o chapéu na cabeça, puxando-o para cima da sobrancelha, de modo que somente a metade inferior de sua cicatriz ficasse visível. – Venha nos visitar para se redimir, ou voltaremos para fazer valer a redenção.

Dirigiu-se à porta, ficando ombro a ombro com Whit. Antes de saírem, o irmão que Covent Garden chamava de Beast encarou Ewan mais uma vez:

– Você não nos perguntou.

– Não perguntei o quê?

– Se Grace nos fez prometer que não íamos te matar.

Não precisava perguntar. Sabia que ela fizera isso. Ewan empinou o queixo, recusando-se a fazer a pergunta mais importante. A questão que atormentaria seu sono.

– Não perguntou *por que* ela nos fez prometer que não íamos te matar.

Eis a pergunta.

Quase ficou quieto. Quase.

– Por quê?

E a pergunta saiu mais ríspida do que esperava. Mais veemente.

Whit olhou para Devil:

– Eu te falei.

Tap. Tap.

Whit o mirou no fundo dos olhos e, naquela rajada cor de âmbar que Ewan reconhecia de seus próprios olhos, ele viu fúria, e traição e algo mais... algo como pesar.

– Por causa do que fez com ela. Porque ainda existem contas a acertar.

– O quê? – perguntou antes que pudesse se conter.

Devil e Whit se entreolharam e se voltaram para Ewan.

– Me falem ou caiam logo fora daqui, porra! – Ewan praguejou, mas o desespero era evidente em sua voz.

– Você partiu o coração dela.

As palavras de Whit foram um golpe descomunal. Uma dor lancinante estourou por dentro dele, doeu tanto que até levou a mão ao peito. Whit, seu irmãozinho, que sofrera tanto em suas mãos, o observou por um momento, enxergando a verdade:

– Não precisamos acabar com você. Ela fará isso. E não pense nem por um minuto que você não merece.

Capítulo Doze

—Dizem que ela não dura até o fim do ano.

Grace desviou a atenção da linha de débitos que examinava no livro-razão quando Zeva e Veronique entraram.

Zeva usava um requintado vestido roxo escuro, bordado com fios de prata, que valia uma fortuna. Grace admirou o traje, mas não conseguiu deixar de menear a cabeça diante da profunda falta de apreço da amiga por roupas mais práticas. Veronique, por outro lado, usava calças de montaria com uma camisa branca perfeitamente alinhada cruzada pelas alças do coldre, no qual trazia duas pistolas acessíveis sob os braços. Grace não conseguia se lembrar de quando vira a chefe de segurança do clube sem armas, embora elas não ficassem sempre tão visíveis.

Acenou para a dupla – tão diferentes quanto água e vinho e, mesmo assim, a equipe perfeita – chamando-as para as cadeiras diante da mesa.

– Quem não dura até o fim do ano?

– Victoria – Zeva informou, sem rodeios.

– Presumo que estamos falando da rainha e não de uma das sócias. – O encontro semanal de Grace com as duas gerentes quase sempre começava com Zeva atualizando-as dos escândalos mais recentes dos tabloides. Com bastante frequência, havia fofocas relacionadas às sócias do clube.

– Credo, sim! Já imaginou a Rainha Victoria como uma sócia do clube? – Zeva riu. – Acho que seria bom pros negócios.

Seria terrível para os negócios, Grace não tinha dúvidas.

– Enfim – a gerente continuou –, li nos tabloides e, com Dominion chegando, acho que deveríamos acrescentar no livro de apostas. Ninguém acredita que uma mulher possa durar o bastante no trono para se legitimar como monarca.

– Você quer dizer que nenhum *homem* acredita nisso. – Veronique bufou, cruzando as pernas e se acomodando em uma das cadeiras. – As mulheres se lembram muito bem da Rainha Elizabeth.

– E que ela cavalgou com os homens nas batalhas – observou Grace.

– Pena que ela não cavalgou nenhum homem, pobre rainha virgem – provocou Zeva. – Meio como você, Dahlia.

– Não foi o que eu ouvi por aí – Veronique acrescentou, cheia de malícia.

– Como é que é? – Grace encarou a outra gerente.

Zeva arregalou os olhos e abriu um sorriso tão largo que poderia ser visto dos terraços do lado de fora.

– Ah, sim, vamos investigar! Como é que é?

– As garotas falam por aí. – Veronique deu de ombros.

– Pois não deviam falar!

– Você paga para que falem.

– Não sobre mim!

Zeva olhava de uma para outra, como se estivesse assistindo a uma partida de peteca:

– O que estão falando dela?

– Que ela foi ao baile de Marwick – contou Veronique, fazendo um gesto de pouco-caso como se tal informação bastasse para Zeva. Esquecendo-se de que nunca bastava, Zeva sempre queria mais informações.

Grace olhou de volta para o livro-razão, os números nadando na página enquanto desejava apenas que o chão se abrisse e a engolisse, levando-a para alguma terra muito, muito distante dali.

– Já sabíamos que ela iria – Zeva retomou a conversa.

– Sim, mas, ao que tudo indica, ela passou muito pouco tempo no baile.

– E então? – Uma pausa. Uma pausa pesada e cheia de significado. – Ah. Ahhhhh! – Outra pausa, e um sorriso lupino. – *Onde* ela passou o tempo?

– Nos jardins – Veronique sussurrou, alto o bastante para o prédio inteiro ouvir.

– Dahlia! – Zeva exclamou, levando a mão ao peito. – Devo dizer que estou muito orgulhosa de você.

Grace revirou os olhos.

– Se bem que nós é que sugerimos que ela realizasse algumas fantasias – Veronique comentou, convencida.

– Chega!

– Que interessante. – Outra pausa. – Esse é o mesmo duque que você surrou sem dó nem piedade um ano atrás? Aquele que queria te transformar em duquesa?

Não só em duquesa.

Você é uma rainha. E, hoje, eu sou seu trono.

Grace ficou ruborizada com a lembrança, torcendo para que elas não percebessem. Mas Zeva percebeu, é claro, afinal, era paga para perceber.

– Ora, ora, que *interessante*...

– Digam-me – Grace interveio –, como é que podem ter tanta certeza de que não vou despedir vocês duas?

– E por quê? Por fazer nosso trabalho?

Silêncio se seguiu à pergunta, Veronique não estava brincando. Do momento em que se juntou a Grace para construir o número 72 da Shelton Street, ela administrara a segurança das sócias do clube e dos funcionários com um comprometimento inabalável. As únicas ocasiões em que não estava presente no clube era quando o navio do marido atracava no porto – e, mesmo assim, o capitão geralmente se juntava a ela no prédio, não o contrário.

Grace não devia se surpreender por ter sido seguida. Ao longo dos anos, Veronique e ela haviam construído uma vasta rede de espiãs que se estendia por todo o Covent Garden e além: criadas domésticas, serviçais de tavernas e mensageiras que andavam pelos telhados. Criminosos em toda a Londres – em todo o mundo – usavam crianças como batedores de carteiras e trombadinhas porque ninguém presta atenção nelas, mas Grace descobriu que prestam menos atenção ainda às meninas. Garotas recebem menos atenção e menos dinheiro pelas mesmas tarefas. Grace decidiu fazer de sua missão pagar bem às garotas e empoderá-las. Elas traziam informação para Grace e Veronique de onde quer que houvesse informação que valesse a pena – quanto mais interessante, melhor.

E Grace trajando um vestido de baile e se despencando para Mayfair certamente era interessante.

Ainda assim, Grace não gostou.

O que mais havia sido reportado? Será que tinham visto o que acontecera no gazebo?

Zeva pigarreou e quebrou o silêncio:

– Ok, muito bem, tudo bem, vocês duas. O que estávamos discutindo?

Você é uma rainha.

Foi a vez de Grace pigarrear:

– Rainhas.

Não devia se lembrar daquela noite. Foi um erro. Uma noite perdida no plano da memória e da nostalgia. Do que poderia ter sido. Ewan nem sabia que era ela. Mas, em compensação, parecia que todo mundo em Covent Garden sabia.

Droga! Era nisso que dava comprar fantasias em vez de vender.

Zeva ainda estava falando:

– Eu particularmente acredito que Elizabeth Regina teria sido uma orgulhosa sócia do 72 da Shelton.

– Ela teria que entrar na fila – Grace disse, grata pela mudança de assunto, colocando a mão sobre uma pilha de novos pedidos de filiação. – A cada minuto, nos tornamos mais populares. Temos três duquesas e, pelo que vi, a líder de um pequeno país aqui.

– É sobre isso que quero conversar – interveio Veronique. – Estou preocupada como o aumento de nossa popularidade.

– Ah, Veronique – Zeva suspirou –, sempre a estraga-prazeres.

Veronique olhou feio para a amiga:

– Nem todas nós temos como preocupação servir o canapé perfeito. – Ela se voltou para Grace: – Tudo que estou dizendo é que assinamos 21 acordos de filiação no último mês...

– Vinte e três – Zeva corrigiu.

– Que seja. E não há sinal de que esse número vai diminuir. Portanto, se pretendemos continuar aumentando a filiação... – Ela fez uma pausa, fitando Grace. – E presumo que vamos?

– Não vejo razão para não continuarmos.

– Então será necessário aumentar a segurança – declarou a chefe da equipe de segurança do 72 da Shelton, encolhendo os ombros com as mãos abertas. Recostou-se na cadeira, do lado oposto da mesa de Grace, lançando um olhar perspicaz sobre as caóticas torres de jornais, dossiês de membros, documentos bancários e contas, acrescentando: – No mínimo, vamos precisar de um guarda do lado de fora desta sala para te resgatar quando você ficar soterrada sob a avalanche de papel que um dia vai cair em você.

– Que absurdo. Eu sei onde está tudo – Grace disse, e Zeva deu risada. – De quantos mais vamos precisar?

– Cinco. – Veronique não hesitou.

Grace ficou impressionada. Como o 72 da Shelton era tanto um clube que prezava pela discrição quanto um bordel que valorizava a segurança, já contava com uma equipe de segurança de quinze pessoas, trabalhando em três turnos diferentes, 24 horas por dia.

– Você está pensando em desencadear uma onda de assassinatos?

– Rolou uma briga três noites atrás no Maggie O'Tiernen.

– Dia sim, dia não rola uma briga no Maggie O'Tiernen – relevou Grace. O pub era lendário pela impetuosa proprietária irlandesa, que adorava, mais do que tudo, instigar marinheiros musculosos a lutarem por sua honra e pela honra de fazer companhia a ela por uma noite. – Ninguém gosta de um espetáculo como Maggie.

– Ouvi dizer que não foi uma briga qualquer – disse Veronique.

– Foi incitada por alguém? – perguntou Zeva.

– Ninguém soube confirmar – respondeu a outra –, mas não gosto nada disso. Não logo depois do que aconteceu com o Satchell's.

Um clube de jogatina para mulheres, o Satchell's fora inaugurado havia menos de um ano, mas já era o queridinho das aristocratas – em parte porque era discreto, luxuosamente decorado e frequentado pela Duquesa de Trevescan, que era o tipo de patrona que qualquer novo negócio daria tudo para ter, uma joia cintilante com a medida certa de escândalos para tornar qualquer lugar aonde fosse instantaneamente merecedor de tempo e dinheiro.

Claro, Grace conhecia a duquesa havia tempo suficiente para saber que ela estava interessada em lugares onde as mulheres congregavam, ponto-final.

– O que aconteceu no Satchell's?

– Sofreu uma batida.

Grace gelou.

– De quem?

– Concorrentes, talvez. – Veronique tirou algo invisível das calças.

– Talvez – Grace repetiu. Gerir um negócio cujo vício é um dos pilares não fazia ninguém cair nas graças dos homens de bem. – A rainha fez todo mundo querer ganhar dinheiro em cima das mulheres.

– Somos a prova de que é um bom negócio – interveio Zeva.

– Pode ser. – Veronique deu de ombros. – Pode ser. Também pode ter sido a Coroa. Ou os meninos de Peel. – A recém-criada força policial metropolitana, ansiosa para fazer o próprio nome. – Homens com sede de poder empunhando porretes ou armas de fogo são todos iguais.

Grace concordou, sentindo o estômago revirar.

– Pode ser.

– Não fazemos nada ilegal – disse Zeva. E estava certa. Prostituição não era ilegal. Tampouco clubes privados. O ato mais ilícito que cometiam era servir bebidas alcoólicas contrabandeadas – exatamente como todo clube de cavalheiros em Mayfair.

Só que elas não eram, logicamente, um clube de cavalheiros em Mayfair. E isso as colocava em perigo.

– Ninguém gosta quando as mulheres assumem as rédeas de seu próprio prazer – disse Veronique.

– Ninguém gosta quando as mulheres assumem as rédeas de suas próprias *vidas* – corrigiu Grace.

Se elas sofressem uma batida, ninguém nem precisaria ficar sabendo o que as sócias estavam fazendo em Covent Garden. Só a lista de nomes seria o bastante para escandalizar a Grã-Bretanha.

– Temos milhares de inimigos; a Coroa, a polícia e os concorrentes são apenas os mais óbvios. – Grace encarou Veronique. – O The Other Side foi fechado há duas semanas.

– Então já são três. – Veronique ficou pasma.

Ela tinha o melhor faro para problemas que Grace já vira – herança de seu tempo em navios. Sabia quando o caldo ia entornar, e tudo viraria um inferno. Se ela achava que tinha alguma coisa acontecendo, provavelmente tinha.

The Other Side. Maggie O'Tiernen. Satchell's. Três lugares que atendiam a uma clientela feminina. Todos ameaçados nas últimas semanas.

– Peck? – Tommy Peck, responsável pela Bow Street. Um dos decentes, se seu cuidado com as meninas de Covent Garden valia como indicação.

Veronique fez que não.

– Ele não foi visto. – Outra pausa. – E tem mais uma coisa.

– Prossiga.

– Tenho motivos para acreditar que o prédio está sendo vigiado.

Grace não gostou disso.

– Como? Temos gente armada no telhado e espiãs em todos os cantos.

– Não tenho como provar. – Veronique deu de ombros. – Caras novas andando por aí. Botas brilhantes demais para garotos de Cheapside.

Melhor prevenir do que remediar.

– Contrate mais segurança. E certifique-se de que os túneis estejam desobstruídos antes do Dominion.

Antes de Grace assumir o 72 da Shelton Street e transformá-lo em um exclusivo clube de mulheres, o prédio tinha sido um antigo esconderijo de contrabandistas, com túneis secretos que se estendiam por centenas de metros em várias direções, em caso de ataque de outros contrabandistas – ou da Coroa.

Nada do que acontecia dentro do bordel era ilegal, então nunca pensava muito neles, exceto em duas situações: primeira, eram usados regularmente para trazer ao clube convidados que não eram confiáveis para saber sua localização e, segunda, quando eram usados para entretenimento – periodicamente algum membro se interessava pela fantasia de uma masmorra.

Só que Grace sabia muitíssimo bem que, onde havia mulheres no poder, havia também homens que fariam de tudo para derrubá-las. E ela faria o que fosse necessário para proteger os funcionários e as clientes do 72 da Shelton.

Veronique assentiu, aparentemente satisfeita.

– Feito.

– Qual é o próximo tópico?

O resto da conversa girou em torno do funcionamento interno do clube – o arrogante, porém brilhante, chef que Grace trouxera de Veneza não conseguia entrar em acordo com o mestre confeiteiro um tanto perfeccionista. Os preparativos para o Dominion de setembro, que aconteceria dali a duas semanas – o primeiro do outono, e sempre o mais elaborado. A chegada de um trio único – dois homens e uma mulher com uma particular habilidade com cordas que preenchiam um vazio um tanto específico nos serviços que o clube oferecia às associadas.

Três quartos de hora depois, Zeva e Veronique tinham terminado de discutir seus relatórios. Levantaram-se para sair e estavam na porta quando Zeva se virou:

– Ah, só mais uma coisa.

Grace olhou para a gerente.

– Há um novo projeto de lei em debate na Câmara dos Lordes. Muita coisa boa em jogo: segurança para as prostitutas, punição para os imbecis que lhes fazem mal, restrição de idade para reformatórios, saneamento básico para os cortiços. – Todos os tópicos afetavam diretamente Covent Garden e a região de East End. A surpresa foi grande.

– De quem é esse projeto?

– Lamont e Leighton.

Dois dos mais decentes duques da Grã-Bretanha.

– Quem está debatendo?

– Os bons.

– Não vai passar – Grace disse, pesarosa. – Não temos lordes o suficiente que se importam com a nossa realidade.

Se existia uma verdade, era que aristocratas ricos passavam bem longe de cuidar dos pobres.

– É – Zeva concordou –, mas pelo menos estão discutindo a respeito.

– Não deixe de me atualizar quando as discussões avançarem. – Dirigiu-se a Veronique: – E diga às garotas que meus assuntos privados são exatamente isso: privados.

– Que assuntos privados? – Veronique ironizou.

Grace não pôde conter uma bufada de divertimento, abafada pelo som de uma tímida batida na porta. Com uma inclinação de cabeça, ela deu permissão para abrir, revelando o jovem rosto de uma menina de 12 ou 13 anos, cujos olhos verde-acinzentados deslizaram de Veronique para Zeva, então para Grace, arregalados de espanto, até pousarem, enfim, na empregadora.

– Eu... eles me disseram lá embaixo que eu devia subir aqui.

– Relatório – disse Veronique.

A garota tirou o chapéu, liberando uma profusão de cachos pretos, e fitou Grace, evidentemente nervosa.

Grace sorriu, lembrando-se de seu próprio nervosismo naquela idade – e como rapidamente aprendeu a disfarçá-lo na presença de adultos, por medo de revelar uma fraqueza da qual seria muito fácil tirarem vantagem:

– Prossiga.

– Temos visita.

Grace ficou tensa com a frase. Um código.

– Onde? – perguntou Verônica.

– No cortiço.

Grace deu a volta na mesa. Durante anos, às suas espiãs foi designada a tarefa de observar Devil e Whit no Cortiço dos Bastardos, onde viviam e trabalhavam – para garantir que os impulsivos irmãos não se metessem em encrencas surgidas no calor da hora. Desde que Grace ganhara cunhadas, no entanto, as notícias do cortiço diminuíram muito. Ao que tudo indica, os irmãos tinham concentrado as cabeças quentes na tarefa mais produtiva de amarem as esposas.

Mas este relatório – de um visitante no cortiço – indicava que algo fora do comum estava acontecendo lá... algo que não cheirava bem.

O aviso de um visitante não era algo tão inofensivo quanto parecia. Significava um estranho. Em geral, alguém que não era dali, fazendo perguntas que não eram de sua conta. Frequentemente, significava alguém assuntando sobre os Bastardos Impiedosos. As garotas eram treinadas para ficarem atentas e reportarem sempre que alguém aparecesse perguntando se dois garotos e uma menina se mudaram para ali anos atrás.

Não era de hoje que eles viviam às escondidas –, e Grace ainda não dava como definitiva a liberdade de que desfrutavam.

– Que tipo de visitante?

A garota olhou para Veronique, que anuiu:

– Vá em frente.

– É um tremendo de um troglodita. Estava carregando caixas nos armazéns para os Bastardos.

Um navio aportara nas docas no dia anterior e deveria ter sido esvaziado na mesma noite.

Noite.

Observou a garota, que enfiou as mãos nos bolsos e se balançava nos pés, claramente hesitante. Grace reconheceu aquela incerteza. A menina tinha um palpite. Um palpite que Grace também tinha.

– Isso não parece nada fora do comum – ela disse, aproximando-se. – Por que veio até aqui?

A garotinha a encarou com dois olhos grandes e astutos.

– Estamos em plena luz do dia.

Correto. Os Bastardos Impiedosos não movimentavam seus carregamentos à luz do dia. Era muito arriscado.

O que eles estão aprontando?

– Exatamente. – Grace assentiu. – Qual o seu nome?

– Victoria, senhora. – A menina se adiantou para fazer uma rápida mesura, uma reverência *à la* East End.

Surpreendida com o nome, Grace olhou para Zeva e Veronique, percebendo seus sorrisos brejeiros.

– Eu não apostaria contra esta Victoria aqui.

Pegou uma moeda no bolso e jogou para a garota, que a apanhou no ar, tão ligeira quanto a própria Grace quando criança.

Aquela garotinha teria sido uma excelente lutadora – mas nunca teria de passar por isso, porque, enquanto quisesse, teria trabalho com Grace.

– Você fez muito bem, Victoria. Obrigada.

Outra cortesia, e a garota se dirigiu para a porta e estava saindo quando pareceu se lembrar de algo e voltou.

– Ah, só mais outra coisa... – A garota parou, enrolando os dedos na aba do chapéu, então falou, menos hesitante que antes: – Ouvi o chamarem de almofadinha.

Capítulo Treze

Encontrou os idiotas dos irmãos bem onde esperava encontrá-los: no terraço do telhado que dava para o pátio do armazém dos Bastardos, nas profundezas do cortiço de Covent Garden.

– Não chegue muito perto – ela disse ao se aproximar, depois de ter usado a vasta e labiríntica rede de prédios interligados de Covent Garden para chegar até ali. – Não vai gostar se alguém com bom senso o bastante te empurrar da beirada.

Devil olhou para trás, achando graça do comentário da irmã. Claro que estava se divertindo; se tinha algo que Devil gostava neste mundo era de brincar de marionete com aqueles ao seu redor.

– Ah! Aí está você! E chegou bem na hora que vai ficar interessante.

Grace sentiu o coração bater mais forte ao se aproximar, inclinando a cabeça para ver, esperando ouvir vaias do pátio abaixo, onde uma multidão sem dúvida se reuniria para assistir a seja lá qual fosse o intrincado esquema que os irmãos tinham preparado.

Mas foi surpreendida pelo silêncio.

Silêncio que fez seu coração bater mais forte. Afinal, era mais perigoso.

Os dois se afastaram para abrir espaço para ela, como faziam há duas décadas, desde que fugiram, e Grace se colocou no meio deles, os três ficando lado a lado. Por mais inquieta que estivesse se sentindo ali no terraço, nunca se sentia tão em casa como com estes dois homens, irmãos, se não de sangue, de criação. Prova de que família é aquela que escolhemos, não a em que se nasce.

Respirou fundo e observou o pátio lá embaixo, onde o sol do crepúsculo projetava longas sombras no espaço retangular, flanqueado por todos os lados pelo imenso armazém que pertencia aos Bastardos.

Uma rede de corredores conectava os prédios, acessível apenas pela entrada principal, na extremidade mais distante do pátio, guardada por Annika, a gênia norueguesa que administrava as operações do negócio dos Bastardos. Nik, que já era alta, estava emoldurada pela grande porta de correr do armazém e sombreada pelo breu que vinha lá do interior, cercada por quatro homens enormes, que ganhavam a vida como carregadores. Os cinco estavam imóveis, com os braços cruzados diante do peito, de sentinela.

Assistindo.

Assim como o resto das pessoas. O pátio estava cheio de gente, duas fileiras de gente, três em alguns pontos – homens, mulheres, velhos e jovens. Grace reconheceu o padeiro do cortiço na extremidade leste da multidão, atrás de um bando de garotos que ela sabia que transportavam água potável pela vizinhança. Algumas das garotas que trabalhavam nas ruas estavam sob a longa sombra da parede ocidental. Até a esposa do médico estava presente.

Levou um minuto para Grace ver o que todos viam.

Mentira.

Ela o viu assim que olhou por cima da borda, para o centro do pátio. Estava sozinho, com as mangas da camisa enroladas até os cotovelos, deixando à mostra os músculos dos antebraços, tensionados com o esforço de puxar sobre o ombro um bloco de gelo de meio metro, preso por um pedaço de corda áspera.

Aqueles músculos eram a única coisa nele que não gritavam *duque.* Não precisa nem abrir boca para que todos soubessem de onde tinha vindo. Não havia nada nele que escondesse sua aristocracia.

Grace se perguntou onde estava o casaco dele, pois era impossível acreditar que viera até ali sem um casaco, sem colete, gravata. E o chapéu. Quanto às calças, eram justas nas coxas e não tinham sido modeladas para serem usadas no cortiço – a cor era muito clara para disfarçar a sujeira e a fuligem de Covent Garden.

O rosto também não escondia a verdade. Não importava que o nariz comprido tivesse sido quebrado quando eram crianças – após um soco bem dado de Devil – ou que estivesse todo sujo e pingando de suor. Os traços eram destoantes, finos e nobres, até o pequeno desvio no nariz parecia um detalhe típico de Mayfair.

E, apesar disso tudo, ainda era a coisa mais bonita que ela já visto.

Não era de admirar que as meninas a tenham informado ao vê-lo; ele não pertencia àquele lugar.

Cada centímetro de seu corpo revelava o duque que era.

Cada centímetro do inimigo.

E Covent Garden sabia disso.

Ao redor do pátio, assistiam, divertindo-se com seus erros: a falta de um gancho para puxar o bloco de gelo, de um protetor de ombro em couro para proteger a pele do atrito áspero da corda, as luvas feitas para segurarem rédeas de cavalos e bengalas, e não para o trabalho árduo e desgastante.

– Honestamente, é um milagre vocês dois terem chegado à vida adulta. E ainda por cima terem encontrado mulheres que se casaram com vocês – ela disse, baixinho. – Ainda bem que *elas* são brilhantes, senão eu realmente estaria muito preocupada com a sua prole. Que raio de punição é essa? Vocês estão obrigando-o a carregar gelo? Por acaso, ele viu o que está embalado nesse bloco? Porque deixar um duque perto dos seus bens contrabandeados é insano, é muita estupidez.

– Ele não está nem perto da carga verdadeira – disse Devil.

– Não?

– Não. Está só descarregando a última parte do gelo.

– Quanto é a última parte?

Devil olhou para Beast.

– Quanto? Uns oitenta?

– Uns cem? – Beast deu de ombros.

Cem blocos de gelo, cada um facilmente pesando uns vinte quilos. E sem gancho. Ele ficaria com as mãos cheias de bolhas por causa da corda, os ombros também. Não estava usando nenhuma proteção que os carregadores normalmente utilizavam.

– Quantos ele já carregou? – ela perguntou entredentes.

– Dez? Uma dúzia?

Grace balançou a cabeça. Ele não aguentaria carregar muito mais. Não era um carregador. Não tinha nascido segurando um gancho.

E, mesmo assim, não parecia prestes a parar. Ela sentiu um nó na garganta, observando-o ali, naquela parte da cidade que tinha sido dele antes de pertencer a qualquer um deles.

– Então quer dizer que vocês metem um duque no meio de Covent Garden e esperam que ele saia ileso?

– Não, não diria que esperamos que ele saia ileso, não – disse Devil.

– Mmm – Beast concordou. – Na verdade, estamos esperando que ele não saia incólume.

– Achei que tínhamos concordado que vocês não encostariam nele.

Devil a encarou abrindo os braços.

– Estou no telhado, Gracinha. Tão longe que é praticamente como se eu nem estivesse aqui.

– Ainda assim, você começou algo, e ele não vai parar até chegar ao fim. Você sabe muito bem disso.

– Quem começou foi *ele* – Whit corrigiu.

– O que isso significa? – ela perguntou de cara feia.

– Ele veio para pagar as dívidas – Whit resmungou.

– As dívidas.

– Qualé? Quer dizer que a gente não devia aceitar? – Devil rebateu. – Dez mil libras e trabalho pesado em Covent Garden é uma oferta boa demais pra deixar passar.

Dez mil libras.

– Para as famílias?

Era uma fortuna.

Beast se virou para ela, e os olhos cor de âmbar, geralmente tão doces, estavam hostis, combinando com o tom de sua voz:

– Cinco homens, e não é o suficiente. – As palavras saíram ríspidas, estalando como um chicote molhado, e Grace sentiu a batida delas. – Ele está em débito com essas pessoas, e seria bom se você se lembrasse disso.

Ela sentiu o rosto queimar com a censura e retrucou:

– E você acha que eu não me lembro?

Beast nem olhou para ela.

– Acho que você sempre teve dificuldade para lembrar a verdade sobre ele.

Grace engoliu a frustração, odiando a forma como as palavras de Whit a acertaram em cheio. Era para ser *tanto faz como tanto fez*. Afinal, o que ela tinha a ver com o que acontecia com Ewan?

Não Ewan.

Observou-o atravessar o pátio novamente, de costas para ela. Os músculos das costas visíveis através da camisa molhada, tremulando sob o peso. Grace sentiu a boca seca.

Marwick. Essa era a verdade sobre ele, quer estivesse vestido para o ducado ou não.

Grace se obrigou a desviar a atenção dele, concentrando-se na multidão que assistia quase em silêncio. Não havia nada de tranquilo naquele silêncio

– vivia em Covent Garden fazia tempo suficiente para saber a diferença entre calma e tensão. E todo mundo lá embaixo parecia estar em suspensão, só esperando o momento de pegar este duque e fazer dele um exemplo.

Rico, poderoso, intitulado.

E por nenhuma outra razão além do nascimento.

Exceto que não tinha tudo isso ao nascer. Ao nascer, era um deles.

Só que ninguém ali sabia disso. E ninguém jamais saberia, com exceção dos Bastardos Impiedosos. Mesmo se alguém no cortiço se lembrasse do molequinho loiro, filhote de uma das prostitutas de Tavistock Row, nunca o ligariam ao duque que tinham diante de si – não importa quantos blocos de gelo ele carregasse.

– Eles estão prontos para uma briga – ela disse calmamente. Quantas vezes já os vira assim? Nas pontas dos pés, prontos para um combate.

Beast grunhiu em concordância, e Devil disse:

– Claro que sim. Estão adorando tudo isso. Um duque na lama? É como assistir a um cão recitar Shakespeare.

– Mas e daí? Você espera que ele saia na mão com todo mundo?

– Ele é esperto o suficiente para saber que Covent Garden quer sua revanche e que as pessoas não vão se contentar com menos. E se ele quiser mesmo o perdão...

– Ele quer perdão?

Foi a vez de Devil olhar feio para ela.

– Não de nós. – Ergueu o queixo na direção do pátio. – Deles.

Grace continuou a observá-lo depositar o bloco de gelo aos pés de um dos brutamontes à porta do armazém, e um fiapo de memória surgiu em sua mente. *Eles não conseguem o que merecem.* Ewan lhe dissera isso quando eram crianças. Sobre essas pessoas. Sobre este lugar.

Ele se virou para refazer o caminho de volta pelo pátio.

Nós vamos mudar tudo isso.

Como se tivesse ouvido as palavras, Ewan olhou para o telhado e viu Grace. Por uma fração de segundo, ficou sem ação – não o bastante para que alguém percebesse.

Mas Grace notou.

Ele fez um breve aceno de cabeça, cumprimentando-a, e ela resistiu ao ímpeto de responder.

O que quer que fosse aquilo, qualquer que fosse o plano, não era suficiente.

Nunca seria suficiente.

Continuou a observá-lo, analisando seus traços sob a camisa agarrada, que revelava o peito largo e os músculos que ele desenvolvera no último ano que passou sumido, a abertura no pescoço que deixava à mostra um vergão de pele vermelha no ombro esquerdo e um pedacinho da cicatriz branca que tinha desde criança.

A marca fora feita pelo próprio pai ao descobrir o segredo mais precioso de Ewan: amor. O velho duque os pegou deitados juntos em uma noite de verão, abraçadinhos no calor um do outro – um calor que Grace conseguia evocar se ao menos se permitisse – e ficou possesso de raiva.

Nenhum herdeiro meu vai se deitar com um lixo que veio daquela puta de mãe, gritou, partindo para cima dela.

Ewan a defendeu, mas o pai era mais forte, do alto de seu 1,80 m e quase cinquenta quilos a mais. Ele derrubou Ewan no chão e deixou uma marca sádica nele, enquanto Grace assistia.

E, no dia seguinte, tudo estava diferente.

O garoto que ela amava se fora.

Ewan os traiu poucos dias depois.

– O que ele está fazendo aqui? – perguntou, tentando afastar o pensamento. – Carregar gelo não o fará cair nas graças de vocês, e definitivamente não o fará cair nas graças do cortiço. No máximo, vai irritá-los.

– Ele voltou por sua causa – disse Devil, simplesmente, sem deixar de contemplar o trabalho de Marwick lá embaixo.

As palavras a atravessaram junto com a lembrança dos jardins no início da semana, o toque de Ewan em sua pele. As perguntas sussurradas – instigando-a a dizer seu nome. O sussurro de dúvida que a afugentou no fim... a sensação de que talvez ele soubesse de tudo.

Balançou a cabeça, não tendo outra escolha a não ser discordar do irmão.

– Não, ele não voltou por mim.

Por que soava como uma mentira?

E se tiver voltado por mim?

Ignorou o pensamento e disse, ainda olhando para o pátio:

– Ele está procurando casamento.

– Sim – Devil concordou, com a fala arrastada. – O que seria um problema, se fosse verdade. Mas não é.

– Como é que é? – Ela se virou para ele.

– É uma armadilha – Beast grunhiu.

– Uma armadilha para quem? Duvido que ele imagine que eu iria... – Grace se interrompeu, as palavras se perdendo na lembrança de como se entregara a ele nos jardins do baile. – Ele não pode pensar que pode me reconquistar.

– E pode? – Devil olhou para ela por um longo momento.

– Não. – Ela se empertigou.

– Então tudo bem – disse Devil com toda a amabilidade do mundo, ou seja, completamente irritante.

– É uma armadilha – repetiu Beast.

Sem pensar, Grace olhou para Ewan, permitindo-se contemplar os contornos definidos do peito, as coxas musculosas e então ir subindo, lentamente – mais lentamente do que devia – até os belos traços do rosto, outra prova de que aquele menino se fora.

Ele certamente não era mais um menino.

Chegou aos olhos, sem saber o que esperar. Definitivamente não esperava o sorrisinho, a sobrancelha loira arqueada, como se ele tivesse testemunhado cada centímetro da varredura que fizera. Como se tivesse gostado. Ewan ergueu o queixo na direção de Grace, como se reconhecesse a cuidadosa inspeção, um cavaleiro em torneio, em busca do favor de sua dama.

Mas que porra era essa?

Ela não era uma dama, e ele certamente não era um cavaleiro.

– Aê! Duque!

– Opa, aí está – disse Devil. – Não estão gostando do jeito que ele te olha, Dahlia.

Grace mal ouviu, ocupada demais observando o duque em questão enquanto ele ignorava o grito. Ignorado, mas ouvido – e a prova de que tinha escutado jazia no modo como os passos largos diminuíram ligeiramente. Um movimento que só quem prestava atenção notaria.

Grace notou.

E, ignorando o modo como isso a desconcertou, perguntou:

– Suponho que vocês contaram tudo para o pessoal?

– Nah – Devil respondeu tranquilamente, uma mão no bolso, balançando-se nos calcanhares. – Se tivéssemos contado tudo, ele teria sido morto na hora que deu as caras. Só dissemos que ele era um duque.

– Que tipo de duque?

– Do tipo que fez por merecer o que está acontecendo.

Era verdade, lembrou a si mesma. E, hoje, a multidão ali reunida o faria ter o que merecia.

– Não imaginei que os O'Malleys largariam na frente.

– Os O'Malleys sempre largam na frente – Beast grunhiu, checando o sol, que descia lentamente sobre a borda oeste do pátio. – E a esta hora? Patrick O'Malley já está bêbado o suficiente para enfrentar um duque.

Patrick O'Malley era um bom lutador que estava sempre pronto para uma boa briga. Ele deu um passo à frente na multidão:

– Aê, duque, você acha mesmo que pode vir rolar no chiqueiro com a gente, assim, numa boa? Dar uma voltinha na pocilga e, quando o trabalho ficar pesado, voltar pra bater uma punheta com o resto da sua espécie, contando historinhas da aventura em Covent Garden? Tá achando o quê? Que a gente tá aqui de gracinha pra você?

Eles não sabiam que Ewan tinha nascido em Covent Garden.

Não sabiam que não tinha o menor interesse em contar histórias de seu tempo ali.

– Se O'Malley começar, o resto do povo vai terminar – Beast comentou. – O duque não tem ideia da bênção que acabou de receber: os homens vão ficar do lado dele só pelo prazer de lutar contra os irmãos O'Malley.

– Vocês estão arrumando confusão, e das grandes – Grace advertiu os irmãos.

Devil fez pouco-caso.

– Nah. Não vai ser uma confusão, só uma briguinha. Do jeito que o diabo gosta.

– E se ele morrer? Quem será enforcado? – ela argumentou, pressentindo que a situação estava prestes a fugir do controle.

– Já esqueceu como ele luta, Gracinha? – perguntou Whit.

– Não vem com Gracinha pra cima de mim. Não sou mais criança.

– Eu te falei. – Whit olhou para Devil.

– Falou o quê? – Grace demandou, brava.

– Falou mesmo. – Devil suspirou.

– Falou *o quê*?

Beast voltou a prestar atenção ao pátio.

– Só estou dizendo que o jovem Duque de Marwick luta como o próprio Lúcifer. Ele não vai morrer.

– Tô falando com você, duque – Patrick O'Malley gritou. – Quer ter mesmo um gostinho de Covent Garden? Eu te dou.

Ewan não respondeu, só foi até a carroça, amarrou outro bloco de gelo e voltou para o armazém, mantendo o foco na porta onde um homem de costas largas e um gancho forte o aguardava encostado no batente, braços que mais pareciam toras cruzados sobre o peito, esperando. Recusando-se a encontrar o duque no meio do caminho.

A multidão se agitou, ocupando mais espaço no pátio do armazém.

– Isso é loucura! – Grace praguejou.

Uma bola de lama atingiu Ewan na nuca. Ele parou. Enrijeceu.

O'Malley se aproximou, limpando as mãos sujas nas calças já imundas.

– Eu disse que *tô falando com você*, duque.

– Ele vai morder a isca – disse Devil.

– Não vai conseguir deixar essa passar – Beast grunhiu em resposta.

Um *flash* de memória, Ewan se levantando de um baita soco quando eram crianças. Virando-se na hora, balançando, pronto para mais.

Lá embaixo, ele se voltou para Patrick O'Malley.

– Cinquenta pilas que ele não aguenta dois minutos.

Grace encarou Devil, chocada:

– Você acha que Ewan não aguenta?

– E você acha? – ele devolveu a pergunta, surpreso.

Ela não achava.

Beast tirou dois relógios do bolso, ainda de olho no pátio, vendo as pessoas vibrando de empolgação. A turba eufórica preparando o terreno para uma confusão.

– Tem certeza? Dois minutos? Ou segundos?

Devil riu.

– Seja mais generoso, mano.

Beast conferiu os relógios, examinou Ewan, encarou o irmão e a irmã, analisou a multidão... Ewan olhou para cima, para além dos prédios. Para os telhados, onde seu olhar se deteve neles três. Nela. Beast notou.

– Tá bom. Aceito seu dinheiro.

– O quê? Você acha que ele não perdeu o jeito? – Devil parecia levemente perplexo.

Não perdeu, pensou Grace.

Beast indicou a irmã.

– Acho que ele nunca perde o jeito quando ela está no meio.

– Eu não estou no meio disso – rebateu com uma careta.

E naquela fração de segundo que Grace não estava olhando, o inferno começou a rolar solto lá embaixo.

Capítulo Quatorze

Ela veio por causa dele.

Tinha sido um risco calculado – ele já sabia, sem sombra de dúvida, que qualquer punição que Devil e Whit planejassem terminaria com Ewan espancado e machucado, provavelmente não só pelos irmãos.

Também sabia, contudo, que poderia ser a única chance de conseguir que ela viesse até ele. Fez uma promessa a si mesmo, que ficaria longe dela. Que lhe daria o que tinha pedido.

E fez isso. Foi embora e trabalhou para ser um homem melhor. Mais digno. Mais forte. São. E esperaria até que Grace decidisse ir até ele, porque era disso que ela precisava.

Não importava que ela fosse tudo o que ele precisava.

No entanto, quando os irmãos exigiram que ele retornasse a Covent Garden e quitasse suas dívidas com suor e sangue, além de dinheiro, concordou, incapaz de resistir ao convite de adentrar este mundo que já tinha sido seu, e que agora era deles. Dela.

Estava trapaceando, sabia disso. Contornando a promessa que fizera de deixar que ela o procurasse. De deixar que ela o escolhesse, sem máscaras. Contudo, ainda não era um homem evoluído o bastante para não trapacear se isso significasse reconquistá-la.

Então abraçou a (má) sorte e carregou os blocos de gelo, sentindo-se uma atração de circo, o único foco de uma multidão sedenta de sangue. Que não conhecia sua história – que não sabia que ele já se aglomerara em multidões assim. Para assistir à rinhas de cães e lutas de homens, alimentando desde cedo o desejo de violência inerente a um mundo em que a crueldade é lugar-comum e a falta de humanidade, uma armadura.

Sempre desconfiou que foi isso que o pai enxergou nele desde o início.

A voracidade, a gana de um menino disposto a qualquer coisa para sobreviver. Para prosperar. Para vencer.

Ele carregou o peso diante da multidão, atento a cada gesto, a cada ameaça silenciosa, ao modo como alguns o observavam com admiração e outros com raiva, outros com desdém, odiando o belo tecido de sua camisa, as botas polidas, a barba bem-feita. Os ornamentos do dinheiro e do poder, distribuídos aleatoriamente. Ao nascer.

Mal sabiam que para ele tais adornos não tinham sido aleatórios.

Não sabiam que tinham sido dela ao nascer.

Descarregou o décimo segundo bloco diante da porta do armazém e voltou para buscar outro, ciente de que o único jeito de se livrar da provação a que fora submetido seria ou caindo de exaustão ou na porrada. Eram as únicas saídas, e jamais sucumbiria à primeira.

Tinha o orgulho inerente do povo de Covent Garden, assim como qualquer um ali presente.

Diminuiu um pouco o ritmo – tanto quanto podia sem chamar atenção – aproveitando as frações extras de segundos para alongar os ombros – tanto quanto podia sem chamar atenção. O ombro esquerdo pegava fogo, esfolado em carne viva pela corda áspera que usava para carregar os enormes blocos de gelo.

Não se atreveu a deixar a dor transparecer. Em vez disso, alongou o pescoço fingindo estar analisando o povaréu, primeiro olhando em torno do pátio e então para cima, para os telhados.

Ela veio por causa dele.

Estava no meio dos irmãos, que assistiam ao espetáculo desde o começo. Devil com um sorriso canalha e Whit com um olhar assassino. Mas Ewan não estava nem aí para eles.

Não eram importantes, contanto que Grace permanecesse ali. Contanto que pudesse se embeber de sua figura altiva, que parecia ainda mais alta com as calças pretas coladas nas pernas, com as botas de couro pretas que subiam acima dos joelhos, com o sobretudo também preto que balançava ao sabor do vento, oferecendo vislumbres do forro de seda cor de safira.

Gostou muito daquele forro – que revelava a afeição de Grace por cores vivas, prova de que ainda restava algo da menina que ele amou, por mais que ela tivesse crescido e se transformado nesta mulher que o olhava com o desprezo de uma rainha.

Lá do alto, do terraço, assistindo a seu guerreiro.

E ele, pronto para fazer qualquer coisa para cair em suas graças.

O vento soprou os cabelos dela para trás e os raios de sol se derramaram sobre os cachos, incendiando as madeixas vermelhas. E deixando Ewan em brasas ao ver o rosto de Grace. Desmascarado.

Desmascarado e perfeito, olhando para ele. Cada parte dele. Ewan se deliciou com o escrutínio e teve vontade de abrir os braços, adorando o modo como ela observava os músculos por baixo das roupas molhadas, adorando o olhar que se demorou no ombro ferido, amenizando a dor. Adorando a trilha que descrevia, subindo pelo pescoço até chegar ao rosto.

Só Deus sabia o quanto tinha gostado.

Ele a viu engolir em seco. E entreabrir os lábios em um suspiro.

E, quando se entreolharam, Ewan percebeu que ela também tinha gostado. Ergueu o queixo para ela, reconhecendo a atenção que lhe era dedicada. Perguntando-se o que ela faria se ele escalasse aquela maldita parede.

Provavelmente o empurraria, mas a ideia tinha seus méritos e, por um momento, considerou uma alternativa – interceptá-la na borda do telhado, levantá-la nos braços e levá-la para longe, para algum lugar privado, onde daria tanto prazer a ela que a faria esquecer toda a dor que ele causara.

– Aê! Duque!

O grito interrompeu seus pensamentos, e os instintos aguçados imediatamente redirecionaram o foco para a turba. O grito tinha vindo da esquerda, e Ewan olhou discretamente, devagar, não o bastante para ver o inimigo, mas o suficiente para localizá-lo.

Não foi preciso muito para vê-lo, porém: um valentão grande e forte que parecia ser do tipo que nunca recusava uma briga. A multidão foi se abrindo como se cuspisse o troglodita para o meio do pátio, para cima de Ewan. Ao perceber que tinha plateia, o sujeito fez o que homens com um pouco mais de massa muscular e um pouco menos de massa encefálica fazem.

Começou a bancar o fanfarrão.

Em vez de lhe dar atenção, Ewan amarrou outro bloco de gelo e se concentrou nas demais pessoas, sabendo que, se o irlandês ali começasse uma briga, Covent Garden inteiro a terminaria. E ficou animado com a ideia. Estava a fim de encrenca.

Queria arrumar encrenca há dias. Há décadas.

Levantou o pesadíssimo bloco, ignorando a ardência no ombro, e recomeçou a atravessar o pátio, desta vez conseguindo ver quem era o homem que o atacaria primeiro. Reconhecendo um pesado sotaque irlandês na fala arrastada. Registrando a ligeira falta de estabilidade, o desequilíbrio, por mais que estivesse parado.

O homem estava bêbado. Ou seja, a luta estava armada.

Todo mundo já sabia que a coisa pegaria fogo em breve. Formaram um círculo, criando um ringue e fechando Ewan lá dentro. Ele continuou atento à extremidade do pátio, mas examinou as expressões ao redor, encontrando uma meia dúzia de caras fechadas. Mais e mais gente disposta a entrar na briga agora que alguém dera o primeiro passo.

Com quantos teria de lutar?

Uma bola de lama o acertou na nuca.

Ele parou. Enrijeceu. Virou-se. O valentão se aproximou.

– Tô falando com você, duque.

Ele estava a dois metros e meio de distância.

Dois.

Ewan olhou para os telhados, onde Grace assistia a tudo, hipnotizada, como o resto de Covent Garden. Ele sentiu o coração martelar e o peito se alargar. Queria mostrar a ela o que ainda era capaz de fazer.

Um.

Ewan colocou o bloco de gelo no chão.

Meio metro.

Quando o soco veio, ele já estava pronto.

Interceptou o golpe com a mão, deixando o homem perplexo. Ewan arqueou as sobrancelhas, e o irlandês ficou de queixo caído.

– Não estava esperando que um duque tivesse um gancho de direita, né? – provocou, baixinho, deixando o sotaque de Covent Garden escorrer pelas palavras.

O agressor arregalou os olhos ao ouvi-las, mas emendou uma carranca:

– Você não tem porra nenhuma, almofadinha.

E pontuou a frase descendo a mão livre com tudo, fechada em um punho do tamanho de uma bola. Ewan desviou e se esticou, dando um soco na cara do oponente.

– Ah é!? E agora?

Se houve uma resposta, ela se perdeu no rugido que reverberou da aglomeração, que ecoou pelas paredes de tijolo do armazém. Por um segundo, Ewan pensou que era o barulho do povo vibrando – afinal, isso era bem mais interessante do que ele carregando gelo. Mas então ouviu o som de punhos se chocando contra carne. Por toda a parte.

Não era uma vibração animada das pessoas assistindo. Era uma vibração animada das pessoas lutando.

Todo mundo ali no pátio estava assistindo, esperando, querendo uma chance de desferir seus próprios golpes. E, agora, tinham sido recompensados com uma briga de verdade.

Ewan acertou outro soco – um *uppercut* potente que jogou a cabeça do oponente para trás e o fez sair cambaleando, mas antes que o outro homem pudesse recuperar o equilíbrio e retornar à luta, alguém meteu a mão no ombro ferido do duque, puxando-o.

Ele gritou de agonia, sentindo a ardência terrível, e virou-se para encarar outro oponente com mais um murro. O homem levou um soco no nariz alegremente, antes de atolar o próprio punho no estômago de Ewan.

O Duque de Marwick se curvou com a pancada, mas se recuperou rapidamente, empertigando-se em toda a sua estatura, admirado com o novo oponente.

– Nunca vi um duque que nem você – disse o homem.

– Ninguém nunca viu um duque como eu – ele respondeu, e os dois retomaram de onde tinham parado, enfrentando-se até que um terceiro homem se jogou na luta, querendo sua própria chance de derrotar o duque.

E assim se passaram segundos, minutos, horas – ele perdera a noção do tempo, esquivando-se e desferindo golpes, mas garantindo que não fossem fortes o bastante para causar estragos reais. Sabia o porquê de ter sido trazido ali – para pagar suas penitências. E era exatamente o que faria.

Provando aos Bastardos Impiedosos que dinheiro não era tudo o que oferecia.

Dando a Covent Garden a luta que queriam – em pé de igualdade, sem títulos ou poder ou dinheiro ou privilégios.

E dando a ela a oportunidade de ver o homem que ele tinha se tornado.

Grace.

Pensar nela o distraiu da luta, e isso bastou para não desviar a tempo e levar um baita soco no nariz. Viu estrelas de tanta dor e, ao conseguir se recuperar minimamente, não pôde deixar de olhar para o terraço mais uma vez.

Ela fora embora.

Congelou. Um erro, porque outro brutamontes pulou na disputa para bater nele também. Bloqueou um soco, empurrando o homem para o outro lado da baderna que alegremente o engoliu no meio da própria luta.

Ela fora embora, mas os irmãos ainda estavam lá. Whit assistia a tudo com intenso escrutínio, como se estivesse aprendendo a explorar quaisquer fraquezas na estratégia de Ewan em benefício próprio, e Devil o contemplava com um sorrisinho que fez Ewan querer escalar aquela parede pela segunda vez, mas agora para arrancar o sorriso arrogante da cara do irmão.

Aonde ela fora?

Por que eles não foram com ela?

Será que estava segura?

Outra rodada do quebra-pau desviou sua atenção do terraço: meia dúzia de lutadores vinham de todas as direções. Lutando sujo. Um puxou seus cabelos, outro, o cós de sua calça. Um terceiro tinha uma espécie de porrete. Ewan disse, um tanto surpreso:

— Opa, estamos começando com os golpes baixos.

Um dos boçais sorriu — revelando a falta de vários dentes, e desferiu um murro. Ewan se esquivou por pouco, mas ainda não estava fora de perigo. Alguém o agarrou por trás, prendendo-o pelo pescoço com um braço e passando o outro por baixo do seu. Segurando-o com força. Enforcando-o. Ele se debateu, mas o homem apertou ainda mais sua garganta e, com a mão livre, socou seu peito, deixando-o sem ar.

Ewan olhou para o terraço, para Whit e Devil. Nenhum dos dois fez menção de ajudá-lo.

Nenhum dos irmãos o salvaria.

O mata-leão ficou cada vez mais apertado. Devil estendeu o braço, mostrando o polegar. Ewan entendeu imediatamente.

Para quê? Para você me transformar em um gladiador e me jogar de comida aos leões?

Devil virou o polegar para baixo.

Como se aguardasse a decisão do imperador, o agressor aumentou a pressão no pescoço. Ewan tentou deter o movimento, mas não tinha uma boa pegada. Não deveria ter controlado os socos com este adversário.

Encarou mais uma vez os irmãos. Whit falava, atento a algo além da confusão no pátio. Devil olhou na mesma direção.

Nem sequer se importavam em vê-lo morrer.

O rugido da multidão havia diminuído, substituído por um barulho diferente, que latejava em seus ouvidos. Perdia a consciência. O ar rareava, a briga parecia se acalmar. Inclinou a cabeça para frente em um último esforço de lacear o aperto e, com todas as forças que lhe restavam, jogou a cabeça para trás, acertando o nariz do homem, que gritou de dor e o soltou.

Ewan se virou. Era o mesmo irlandês que o atacara primeiro. Não. Era outro, mas com a mesma cara. Os mesmos braços robustos. Será que eram irmãos?

Como é isso?, pensou enquanto cambaleava para trás, ofegante. *Ter irmãos que ficam do seu lado para o que der e vier?*

Já tivera esse gostinho uma vez.

Ignorando o sangue que escorria do nariz – pelo jeito, estava quebrado –, o homem avançou mais uma vez, sem dúvida para terminar o trabalho que havia sido interrompido.

O duque recuou, lentamente, esperando que outras mãos e punhos caíssem sobre ele de outra direção. Mas, não. Em vez disso, o silêncio reinou.

E não era coisa da cabeça dele.

A luta havia terminado.

Não. A luta havia sido *interrompida*. Olhou para os telhados, onde os irmãos permaneciam de sentinela.

A atenção de Nariz Quebrado se concentrava em algo mais distante, atrás de Ewan, e o que quer que ele tenha visto o fez parar. O que quer que fosse trouxe comedimento a Covent Garden – um lugar onde o conceito de moderação era praticamente desconhecido.

Sem a menor ideia do que esperar, Ewan se virou para olhar.

E lá estava ela.

A Rainha deles.

Não, deles não.

Ela nem sequer olhou para a multidão que se abriu como o Mar Vermelho para que passasse, os cabelos revoltos cascateando como chamas pelos ombros. O sobretudo preto, sob medida, revoando, revelava o forro cor de safira que tinha um aspecto imaculado no meio daquele ambiente sujo e combinava com o corpete impecável, também cor de safira. Corpete que tinha sido feito, claramente, para ser usado assim, com calças, sem vergonha. Roupas para o dia a dia.

À cintura, a echarpe vermelha da qual ele se lembrava muito bem de um ano antes – longe de ser um cinto frívolo ou um acessório usado por capricho... estava mais para uma arma.

Não havia a menor hesitação em seus movimentos, as passadas eram regulares e firmes. Ela tampouco acelerou ou diminuiu o ritmo, sabendo, com a certeza típica da realeza, que o caminho se abriria.

Como de fato se abriu a cada passo que deu, com o olhar fixo em seu destino.

Ewan.

Ele sentiu o coração martelar conforme ela se aproximava, conforme admirava os belos traços daquele rosto, iluminados pelo brilho dourado do pôr do sol, as linhas firmes do queixo e os lábios carnudos e macios como o pecado. Ela era magnífica e régia e, se preciso, Ewan esperaria uma vida inteira por este momento – em que ela viria até ele.

Ela veio por causa dele.

E, ao se dar conta disso, uma única palavra ecoou em seus ouvidos.

Minha.

O mais puro prazer tomou conta de si enquanto Grace o alcançava. O olhar dela era impenetrável ao examiná-lo, conferindo-lhe o rosto, onde ele sabia que já havia meia dúzia de hematomas se formando, o peito, com a camisa branca totalmente emporcalhada da sujeira e da luta, com a gola V rasgada, deixando exposta uma grande porção do peitoral. Ela pressionou os lábios em uma expressão que podia indicar tanto desgosto quanto desprazer, e o encarou, olhos nos olhos.

Grace estava a poucos centímetros, tão alta que nem precisaria se inclinar para beijá-la – por um momento desvairado, ele considerou essa ideia, desesperado para sentir seu gosto uma vez mais. Sentir o hálito dela contra sua pele. Sentir a maciez da pele dela.

Queria agarrá-la ali mesmo, neste lugar que ela reinava, sem máscaras e mais linda do que nunca. Porque ali a voz de comando era dela, era ela que mandava em cada esquina, sabia de tudo, de cada movimento e cada ação, antes mesmo que acontecessem. Era a todo-poderosa, parando uma briga somente com a força de seu querer, e esse poder fez Ewan desejá-la mais do que já desejara qualquer coisa.

E Grace viu esse desejo nele – Ewan deixou explícito, adorando ver a expressão de reconhecimento nos belos olhos castanhos, exatamente como ele se lembrava – outro resquício da garota que amava.

A multidão se estreitou, mas Ewan não recuou, recusando-se a desviar o olhar depois de todos esses anos procurando por ela.

Empertigou-se, desafiando a dor no ombro, nas costelas, no nariz. Recusando-se a mostrar aflição, por mais que o coração batesse acelerado, preparando-se para o que viria a seguir, sabendo que, qualquer que fosse o jogo que estavam prestes a jogar, o resultado mudaria tudo.

Quem ela seria quando falasse? A mulher mascarada dos jardins? Ou Grace, finalmente revelada?

Nenhuma das duas. Alguém diferente. Usando uma máscara diferente.

Aquela mulher falou para ele e somente com ele.

– Eu avisei que era para você não voltar. – Um ano antes, quando o largara no ringue e seguira a vida, sem ele.

– Eu fui convidado.

– Poderia ter recusado. – Ela inclinou a cabeça.

Nunca.

– Esta não era uma opção.

Ela sustentou o olhar de Ewan por um longo momento.

– Meus irmãos o trouxeram aqui por pura diversão.

– E eu proporcionei tal diversão a eles, embora tivesse preferido que não ficassem encarapitados lá em cima.

Um músculo quase imperceptível se contraiu na bochecha de Grace. Será que tinha achado graça? Caramba, como queria aquele sorriso – sorriso que vinha tão fácil quando eram crianças.

– Eles preferem o espetáculo.

– E você? – perguntou Ewan, baixinho, os dedos coçando de vontade de encostar nela. Ela estava tão perto. Poderia passar o braço pela cintura dela e puxá-la para si em segundos. Menos. Poderia lhe dar o prazer pelo qual suplicara nos jardins dele... Ali, no território dela. – O que você prefere?

– Prefiro a paz. Mas você sempre nos trouxe a guerra.

A referência ao caos que ele provocara no Cortiço dos Bastardos quando estava enlouquecido pela angústia da perda não passou despercebida. Toda a dor que causara a este lugar que um dia jurou proteger.

E que, hoje, ela protegeu. Ela *o* protegera.

E a alegria que isso lhe trazia era indescritível, porque protegê-lo significava que Grace não tinha esquecido. Significava que ainda havia esperança.

Grace impediu que ele fosse morto.

– Você não deveria ter vindo – ela disse.

– Eu não perderia isso por nada no mundo.

– Por quê?

Por você.

– Vai acreditar se eu disser que foi por castigo?

– Castigos são entretenimento no Cortiço, mas você sabe disso melhor do que ninguém, não é mesmo? Aprendeu na prática, desde cedo. – Ela ergueu o queixo, desafiadora. Com raiva. – Assim como sabe que não chegou nem perto de pagar o que deve. Você não tem ideia de tudo o que fez a este lugar. O quanto ainda deve à gente daqui.

– E a você? O que devo a você? – Era para ser uma pergunta arrogante, mas não foi. Saiu como uma questão genuína, assim como a resposta de Grace:

– Tudo o que deve às pessoas daqui, e mais.

– E, mesmo assim, você parou a luta.

Grace olhou feio para ele. Ewan não abriu a boca. Não precisava.

– Você estava controlando os golpes.

Era verdade, e ela foi a única a reparar.

– E que estupidez da sua parte. Se eu não tivesse interrompido, eles teriam te matado. – Ela inspecionou o rosto de Ewan de forma exagerada, quase teatral. O nariz e o queijo latejavam por causa dos socos. – Aliás, você já está meio morto.

– Cuidado – ele retrucou com ironia. – Assim vou pensar que você me prefere vivo.

Ewan percebeu na hora que Grace não gostou da sugestão de que intercedera por causa dele, mas, mesmo assim, ele estava radiante. Se ela não o queria morto, queria-o vivo. E isso era algo com o que podia trabalhar.

– Duques mortos tendem a chamar atenção, e não quero saber da Coroa se metendo nos meus negócios.

– A Coroa não tem o que fazer aqui. Covent Garden já tem sua rainha.

Nestas palavras, Ewan ouviu o eco da noite que passaram juntos no início da semana, mascarados e livres do passado.

Você é uma rainha. E, hoje, eu sou seu trono.

Grace também ouviu. Ele percebeu que ela prendeu a respiração por um segundo. Viu que suas pupilas se dilataram um milímetro – o suficiente para revelar a verdade. Ela ouvira e se lembrava. E queria de novo.

Ela veio por causa dele.

Como se pudesse sentir o prazer presunçoso de Ewan, Grace contraiu os lábios em uma linha fina:

– Eu te avisei para não voltar.

Ela estava com raiva, mas raiva não era indiferença.

Raiva era como paixão.

Ficou ereta e se afastou dele, quebrando a intimidade entre os dois e retornando aos seus súditos. Ergueu a voz à massa reunida:

– Acho que, por hoje, o Cortiço já mostrou o que é bom pra tosse, rapazes. – Então olhou para o brucutu que começou a briga. – Duques não fazem seu tipo, Patrick O'Malley. Mais cuidado da próxima vez: eu posso não estar por perto para te salvar da forca.

– Podexá, Dahlia. – O irlandês deu um sorriso dengoso que fez Ewan querer arrastar a cara dele no chão por conta de tanta familiaridade.

Até o momento, não lhe ocorrera que ela podia ter um amante. Que um desses homens, nascidos e forjados neste lugar, podia ser o homem dela.

Quase perdeu o ar só de pensar nisso. Era impossível. Não fazia nem uma semana que ela tinha se rendido em seus braços. Sua boca na dele, as mãos enfiadas nos cabelos, os gemidos preenchendo o ar. Naquela noite, ela o escolheu.

Só por hoje, ela tinha sussurrado.

Uma noite. Foi tudo o que ela prometeu. Fantasia por uma noite.

Não. Resistiu ao pensamento. Uma noite não era o bastante. Nunca seria.

Minha.

Enquanto ele planejava a morte do irlandês, Grace lhe deu as costas e saiu batendo os pés, cruzando o pátio com aquelas pernas longas nas calças de couro. Frustração explodiu dentro dele. Isso era tudo?

– E você, Dahlia? – Ewan gritou, usando o nome que este lugar dera a ela. – E você? Duques fazem o seu tipo?

Uma onda de choque e surpresa percorreu a multidão com a pergunta nua e crua. Ela paralisou. Virou-se. *Tinha a atenção dela.*

– Eu fico com ele se você não quiser! – uma mulher gritou à esquerda.

Por um momento, ela ficou imóvel como pedra. Mas Ewan viu o brilho de raiva nos olhos pouco antes de Grace se dirigir aos súditos. Quando falou, as palavras ricochetearam pelos edifícios, garantindo que todos ali reunidos a ouvissem.

– O almofadinha aqui tá querendo acertar as contas, e só Deus sabe o quanto todos nós estamos nos pinicando para dar a luta que ele tá pedindo. Mas ele não é pro bico de vocês.

Dava para sentir a raiva no ar; Ewan deu um passo na direção dela, o simples movimento desencadeando uma dor lancinante na lateral do corpo, o ombro queimando como chamas.

Grace olhou para o telhado, de onde os irmãos assistiam a tudo, e repetiu:

– Ele não é pro bico de vocês.

O que ela estava fazendo?

E só então o encarou e, em seus olhos, Ewan viu algo que não esperava. Ela o fitou por um momento que pareceu interminável, e ele daria tudo – pagaria qualquer preço – faria qualquer coisa – para saber o que ela estava pensando.

– Ele terá a luta que tanto quer – ela anunciou, deixando o aviso claro. – Mas escutem bem: essa luta é minha.

As palavras reverberaram em Ewan enquanto Grace se dirigia mais uma vez a Covent Garden:

– Estamos entendidos?

Ao redor de todo o pátio, todos murmuraram em concordância.

Grace o encarou.

– É comigo que ele vai lutar.

Ewan sentiu o corpo inteiro se enrijecer com a promessa contida em tais palavras. De que ainda não tinham terminado um com o outro. De que ela ainda não tinha acabado com ele.

De que voltaria para acertar as contas.

Ela lhe deu as costas, e um arrepio de prazer percorreu Ewan enquanto Grace desaparecia na multidão.

Grace viera até ele, e era a vez de ele ir até ela.

Capítulo Quinze

Grace foi embora, ciente do que tinha armado. Sabendo – ao deslizar pela multidão no pátio, apertando o passo, em parte querendo perdê-lo de vista, em parte querendo que viesse atrás – que ele a seguiria. Andou mais depressa, ansiosa para chegar logo às ruas labirínticas, longe dele e de tudo que despertava nela. Principalmente, longe de tudo que ele a fazia sentir.

Pegou a viela mais próxima, depois virou na seguinte, desceu uma rua comprida e curva, passou por um grupo de crianças brincando de jogar pedras na água e um bando de mulheres ao redor de uma grande tina de metal, fofocando enquanto aproveitavam o sol do fim da tarde para lavar roupas.

As mulheres sorriram quando Grace passou – duas que ela reconheceu acenaram –, mas nenhuma desviou da conversa.

– Nunca vi um duque assim – comentou Jenny Richley. A apreciação evidente trouxe lembranças que Grace preferiu ignorar.

– Ora, e você lá já viu algum duque, Jenny!? – retorquiu Alice Neighbors, e Jenny caiu na risada.

– Será que são todos bonitos desse jeito?

Não, Grace respondeu mentalmente. *Não são.*

E nem deveriam ser. Todos deveriam ser velhos e ter cara de cavalo. Fracos, fedendo a privilégio e sofrendo de gota. Só que Ewan não era assim.

Porque nunca deveria ter se tornado duque.

Agarrou-se a isto: o filho do duque que roubou o ducado. E que a jogou aos lobos para conseguir o que queria. E garantiu que os lobos permanecessem à caça.

Não foi o que ele fez?

Dúvida, fresca e desconcertante.

Passando pelas mulheres, na extremidade do beco, havia um ponto de acesso aos terraços dos telhados, com finca-pés formando uma espécie de escada na lateral do prédio. Grace foi direto para lá, ciente de que era o jeito mais certeiro de despistá-lo.

Queria despistá-lo.

Não queria?

– Não sei, mas eu ficaria pra lá de satisfeita de dar uma segunda olhada naquele duque. Só pra garantir que é tão bonito quanto estão dizendo por aí.

Grace agarrou um tijolo protuberante na parede, pronta para começar a subir, quando ouviu a resposta:

– Será uma satisfação proporcionar-lhes uma segunda olhada, senhoras.

– Oh, meu Deus! – guinchou uma das mulheres que ela não conhecia. – É ele!

Grace congelou, agarrada à parede, incapaz de conter a admiração. Ewan a encontrara mais rápido do que esperava. Esticou o pescoço apenas o suficiente para vê-lo na entrada do beco. O sangue do corte na bochecha agora seco, a camisa, outrora branca, imunda e encardida além de qualquer possibilidade de limpeza, a ferida no ombro perto dos músculos rijos do peito.

Não que tenha reparado no peitoral dele.

Ewan fez uma cara de satisfação ao notar que Grace o observava.

Ela desceu de volta ao chão e o encarou lentamente:

– Se quer mesmo saber, eu diria que mal dá pro gasto, duque.

As mulheres deram risadinhas.

– Pior que é verdade... os homens do seu Cortiço sabem como desferir um soco bem dado. – Ele ergueu a mão e tocou o hematoma que crescia sob o olho esquerdo.

– E as mulheres também – disse uma delas, com uma risada grave e gutural.

– Ah, eu sei – disse Ewan com um sorriso maroto, sem desviar o olhar de Grace. – Já tive essa experiência.

– Pelo jeito, você cruzou com a gangue errada.

– Demorei para aprender a lição.

O grupinho de mulheres riu da autodepreciação.

– Bom, ele não fez nada para me irritar – disse Alice, alcançando uma cesta ali perto. – Está com fome, milorde? Aceita um pedaço de bolo?

– Ele não quer bolo – Grace atalhou.

– Ora, que absurdo. Claro que eu quero bolo – Ewan a contestou, aproximando-se das mulheres. Mal terminou de falar e um guardanapo de tecido foi retirado da cesta e desembrulhado, e um quitute passado para ele.

Com um "muito obrigado", Ewan pegou um caixote que jazia ali perto e o emborcou. Grace percebeu a pequena contração quando ele levantou a caixote só com uma mão. Quase imperceptível.

Ele estava com dor.

Ignorou a sensação que a invadiu, fechando a cara ao vê-lo se juntar ao círculo de mulheres ao redor da tina, como se tivesse passado a vida inteira ali em Covent Garden, cometendo furtos e à disposição para ganhar bolos.

Cruzou os braços e encostou-se na parede, observando-o ele aceitar o bolo e dar uma bela mordida, sem a menor educação ou bons modos.

– Ah, *isso, sim*, é um homem – disse Alice com orgulho.

– Sim, sim – Jenny concordou. – Achei que os duques se preocupavam mais com as aparências.

Ewan sorriu de boca cheia, a mandíbula mastigando como se fosse uma vaca no pasto. Grace ignorou como os movimentos exagerados ressaltavam o ângulo do maxilar. A beleza de seus traços. O fato de que era possível traçar uma linha reta com eles.

Não estava nem aí. Tinha uma régua perfeitamente funcional em seu escritório.

Ele engoliu.

– Não sei como alguém poderia se preocupar com as aparências tendo em mãos uma delícia dessas. – Ele meneou a cabeça e abriu seu melhor sorriso galante para Alice, que ruborizou. Grace não podia culpá-la. Ela mesma já tinha corado com o brilho daquele sorriso inúmeras vezes. Fizera gracinhas e dancinhas só para vê-lo.

Passou eras tentando se lembrar da sua curva. Da sensação te ter aquele sorriso se derramando sobre sua pele, dos olhos calorosos que o acompanhavam.

Grace bufou, e Ewan olhou para ela. Alice continuava concentrada no duque:

– Ora, não é nada de mais. Só uns bolinhos da minha mãe. Mais um?

Ewan esfregou as mãos tal e qual um menino animado.

– Quer saber, vou aceitar, sim, obrigado.

– E você, Dahlia? – Alice olhou para Grace. – Aceita um?

Grace olhou para trás, para a parede que deveria escalar. Para os telhados que a levariam ao 72 da Shelton, longe deste lugar e deste homem e de qualquer armadilha dele.

Mas, antes que pudesse recusar educadamente o bolinho de Alice, antes que pudesse ir até a parede, olhou para Ewan. E viu o desafio estampado em seus olhos, claro como o dia.

Por que não deveria aceitar o quitute? Este era o lugar dela, tanto quanto era o dele. Mais até do que era dele. Portanto, os bolinhos eram mais dela também.

Aproximou-se, e Jenny abriu espaço para Grace no bloco em que estava encarapitada. Grace escolheu um bolinho e se sentou de frente para Ewan, certificando-se de que a tina estivesse entre eles, como se a grande bacia de metal, cheia de água morna e suja, fosse um escudo.

Não que precisasse de proteção.

Não precisava. Nem mesmo quando o homem sentado diante de si não era nada do que esperava – nem o garoto que amara havia tanto tempo, nem o duque insano a quem temera por mais tempo ainda, nem mesmo o amante a quem se entregara algumas noites atrás... por tão pouco tempo.

Mas o fato de que não o reconhecia era o de menos. Era especialista em disfarces e sabia, sem a menor dúvida, que o homem diante de si era efêmero. Sabia que ele ainda era o Duque de Marwick. Não era Grace quem ganhava a vida oferecendo a aristocratas a chance de fingir ser quem não eram?

O duque em questão tinha escolhido ser um lutador de Covent Garden.

Ele decerto era dono de punhos e um sorriso heroico que conquistavam as lutas e as damas para corroborar a fantasia.

Mas não passava disso, de fantasia. Que nunca se tornaria verdade. Nem mesmo seu olhar, devorando-a, brilhantes como âmbar, podia mudar isso.

– Sua camisa está toda suja de sangue – ela observou.

Ele passou a língua no canto da boca, lambendo as migalhas grudadas ali, e ela fez questão de não olhar.

– Medalha de honra.

– Mas não esse machucado no seu rosto que só vai piorar. É hora de voltar para Grosvenor Square e chamar o cirurgião para cuidar das feridas.

– Se precisar de ajuda, seu duque, tenho um bálsamo que é ótimo – Alice se prontificou.

– O-oh! – outra mulher grasnou. – Cuidado! A Alice nunca é tão generosa!

– Qualquer desculpa para olhar mais de perto! – Alice riu.

Grace imaginou que Ewan ficaria horrorizado com as brincadeiras abusadas – a vida em Covent Garden era muito dura e imprevisível para alguém ter tempo ou propensão para as delicadas sensibilidades da aristocracia. Em vez disso, ele sorriu, tímido e juvenil. Grace ignorou o frio na barriga que sentiu ao reconhecer, naquela timidez, o garoto que ele fora.

Não queria reconhecer aquele garoto.

Não queria lembrar que houve um tempo em que o amava.

Em que ele a amara, que a abraçara e sussurrara para ela histórias deste lugar – o lugar *dele* –, o lugar onde reinariam juntos um dia... até ele mudar de ideia e dar as costas a todos esses sonhos.

– Agradeço a oferta, senhorita Alice – ele disse, e Grace teve de se esforçar para não revirar os olhos ao ver o jeito como as mulheres se derreteram com o tratamento formal –, mas, no momento, tenho outros planos. Afinal – ele girou os ombros para trás, como um gato preguiçoso –, a Dahlia aqui me prometeu uma luta.

Quatro pares de olhos se voltaram para Grace, em uníssono. Ela conteve um palavrão. Lógico que os irmãos ficariam sabendo dessa interação.

– Já terminou o bolo?

– Terminei? – Ewan devolveu a pergunta, fazendo uma cara de surpresa.

– Terminou, sim. Você já interrompeu o bastante o trabalho dessas mulheres. E elas têm coisas muito mais interessantes para fazer do que ficar aqui te paparicando.

– Nada disso, senhorita – Alice protestou. – Vocês dois foram a coisa mais interessante que aconteceu pra gente em muito tempo.

– Verdade. Minhas garotas nunca vão acreditar que um duque apareceu aqui e sentou bem do meu lado enquanto eu lavava roupa – disse Jenny, balançando a cabeça e se inclinando para pegar mais peças no cesto. Jogou a bola de roupas cinzentas na tina e se inclinou para pescar uma pedra lá do fundo, que usou para esfregar a sujeira da roupa.

– Será que elas ficariam mais propensas a acreditar se você disser que eu te ajudei? – Ewan olhou para o cesto entre eles e apanhou outra bola de roupa que, sacudida, revelou ser uma enorme camisa; então, enfiou a mão na tina e também pegou uma pedra para esfregar.

Grace ficou de queixo caído.

As demais mulheres ficaram paralisadas e, se ela fosse honesta, parecia que Covent Garden inteiro também havia ficado – as crianças na rua, o relógio no mercado.

– Vossa Graça... – Jenny foi a primeira a conseguir falar, ainda chocada. – Você não pode...

– Na verdade, posso, sim. – Ewan olhou para ela. – Sabe, nem sempre fui um duque.

Ele perdeu o juízo. Grace arregalou os olhos ao ouvir as palavras dele – uma revelação, uma confissão e uma ameaça a tudo o que ele mais estimava. Não conseguiu se conter:

– Porque antes você era *um conde.*

Ewan a encarou e, em seu olhar, Grace entendeu a mensagem, tão clara quanto se tivesse dito em voz alta. *Não foi isso que eu quis dizer.*

– Condes também não lavam roupa, Vossa Graça – Grace enfatizou.

– Mas eu, sim – ele respondeu, simplesmente, voltando ao trabalho, esfregando as manchas na camisa com a pedra e deixando o mundo inteiro boquiaberto ao seu redor.

Jenny, enfim, conseguiu falar de novo.

– Por favor, Vossa Graça. Não. É terrivelmente... – ela se interrompeu e olhou para Grace como se dissesse, *Uma ajudinha, por favor?*

Grace ficou de pé, pronta para acabar com aquela palhaçada, mas, antes que se pronunciasse, Ewan perguntou:

– Você sempre se desloca pelos telhados?

Ela perdeu o fio do pensamento com a pergunta. Não respondeu.

– Desde que era menina – foi Alice que respondeu, caindo na risada. – Foi meu menino que a ensinou a escalar.

– Ela precisava aprender de algum jeito, né?

Não, ela não precisava aprender.

Ewan inclinou a cabeça, olhando para Grace enquanto continuava a esfregar a pedra sobre o tecido, que lavou rapidamente, com movimentos experientes, como se já tivesse feito aquilo antes.

E já tinha. Bem ali. Em um beco muito parecido com este. Afinal, ele era um garoto de Covent Garden muito antes de se tornar um homem de Eton. Inclusive os músculos daqueles braços não lembravam em nada os almofadinhas de Eton College.

Ainda bem que seus pensamentos foram interrompidos antes que ela pudesse perder muito tempo neles.

– Me fala mais desse garoto que te ensinou a escalar – pediu Ewan.

Foi você que me ensinou a escalar. Perdera a conta de quantas vezes tinham subido em árvores juntos, encarapitando-se nos galhos mais altos. Mas não lhe daria o gostinho de dizer isso, então respondeu, sem olhar para ele:

– Asriel. – Pegou um par de calças do cesto de Alice e afundou na tina, então sorriu para a mulher mais velha, apanhou uma escova e começou a esfregar a peça. – Ele nos ensinou todos os caminhos para os telhados de Covent Garden.

– Aquele moleque me causava um infarto por semana com o jeito que escalava. – Alice riu com gosto.

– Parecia um gato – Grace concordou. Nossa, havia quanto tempo não pensava nisso? – Como ele está, Alice?

A mulher negra sorriu, e Grace reconheceu o contentamento de mãe iluminando seu semblante.

– Ah, ele está bem. Muito bem. Ainda naquele cassino em St. James, mas de vez em quando ele vem cear em casa. – Asriel era um dos poucos que saíra de Covent Garden para ganhar a vida, trabalhando como guarda-costas no Anjo Caído, um dos mais concorridos clubes de cavalheiros de Londres.

– Diga a ele que Dahlia mandou cumprimentos e gratidão por todas as aulas de escalada.

– Digo, sim. – Alice assentiu.

Grace reparou que Ewan prestava atenção nela e não gostou nada do jeito como era observada.

– Não, não olhe assim para mim.

– Assim como?

– Como se gostasse de mim – ela respondeu, voltando a se concentrar no trabalho.

– Eu sempre gostei de você – ele retrucou, com franqueza, e Grace não pôde deixar de dar uma espiada e ficar incomodada com todos os hematomas e machucados no rosto dele.

Não deviam gostar um do outro.

Revirou os olhos antes de encarar Ewan novamente:

– E você, milorde, quem lhe ensinou suas habilidades?

– Creio que não está se referindo aos meus dotes para lavagem de roupas – ele zombou.

Todas as mulheres riram, e Jenny fez troça:

– Eu não me importaria de ouvir esta história também!

– Minha mãe me ensinou – ele contou, com simplicidade.

Grace sabia, no entanto, que não havia nada de simples nisso. A mãe de Ewan, outrora a amante de um dos mais veneráveis duques da Grã-Bretanha, fora escorraçada e viera parar ali, em Covent Garden, com o filho.

– Sua mãe! – Alice exclamou, impressionada. – Uma duquesa, lavando roupas?

– E ela não só lavava roupas – ele retorquiu, manipulando a conversa com maestria. – O que você diria se eu te disser que foi ela que também me ensinou a dar um bom soco?

– Caramba! – soltou uma terceira mulher. – Eu diria que ela tá mais pra Duquesa de Covent Garden!

– Quase isso! – ele concordou, sorrindo, provocando o riso nelas. Menos em Grace, que não conseguia parar de encará-lo. E, quando ele a encarou de volta, pôde ver tudo o que Ewan não estava dizendo e detestou isso.

Ele continuou a conversa com as demais:

– Talvez eu devesse achar outra Duquesa de Covent Garden pra mim.

As risadas pararam imediatamente, o silêncio tomando conta da roda de lavadeiras como se um segredo tivesse sido revelado. Grace sentiu um aperto no peito de pânico.

Era pânico, só podia ser...

O que quer que fosse aquilo, era hora de acabar.

Grace colocou a calça molhada na pilha de roupas limpas, pigarreou e ficou ereta:

– Já chega.

– O quê? Por quê? – ele quis saber.

Ela o analisou por um longo momento. Seria possível que ele realmente não tivesse entendido?

Talvez tivesse voltado a ser o duque doido de antes. Só que agora não era perigoso.

Errado. Assim, coberto de sangue e lavando roupa, era mais perigoso que nunca.

– Porque seu lugar não é aqui, Marwick.

Ewan estremeceu ao ouvir isso, colocou-se totalmente de pé, movendo-se com uma certa tensão que tentou esconder, mas que Grace viu do mesmo jeito. Quando os dois se entreolharam, ela percebeu nele uma atitude que reconhecia dos tempos de infância. Rebeldia.

Ewan sabia muito bem com o que estava lidando – sabia que se demonstrasse fraqueza, Covent Garden o comeria vivo. E aprendera essa lição exatamente ali. Pertencia a esse lugar, sim, era o que argumentaria se tivesse a chance. Afinal, não tinha nascido ali? Não tinha aprendido a cruzar o labirinto de ruas a leste de Drury Lane antes que os três sequer soubessem que a Drury Lane existia?

Só que ele foi embora. E ela viera para ficar.

E agora esse lugar pertencia a Grace, e ela que entendia, melhor do que Ewan jamais poderia, as necessidades e o orgulho de sua gente. E Ewan fizera todos de trouxas ao chegar ali com suas finas roupas, fala mansa e as mãos bem cuidadas e macias.

Grace, acima de todos.

– Você se enfiou no meio de Covent Garden e precisa achar seu caminho de volta para Mayfair, duque. – Ela indicou a direção oeste com o queixo. – Siga na direção do sol e vá para casa, antes que se depare com alguém perigoso nas ruas.

Grace se forçou a dar-lhe as costas, a retornar para a parede que queria escalar, alcançar os telhados e retomar seu trabalho. E ai dela se ficasse para vê-lo indo embora.

– Estou em segurança nessas ruas, não estou, Dahlia? – ele bradou. Ela não conseguiu se conter e se virou, ao ouvir aquele nome nos lábios dele, naquele lugar ao qual ele não pertencia.

Ewan não estava indo embora, estava indo na direção dela, devagar e faceiro, como se sua coxa não estivesse ardendo e seu ombro pegando fogo, como se não estivesse com a cara toda roxa – como era possível que ainda fosse tão bonito? Ninguém deveria ser tão bonito com o rosto cheio de hematomas.

– Você não acabou de reivindicar minha proteção?

Ela desceu da parede mais uma vez, aprumando a postura conforme ele se aproximava.

– "Proteção" não é exatamente o termo que eu usaria, não.

– Não? Porque eu me lembro bem de ter ouvido – ele argumentou, a voz cada vez mais grave e sensual, mas ainda audível à plateia. – Eu ouvi você dizer que eu era seu.

Grace ignorou o arrepio que as palavras lhe causaram, estreitando o olhar enquanto as mulheres ao redor vibravam de excitação. Ele estava fazendo uma ceninha, e ela não estava gostando nada disso.

– As pancadas que levou na cabeça devem ter afetado o seu cérebro, porque eu não disse nada disso.

– Não?

– Não. Eu disse que a luta com você era minha.

– E se eu disser que posso dar todo tipo de luta que você quiser?

Um suspiro coletivo ressonou atrás deles, e Grace o ignorou. Ignorou também o fato de quase ter suspirado junto.

– Eu diria que você foi um almofadinha por tempo demais para que isso seja verdade.

Ewan a encarou por um longo momento.

– E se o fato de ser um almofadinha foi justamente o que fez de mim um lutador? E se foi justamente isso que me encheu de ódio e veneno e fez de mim o tipo de homem chucro de que você gosta?

Grace congelou.

– E se eu puder dar todo tipo de luta que você quiser? – sussurrou. – E se isso for tudo o que eu tenho pra te dar?

O sol estava baixo, praticamente atrás dos telhados, derramando os raios dourados pelo beco, deixando os cabelos de Ewan, ainda sujos de fuligem e lama, do mesmo tom de âmbar de seus olhos. Aqueles olhos que Grace conhecia tão bem quanto os próprios. Melhor até.

Olhos que assombravam seus sonhos – o único lugar onde podia se permitir lembrar deles.

– E se você não puder reivindicar uma luta comigo sem reivindicar a mim?

Grace quase perdeu o fôlego com as imagens que tais palavras evocaram. Com as lembranças que trouxeram.

Não queria. Não queria os murmúrios do passado. Não queria a confusão do presente. Não queria o gosto dele em seus lábios. Não queria a lembrança de como ele a desvendou com o toque e com a boca.

Ewan estava tão perto que podia tocá-lo...

– Você vai comer isso?

O quê?

Ele indicou com um gesto de cabeça o bolinho que ela segurava, comido pela metade.

– O bolo. Vai terminar de comer?

Grace protegeu o quitute junto ao peito.

– Você tá pedindo o meu bolo? – Ela o encarou horrorizada.

– Seria uma pena desperdiçá-lo.

– Você não tem modos, não, duque?

A pergunta causou uma mudança imediata.

– Ah, tenho, sim – respondeu, com a voz subitamente grave e baixa. – Por Deus, tenho. Passei uma vida inteira sendo obrigado a ter modos, embora nem sempre bons.

Grace ficou de queixo caído. Aquele meio-sorriso reapareceu. Aquele que ela conhecia tão bem.

– Mas eu não quero o bolinho.

Levou a mão ao rosto dela e colocou um cachinho de cabelo rebelde atrás da orelha, e uma onda de calor se espalhou entre os dois. Grace respirou fundo:

– Então o que você quer?

– Só o que você também quer.

E de repente a mão dele estava em seu pescoço, guiando-a até ele, e de repente os lábios dele estavam colados aos dela, e o pobre bolinho, tão disputado, rolou pelo chão, e Grace se perdeu.

Era diferente dos beijos da outra noite – quando estava mascarada e de peruca, com os olhos maquiados, irreconhecível. Quando Ewan lhe proporcionara um prazer tão íntimo em nome simplesmente disso – do prazer. Sem passado, sem futuro, só o presente.

Claro que era diferente. Porque este beijo era tudo. Este beijo era promessa e ameaça, história e especulação. Era o somatório de vinte anos de desejo, por mais que ela soubesse que nunca poderia tê-lo.

Era doloroso e delicioso e desolador e a deixou sem reação, ali, à luz dourada do pôr do sol em Covent Garden, onde nunca ficara sem reação. Onde nunca estivera segura o bastante para ficar sem reação.

Agora, porém, conforme os braços dele a envolviam, agarrando-a junto a si, Grace estava em casa. E estava segura. Pelo menos enquanto se beijavam.

Não pare.

O pensamento tomou conta de Grace ao abraçá-lo pelo pescoço, para mantê-lo ali, colado a ela, entregue ao prazer.

Por favor, não pare. Nunca.

Ewan não parecia interessado em parar. Pelo contrário, quando ela ficou na ponta dos pés para igualar as alturas, ele apertou ainda mais o abraço ao redor da cintura dela, pressionando-a contra o corpo, puro músculos e força e rigidez. Ela balançou o quadril, comprimindo sua parte mais macia e ardente contra a parte mais dura do corpo dele.

Ele a queria. Tanto quanto ela o queria.

O suspiro que Grace soltou mediante tal constatação se perdeu no beijo, enquanto ele grunhia de prazer e a abraçava mais forte, a mão grande e quente subindo-lhe pelas costas e alcançando os cabelos rebeldes. E não havia nada de gentil nessa carícia; ele fechou a mão agarrando um punhado de cachos, segurando-a firme.

Ótimo. Porque ela não queria gentileza.

Ewan aprofundou o beijo, e Grace deu passagem para a língua dele deslizar sobre a dela enquanto as mãos de ambos se ocupavam com movimentos espelhados, agarrando os cabelos um do outro. Grace lambeu os lábios dele, sendo imediatamente correspondida. Queriam mais e mais um do outro. E, de repente, ele a levantou e a levou para trás de uma grande pilha de caixotes e barris.

Colocou-a contra a parede, ligeiramente fora do ângulo de visão das lavadeiras, e segurou a cabeça dela com as duas mãos, imobilizando-a para receber seus beijos – cada vez mais sedentos, mais desvairados, ameaçando puxá-la cada vez mais fundo em direção ao que quer que o tivesse trazido de volta.

Ameaçando fazê-la implorar por ele...

Por favor, não pare. Nunca.

Ele encaixou uma coxa poderosa entre as pernas dela e o choque do músculo pesado contra sua parte mais sensível arrancou-lhe um gemido do fundo da garganta – quase inaudível, mas o suficiente para incendiá-lo. Grace deslizou as mãos sobre o peito largo – tão diferente de um ano atrás, quando havia mapeado os contornos esguios de Ewan.

Agora, não havia nada de esguio. Ele era todo robusto, uma nova topografia que merecia ser mapeada.

Percorreu os dedos sobre as costelas, e Ewan respirou fundo. *Dor.* Uma costela fora quebrada por um dos punhos de aço do cortiço. E, mesmo assim, ele encontrara tempo para flertar e provocá-la. Encontrara forças para segui-la.

Eu vou te seguir, Grace. Sempre.

Uma promessa, ecoando ao longo dos anos.

Enfiou uma das enormes mãos por baixo do casaco dela, agarrou-lhe o quadril e o manteve firme enquanto esfregava com vontade aquela coxa gloriosa nela. Quando Grace rebolou de encontro a ele, seu quadril foi libertado e a mão subiu pela sua cintura, até alcançar um dos seios.

Estavam bem no meio do cortiço. A poucos metros das outras mulheres. Precisava interrompê-lo.

Mas não queria.

A sensação de ter as mãos dele explorando-a era insuportável. Grace não era uma estranha ao prazer, mas será que já tivera tanto prazer assim? Será que algum homem já a tocara com tanto ardor? Com tanta certeza?

Tais questões mal se formaram e desapareceram.

Não havia outros homens.

Conforme Ewan deslizava o polegar sob a borda do corpete e traçava, sem a menor delicadeza, um círculo ao redor do mamilo duro, Grace baixou a própria mão, apanhando aquele membro maravilhoso. Estava ereto, quente e perfeito, e quando ele resmungou, delicioso e profundo, ela retribuiu com uma risada gutural – a excitação silvando intensa entre os dois. Com a outra mão, Grace puxou os cabelos dele e chupou com apetite seu lábio inferior, deleitando-se com o sabor daquela boca suntuosa e carnuda.

Os grunhidos que ele emitia estavam se transformando em algo a mais. Algo predatório.

Só que ela não era mais uma presa.

Naquele momento, estavam no mesmo patamar.

Caçando um ao outro.

Nunca conseguiria parar a si mesma.

– Tudo bem aí atrás? – A pergunta empolgada parecia vir de muito longe. Quilômetros de distância, mas ecoou alta como um tiro de canhão, seguida por uma cacofonia de risadas maliciosas e satisfeitas.

Os dois se afastaram, ofegantes, e voltaram para a Terra. Grace olhou para o beco, cujas pedras escureciam a cada segundo do crepúsculo, o sol poente transformando o céu em uma explosão de cores.

Saiu andando na frente dele, endireitando o sobretudo, contornando a pilha de caixotes para enfrentar o grupo de mulheres, que os aguardavam, ávidas, ousadas, sem remorso, sorrindo como quem sabia exatamente o que estava acontecendo.

No entanto, foi Ewan quem falou atrás dela, calmo e descontraído, como se nada tivesse acontecido:

– Perdoem-me, senhoras.

Grace ficou tensa ao ouvi-lo, ao ouvir as risadinhas da plateia, e encarou Ewan, resistindo à vontade de levar a mão aos lábios para aplacar o formigamento que os beijos deliciosos tinham despertado.

Não. Não foram deliciosos.

Não deveria tê-lo beijado.

Não importa que fosse muito difícil resistir ao beijo diante daquela malandragem recém-adquirida, como se as brigas de Covent Garden fossem seu pão de cada dia.

Não importava que ele parecesse ter sido talhado para tais brigas.

E, de qualquer maneira, nem precisou encostar nos lábios, porque Ewan os devorou com o olhar penetrante, aquele rosnado predatório retumbando em sua garganta, fazendo o corpo inteiro de Grace pegar fogo, os olhares se encontrando. Reconhecendo o desejo latente.

Desejo?

Necessidade.

Grace não sentiu que aquilo era desejo. Sentiu que era uma necessidade quando ele enroscou o braço em volta da sua cintura e a puxou com força, inclinando-a para baixo e beijando-a novamente, desta vez um beijo preguiçoso e demorado, como se tivessem uma semana para isso e não estivessem sendo observados.

Antes que pudesse protestar – *e ela teria protestado* –, Ewan a libertou e sussurrou em seu ouvido:

– Grace.

O nome dela, dito tal qual uma bênção. E mais uma vez.

– Grace. Meu Deus, eu queria isso há tanto tempo.

Assim como ela.

– Leve esse duque pra casa e lhe dê um bom banho, Dahlia! – Jenny gritou, e o resto das mulheres assoviou e deu gritinhos de incentivo, encerrando suas tarefas e seu voyeurismo, apanhando os cestos e os apoiando nos quadris, prontas para ir embora.

Por um momento, Grace se imaginou levando-o para casa. Preparando um banho. Esfregando-o para remover a sujeira e a inhaca daquele dia, até que estivesse limpo. A noite alta, ambos envoltos no manto da escuridão gozando da permissão que ele dava às pessoas para fazer o que bem entendessem.

Por um momento, deleitou-se com essa fantasia.

Por um momento, esqueceu-se de que ele não era seguro.

De que não era seu lar.

De que era o inimigo – seu e dos irmãos e de todo o Covent Garden.

Empurrou-o pelos ombros, e Ewan se afastou prontamente, mais rápido do que ela esperava. Mais rápido do que desejava.

Evitou pensar nisso, odiando as questões que se seguiram. Odiando as respostas ainda mais. Raiva e frustração tomando conta de si.

– Isso foi um erro.

– Não foi, não – ele afirmou como se não estivessem discutindo. Como se estivessem jogando papo fora sobre o tempo, ou sobre a cor do céu.

– Claro que foi. Este é o jogo que sempre fazemos – ela rebateu, deixando a exaustão invadir as palavras. Estava cansada de fugir. Cansada de se esconder. – Cometemos erros. – Fez uma pausa. – *Você* comete erros.

A verdade dessa declaração se abateu nua e crua sobre Ewan, e um indício do duque louco que Mayfair pensava que ele era transpareceu no olhar alucinado.

– Então me diga como posso pagar por eles.

Ah, quantas vezes sonhara com o momento em que ele lhe diria exatamente essas palavras?

– Eles não têm preço, duque. Não há dinheiro ou poder ou uma vida inteira lavando roupas que paguem.

As lavadeiras continuavam atentas, dissimulando o interesse.

– O quê, então? – ele insistiu. – Aceito os socos dos homens em seu pátio. De seus irmãos. De *você*.

– *Seus* irmãos – ela atalhou.

– O quê?

– Eles são *seus* irmãos.

Ewan, no entanto, negou.

– Não. Eles fugiram com você, te protegeram.

– Sim – ela concordou, erguendo o queixo. – Eles me protegeram de você, mas são *do seu* sangue.

Ewan ignorou a verdade contida naquela afirmação.

– Você ainda não me deu uma razão. Me dê uma boa razão e vou embora. Uma razão pela qual não posso pagar o que devo. Fazer minhas orações. Cumprir minha penitência.

– Existem mil razões!

– Então me dê pelo menos uma. – Ele fez uma pausa. – Em vez disso, ficou me conduzindo em uma brincadeira de gato e rato por Covent Garden.

– Foi você que me seguiu!

– Sim, mas porque você quis.

Quis mesmo. Maldito seja por jogar isso na cara dela.

Grace queria gritar de raiva e frustração. Mas, no entanto, se aproximou e agarrou a gola já puída da camisa dele, bem onde o atrito com a corda fizera um buraco no linho fino. E puxou, terminando o rasgo que o lutador de mais cedo tinha começado, revelando o ombro em carne viva e o M que o pai dos garotos havia talhado ali – uma cicatriz feia, branca e saliente se destacando na pele vermelha e inflamada.

– Toma aí a sua razão!

Ewan cambaleou par trás quando Grace soltou a camisa.

– Você sempre pertencerá a ele. E eu estou pouco me lixando pra lábia que você joga em cima das mulheres do cortiço. Estou pouco me lixando pra sua habilidade de lavar roupas. Pouco me lixando que você conheça Covent Garden como a palma da mão porque nasceu no meio dessa merda. Você virou as costas pra tudo isso no momento em que nos traiu. No momento em que o escolheu em vez da gente.

Ela parou, resistindo ao nó na garganta. Resistindo à ardência nos olhos. Ao luto pelo garoto que um dia amou. O garoto que tinha jurado jamais abandoná-la. Jamais machucá-la.

O garoto que tinha mentido.

– Você *sempre* será Marwick – continuou, olhando para o rosto dele, escurecido pelos hematomas e pelas sombras da noite que caía. – E isso significa que você sempre será um erro.

E talvez, um dia, ela aprendesse a lição.

Grace engoliu o nó na garganta, dando-lhe as costas antes que Ewan pudesse dizer qualquer coisa, só que ele agarrou seu braço antes que ela se afastasse. Obrigando-a a encará-lo novamente.

– Eu nunca escolhi ficar do lado dele.

Grace balançou a cabeça, mas Ewan se recusou a permitir que ela o ignorasse. Deslizou a mão pelo braço dela até pegar a mão. Ela deveria ter puxado a mão no mesmo segundo, mas não o fez, por mais que tenha detestado a sensação do toque dele contra sua pele. Áspero. Forte. Quente.

Mentira. Não tinha detestado coisa nenhuma.

E detestou menos ainda quando ele apertou sua mão um pouco mais forte e disse:

– Nunca escolhi ficar do lado dele. Fiz coisas terríveis nessa vida. Coisas que com certeza me farão queimar no inferno por toda a eternidade. Coisas pelas quais você talvez nunca me perdoe. E eu assumo, assumo todas elas. Mas essa acusação eu não vou aceitar. – A voz dele estava cheia de raiva. Não. Não era só raiva. Era algo mais complexo, mais intenso. Fúria. – Eu nunca escolhi o velho duque.

Ah, como ela queria acreditar. Só Deus sabia. No entanto, quando fechava os olhos, ainda conseguia vê-lo, anos atrás, avançando para cima dela com uma faca. Ainda conseguia vê-lo, ano passado, escondido nas sombras, assistindo às docas de Londres pegarem fogo.

E agora... quem era este homem? Tão diferente?

– Eu jurei que ia esperar – ele disse, olhando para os telhados.

– Esperar o quê? – ela questionou, confusa.

– Do que você precisa? – indagou, olhando no fundo dos olhos dela.

Aquela pergunta de novo. Já a fizera antes. No ringue. Nos jardins. *Do que você precisa*, como se ele existisse somente para lhe dar prazer. Não. Não prazer.

Propósito.

Por toda a vida, Grace soube muito bem seu propósito. Já servira de estepe e de prêmio. Fora empregadora, amiga e protetora. Já fora mulher de negócios e negociadora, lutadora e espiã. E, nunca, em toda a vida, houve um momento em que não soube exatamente qual era seu propósito. Que não tivesse um plano.

Nunca houve um momento em que não soubesse a resposta.

E, no entanto, ali, antes que sua cidade desse adeus ao dia e mergulhasse na noite, Grace Condry, lutadora impiedosa, mulher de negócios sem igual e rainha de Covent Garden, descobriu que não tinha uma resposta.

Não sabia do que precisava.

Não sabia o que merecia.

E estava apavorada com o que desejava.

– Eu não sei – admitiu, bem baixinho, porque estava revelando demais.

A confissão causou uma mudança instantânea em Ewan. Seu olhar perdeu a doçura, a mandíbula se contraiu. Ele recuou, e Grace, contra todas as probabilidades, odiou a distância entre os dois.

Mas não era isso que queria? Distância? Distância infinita dele? Não queria que ele fosse embora e nunca mais voltasse?

Não era disso que precisava?

Claro que era.

Não era?

Ewan parou, e os dois metros pareciam dois quilômetros.

E, por cima do turbilhão de pensamentos, disse:

– Procure-me quando souber.

Capítulo Dezesseis

Esperar por Grace era uma tortura.

Mais tarde, naquela mesma noite, Ewan se viu no meio de seus aposentos, dolorido da luta em Covent Garden e do embate com Grace, consciente de que somente as feridas físicas seriam curadas.

Viu o quanto ela também o queria. Pode sentir quando se beijaram no beco. Ouviu em cada suspiro e gemido, quando ela se agarrou com força a ele, levando-o à loucura.

E, pior ainda, viu o quanto Grace se debatia com o próprio desejo quando ele perguntou do que precisava.

Ela precisava *dele*, caramba!

Tanto quanto ele precisava dela.

E, talvez, tivesse conseguido convencê-la disso enquanto o sol se punha atrás dos telhados. Talvez Grace permitisse que ele escalasse a parede atrás dela e a seguisse até em casa, onde, quem sabe, deixaria que ele passasse a noite.

Talvez permitisse que ele a beijasse novamente e que terminassem o que tinham começado. Talvez dissesse a ele do que precisava. E permitiria que ele proporcionasse isso a ela.

Só que não bastava. Não queria simplesmente ser autorizado a ficar com ela. Ter consentimento para tocá-la, para beijá-la. Queria que ela também quisesse, com a mesma vontade avassaladora que o devorava.

Só que, para isso, era preciso que Grace escolhesse ficar com ele. Que viesse atrás dele. Que o possuísse.

Portanto, foi embora em vez de agarrá-la e segurá-la em seus braços até que admitisse tudo.

Ao se lembrar disso, bufou, irritado e frustrado, vestindo as calças com brutalidade e abotoando-as com tanta raiva que sentiu uma fisgada de dor nas costelas.

– É o que você merece, seu maldito – murmurou para si mesmo, parando antes de chegar ao último botão e virando-se para o espelho na extremidade do quarto, ainda mergulhado em sombras apesar das muitas velas acesas para garantir que pudesse dar uma boa examinada no estrago que sofrera mais cedo.

Se não tivesse ido embora, será que ainda estariam juntos? Será que ela teria cuidado de suas feridas? A questão veio acompanhada da lembrança dos dedos de Grace deslizando pelo peito dele, descendo pelas costelas, acariciando com mais suavidade quando ele arquejou de dor. A primeira indicação de que não gostava de vê-lo machucado.

Embora o toque dela pudesse ser ainda mais doloroso. Por mais que Grace o tivesse punido exemplarmente no ringue de boxe, por mais que ele tivesse sentido a força de seus punhos e o poder da echarpe de seda que ela trazia na cintura (e que um homem medíocre teria subestimado), Ewan se deleitou com seu toque.

Ela estava viva.

Um ano depois, ainda sentia que, a qualquer momento, sucumbiria à revelação.

Grace estava viva e, se não estivesse enganado, ela o queria. Assumiu o risco de atiçar esse desejo e a deixou lá, em Covent Garden, e voltou para casa, em Mayfair, falhando, porém, na tentativa de se esgueirar pelas cozinhas. Assim que o cozinheiro viu seu rosto todo amolgado, gritou por O'Clair, que imediatamente se transformou na Mamãe Gansa, insistindo que deveriam chamar um médico, a Scotland Yard e o irmão do mordomo – que, pelo jeito, era um sacerdote.

Após convencer o mordomo de que as feridas eram feias, mas não fatais, de que nenhum crime havia sido cometido e de que não precisava de extrema-unção, Ewan pediu a ele que preparasse um banho e lhe trouxesse uma garrafa de uísque e um cesto de bandagens.

Usou sem moderação os dois primeiros itens antes de se concentrar no terceiro, estremecendo ao inspecionar os hematomas em seu torso. Estava escuro, e tratar ferimentos à luz de velas não era o ideal, mas, se pedisse mais velas a O'Clair, o mordomo ia surtar de novo, então Ewan se virou com o que tinha – um espelho e uma dúzia de chamas que lançavam sombras em sua pele enquanto examinava as costelas cuidadosamente.

Não achava que era caso para um cirurgião, mas a dor era considerável – e à prova de uísque.

Soltando todos os palavrões que conhecia, começou a enfaixar o torso, a irritação tornando a tarefa mais difícil do que deveria. Estava cansado, com dor e enroscado até o pescoço com os eventos da tarde – a luta, a perseguição pelos recônditos de Covent Garden. E o autocontrole que precisou para se segurar.

Meu Deus, como queria aquela mulher. Queria jogá-la sobre o ombro e levá-la para o primeiro canto privado que encontrasse para, enfim, desfrutar da luta que ela prometera.

Mas, quando a encontrou, a meio caminho de uma parede, pronta para subir nos telhados e reassumir o domínio sobre o mundo que ele tanto amava, percebeu que não queria ficar com Grace em um canto privado. Queria estar com ela em público.

Queria ser aquele que conhecia seus segredos e suas histórias. Queria que ela lhe ensinasse todos os caminhos para, juntos, chegarem aos telhados.

Detestou saber que houve outro garoto que a ensinara a escalar. Detestou o fato de nunca ter se dado conta de que ela precisaria saber mais do que apenas subir em árvores para sobreviver. Detestou que ela precisasse sobreviver – e tudo por causa dele.

Queria aprender todos os mapas que ela percorria – cada ladrilho de ardósia e chaminé – e ouvir cada história que ela tinha para contar dos últimos vinte anos. Queria descobrir novos mapas. Escrever novas histórias.

E queria desbravar o vasto mundo, juntos.

Eu não sei, Grace disse, e ele percebeu as camadas da confissão. Sentiu cada uma delas na própria alma. Porque ele também não sabia. Só sabia que queria aprender com ela. Queria um futuro, e tudo o que eles tinham era o passado.

Você me traiu.

Resmungando, começou a ajustar a faixa de linho enrolada ao redor das costelas, apertando o mais forte que podia e cerrando os dentes de dor.

– Você nunca vai conseguir apertar o bastante sozinho.

Ewan quase derrubou as bandagens ao ouvir a voz, o susto desencadeando uma onda de dor pelo corpo, que o fez respirar com dificuldade enquanto ela entrava no quarto e fechava a porta atrás de si.

Com o coração acelerando, deliciou-se com a visão de Grace. Alívio e prazer e uma boa dose de orgulho tomando conta de todo o seu ser. *Ela veio*. Será que algum dia explodiria de alegria com a ideia de que ela havia ido atrás dele por vontade própria?

Por vontade dela.

Que era dele também.

Grace vestia o uniforme de sempre: seu traje de monarca. Calças pretas justas e as botas de couro de cano alto, que sempre ameaçavam matar Ewan do coração, ao subirem pecaminosamente até as coxas, coladas nas pernas longas. Acima da calça, um corpete azul-gelo, bordado com fios de ouro. Na cintura, outra echarpe – sua arma preferida – em cores opostas às do corpete, dourada com bordados em azul. E, por cima de tudo, um sobretudo perfeito, feito sob medida. Em outra mulher, teria pensado que o casaco era um disfarce – algo para escondê-la de olhares predadores e dar-lhe uma aparência mais masculina ao andar pelas ruas. Mas Grace não se escondia, andava com o sobretudo aberto, deixando à mostra o forro e o maravilhoso trabalho de confecção do corpete, ambos do mesmo tom pálido de azul de um céu de inverno.

Abotoado, o sobretudo era o disfarce perfeito, com o capuz puxado sobre os cachos ruivos indomáveis, uma pequena mecha se soltando do esconderijo e sendo a única evidência de que eles existiam. Ah, como queria derrubar aquele capuz e deixar os cabelos cascatearem pelos ombros dela, como no início do dia.

Estava deleitado com a aparição de Grace – puro aço e seda, como a mulher em si, por mais que a frustração reivindicasse seu quinhão. Ela viera mascarada novamente. Podia não ser a máscara de seda que usara na noite do baile de máscaras, mas era uma máscara mesmo assim. A mesma que usava mais cedo, ao comandar seu exército em Covent Garden – uma máscara tecida de força.

A mulher que vislumbrara após a luta se fora – aquela que contou histórias sobre aprender a escalar paredes. Aquela que tinha um sorriso fácil para os valentões e para as lavadeiras.

Queria aqueles sorrisos fáceis para si mesmo.

Queria *aquela* mulher. Honesta.

Mas se contentaria com a que estava ali.

– Como entrou aqui?

Ela deu um sorrisinho travesso.

– Sou uma criminosa dura na queda, duque. Acha mesmo que uma casinha qualquer em Grosvenor Square me impediria de um pequeno arrombamento?

– A questão não é o endereço. Estou surpreso de saber que não se deparou com meu mordomo superprotetor nas escadas.

Grace cruzou o cômodo e foi até uma pequena mesa onde um conjunto de copos jazia ao lado de um pesado decantador; Ewan completamente hipnotizado pela empáfia com que ela andava, o casaco balançando em torno das pernas. Puxou a rolha e cheirou o conhaque, admirada:

– Francês. Caríssimo.

– Soube que há meios bem mais baratos de comprar bebida – ele observou enquanto ela se servia de uma dose.

Grace não perdeu a referência ao negócio um tanto quanto ilegal dos Bastardos Impiedosos.

– Não tenho ideia do que está falando... – Tomou um gole e acrescentou: – E não havia nenhum mordomo de pijama empunhando uma velha pistola de duelo no meio do caminho. Confesso que fiquei desapontada.

– Mmmm. Qual é a vantagem de se ter mordomos superprotetores se não servirem para espantar intrusos?

– E não são todos os mordomos ducais superprotetores? – Os olhos dela faiscavam à luz das velas. – De que outra forma seria possível garantir que sempre haverá uma camisa engomada e uma gravata passada, prontinhas para vestir?

– Não sei. Não passo muito tempo em propriedades ducais.

Não era exatamente verdade. Passava a maior parte do tempo na propriedade de Burghsey, mas morava em um pequeno chalé que construíra na extremidade oeste do terreno. E contava apenas com o mínimo de funcionários, o suficiente para evitar que o lugar ficasse de pernas para o ar.

– Hum – ela prosseguiu. – Seja como for, seu mordomo falhou na mordomia quando cheguei, disso tenho certeza.

– Transmitirei suas preocupações a ele na próxima avaliação de desempenho. Não impedir a entrada de uma mulher estranha na casa: demérito.

Aqueles lindos lábios se curvaram novamente.

– Não creio que deveria contar como demérito. A verdade é que eu sou muito boa em chegar aonde preciso ser sem ser notada.

Ewan não sabia dizer como isso era possível, considerando o quão intensamente notava a presença dela. Como percebia a mudança no ar quando ela estava presente. Vinte anos, e ainda notava a presença dela como se fosse um tiro de canhão.

– Prefere que eu vá embora?

– Não.

Queria que ela nunca fosse embora.

Grace serviu uma segunda dose e se aproximou, oferecendo-lhe o copo. Ewan aceitou.

– E então?

Ela o encarou, curiosa.

– Já se decidiu? – ele questionou, ouvindo o tom de frustração na própria voz, a dica de que estava perdendo a paciência.

Grace deu um passo na direção de Ewan, e ele respirou fundo, imaginando o que aconteceria se a agarrasse e a levasse para a cama e a despisse... e fizesse amor com ela do jeito que fantasiava todas as noites desde que tinha idade o bastante para tais pensamentos.

Será que, assim, conseguiria arrancar a máscara que ela usava?

E o que será que ela faria?

Fugiria.

Sabia que sim, porque fugia dele havia anos – todas as vezes que chegou perto de encontrá-la nos últimos vinte anos, desde que tinha fugido pela primeira vez. Grace fugia, e era o que ele merecia por tê-la traído e partido o coração dela, e o próprio em consequência.

Ela fugiria, e ele faria qualquer coisa para evitar outra fuga, então permaneceu onde estava, como uma estátua, e deixou que ela se aproximasse.

Grace parou a um centímetro de distância e tirou do ombro o saco que trazia – ele não tinha percebido o saco quando ela entrou. Tampouco conseguia ver seus olhos, pois o capuz escondia metade do rosto. Só conseguia vislumbrar os lábios rosados e carnudos, enquanto ela dizia:

– Eles fizeram um bom estrago em você.

– Eu não fiquei muito atrás – ele respondeu sem hesitar.

Ela sorriu daquele jeito que parecia que escondia um segredo – será que estava orgulhosa? Ah, como queria que ela estivesse orgulhosa. Queria que ela tivesse assistido à luta e admirado suas habilidades. Sabia que isso o igualava a um homem das cavernas, mas não estava nem aí. Queria que ela soubesse que seria capaz de destruir prédios inteiros se ela pedisse.

O que quer que ela precisasse.

– Por que não chamou um médico? – ela indagou, com suavidade.

– Não preciso de um médico – disse Ewan, ligeiramente ofendido com a pergunta.

Grace ergueu o queixo, e o brilho dourado das velas iluminou seu rosto, revelando a expressão de incredulidade e divertimento.

– Homens e o costume ridículo de rejeitarem cuidado médico. Você fica aí alardeando que está ótimo, mas está coberto de hematomas... e parece que Patrick O'Malley quebrou seu nariz.

– Você veio para bancar a enfermeira?

Ela não respondeu. Em vez disso, tirou o capuz e libertou a massa de cachos vermelhos. Ah, meu Deus, como amava aqueles cabelos! Eram uma força da natureza, ameaçando subjugá-lo. Como a mulher que os possuía.

A escuridão se aprofundou entre ambos.

– Por que está aqui?

Grace ficou tensa. E Ewan odiou o modo como essa tensão se tornou outra máscara no rosto dela. Cometera um erro de cálculo em Covent Garden. Conseguira persuadi-la a revelar um pouco de sua verdade, mas fora embora, e talvez nunca conseguisse voltar.

Nunca mais verá aquela garota de novo.

Até podia ser verdade, mas será que nunca veria a mulher que ela tinha se tornado? Será que ela se esconderia dele para sempre?

– Diga-me a verdade – ele sussurrou, sem conseguir esconder a urgência na voz.

Ela continuou quieta, mas levou a mão até o rosto dele e, gentilmente, passou os dedos ao redor do olho inchado, do hematoma amarelado na mandíbula. Pelo nariz milagrosamente intacto, apesar da sugestão de que estaria quebrado.

– E se eu disser que vim cuidar de você?

Ewan suspirou, deliciando-se com tais palavras mais do que com o toque.

– Eu diria que tem um belo trabalho pela frente.

Mas não mencionou que não tinha muita certeza de que havia algo para cuidar.

Ela parou no meio de um gesto, como se já soubesse o que ele pensava em dizer.

Fique. Por favor.

Precisou usar todas as forças que tinha para esperar que ela tomasse uma atitude.

Escolha ficar aqui.

O coração ameaçava sair de seu peito até que finalmente... finalmente, ela alcançou a tira de linho com que ele tentara enfaixar as próprias costelas. Ele a soltou sem nem pensar duas vezes, permanecendo tão imóvel que quase não respirava enquanto Gracie o circulava, investigando-o, seu toque macio e firme deslizando sobre suas costelas, avaliando o estrago.

Ewan prendeu o fôlego conforme ela explorava os músculos do abdômen. Ergueu os majestosos olhos castanhos em pergunta:

– Dói muito?

Não o bastante.

– Pode ir em frente. – Ele balançou a cabeça.

– Esta aqui pode estar quebrada.

– Não está.

– Como você sabe?

– Nós dois sabemos que já tive costelas quebradas antes.

A lembrança se desenrolou para os dois. Ewan levou um chute nas costelas e, na ocasião, Grace também cuidou dele.

– Whit era sempre mais habilidoso com as pernas – ela murmurou.

– E agora?

Grace sorriu com a pergunta, e Ewan sentiu o ciúme corroê-lo por dentro ao constatar a evidente adoração que ela nutria pelo homem que Covent Garden chamava de Beast.

– Agora ele é bom em tudo. Ganhou tamanho e brutalidade. E não perde.

Ewan sentiu algo que não sabia explicar com aquilo – o fato de que o menor e o mais fraco dos três se tornara o mais forte.

– Era verão quando ele teve o estirão de crescimento... nós tínhamos 15, talvez 16 anos – ela relembrou, contente. – Parecia bruxaria. Não tinha sapato que desse conta... Lembro de uma semana em que a gente não tinha dinheiro nenhum, e ele teve de cortar a frente do calçado e deixar o dedão de fora... daí eu tive que roubar um novo par.

– De onde?

– De um babaca em um bordel na Charles Street. Um canalha seboso que gostava de concordar com um preço e depois pagar outro. O idiota mereceu.

– Ele era um... – Ewan engoliu em seco o resto da pergunta.

Grace o encarou, intrigada. Então completou:

– Um cliente? Não. Eu tinha mais serventia para Digger Knight como lutadora do que como prostituta.

– Sem julgamentos se fosse um cliente.

Nascido em um bordel em Tavistock Row, Ewan sabia melhor do que a maioria das pessoas que mulheres se voltavam à prostituição por terem menos opções na vida do que os homens.

– Sei que não julgaria – ela disse. E a sinceridade com que falou lhe deu imenso prazer.

Ao terminar de enfaixá-lo, Grace enfiou a ponta solta por baixo da própria faixa, e fez mais uma inspeção, contraindo os lábios enquanto examinava os hematomas acima das bandagens, o rosto e o ombro esfolado com o atrito da corda que tinha usado no pátio.

O ombro que ela havia despido mais cedo, revelando a cicatriz que, todos os dias, ele desejava poder apagar, junto com o passado que trazia.

Mas apagar o passado significava apagar Grace.

Aparentemente satisfeita, inclinou-se para pegar o saco que trouxera e o colocou em cima de uma cadeira ali perto; pescou um pequeno pote de cerâmica lá dentro e o abriu, levando-o imediatamente ao nariz. Ewan não conseguia parar de sorrir ao observar o gesto, um eco da garota que ela fora, sempre a primeira a cheirar qualquer coisa – agradável ou não.

– Viu alguma coisa engraçada?

– Você sempre fez isso.

Grace imediatamente abaixou a mão e se aproximou.

– O que é isso? – Ewan perguntou. Ela lhe estendeu o pote, e ele se inclinou para cheirar. – Limão.

– E folha de louro e casca de salgueiro. Já curou machucados piores que esses.

– Em você?

– E em dezenas de outros.

Grace mergulhou os dedos na pomada e estendeu a mão para ele. Ewan permitiu que ela espalhasse o unguento em seu corpo, respirando profundamente, cada toque um vislumbre do paraíso.

– Você já fez isso antes.

– Tratar de feridas?

– Cuidar das minhas feridas. – Ele fez uma pausa, então: – Achei que tinha sonhado com isso ano passado. Com seu toque.

Na escuridão. Naquele quartinho onde descobriu que ela estava viva. Onde percebeu que poderia voltar a ser ele mesmo.

Grace não desviou o foco, e Ewan aproveitou que ela estava absorta na tarefa para se embeber dela, as sardas espalhadas no nariz, os grandes olhos, a pequena cicatriz em uma das sobrancelhas, quase imperceptível pelos anos que se passaram desde o dia em que ele enxugou o sangue de sua testa e as lágrimas de suas bochechas. Não conseguiu se conter e tocou o semicírculo torto.

Grace respirou fundo e lançou um olhar de advertência.

Ewan imediatamente retirou a mão e retomou a perícia, reparando na costura fina do casaco e no rico brilho da seda do corpete – uma peça que deveria escandalizar, mas cuja força, em vez disso, dava ao corpo dela uma postura imponente.

– Você costuma usar vestidos? – ele perguntou, sabendo que era um risco.

– Estou familiarizada com o conceito – ela respondeu, após alguma hesitação, contraindo o canto da boca e deixando-o doido de vontade de beijá-la ali.

Sentiu os dedos dela passeando por sua pele, de um ombro marcado com um hematoma para o outro, vermelho e esfolado. Ela alcançou o pote e quando o tocou novamente, o bálsamo frio acalmou mais do que somente o ombro.

– Você usou um no meu baile de máscaras.

Outro risco: revelar o que sabia. Ela paralisou. Ele podia ver a mente dela tecendo mil hipóteses – será que poderia convencê-lo de que não era ela?

Nada de máscaras, Grace. Não hoje à noite.

– Há quanto tempo você sabe?

Ewan esperou até que ela olhasse para ele.

– Eu sempre vou te reconhecer.

– Você não está à procura de uma esposa.

– Não.

– E todas as mães jogando as filhas para cima de você?

– Malsucedidas.

Grace o fitou por um longo instante.

– O baile de máscaras não era para a Sra. Duque de Marwick. Uma mulher que gosta de musgo e árvores enormes. Era para mim.

Duas mulheres em uma só.

Estava absurdamente atento aos dedos dela parados em seu ombro, roçando a marca de seu passado, do passado deles. E, enquanto sentia o toque de Grace, ouviu as palavras de Whit:

Você partiu o coração dela.

Grace não confiava nele. E tudo o que podia fazer, em contrapartida, era confiar nela.

– Ouvi dizer que você gosta de festas elaboradas.

Ela tamborilava os dedos conforme espalhava generosamente o unguento acima, abaixo e ao redor do ponto que tanto evitava, mas que tinha a atenção dela. A cicatriz que o pai talhara em seu ombro na noite em que descobriu que somente Grace importava para Ewan.

– Não estou disponível para o posto – ela murmurou baixinho.

– Eu sei.

Mas nem por isso a desejava menos.

– Prefiro morrer a permitir que aquele monstro vença.

O velho duque, que só se importava com a linhagem. Ewan bufou, irônico, mediante o comentário colérico de Grace:

– E você acha que eu não me sinto do mesmo jeito?

Os dois se entreolharam, e Ewan não escondeu toda a potência da raiva que sentia do pai – o homem que teve como único objetivo perpetuar a continuidade da linhagem de Marwick. E então, quando se tornou duque, coube a Ewan garantir que o pai nunca tivesse aquilo que julgava primordial.

O que significava que não poderia ter filhos. Nunca.

Nem mesmo lindas menininhas de cabelos vermelhos.

Alheia a tais pensamentos, Grace continuou a falar:

– E você voltou, mesmo depois do meu aviso para ficar longe.

Eu sempre voltarei.

– Mas só depois de um ano. Onde esteve?

– Eu voltei para lá.

Para Burghsey, onde encontrou a propriedade em ruínas – propriedade que largara às traças, já que fora embora assim que a herdou. Propriedade que reergueu ao retomar seu lugar, recuperando as terras e cuidando dos arrendatários. Também assumiu seu assento no Parlamento só para atender a uma promessa feita a ela uma vida antes.

E não foi só a propriedade. Ewan também se reconstruiu, transformou-se em um novo homem. Um homem mais saudável, mais forte e melhor do que antes; e mais digno, por mais que soubesse que nunca seria digno da mulher que Grace se tornara – uma mulher forte, brilhante e poderosa, e tão acima dele que ele não merecia nem olhar para ela, muito menos tentar alcançá-la.

Mesmo assim, olhava. Mesmo assim, alcançou.

– E por que voltou justo agora? – ela perguntou, suspendendo o toque, e Ewan pôde perceber em sua voz um indício de raiva. Frustração. – Pensa que pode me convencer de que se arrependeu?

– Mas eu me arrependi. E me arrependo de ter dado as costas aos meus irmãos. E, Grace, não há um dia sequer que eu não me arrependa de ter virado as costas para você.

Anos de prática a impediram de demonstrar que estava comovida com tais palavras, mas ele a observava atentamente, concentrado no ponto de pulsação na base do pescoço, e notou quando o coração dela disparou.

Grace o encarou, os lindos olhos castanhos brilhando à luz das velas.

– E daí? Você pensou que um baile de máscaras e uma briga em Covent Garden compensariam tudo o que aconteceu no passado?

– Estou em luta todos os dias desde que fiz vocês irem embora – ele disse, querendo que ela ouvisse. – Que diferença faz mais uma? Mais mil?

Levaria os socos que tomou em Covent Garden todos os dias se isso significasse uma chance de ser perdoado.

Finalmente, Grace passou a mão sobre a cicatriz, e ele sentiu frio com a sensação, sem saber como ela reagiria à próxima pergunta. Outro risco.

– Por que você veio aqui hoje à noite?

Ela apontou na direção das poltronas na extremidade do quarto, onde a lareira estaria acesa se a noite não estivesse tão quente.

– Sente-se.

Ewan obedeceu, foi até lá e se acomodou na poltrona, estremecendo de dor com o movimento e detestando demonstrar fraqueza para ela, por mais que estivesse se refestelando com a intimidade do momento. Com a história que resgatava.

Grace sempre cuidou dele quando eram crianças e depois, nos dias seguintes à explosão nas docas. Sabia que era ela. Sentira sua presença, mesmo que ela estivesse se preparando para escorraçá-lo de vez.

Como se Ewan pudesse ficar longe.

Eram como planetas, atraídos um para outro.

Não. Ele era um planeta. Ela era o Sol.

Ainda com o pequeno pote de cerâmica em mãos, ela recolheu o saco e o cesto de bandagens e foi até ele, as pernas compridas reivindicando o carpete a cada passo. Ewan a observou, o som das botas contra o piso preenchendo-o com uma sensação de prazer, calor e vontade – um desejo como nunca sentira antes, de que situações como esta fossem comuns. Em que estivessem cuidando um do outro.

Conhecendo um ao outro.

E mais.

Grace depositou os utensílios na mesinha baixa junto à poltrona de Ewan, examinando os diversos itens já ali reunidos: uma garrafa de uísque e um copo vazio no topo de uma pilha de livros. Um sorriso cruzou seus lábios.

– O que foi? – ele perguntou.

– Nada. Só tenho a impressão de que estou vislumbrando a cova do leão.

– Mmm – ele respondeu, esfregando a nuca, sentindo algo similar a embaraço, embora não soubesse explicar por quê. – Este leão deve ser muito excitante com toda essa bebida e livros.

– Então é isso que você faz quando não está cumprindo deveres ducais? – Ela se virou, cruzando o quarto para ir até o espelho.

– Eu não cumpro deveres ducais – ele respondeu, grato pela mudança de assunto, observando-a escolher um candelabro e retornar.

Grace o contemplou por um instante e, então, como se pairar sobre ele como alguém da realeza, altiva e exuberante em seus trajes de gala, não bastasse, ela se ajoelhou e retomou o trabalho.

A imagem dela ali, ao seu lado, quase o matou de deleite. Ewan se forçou a permanecer imóvel, a não encostar nela. Resistindo à singular palavra que ecoava em seus ouvidos ao olhar para Grace.

Minha.

Ela alcançou o cesto e pegou outra longa tira de linho e o direcionou para frente para enfaixar seu ombro.

– Da próxima vez que for transportar carga em Covent Garden, use um gancho.

– Humm – ele resmungou. – E você sabe onde consigo encontrar um?

Ela riu, e Ewan se virou para apreciar seu divertimento, como um raio de sol cruzando o ar.

– Duques não ganham ganchos para transportar caixas?

– Nem pegadores de gelo. Dá pra acreditar?

– Você devia levar esse problema para a Câmara dos Lordes. – Ela apertou a bandagem no ombro, e ele respirou fundo. – Vai precisar trocar por uma limpa amanhã.

– E você vai voltar para trocar para mim?

– Não.

Ewan se virou para olhar Grace. Seus rostos estavam a meros centímetros de distância quando ele perguntou:

– Por que não?

– Eu nem deveria estar aqui agora.

– O que me leva de novo à questão: por que veio até aqui?

– Eu não sei – ela admitiu.

E tais palavras, um eco de horas antes, o destravaram. Ele sabia por que ela tinha vindo. Sabia do que ela precisava.

Do que ambos precisavam.

Estendeu a mão até os cabelos dela e pegou um lindo cachinho vermelho, brincando com ele entre dois dedos, enrolando-o e esticando-o.

– Por que veio até aqui hoje à noite? – repetiu a pergunta com delicadeza e fervor.

Mostre para mim, exortava-a. *Confie em mim.*

Grace sustentou o olhar dele.

– Por que você retornou?

Ewan respondeu, sabendo que estava assumindo mais um risco. Como sempre. Por ela, assumiria qualquer risco – disso tinha certeza.

– Pela mesma razão que fiz tudo o que fiz, desde o começo. Por você.

Foi a vez de ela estender a mão até ele e acariciar seu rosto. Sentir o toque dela era como estar no paraíso. Grace o puxou para mais perto de si com um gesto gentil e perfeito, pairando a um centímetro de distância de seus lábios, como se ainda estivesse decidindo se deveria acabar com aquela pequena distância.

– Eu disse para você não voltar.

– Do que você precisa?

Ela não respondeu. Ela agiu.

Capítulo Dezessete

Ele voltou por ela.
O *porquê* de Ewan estar de volta não deveria ter a menor importância, tampouco o quanto estava mudado, ou sequer que estivesse mudado. Assim como também não deveria importar o fato de que ela perdera todo o senso crítico quando ele a beijou.

Só que não foi ele quem deu o beijo. Foi ela.

E o gemido baixo de prazer na garganta de Ewan disparou um arrepio por todo o corpo de Grace, alimentando uma chama já ardente. Ficou doida de desejo ao enfaixá-lo, especialmente ao sentir os músculos tremendo e se contraindo sob seu toque, a respiração acelerando – como se ele fosse um predador, prestes a dar o bote. Mas não atacou.

Ele se conteve. Por ela.

Esperando. Por ela.

Querendo-a.

Mas, assim que o beijou, ele perdeu o controle. Virou-se para capturá-la e colocou-a em seu colo, agarrando-lhe os quadris. E então já estava com as mãos dentro do casaco, subindo pela cintura até alcançar os seios, envoltos pela armação e pelas camadas de seda do corpete e ansiando por Ewan.

Será que os beijos dele sempre haviam sido tão bem elaborados? Será que ele sempre fora capaz de roubar os pensamentos de uma mulher? Ou será que passou duas décadas se preparando para beijá-la desse jeito que a fazia se esquecer de quem era e de onde estava, esquecer todos os motivos racionais pelos quais não devia, de nenhuma forma, retribuir o beijo?

Era uma possibilidade, ponderou ao beijá-lo de volta com o mesmo desejo. Com o mesmo entusiasmo.

Só mais esta vez, mentiu para si mesma. *Só mais esta vez e nunca mais.* Beijou com mais vontade, querendo que nunca mais parassem, e Ewan suspirou, mas não foi de prazer, foi de dor. Grace se afastou para checar se ele estava bem, ela própria com a respiração acelerada, como se tivesse acabado de escalar uma parede.

Ele tinha o lábio inferior bastante inchado, e ela imediatamente passou o dedo com toda a delicadeza pelo ferimento, depois pela linha do nariz, igualmente machucado e certamente dolorido, assim como as maçãs do rosto.

– Você vai ficar com a cara roxa por um tempão. Eles te pegaram de jeito.

– Eu não ligo – ele respondeu, deslizando a mão pelo ombro dela e puxando-a novamente para junto de si. – Vem aqui, me beija de novo.

O comando grave a excitou, e Grace quase obedeceu – queria obedecer, mas, em vez disso, inclinou-se para pegar o saco na cadeira e, ao se movimentar, sentiu o membro dele, duro como aço, grande e impossivelmente quente, e as mãos firmes agarrando sua bunda.

– Mmm – ele gemeu conforme ela se reergueu, e Grace o admirou, encantada com as pálpebras semicerradas, fixas nela.

Ewan sempre foi bonito, alto e loiro, o tipo de semblante impecável que só podia ter sido esculpido em mármore. Devil quebrara seu nariz durante uma luta em Burghsey, e a pequena imperfeição só o deixara ainda mais perfeito. Agora, porém, ferido e abatido, com o lábio inchado e uma série de arranhões abaixo dos olhos, parecia um presente, que lhe fora concedido por aquele lugar que pertencera a ele antes de ser dela.

Ignorando o ardor do desejo que a queimava por dentro, Grace se concentrou em sua tarefa, abrindo o saco e pegando um pequeno pano branco e uma pequenina caixa de metal. O olhar voraz de Ewan foi substituído por curiosidade, e ela abriu a caixinha para mostrar o que havia lá dentro.

Ewan pareceu espantado:

– Um dos blocos que carreguei hoje?

Ela sorriu ao enrolar o gelo no pano e amarrá-lo com firmeza. Em seguida, colocou-o sobre o olho de Ewan, acariciando a bochecha dele com o polegar.

– Não preciso disso – ele resmungou.

– Precisa, sim.

– Você preparou com muita prática. A compressa de gelo.

– Já fiz isso várias vezes.

– Deduzi pelos itens da sua caixinha especial. Com quanta frequência?

Grace engoliu em seco e encolheu os ombros, entendendo o que Ewan realmente perguntava.

– Quando chegamos a Covent Garden, um de nós lutava a cada noite. E mesmo que você seja bom, como nós, como *você* – ela acrescentou, lembrando de como ele tinha lutado, neutralizando os inimigos sem destruí-los –, ainda assim os oponentes conseguem acertar alguns bons golpes.

Grace sentiu a mandíbula dele se contrair sob a palma de sua mão.

– Odeio que você teve de lutar para sobreviver.

– Pois não odeie – ela disse, com franqueza. – Lutar é como respirar em Covent Garden, e eu tinha bastante raiva para extravasar e me tornar boa nisso. Por sorte, nós três éramos bons lutadores e tivemos ainda mais sorte de sermos pagos por isso. – Olhou para ele. – Você garantiu que nós fossemos bons, certo?

– Pois não deveria.

Não, não deveria. Eles não deveriam ter sido privados de suas infâncias, deveriam ter vivido com mães amorosas e pais que tinham orgulho deles. Em vez isso, no entanto, ali estavam, abatidos e machucados de mil maneiras diferentes.

– Grace não se alongou nas lutas.

– Foi assim que Devil e Whit se envolveram com gelo. Logo aprendemos a diferença entre uma luta com gelo e uma luta sem, e rapidinho deram um jeito de nunca ficarmos sem.

– Suponho, então, que o contrabando seja por diversão – comentou, desconfiado.

– Não. – Ela deu uma risadinha. – O contrabando é para ganhar dinheiro, e para suprir a aristocracia. – Ela fez uma pausa. – O que, de certo modo, não deixa de ser divertido.

Ewan respondeu com outra risada e colocou a mão sobre a dela:

– E você é a médica-residente.

– Não sou nenhum Dr. Frankenstein.

– Não se subestime.

– Será que deveríamos te trazer de volta à vida quando eu terminar aqui? Só para ver que tipo de monstro você seria?

Era um flerte? Ou seria uma referência ao passado? À noite em que ele se transformou no monstro do qual ela fugiu? Aos anos que passou sempre preocupada, com receio do monstro que acreditava que ele era?

Retirou o gelo e abaixou a mão dela, de forma a trazê-la mais para perto.

– Grace – ele sussurrou, encostando as testas, e ela sentiu um calor e algo a mais que não ousava nomear espiralando por todo o corpo. – Seja qual for o monstro que me tornei... não foi você quem o criou.

Ela ouviu a angústia em cada palavra e odiou isso.

Então odiou a confusão que surgiu da percepção de que estava começando a achar que talvez ele não fosse o monstro que todos acreditavam que era.

Estava ficando cada vez mais difícil resistir ao jeito que as lembranças do passado colidiam com o presente – lembranças dele, em seu território. Levando os socos no clube. Lavando roupas com as mulheres em Covent Garden. Pagando seus débitos com os homens do cortiço. Seu humor.

E, à tarde, o jeito como ele lutou, como se tivesse nascido para isso. *E tinha.*

O jeito como foi atrás dela, como se estivesse destinado a isso. *E estava.*

Mas, acima de tudo, odiava o tanto que o queria, este novo homem, mudado, que não esperava encontrar quando ele retornou. Odiava o tanto que o desejava, apesar de ter lhe causado uma vida inteira de dor.

Odiava como, mesmo agora, enquanto Ewan sofria os efeitos da luta de mais cedo, tudo o que ela queria era cuidar dele.

Mesmo que ele não merecesse.

Tomara a decisão de ir até lá para dizer exatamente isso – que ele não merecia a atenção dela, nem sua proteção em Covent Garden, ou qualquer outra coisa que desejasse dela. E certamente não merecia seus cuidados – afinal, já havia lhe dado mais do que o suficiente e ele jogara tudo fora.

Seu único intento era responder à questão que ele fizera tão ávido. Do que ela precisava? Precisava que ele fosse embora. Precisava que ele fosse encontrar o futuro que procurava ou a penitência que queria. Precisava que ele fosse viver sua vida. Bem longe dela.

Pretendia apenas entregar-lhe o bálsamo.

Pretendia apenas saber, finalmente, do que precisava.

Mas então chegou àquele quarto cheio de velas e espelhos, invadido pelo perfume dele, chá e tabaco, uma combinação que nunca mais seria capaz de sentir sem evocar saudade.

Por mais que o odiasse pela traição que perpetrara.

Deveria ter ido embora depois disso. Deveria ter ignorado este quarto que parecia pronto para sexo e pecado. Deveria tê-lo ignorado.

Em vez disso, no entanto, perdeu-se em outra lembrança, criada sem seu consentimento. Uma lembrança que não veio com medo ou dor ou coração partido, mas com desejo. Ewan sem roupas – as calças nem sequer propriamente abotoadas – nem um pouco parecido com o que vira da última vez que cuidara de suas feridas, embebido na luz das velas, fresco de um banho recém-tomado e coberto de bandagens por causa da luta – luta que poderia ter ganhado se lutasse como deveria.

Mas não lutou. Porque não queria mais ferir Covent Garden.

Amava e odiava Ewan na mesma medida.

E então... Agora, quando pensava em lhe dizer do que precisava, sua necessidade mais urgente não era que fosse embora e nunca mais retornasse. Era algo infinitamente mais perigoso, porque era a mesma coisa que precisava da última vez que se encontraram na escuridão.

Era outro beijo.

Outro toque.

Outra noite.

Mais uma.

E não importava que ele pudesse ser um monstro muito mais aterrorizante do que qualquer um que se encontre em livros.

Ewan notou a mudança quando pegou seu rosto entre as mãos e olhou no fundo de seus olhos – aqueles olhos cor de âmbar que ela conhecia tão bem e amava tanto e havia tanto tempo, até que se fechou em uma concha por medo de que eles a assombrassem para sempre.

– Pegue – ele disse.

Tudo o que precisar.

Grace o beijou novamente, as mãos explorando o corpo dele, não mais cuidadosas, não mais terapêuticas. Desejosas. Fervorosas. Ewan respirou fundo conforme ela deslizava as palmas sobre seu peito, gentilmente ao passar pelas bandagens no abdômen, os músculos se contraindo o suficiente para fazê-lo lembrar das próprias feridas.

Ele sibilou de dor, e Grace imediatamente levantou as mãos, como se a pele dele a queimasse.

– Eu te...

– Não pare – Ewan atalhou, balançando a cabeça.

Ela o analisou por um momento, imóvel, incerta.

– Não pare.

Não queria parar. Queria recomeçar e nunca mais parar. E permanecer neste momento, nesta noite, para sempre, e deixar o passado e o presente e a verdade-impossível-de-ignorar trancados do lado de fora.

Uma única palavra a fez estremecer.

Meu.

Ewan pegou a mão dela e posicionou naquele trecho do abdômen abaixo das bandagens, onde os músculos formavam um V acima do cós da calça, para dentro da qual desaparecia uma trilha de pelos castanho-escuros.

– Eu serei gentil.

– Não quero gentileza – ele rebateu. – Quero você!

Grace deu o que ele queria, roçando os dedos sobre ele, brincando e traçando um caminho até os primeiros botões da calça, que permaneciam desabotoados após o banho. Ewan ofegou quando ela se demorou ali, fascinada com a passagem escura e o membro duro, impossível de ignorar, logo abaixo, sabendo que tudo que precisava fazer era deslizar um pouco mais os dedos para reivindicá-lo para si.

Meu.

Que palavra. Que palavra perversa e prazerosa.

Ewan acariciou os cabelos dela, enrolando os dedos nos cachos rebeldes.

– Me fala.

– Esta noite. – Os lábios se entreabriram, carnudos e perfeitos.

Um nó se formou na garganta dele, e Grace entendia por quê. Não bastava. Ela sabia. Mas se preocuparia com isso amanhã, quando retornasse ao mundo que construíra sem ele e reforçasse as paredes que erguera para mantê-lo fora.

Ewan concordou, com um aceno de cabeça forçado, um consentimento que ela sabia que ele não queria dar. Mas que, todavia, a libertava.

E Grace aceitou. E então se apossou dele, deslizando de seu colo para se colocar de joelhos diante de Ewan, adorando como ele se recostou ao soltá-la, as pálpebras pesadas, os músculos do pescoço contraídos, assim como os músculos de sua mão ao agarrar os braços da poltrona, recusando-se a tocá-la.

Deixando que ela liderasse.

E, abaixo, o pau rígido, duro e glorioso.

Meu.

As mãos desceram pela abertura da calça, medindo o contorno do falo, regozijando-se com Ewan se desfazendo sob seu toque, arqueando o corpo. Ele estava desesperado para tocá-la. Grace sabia. Mesmo assim se conteve. Respirou fundo, estremecendo, e, naquele momento – na revelação de sua mais pura vontade de deixá-la controlar o momento, de deixá-la reivindicá-lo para si –, algo se libertou dentro dela. Algo que ela sabia que traria tanta dor quanto prazer.

Mas, hoje, a noite era do prazer.

Ergueu-se um pouco sobre os joelhos, a posição adicionando pressão ao toque quando se inclinou e beijou o músculo peitoral dele, virando o rosto e deslizando a bochecha sobre a pele quente antes de dar outro beijo na curva do pescoço.

Deu outro beijo no centro do peito, sentindo o coração dele pulsar sob os lábios. Outro, alguns centímetros mais abaixo.

Ewan soltou um palavrão, baixo e sujo, a palavra imunda atiçando ainda mais o desejo que se acumulava dentro dela.

– Faz tanto tempo que espero por isso – ele sussurrou, enquanto ela seguia a linha das bandagens com carícias suaves que incendiavam a ambos.

– Me fala – ela repetiu as palavras dele com os lábios roçando-lhe a pele, enquanto os dedos trabalhavam nos botões da calça, abrindo o tecido e revelando aquela verga impressionante.

Até nisso ele era perfeito.

Aliás, especialmente nisso.

Grace se afastou um pouco, sem tocar, apenas admirando, longo e liso e duro como pedra, erguendo-se de um montinho de pelos castanho-escuros.

– Caralho – ele sussurrou, mas não era um palavrão, era uma súplica.

Com dificuldade, ela desviou a atenção do membro e encontrou os olhos de Ewan.

– Mais.

Ewan foi surpreendido e libertou uma das mãos com que agarrava o braço da poltrona para levá-la ao rosto de Grace, encontrando o fogo que ardia no olhar dela com o que queimava no seu.

– Você gosta.

– Gosto. – Ela assentiu, voltando a atenção para o prêmio.

– Estou vendo. E estou vendo que você quer. – Ele fez uma pausa, falando quase sem mexer os lábios. – Por Deus, Grace...

– Peça – ela murmurou. – Fala pra mim do que você gosta.

– Seu toque. Me deixa sentir...

Ewan praguejou e arqueou o quadril quando ela lhe deu o que queria, correndo os dedos na pele quente, o palavrão ecoando como um tiro no silêncio do quarto.

– Isso, porra! Isso! Esperei a vida inteira pra você me tocar assim.

– Assim? – ela provocou, aumentando a ousadia.

Ele ergueu o quadril na direção dela, enfiando ainda mais os dedos nos cabelos dela.

– Assim! Assim mesmo.

– Mas não só isso – ela disse, pegando-o com mais firmeza e então deslizando a mão da base até a cabeça, coroada com uma única gota de líquido. Ela repetiu o movimento, e Ewan gemeu. – Isto também.

– Tudo isso – ele disse, e sua voz recendia a sexo.

– Mostra pra mim – Grace sussurrou.

No mesmo segundo, Ewan envolveu a mão dela com a sua, e aquela imagem – a mão grande e abrupta dele, ensinando-a a como lhe dar prazer – era pura necessidade. Ele apertou a pegada, ajeitou o quadril.

Outra gota de líquido.

– Não seja gentil – instruiu, com a voz rouca. – Eu não quero. Quero que você... – ele se interrompeu no fim da frase, e Grace daria tudo para ouvir o que ele não disse.

– O quê? – incentivou, com água na boca, sentindo o calor dele. Pela situação em que estavam. – O que você quer?

– Quero que você me possua – ele falou. – Quero que você saiba que o que você quiser, o que você precisar, eu posso te dar. Eu *vou* te dar.

Era quase demais para suportar. Grace se inclinou para frente e beijou a mão dele esfolada da luta. Ewan ficou paralisado com a carícia, recusando-se a se mexer, a respiração entrecortada. Ela ergueu os lábios e olhou para ele; era impossível ignorar o desejo estampado no semblante.

– Você vai me dar isso?

Ewan fechou os olhos, cerrando os dentes com a outra mão ainda nos cabelos de Grace e disse o nome dela em um suspiro baixo e sensual.

– Você é...?

– Sou sua rainha! – ela afirmou com toda a certeza, entregando-se à fantasia. Esperando que ele fizesse o mesmo. – Agora deixe comigo.

Ewan soltou a mão dela.

Livre, Grace o acariciou de novo, deliciando-se com o tamanho e a maciez – todo dela, para fazer o que quisesse. Trabalhou nele e então enfiou a mão na calça para pegar as bolas pesadas com firmeza e delicadeza. Outro palavrão. Outra gota.

Era demais para resistir. Ela sussurrou o nome dele e lambeu a cabecinha, mal encostando a língua, apenas o suficiente para saborear a doçura salgada. As mãos de Ewan chicotearam para os cabelos de Grace, mas pousaram como penas, agarrando-os com toda a ternura – por mais que ela percebesse que ele tensionava o corpo impedindo que se insinuasse. Para se impedir de projetar-se para a boca dela e conseguir o prazer que oferecia.

O prazer que ela queria.

O prazer que ele entregara nas mãos dela. Grace se refestelava com o poder concedido e uma pequena parte de si queria testá-lo – ver até onde poderia ir antes de Ewan perder o controle.

Mas outra parte dela queria perder o controle junto com ele.

– Olhe para mim – ele pediu. Grace olhou no mesmo instante e sentiu o polegar de Ewan acariciando seu lábio inferior. – Você não precisa...

– Dói? – ela o interrompeu.

– Mais do que você imagina – respondeu com um suspiro pesado. – Ou talvez imagine. Dói em você também, não dói, meu amor?

– Sim. – Ela não tinha por que negar.

– Então me deixa cuidar de você. – A voz dele era uma promessa de volúpia. – Deixa eu tirar sua roupa, abrir suas pernas e te chupar até você gritar. Deixa eu te provar de novo. Caramba, eu não paro de pensar no seu gosto! – Passou de novo o polegar pelos lábios dela, incendiando-os. – Deixa eu aliviar essa dor, bem onde você está quente e molhadinha me querendo.

A libertinagem de tais palavras atiçou uma rebelião dentro de Grace, a tentação pegando fogo enquanto sentia o pau de Ewan pulsando na mão. Estava exatamente como ele descrevera – quente, molhada e doendo de desejo. Apertou as coxas para tentar aliviar a sensação e só piorou.

– Você também quer – Ewan falou baixinho, como se tivesse sentido o que ela tinha feito. – Você me quer aí, bem no meio das suas pernas.

Queria. Queria mesmo. Ah, como queria!

Mas não agora.

Abriu a boca e chupou o polegar, degustando-o com a língua, dando uma amostra do que pretendia fazer. Ewan soltou outro palavrão, deixando-a ainda mais excitada, o tesão latejando em sua parte mais íntima

Grace soltou o dedo dele e sorriu com a mais pura satisfação.

– Mas quero você primeiro.

Uma arma não teria baixado todas as defesas de Ewan desse jeito. Ele se inclinou, virando o rosto de Grace para si e tomou-lhe os lábios em um beijo selvagem e devasso, que a deixou sem fôlego antes mesmo de ele se afastar e dizer:

– Quando você terminar, terei o que eu quero.

– Não levantarei objeções – ela concordou.

– A Rainha está certa – ele disse, dando um deslumbrante meio-sorriso, que ressaltava toda a sua masculinidade. Recostou-se, deixando a cabeça descansar no encosto da poltrona.

– Diga-me o que você quer. – Não era um pedido. Era uma ordem.

– Me chupa. – O comando foi áspero e gostoso, assim como tudo que os havia levado até aquele momento. Ewan apertou os cabelos dela com mais firmeza. – Agora.

Grace entreabriu os lábios e o consumiu lentamente, descobrindo o tamanho e a textura dele. Sentindo a dureza. Sentindo o gosto. O modo como ele permanecia perfeitamente imóvel enquanto ela lhe dava prazer. E também tinha prazer, com a mão ainda o envolvendo e massageando o membro.

Ela passara anos gerindo um clube de sexo, certificando-se de que todo e qualquer desejo de cada mulher fosse atendido nos mínimos detalhes e, em todos esses anos, claro que também pensara em seus próprios desejos – mas nunca imaginou a pura revelação que viria deste ato. De proporcionar a um homem um tipo de prazer que ameaçava roubar-lhe a sanidade.

E a própria.

Porque em toda a sua vida, Grace jamais experimentara tanto prazer ou tanto desejo de dar prazer a um parceiro. Mas, agora, enquanto lambia e chupava e o engolia cada vez mais fundo, esbaldando-se com o sabor e a força, ela era guiada por único propósito. Levá-lo ao ápice. Fazê-lo gozar. E provar. Para saber que foi ela quem o levou ao orgasmo.

Nunca se sentira tão poderosa.

Entregou-se com afinco à tarefa, encontrando o ritmo que o levava à loucura, as sensações, os pontos específicos que o deixavam maluco, adorando os gemidos que ele soltava, as frases cortadas pela metade, os palavrões que sussurrava, mas, sobretudo, o modo como entoava seu nome, como se fosse uma oração. Ewan puxou seus cabelos e ofegou:

– Grace! Eu vou... não vou conseguir segurar...

Não se atreva a segurar, pensou. E chupou um pouco mais fundo e um pouco mais rápido, sentindo-o crescer em sua boca, a cabeça pulsando. *Goze para mim.*

Meu.

Ewan apertou seus cabelos com mais força e grunhiu um palavrão do fundo da alma, e Grace bebeu de seu poder enquanto ele gritava o nome dela e se entregava por inteiro, à mulher e ao prazer. Ela permaneceu ali até que ele retornasse a si, pela primeira vez relaxando o corpo na poltrona desde que se sentara. Ewan levantou os cabelos dos ombros de Grace, expondo a pele quente da nuca à brisa fria do quarto.

Foi a vez dela de gemer, porque em vez de aliviar o calor, aquela brisa ateou fogo em seus sentidos, e a ânsia que conseguira controlar enquanto se dedicava ao prazer de Ewan se tornara impossível de ignorar.

Ele sabia e se inclinou para ela, dizendo as palavras que a tentavam desde o início:

– Do que você precisa?

Você. Preciso de você.

Não. Não podia dizer isso. Seria revelar demais.

– Eu... – Mas não conseguiu achar as palavras, não conseguia mais aguentar o frenesi que ardia dentro de si. – Eu preciso... – E olhou para ele: – Por favor.

Imediatamente, Ewan a levantou e a puxou de volta para o colo, pouco ligando para os machucados ou as bandagens – não ligando para mais nada além de beijar aquela boca e deslizar gloriosamente a mão para a área entre as pernas de Grace onde ela precisava dele. Interrompeu o beijo selvagem:

– Eu sei – sussurrou, uma promessa cálida em seus ouvidos. – Aqui.

– Sim – ela sussurrou de volta, mas Ewan abafou o som com os lábios, abrindo ainda mais as pernas dela até que Grace estivesse completamente montada nele, enquanto ela se debatia com o fecho da própria calça. Atrapalhou-se com os botões, mas lá estava ele, desabotoando-os habilmente, aquele homem magnífico. Ela se deu conta de que tinham um obstáculo diferente. Interrompeu o beijo: – Botas.

Ele acenou com a cabeça e, juntos, moveram-se rápidos como relâmpagos, despindo-a das botas e da calça, deixando o corpete e o casaco. Ewan a admirou, arrebatado, conforme ela tirava o sobretudo, ficando lindamente nua, somente com o corpete ricamente bordado, azul como um céu de verão, cujas alças largas cobriam os ombros. E, quando voltou a montar nele, o afã era quase insuportável, e ela sussurrou, desesperadamente:

– Faça de novo. Toque-me outra vez.

Ele obedeceu sem hesitar, pressionando a mão entre as pernas de Grace, com firmeza. Forte. Firme o suficiente para incendiá-la quando se balançava. Ela colocou a mão sobre a dele, e Ewan desceu o olhar para as mãos, onde ela o segurava firmemente.

– Espere, amor.

Mas ela não queria esperar. Já tinha esperado o suficiente. Queria Ewan. E queria agora. Resmungou em desaprovação e se esfregou nele, pressionando-se com ainda mais firmeza. Ele gemeu uma risadinha e disse:

– Ah, Grace...

Ela o encarou, pronta para lutar pelo próprio prazer. Fora de si de tanto desejo. Com a mão livre, Ewan a puxou para outro beijo, e, conforme deslizava a língua pela boca de Grace, um de seus dedos separou as dobras mais íntimas dela, encontrando o que procurava.

Grace engasgou com a rajada de prazer, tão aguda.

– Você sempre pode me usar, meu amor – ele retumbou em seu ouvido, massageando com o dedo o ponto onde todo o desejo dela parecia se concentrar. – Mas, quando me usar, quero que faça isso direito.

Consumida pelo deleite, ela começou a balançar os quadris, esfregando-se nele, adorando o jeito como ele a estimulava.

– Mostra pra mim – Ewan sussurrou. – Mostra pra mim o que você quer.

Grace entrelaçou os dedos com os dele e continuou se balançando, descobrindo e ensinando a cadência do próprio prazer e, finalmente, cedendo-o a Ewan, apoiando as mãos nos ombros dele e se erguendo, ofegando de vontade e se esfregando contra ele, sabendo que não devia, mas não se importando que ele visse e que a estimulasse, guiando-a a uma enxurrada de prazer, até que estivesse gritando no quarto silencioso, enquanto ele dizia as frases mais pecaminosas, como *mais forte* e *mais rápido* e *isso, goza, meu amor* e *você é a coisa mais linda que eu já vi.*

Grace se sentou novamente no colo dele, e Ewan deu um beijo em sua bochecha e outro na testa, e a abraçou enquanto ela ainda tremia do orgasmo – oferecendo-lhe seu corpo e todo o seu tempo, despertando nela o desejo de que pudessem ficar ali para sempre.

Quando finalmente voltou a si, ela se enrijeceu e imediatamente tirou o peso de cima dele:

– Suas bandagens!

– Acha mesmo que estou sentindo alguma dor agora? – Ele a puxou de volta para o colo e deu outro beijo em seus cabelos, a carícia tão natural que aqueceu Grace em lugares que ela nunca sentira antes.

– Eu só quero que você sinta prazer. – Ela sorriu.

– Então devemos fazer isso com mais frequência. – Ewan deslizou a mão pelo braço dela, deixando-a arrepiada quando passou de lânguido para provocativo.

O sorriso dela desapareceu.

Não poderiam, é claro. Não existia *com mais frequência* entre eles.

Não existia futuro entre eles, porque todo o espaço estava preenchido com o passado.

Isso tinha sido um erro.

Grace fez menção de sair do colo dele, mas Ewan segurou sua mão. Ela parou, esperando que ele a mantivesse ali. Mas não. Não a conteve, e o calor da mão dele na sua era um chamado e uma promessa e uma tentação de que ela não precisava. Afastou-se, detestando a sensação da própria mão deslizando para longe da dele.

Ewan não resistiu. Não tentou puxá-la de volta.

E a frustração tomou conta de Grace, por mais irracional que fosse.

– Preciso ir.

Ele não se moveu enquanto a observava vestir as calças e recolher os itens que haviam sido derrubados no chão, deixando o unguento, a caixa de gelo e o pano. Colocando cuidadosamente o cesto de bandagens na mesa ao lado dele.

– Preciso ir – repetiu, olhando para ele.

Ewan respondeu com um aceno de cabeça, em concordância.

Não ia tentar impedi-la?

Mas não queria que ele a impedisse, ou queria?

Afinal, era mais fácil assim, não era?

Era. Mas não significava que fosse melhor.

Engolindo o nó na garganta, Grace foi pegar o sobretudo jogado no chão quando estava interessada apenas no prazer que Ewan oferecia. Cada fibra de seu corpo querendo ficar, querendo que ele pedisse que ela ficasse.

E então ele perguntou:

– Como você conseguiu passar pelos criados?

Sabendo que procurava encrenca, Grace ficou de lado ao responder:

– Na verdade, eu sempre viajo pelos telhados.

Ewan se levantou ao ouvir a resposta, lenta e deliberadamente, e o coração dela começou a acelerar.

– Eu queria ter te seguido hoje. Quando escalou a parede.

– Não é tão fácil quanto parece. – Ela se virou inteiramente para ele.

– Creio que não – ele respondeu com um meio-sorriso.

Grace o observou por um momento e disse:

– Em vez disso, você me deixou.

– E você veio me procurar.

Um eco das palavras que lhe dissera mais cedo. *Procure-me quando souber.* Ela deveria procurá-lo para dizer do que precisava e, em vez disso, viera simplesmente para vê-lo. Este homem que não conhecia, tão diferente de todos os outros com quem já estivera. Tão diferente e muito mais perigoso.

– Me mostra – ele pediu, interrompendo seus pensamentos.

Não devia. Era um erro passar ainda mais tempo com ele. Passar ainda mais tempo descobrindo mais sobre ele.

Não devia. Mas queria. Queria trazê-lo consigo aos telhados e lhe mostrar um pouco da liberdade que reivindicara para si.

Criar uma nova lembrança.

Teve uma ideia.

Em silêncio, cruzou o quarto e foi até o guarda-roupas dele, abriu e pegou uma bela camisa branca. Segurando-a diante do peito, virou-se e encontrou Ewan abotoando as calças, o olhar cor de âmbar ressaltado pela luz das velas.

Sem a menor vergonha, observou-o lidar com os fechos, já sentindo falta do que estava por trás dos botões. Havia sócias do 72 da Shelton que requisitavam que seus consortes vestissem trajes completos e elaborados, somente para que pudessem contemplá-los tirando as roupas e depois as vestindo novamente; e, embora Grace raramente questionasse os desejos de sua clientela, nunca compreendera muito bem o prazer de assistir a um amante se despindo.

Agora, no entanto, conforme Ewan movimentava os braços fortes com os músculos do antebraço flexionados, ela sentiu a boca seca, finalmente entendendo tal prazer peculiar. Poderia ficar horas observando-o fechar os botões das calças. Mas ele terminou.

– Você vai me vestir?

Grace jogou a camisa para ele, admirada com a agilidade com que ele a agarrou no ar e a destreza com que a vestiu, movimentos que iam contra a dor que sabia que ele sentia nos músculos. Havia uma intimidade naquele gesto, na ideia de que havia poucos segundos ela segurava o linho macio que deslizava pelo corpo dele como uma carícia.

Assim que vestiu a camisa, sem se preocupar em enfiar a bainha dentro da calça, Ewan a devorou com o olhar, passando pelo corpete e pelas calças, cheio de interesse.

Em outra ocasião, com outro homem, teria achado graça de se ver admirada com tanta fascinação logo depois de ambos terem chegado ao clímax. Mas aqui, agora, não estava se divertindo com o desejo expresso no olhar dele. Estava em júbilo.

Ele pertencia a ela.

Até onde a seguiria?

Amanhã seria outro dia, que traria consigo a verdade do passado e do presente dos dois, bem como a impossibilidade de um futuro em comum. Mas ainda tinham a noite, e crescer nas ruas ensinara algo a Grace: planos serviam para os negócios, não para o prazer.

Decisão tomada, pegou uma vela e estendeu a mão para Ewan:

– Venha comigo.

Capítulo Dezoito

Subiram as escadas dos fundos, que levavam ao telhado da ancestral residência de Marwick, como se desbravassem as indômitas paisagens escocesas, a quilômetros de distância de qualquer pessoa, e não como se estivessem em Grosvenor Square, onde inúmeros membros das famílias aristocráticas mais reverenciadas de Londres podiam vê-los.

E, talvez, Ewan devesse ter se preocupado com isso, mas, na verdade, nunca ligou para o ducado e, naquela noite... Grace era tudo o que importava.

Grace, que trazia o sobretudo em uma mão e agarrava a dele com a outra, conforme subiam pelo segundo andar, pelo terceiro, à medida que as escadas ficavam cada vez mais escuras pela falta de candelabros nas paredes e cada vez mais estreitas, até só caber uma pessoa por vez. Quando chegaram ao topo, ela se encolheu junto à parede para dar passagem a ele, apontando com o queixo a porta incrustada logo acima:

— Vá em frente — sussurrou. — Abra.

Ewan alcançou a maçaneta, surpreso ao se dar conta de que estava com o coração disparado. Hesitou.

— Está nervoso, duque?

Os dois se entreolharam, a vela iluminava o rosto dela com uma luz bruxuleante. Ewan deu uma risadinha autodepreciativa:

— Não sei por quê... Não é como se fôssemos dar de cara com um bando de aristocratas prontos para nos criticar do outro lado.

— Ah, mas imagine só se déssemos. — Ela abriu um grande sorriso. — Acabaríamos com o estoque de sais aromáticos de Londres. Embora, sendo franca, não sei o que exatamente eles poderiam criticar — argumentou enquanto ele abria a porta, batendo-a com tudo no telhado. – Meu traseiro fica espetacular nesta calça.

E, deixando-o com este fato incontestável, Grace se alçou e passou pela portinhola, enquanto Ewan, ao olhar para o traseiro redondo e lindo, só pensava em puxá-la de volta para dentro, levá-la para a cama e mostrar o quão espetacular realmente era – e dane-se o telhado.

Só que ela já tinha saído e estava lá em cima, olhando ao redor teatralmente conforme a vela ressaltava os fios de prata do corpete:

– Você está seguro. Nem sequer um aristocrata errante com olhar cínico.

Ficou contente com a provocação – e adorou a alfinetada, por mais que soubesse que não podia se dar ao luxo de acreditar, nem por um segundo, que aquela felicidade seria duradoura. Afinal, não era essa a história de sua vida com Grace? Sempre correndo atrás da felicidade, nunca conseguindo alcançá-la?

Subiu ao telhado, seguindo atrás dela na agradável noite de outono atípica. Grace já se dirigia para a fachada sul da casa, que dava para o lado da praça. Ewan a observou por um momento, maravilhado com a desenvoltura que exibia ali, acima da cidade.

– Alguém pode te ver.

Ela se virou para encará-lo, sorrindo.

– Está com medo de que o Marquês de Westminster tenha um telescópio apontado para cá?

– Ah, meu Deus! Não estava, mas agora que você falou...

– Westminster não é um *voyeur*. Ele é muito austero para tal passatempo – disse Gracie casualmente, como se fosse a coisa mais normal do mundo uma garota que ganhou a vida lutando em ringues obscuros saber de traços da personalidade de um dos mais ricos aristocratas da Grã-Bretanha. Ela prosseguiu: – E, mesmo que não estivesse escuro demais para ver qualquer coisa que valha a pena, a única coisa que ele estaria espiando são os seus cavalos. – Ela o encarou: – Você tem cavalos?

– Tenho – ele respondeu, confuso com a pergunta.

– Não estou falando de cavalos de puxar carruagens ou o cavalo cinza que você cavalga no Hyde Park. Estou falando de cavalos de corrida. É nisso que Westminster está interessado.

– Como sabe que eu cavalgo no Hyde Park?

Grace deu de ombros, voltando a atenção para a praça lá embaixo.

– Do mesmo jeito que sei que Westminster gosta de cavalos.

– E que jeito é esse?

– Faz parte do meu negócio saber das coisas.

– Tais como afinidades com cavalos.

– Tais como se a afinidade de Westminster com cavalos está ou não relacionada a uma afinidade com jogos de azar. Tais como os motivos por trás do *lobby* de Conde Leither por penalidades mais brandas para o tráfico de ópio. Tais como as razões para o editor do *News of London* ser tão devotado à ideia do sufrágio feminino.

– E como sabe disso tudo? – perguntou, chocado.

– Ah, vocês, almofadinhas, acham que o mundo inteiro é construído dentro dos limites dessa praça perfeitinha, onde ninguém com uma renda de menos de dez mil libras por ano é bem-vindo; mas a verdade é que o mundo é construído com base no comércio, e o comércio, por mais banal, burguês e tedioso que seja para a aristocracia, é um negócio do qual vale a pena participar.

– Que tipo de comércio?

– Informação e prazer. Às vezes, ambos. Nunca nenhum.

– E você negocia essas *commodities*?

Grace deu de ombros e olhou na direção da residência de Westminster.

– A questão é: Westminster não está interessado na nossa localização ou compostura, ou falta dela, dos nossos trajes. Está escuro, Ewan. Ninguém pode nos ver. E, mesmo que possam, vão só pensar que o Marwick Maluco subiu ao telhado com a mais nova meretriz.

– A meretriz será a parte mais surpreendente da história – retrucou, com secura.

Grace ficou em silêncio, e Ewan xingou a si mesmo, pois não queria entrar nesta conversa. Não agora que tinha acabado de convencê-la a se abrir. Ela se virou para ele e disse, com suavidade:

– Nada de meretrizes aguardando nas alas de Burghsey?

Ela estava com ciúmes?

– Eu *mal* piso nas alas de Burghsey.

– O que não significa que não possa ter prazer por lá.

– Não existe prazer lá.

Falou com mais frieza do que pretendia. Com mais rispidez. Pigarreou, não queria que aquele lugar se colocasse entre eles. Não queria que a assombrasse, nunca mais. Pigarreou de novo e disse:

– Honestamente, o prazer não é algo em que seja experiente.

– Ora, mas que pena. – Ela o encarou. – Qual é o sentido de ter um título e dinheiro e poder e privilégio se não para usá-los em bacanais ducais noturnas?

Ewan caiu na risada.

– Receio que nunca tenha recebido um convite para uma bacanal ducal.

– Hummm... Creio que pode se considerar sortudo em relação a isso. Conheço um bom tanto de duquesas e seus maridos, na maioria, ou são mortalmente enfadonhos ou absolutamente nojentos; nenhuma dessas qualidades é válida para uma boa festa.

– Neste caso, lembrar-me-ei de evitar ambas e deixarei minhas bacanais a vosso cargo.

– Eu sou muito boa nisso. – Ela sorriu.

– Não tenho a menor dúvida disso – concordou, desejando poder fazer parte da vida dela.

– Como disse, o prazer é meu negócio.

– E informação.

– Você se surpreenderia com o que corre junto do prazer.

– Acho que posso imaginar. – Ele fez uma pausa, então perguntou: – O que descobriu a meu respeito?

– E quem disse que tentei descobrir algo sobre você?

– Você andou inquirindo a meu respeito. – Ele sorriu com malícia.

Uma pausa.

– Ninguém te conhece.

Você me conhece. Mas não disse em voz alta.

– O máximo que as pessoas sabem a seu respeito é que você tem um cavalo cinza. E que cavalga no parque.

– Para falar a verdade, não gosto de cavalgar no parque.

– Claro que não – ela rebateu, como se fosse óbvio. – Você gosta de montar em lugares que pode cavalgar rápido e para bem longe.

– E fingir que não preciso mais voltar – ele completou, olhando para ela.

– Mas sempre precisa, não é? Voltar?

Sempre teve de voltar, preso ao pai e ao ducado como se estivesse acorrentado. Amarrado à Burghsey House. À casa de Londres.

– E ninguém soube me dizer por onde você andou no último ano – ela disse baixinho, deixando as palavras se perderem na noite.

– Ninguém sabe.

Ewan a observava, e Grace aguardou.

– E então?

– Você me disse para ir embora. – Ele desviou o olhar, concentrando-se nos telhados, banhados pelo luar.

– E, mesmo assim, você retornou.

– Como um homem diferente do que o que partiu – confessou. – Um homem melhor.

Silêncio. O vento de outono era o único movimento entre ambos.

– Acredito que sim – ela admitiu.

– O homem que foi embora não tinha um propósito.

– E agora tem?

– Tenho. – Ele a fitou intensamente.

Tais palavras deveriam assustá-la e fazê-la fugir pelos telhados, de volta a Covent Garden. E talvez tivessem surtido efeito no passado. Mas ali, naquela noite, Ewan tinha a nítida impressão de que não era o único que mudara.

Como se ouvisse seus pensamentos, Grace engoliu em seco e olhou para baixo. Ele seguiu seu olhar, focando na praça, onde a copa das árvores era quase invisível à luz fraca do luar.

– Nunca me ocorreu que eu tinha um terraço no telhado.

– Eis um privilégio de quem nunca teve de se preocupar com o fato de ter um telhado sobre a cabeça.

Ewan menosprezou tal comentário.

– Você sabe muito bem que tive de me preocupar.

Preocupar-se com um telhado foi o que uniu os quatro para começo de conversa. Medo da perda. Medo da incerteza. Medo da fome e da necessidade.

– Eu sei – ela admitiu baixinho. – Todos nós tivemos.

Não achou que Grace dissera isso para feri-lo, mas foi o que pareceu enquanto ela vestia o casaco e se afastava da beirada, indo na direção das chaminés no centro do telhado. Empoleirou-se no degrau de tijolos ao redor do bloco de chaminés, estendendo as pernas, observando-o.

– Por Deus... – Ele balançou a cabeça, voltando-se para a escuridão. – Grosvenor Square. Ainda parece irreal.

Tinha essa sensação toda vez que vinha a Londres, para esta residência em que nunca se sentia em casa, na cidade que não era mais sua, a um mundo ao qual nunca pertencera. Apesar de todos os tutores, de todos os anos que passara em Eton e Oxford, de todas as aulas de dança e gestão de terras. Apesar de todos os alfaiates e valetes e mordomos e cozinheiros que tinha ao seu dispor. Sempre que percorria os corredores da Marwick House, sentia-se como a fraude que sabia que era.

– Pois não deveria – ela interrompeu os pensamentos dele. – Sempre dissemos que você acabaria aqui, duque.

Ewan cerrou os dentes.

– Gostaria que você não me chamasse assim.

– Mas é o seu título, não é? – Quando ele não respondeu, ela acrescentou: – Ou prefere Vossa Graça?

– Não – ele rebateu instantaneamente. – Caramba! Não. Eu sempre odiei tudo isso.

Era uma lembrança interminável, tortura, garantindo que Grace sempre estivesse com ele e, mesmo assim, nunca ao seu alcance.

Ela inclinou a cabeça.

– Então você não gosta do nome, não gosta do título, não gosta do honorífico. Não gosta do mordomo, nem dos vizinhos, nem da casa, nem dos trajes, nem dos privilégios... – Ela fez uma pausa. – Tem alguma coisa do ducado de que você goste?

Em vez de responder, Ewan continuou observando os telhados escuros, a luz da lua minguante mal permitia divisar a casa ao lado, muito menos a extensão da praça.

– Não entendo como é possível viajar por Londres assim.

– Pelos céus, você quer dizer. – Ela sorriu.

– É assim que você chama?

– Sempre gostei desse lado poético. A verdade é que seria mesmo mais fácil pelos céus. Mas você quer dizer quando não há lua e os lampiões das ruas estão acesos? Eu sei o caminho.

Sentiu algo estranho ao ouvir a resposta e a encarou nos olhos de novo.

– Você sabe o caminho?

A atmosfera entre eles ficou mais densa. Não fazia sentido essa história de que ela sabia o caminho. Não fazia sentido que a menina que se criara nas ruas e se tornara a monarca de Covent Garden, gerindo uma rede de informações e espiãs além de um bordel como ela fazia, tivesse tempo, interesse ou inclinação para aprender o caminho do Cortiço até a extremidade norte de Grosvenor Square.

Não fazia sentido que ela conhecesse todos os meandros dos caminhos aéreos até ali, em Mayfair, onde a cidade era mais bem cuidada, menos labiríntica, e repleta de pessoas que despachariam de volta para Bow Street, sem nem pensar duas vezes, qualquer um que vissem se esgueirando pelos telhados.

Não importava que ela fosse linda, ou imponente.

A menos que estivesse fazendo isso há tempo suficiente para saber todas as maneiras de evitar ser pega. Ewan prendeu a respiração diante de tal ideia, aproximando-se, sabendo que a pergunta era um risco. Se estivesse certo, poderia assustá-la.

Mas não era essa a história da vida deles? Correr riscos?

Conforme se aproximava, ela deliberadamente não olhou para ele, retirando algo invisível da perna da calça. Mesmo que houvesse algum fiapo, era noite, mal seria possível ver. Ela o evitava.

– Como você sabe o caminho, Grace?

– É pouco mais de um quilômetro – ela respondeu, e ele percebeu o tom cauteloso. – Não é como se eu soubesse o caminho até o País de Gales.

Ambos sabiam que, em se tratando do Cortiço dos Bastardos, Mayfair era tão distante quanto o País de Gales.

Ele estava perto o bastante para vislumbrar os detalhes do rosto dela à luz da vela, os cabelos com um pálido brilho prateado da lua.

– Conta pra mim – ele pediu com delicadeza, achegando-se mais, ansioso para saber a verdade. – Conta pra mim como você sabia que este era o meu telhado.

Ela ficou irrequieta, a reação tão intensa que ele se afastou. Será que já tinha visto Grace tão inquieta? Levou a mão até os cabelos vermelhos e colocou um cacho atrás da orelha – como nunca tinha reparado que as orelhas dela eram tão perfeitas?

– É Grosvenor Square, Marwick. Não há tantas casas assim, e sou capaz de contar chaminés tão bem quanto qualquer outra garota.

– Nada de Marwick. – Ele meneou a cabeça. – Não agora, porra!

Grace arregalou os olhos com a irritação evidente no tom dele.

– Cuidado – advertiu ela.

Mas Ewan não se importou. Havia algo ali e descobriria o que era.

– Diga-me como sabia que havia uma abertura em meu telhado, Grace.

Ela o encarou, na defensiva:

– Todos os telhados têm uma abertura. Os engomadinhos não sabem porque não limpam chaminés e nunca impermeabilizaram telhados, então por que subiriam aos terraços?

– Então me diga como sabia entrar.

– Eu nunca estive do lado de dentro – ela disse, não gostando nada do rumo da conversa. – Com exceção do dia do baile, nunca entrei aí.

Ewan acreditou. Ainda assim, algo não batia. Algo acontecera ali. Havia algo a mais.

– O quê, então?

Uma eternidade se passou enquanto esperou pela resposta. Até que, enfim:

– Eu costumava vir aqui.

– Por quê?

– Conhecia um duque que precisava de um bom carregamento de lã.

– Não, Grace. Por quê?

Mais uma eternidade se passou.

– Eu vinha aqui para te esperar.

A confissão quase o fez cair de joelhos.

– Por quê?

– Não importa. – Ela desviou o olhar.

Era a única coisa que importava.

– Pensei que eu poderia... – ela hesitou e ficou em silêncio.

Não precisava ter vindo. Não deveria. O que quer que Grace pensou que pudesse fazer se o visse nesses anos depois que ele os fizera fugir – o que quer que pensou que poderia convencê-lo a fazer se ao menos o visse... ela não seria capaz de fazer.

Finalmente, ela disse:

– O que aconteceu depois que fomos embora?

– Não importa. – Ele balançou a cabeça.

– Importa, sim. Para onde você foi? Você nunca estava aqui.

– Escola – ele respondeu. Fora para a escola, felizmente, e lá encontrara algo semelhante a consolo, por mais que o restante dos garotos o achasse louco. Por mais que eles pudessem estar certos. – Eton e Oxford, e depois para o exterior... no continente. Qualquer lugar aonde eu pudesse ir para ficar bem longe dele e de suas ameaças.

– Ele continuou te machucando – ela murmurou.

Claro que continuou. Mas não do jeito que ela imaginava. O pai o machucava continuamente ao prometer que, se Ewan desse um passo em falso, Grace é que sofreria as consequências. Devil e Whit também. Ewan deveria fazer o papel de filho devotado. De conde.

E, se não fizesse, as pessoas que ele amava pagariam.

Claro que o mundo inteiro achava que ele era maluco. E se soubesse que Grace vinha lá, aos telhados, para esperar por ele? Teria sido capaz de demolir o prédio só para mantê-la a salvo.

Um pensamento terrível lhe veio à mente.

– Ele te viu alguma vez?

Não queria saber de mais nada. Ewan não tinha certeza de que suportaria a ideia de Grace cara a cara com o pai – mesmo agora, mesmo como a rainha de Covent Garden que poderia mais do que facilmente dar conta sozinha do duque morto.

– Não. – Ela meneou a cabeça.

Grace poderia ter sido morta.

– Você jamais deveria ter tido que descobrir o caminho até aqui. Jamais deveria ter tido que contar as chaminés – ele disse, sentindo a raiva crescer dentro de si. – Esta deveria ser... – Ela é que deveria ter sido a criança desta casa, mas, em uma guinada brusca do destino, ele que ocupou tal lugar. – Esta deveria ter sido a sua casa. Você é quem deveria morar no endereço cobiçado, ter uma cama quente a esperando. Criados e carruagens e dinheiro além da imaginação.

– Eu tenho uma cama quente me esperando – ela respondeu, os olhos escuros e inescrutáveis. – E criados e dinheiro além da imaginação. E até tenho um endereço cobiçado tanto quanto pode ser um endereço em East End. – Ela fez uma pausa. – Não precisa contorcer as mãos. Eu nunca quis o título, nem a pompa e a circunstância. Eu me virei muito bem por conta própria.

– Quem é Dahlia?

– Está olhando para ela – disse, sorrindo.

– Não, não estou. Eu já a vi antes. No meu baile de máscaras. No pátio do armazém, acabando com uma rebelião. Lá embaixo, por uma fração de segundo, até que você me dar acesso a Grace.

Ela se mostrou impaciente com tais palavras, e Ewan soube que tinha razão.

– Mas quem é ela?

– Ela é a rainha.

Grace o encarou no fundo dos olhos. E Ewan odiou o fato de que ela não lhe diria. De que não confiava nele para contar a verdade.

Contudo, não podia culpá-la.

Respirou fundo, admirando o bordado refinado do corpete, reluzindo na luz quase extinta da vela aos pés dela, ecoando uma lembrança.

– Você se lembra do que te prometi? Quando éramos crianças?

– Prometemos milhares de coisas um ao outro, Ewan.

Ele anuiu, adorando o som de seu nome nos lábios dela.

– Mas você se lembra.

Por algum motivo, era importante para ele que se lembrasse e foi por isso que respirou aliviado quando ela falou:

– Você me prometeu fios de ouro.

– Naquela época, era tudo o que eu conseguia pensar em te prometer. Minha mãe... – ele parou de falar, e Grace o observou, atenta, a compreensão estampada em seu semblante, mesmo agora, mesmo depois de ser traída. Mesmo depois de todos os três terem sido traídos por Ewan. – Minha mãe falava de fios de ouro como se fossem uma unidade monetária. Eu pensava que era o item mais extravagante que poderia te oferecer.

– Eu nunca desejei nenhuma extravagância.

– Mas eu queria te dar mesmo assim. Eu prometi que...

Faria de você uma duquesa.

Grace ouviu a frase não dita.

– Também nunca desejei isso – ela garantiu, com suavidade, levantando-se e indo até ele. – Tudo o que eu queria era o mundo que você me oferecia. – Parou diante dele e olhou para cima. Seus olhos estavam pretos por causa da escuridão, e a luz da lua e da vela que ficara para trás não eram suficientes para que pudesse vê-la com clareza. – Você se lembra dele?

Ewan se lembrava de tudo.

– Continua praticamente igual, sabia? As rodas das carruagens batendo nos paralelepípedos ainda são barulhentas, e não há um momento sequer em que não haja uma briga pronta para começar nas tavernas. E a praça do mercado continua cheia de agricultores e vigaristas, todos tentando te vender alguma coisa.

Quando eram mais novos, perdeu a conta de quantas vezes lhe descrevera Covent Garden como um lugar repleto de vida e liberdade, dourando as partes ruins e contando apenas as partes boas, convencido de que ela jamais teria de lidar com a primeira.

– E então? Aprendeu todos os palavrões?

Grace abriu um sorriso luminoso:

– Cada um deles. E até criei alguns.

– Eu adoraria ouvir.

– Não creio que esteja preparado.

Ah, aquele tom provocativo mais uma vez. Um gostinho do que poderia ser. Ewan se agarrou a isso e disse com suavidade:

– E agora você conhece a melhor parte.

– A chuva realmente deixa as ruas douradas.

Levou a mão ao rosto dela, certo de que Grace se esquivaria, mas não. Fez-lhe um carinho na bochecha, depois colocou um lindo cachinho atrás da orelha, adorando todas as lembranças que o invadiam. Havia mil coisas que nunca fizeram juntos, mas isto – uma carícia, um momento roubado – era bastante familiar.

– Eu nunca desejei o ducado – ela comentou. – Só queria Covent Garden. Era o que você tinha me prometido. Que nós iríamos proporcionar ao distrito e à sua gente tudo o que mereciam.

Nós vamos mudar tudo isso.

– E você conseguiu? – ele perguntou já sabendo a resposta. – Cumpriu a minha promessa?

– Nós cumprimos – Grace confirmou.

Ela. Devil. Whit. Ewan não fora parte daquilo. De fato, só piorara a situação.

– Eu enviei dinheiro às famílias – ele disse, olhando para o céu.

– Eu sei.

– Você me perguntou se havia alguma coisa de que eu gostava sobre ser um duque – Ewan disse, agora olhando para ela.

– E?

– Eu gosto de poder despejar o dinheiro dele em Covent Garden. Gosto de poder usar o nome dele para empreender mudanças por lá.

– O projeto de lei em debate. Não é de Leighton ou de Lamont. É seu. – O olhar dela encontrou o dele, repleto de compreensão. Enxergando além do que ele estava preparado para revelar. – Em prol de Covent Garden.

– Achei que se fosse apresentado por Marwick Maluco ninguém levaria a sério.

– Ninguém levará a sério mesmo assim. Covent Garden nunca consegue obter o que merece.

Grace tinha razão. Não havia parlamentares o suficiente que ficassem do lado de homens e mulheres das vizinhanças mais carentes. Mesmo agora, ele não era capaz de cumprir a promessa que fizera havia tanto tempo. Não como Grace cumprira.

– Eu não espero ser perdoado.

– Que bom.

– Mas gostaria.

Principalmente por você.

– O sol está nascendo – ela desconversou.

Ewan olhou para leste, a princípio não divisando nada além do céu escuro. Mas então viu, um borrão quase indistinguível no horizonte, uma série de ângulos. Telhados.

– Você nunca me contou a melhor parte.

– Não entendi... – Ele olhou para ela, intrigado.

– Você nunca me contou que os cortiços são os primeiros a receber a luz do sol.

Eles haviam mudado.

Tais palavras, uma simples constatação que não deveria ter nenhum significado especial, o deixou sem fôlego. Se tinha sido por causa das palavras ou por causa da promessa distante da aurora, jamais saberia, mas confessou:

– Eu queria ter fugido com você.

Mal falou e gostaria de poder voltar atrás. Grace se lembraria daquela noite, quando Ewan cometera a pior traição possível e arruinara tudo. Subitamente, no entanto, era essencial que ela soubesse a verdade, mesmo que ficasse com raiva.

E talvez tenha sido o amanhecer a conter a fúria dela, porque, quando falou, suas palavras não foram mordazes. Pelo contrário, foram melancólicas.

– Alguma outra coisa teria nos arruinado – ela disse, com o olhar perdido nos telhados ao horizonte, o reino dela, aguardando seu retorno. – Nós éramos muito parecidos para realmente amarmos um ao outro.

Ewan odiou ouvir aquilo.

– Eu te amei – ele disse, sabendo que não bastava.

– Eu sei. E eu amei você. Mas foi um amor de primavera. Um amor de verão. Que floresceu até a chegada do frio. Até que o vento ameaçador arrancou todas as folhas e a geada terminou de matá-lo.

Como detestou aquela metáfora. Detestou ser comparado ao frio quando, para ele, ela sempre fora como o sol.

Grace retornou ao presente, encarando Ewan:

– O primeiro amor nunca é para sempre.

Outro golpe, mais dolorido do que as pancadas que levara mais cedo.

– E então? E agora?

Ela estava perto o bastante para que ele a ouvisse inspirar profunda e lentamente, e expirar, aproveitando o tempo para organizar os pensamentos.

– Ewan... – começou, com delicadeza, e pela primeira vez desde que retornara e os dois tinham começado essa dança, ou jogo, ou o que quer que estivessem fazendo, ele ouviu algo semelhante a consideração em sua voz.

Agarrou-se a isso e atalhou:

– E se nos libertarmos disso tudo? – Viu a confusão estampada no semblante dela e prosseguiu: – E se recomeçarmos do zero?

– Recomeçar? – ela repetiu, incrédula. – E como faríamos isso? Eu nunca tive a chance de viver a minha vida livre de você.

O coração dele disparou ao ouvir o que ela dizia sem nem sequer encará-lo, falando para a escuridão, para a cidade que um dia fora dele, mas que agora era dela.

– Nem antes e nem depois de te conhecer. Eu era uma ninguém antes de você, servia apenas para guardar um lugar, aguardando sua chegada como uma mosca presa em âmbar.

– Eu também era um ninguém – ele respondeu, querendo encostar nela, mas ciente de que não devia.

– Só que não era – ela rebateu, os olhos brilhando à luz tremeluzente da vela. – Você era Ewan, esperto e forte, aquele que jurou que nos tiraria de lá.

– Eu tirei vocês de lá.

Como se fosse feita de aço, Grace enrijeceu por completo.

– Você nos *espantou* de lá. Nos aterrorizou. E nos largou à nossa própria sorte, vivendo em seu... – ela fez um amplo gesto mostrando a praça, cuspindo as palavras – *palácio* enquanto nós sobrevivíamos à base de migalhas, lutando com unhas e dentes por tudo o que conseguimos.

Era tão verdadeiro. E tão falso.

Conte para ela.

Grace jamais entenderia.

– Você mentiu pra gente – ela continuou, o vento soprando os cabelos. – Você... – *Meu Deus.* A voz dela falhou. Não aguentaria se ela começasse a chorar. – Você mentiu *para mim* – ela bradou, como um trovão que ribombou violento ao redor dos dois. – E não podemos recomeçar. Nunca. Porque tudo o que você era, o que *nós* éramos, não pode ser apagado. Nem o que você fez. E eu devia te odiar por tudo isso.

Era hora de contar a verdade. Deveria ter contado. Deveria ter aproveitado o momento e se dado ao trabalho de explicar tudo a ela – explicar o que realmente acontecera naquela noite, tantos anos atrás. E, quiçá, teria funcionado.

Só que ela ainda não tinha terminado.

– E mesmo que eu pudesse perdoar o garoto, e quanto a tudo o que você fez quando já era homem feito? Devil. Whit. Hattie. *Cinco* garotos de Covent Garden. Você pode não ter puxado o gatilho nem acendido o fósforo, mas eles morreram por culpa sua. Você quase acabou com nossos meios de subsistência. Com nosso *lar!* – Grace o fulminou com o olhar. – E depois vem me dizer que mudou.

Ele tinha mudado.

– Vem me dizer que é um homem melhor.

Ele era.

Não era?

– Não sei se isso faz alguma diferença.

Fazia toda a diferença porque ela estava ferida.

– Não *devia* fazer a menor diferença – ela disse quase em um sussurro, como se estivesse falando consigo mesma e não com ele. – Não devia importar... e eu devia te odiar.

Ewan depositou toda a esperança naquele *devia* e se aproximou, dizendo a si mesmo que a deixaria partir se ela o rechaçasse. No mesmíssimo instante em que resistisse a ele.

Mas Grace não resistiu.

– Quem sou eu sem este ódio?

A pergunta o fez sentir um aperto no peito.

– Quem é você sem este ódio? – ela repetiu.

– Eu não sei – ele respondeu com toda a franqueza. – Só sei que quero saber.

Encostou a testa na dela e fechou os olhos, finalmente dizendo a frase que o assombrara todos os dias desde que ela fora embora:

– Me desculpe.

E falou do fundo do coração, como nunca tinha falado antes.

Ambos colidiram com a força de um trovão, o beijo roubando o fôlego dos dois e ameaçando roubar muito mais do que apenas o ar de Ewan. Ao abraçá-la com mais força, Grace se inclinava para ele, com as mãos em seus cabelos, puxando-o para si, recebendo-o com os lábios entreabertos. Hálitos e línguas se enrolando conforme consumiam um ao outro.

Como fogo.

E era fogo, quente e quase insuportável, a percepção de que ela o queria tanto quanto ele a queria. A ideia de que devia odiá-lo... o que quer que ela sentia – o ponto em que estavam – não era ódio. Era outra coisa.

E Ewan poderia trabalhar com outra coisa se ao menos ela lhe desse uma chance.

Sentiu o lábio doer com a força do beijo, mas não se importou, não quando a língua dela estava acariciando a dele, Ewan tão prontamente perdido, um gemido lhe escapando da garganta quando sentiu o gosto dela novamente, puxando-a ainda mais para si até que estivessem completamente pressionados um contra o outro, como duas metades de um todo.

Como sempre foram.

Embora não pudesse dizer onde o beijo dele terminava e o dela começava, podia saborear as emoções urgentes – pesar e raiva e frustração e desejo, e algo que Grace não ousaria nomear, mas que Ewan sabia que sempre existiria entre os dois.

Afundou os dedos nos cabelos fartos, acomodando-se em sua boca, acariciando profundamente até que ela suspirou de prazer, e o gemido o percorreu, indo diretamente para aquela parte, onde estava duro e latejante mais uma vez.

Aquela noite não bastaria.

Nunca seria o bastante.

Era uma reivindicação. *Ele* fora reivindicado. Pertencia a Grace, para sempre.

E ela pertencia...

A mim.

Por Deus, daria tudo para reivindicá-la em troca.

Como se ouvisse seus pensamentos, Grace parou o beijo, empurrando-o para longe, dando um passo para trás, ambos com a respiração pesada e sôfrega, choque e desejo se debatiam com uma frustração selvagem no olhar dela.

Mas não era só isso. Havia algo mais.

Necessidade.

Ela necessitava dele, e ele também necessitava dela.

Grace percebeu. Percebeu que Ewan daria tudo o que ela pedisse. Tudo o que quisesse. Deu outro passo para trás, balançando a cabeça, e ergueu uma mão acusadora.

– Não.

– Grace – ele suplicou, estendendo a mão quando ela se virou de costas. Os cabelos, o sobretudo, tudo lhe escapou pelos dedos quando ela alçou voo pelos telhados e desapareceu na noite.

Cada fibra de seu corpo ardeu, colérica. Queria segui-la. Queria capturá-la e contar tudo. Fazê-la entender.

Não sei se isso faz alguma diferença.

Grace sumira de vista, mas Ewan continuou a fitar na direção que ela tomara, contemplando o céu se iluminar, os tons de carvão dando vez aos tons de lavanda e depois ao carmesim mais profundo que já vira, como se toda a cidade ardesse em chamas.

E, somente quando o sol raiou, cegante, acima dos telhados, foi que ele se rendeu. Ao redor de toda a Grosvenor Square, criados saltaram das camas ao som do grito frustrado que Ewan vociferou à luz do amanhecer.

Capítulo Dezenove

Uma semana depois, Grace foi jantar em Berkeley Square.

Assim que se casou, Whit comprou uma casa deslumbrante na porção leste da praça, porque a esposa disse que gostava daquela área, e ele estabelecera para si um único propósito de vida: mimar Hattie. A residência, no entanto, permanecia vazia a maior parte da semana porque Hattie administrava uma das maiores operações cargueiras de Londres, e Whit sempre tinha trabalho a fazer no quartel-general dos Bastardos, e ambos preferiam a conveniência da casa em Covent Garden.

Contudo, Whit não gostava de visitantes em seus gabinetes privativos – nem mesmo familiares – e por isso eles sediavam jantares de família toda sexta-feira na casa do centro, propiciando a Whit e a Devil o prazer de se empenhar ao máximo para "horrorizar os almofadinhas", o que em geral envolvia chegar em uma carruagem caindo aos pedaços para fazer uma barulheira descomunal, usar botas cobertas de lama e ter o rosto implorando para ser barbeado.

Desnecessário dizer que os veneráveis residentes de Berkeley Square sempre tinham muito assunto a comentar nas manhãs de sábado.

Os jantares costumavam ser um dos eventos mais felizes da semana para Grace, pois lhe permitiam a rara oportunidade de se derreter em chamegos com Helena, a bebezinha de oito meses de Devil e Felicity, que era a coisinha mais linda e perfeita.

Naquela noite, entretanto, uma semana após ter fugido pelos telhados de outra praça em Mayfair, estava morrendo de medo da ocasião, porque sabia que não seria mais capaz de evitar pensar no terraço do Duque de Marwick.

Não que tivesse sido bem-sucedida em não pensar na noite na casa do Duque de Marwick. Ou nos momentos no colo do Duque de Marwick, ou na tarde em Covent Garden com o Duque de Marwick, cuja camisa estava respingada de sangue e sujeira, como se sair na porrada fosse algo corriqueiro para ele.

E com certeza ela não seria capaz de não pensar no Duque de Marwick em pessoa, que não era mais o Duque de Marwick em sua mente. Tinha demorado anos para conseguir parar de pensar nele como Ewan, e meros dias para voltar a pensar assim.

Ewan.

E tal mudança, praticamente imperceptível para o resto do mundo, era o suficiente para despertar um caos interno em Grace.

Quem sou eu sem este ódio?

Quem é você?

As perguntas ecoaram em seus ouvidos por toda a semana, enquanto levava a vida e administrava os negócios e planejava o Dominion de outubro. E, por uma semana, as respostas escaparam dela.

Ainda assim, foi ao jantar, adentrou a casa, retirou o casaco e pegou no colo uma Helena balbuciante, grata à babá sorridente por lhe passar a bebê que serviria de escudo contra o que Grace suspeitava que estivesse por vir.

Não era a única em Covent Garden que tinha espiãs. Apenas contava com as melhores. E não era preciso ter a melhor rede de espiãs para flagrar Dahlia aos beijos com um duque em plena luz do dia diante de um bando extasiado de lavadeiras.

Sentiu as bochechas queimarem ao entrar na sala de jantar da residência – onde a mesa de comprimento mediano estava finamente posta e fartamente servida com travessas de carne de caça e vegetais, como se Hattie fosse receber a própria Rainha. A sala de jantar se abria em uma pequena sala de estar, opção de arquitetura da qual Grace gostava bastante e que surgira por Hattie abominar a moda vigente de damas e cavalheiros serem separados após a refeição. A cunhada a burlara isso ao projetar a sala de jantar para ser um ambiente confortável para muito mais do que apenas mastigar.

Grace mal tinha colocado os pés no cômodo – enquanto ainda travava uma conversa de sons que não faziam o menor sentido com Helena – quando Devil falou, em frente ao aparador onde se servia de dois dedos de uísque:

– Ah, estávamos nos perguntando se você estaria muito ocupada para se juntar a nós hoje à noite.

Ignorando o frio na barriga que sentiu ao ouvir as palavras do irmão, Grace cumprimentou rapidamente as cunhadas, Felicity, que estava diante de uma das amplas janelas na extremidade da sala, e Hattie, encarapitada no braço de uma grande poltrona na qual Whit estava sentado. Questionou, com uma voz animada, cantando para Helena:

— E por que eu estaria muito ocupada para me reunir com vocês?

— Sei lá – disse Devil, achegando-se com um segundo copo que ofereceu a ela. – Pensamos que talvez estivesse muito ocupada brincando de gato e rato com Marwick.

— Opa! Pelo jeito, vamos direto ao assunto – Grace comentou, perguntando-se se todos os demais podiam ouvir seu coração martelando no peito, ou se o barulho era abafado pelo único outro som da sala: Helena balbuciando e batendo as mãozinhas nas bochechas de Grace.

Aceitou o drinque de Devil e o inspecionou.

— Posso beber isso aqui sem medo?

Devil sorriu, ferino, retesando a cicatriz na lateral do rosto.

— Não sou eu que tem um histórico de tentar te matar, Gracinha.

Devil jamais aliviava seus golpes.

— Oh, tenha a santa paciência – Felicity interveio, saindo de onde estava, as saias rosa-choque farfalhando sobre o carpete felpudo. – Controle-se, sim? Não dê ouvidos a ele – ela zombou, dirigindo-se a Grace. – Como se ele tivesse levado a vida de um santo.

— Não fui eu que tentei seduzir uma mulher que quase matei.

— Não – Felicity retorquiu –, você só tentou seduzir uma mulher na tentativa de arruinar a vida dela.

Hattie se engasgou de tanto rir, e Whit e Grace arquearam as sobrancelhas de um jeito que provava que irmãos não precisavam dividir sangue para dividir trejeitos.

— Mas isso é diferente! – Devil declarou. – Eu não te deixaria na mão, eu ia dar um jeito na sua situação de solteirona.

— Ah, sim. Um chalé de alguma viúva nas ilhas Hébridas ou em algum lugar tão remoto quanto. – Felicity olhou feio para o marido, antes de voltar a se concentrar em Grace. – Então, conte-nos.

— Não sei do que vocês estão falando.

Mentira. Mas Felicity não seria dispensada com tanta facilidade.

— Sabemos que ele te beijou depois, e esta parte é realmente muito estranha, de ajudar Alice a lavar roupa. Foi isso mesmo?

Não faria sentido negar. Acontecera bem na cara de todo o cortiço.

— É verdade.

Silêncio mais uma vez, e Grace sentiu quatro pares de olhos endiabrados cravados em si enquanto fingia estar encantada com Helena, sua única aliada. A bebê babou e deu risada, completamente alheia ao que se passava.

— Você tem algo a dizer? — Devil perguntou a Whit.

— Eu te avisei — Whit deu de ombros.

— Ah, como se fosse preciso um maldito oráculo para prever isso.

— Prever o quê? — Grace o questionou.

— Que ele voltou por sua causa. — Devil passou a mão pelos cabelos. *Pela mesma razão que fiz tudo o que fiz, desde o começo. Por você.*

— Não só isso — Whit acrescentou. — Você também está de volta para ele.

— Não estou, não — negou e foi imediatamente confrontada por um quarteto de olhares incrédulos. — Não deveria estar.

— Eu sabia, caralho! — Devil praguejou.

— Devil — Felicity o censurou.

— Ela não está errada — ele resmungou.

— Mas e se ela estiver? — Hattie ponderou, levantando-se e cruzando a sala até a mesa, onde serviu-se de uma cenourinha de uma das travessas. — Estou assumindo que não nos sentaremos à mesa para jantar, certo? — Deu uma mordida no legume e, depois de mastigar, disse pensativa: — E se retornou porque realmente mudou?

Grace ignorou o arrepio que a percorreu dos pés à cabeça. Mediante à ideia de que Hattie considerava isso possível.

— Homens não mudam — rebateu. — Esta é a primeira regra para sobreviver como mulher neste mundo. Homens não mudam.

— É verdade — Devil concordou.

— Que besteira — Felicity respondeu. — Você mudou.

— Você me mudou, amor — ele disse imediatamente. — É diferente.

— Claro que te mudei. Assim como você me mudou. — Ela se achegou, aninhando-se nos braços dele. — E se Grace o mudou? — Uma pausa, e então: — O homem que veio atrás de você, de Whit, de Hattie... de mim... era pura angústia. Não tinha a menor esperança.

Eles me disseram que você estava morta.

— A esperança é capaz de mudar uma pessoa. — Felicity deu de ombros.

Grace ficou sem reação.

E se ele finalmente tivesse esperança?

E se ela tivesse?

Helena começou a se inquietar, e Grace a levou até os pais. Em um piscar de olhos, Devil a pegou no colo, retirou um chocalho de prata do bolso e deu para a filha.

– Aonde você quer chegar, Felicity? – Devil perguntou assim que a bebê se acalmou.

– Creio que você sabe muito bem – ela respondeu ao marido antes de se voltar para Grace. – O que quero dizer é: não dê ouvidos a esses dois.

– Isso, isso, isso! – Hattie concordou sonoramente. – Eles não têm a menor ideia do que estão falando.

– Precisaram passar por experiências de quase morte para descobrir o que realmente queriam.

– Isso não é verdade – Devil argumentou. – Eu sabia o que eu queria.

– Não sabia, não – Whit contestou. – Grace e eu tivemos de enfiar um pouco de bom senso goela abaixo pra você finalmente enxergar que Felicity era muito mais do que você sequer podia sonhar em ter. – Ele sorriu para a cunhada: – Você sabe, não sabe, que acabou com a discussão?

– Na verdade, sei, sim – ela sorriu, contente.

– Eu, por outro lado, soube que queria Hattie desde a primeira vez que a vi.

– Você sabia, não sabia? – Ela arqueou as sobrancelhas.

– No momento em que você me empurrou de uma carruagem em movimento, meu amor. – Ele abriu um grande sorriso para a esposa. – Como não poderia?

– Nunca vi alguém gostar tanto de sofrer – Hattie zombou de Whit para Grace.

– Pois é... estou começando a achar que é um traço de família – Grace respondeu, desgostosa.

– Mas quanto ao duque... – Hattie prosseguiu. – Ele não parece ter dificuldades em ir atrás daquilo que quer.

– Não mesmo – Whit concordou. – Ele tem tanta certeza de que te quer que você teve de se esconder pelos últimos vinte anos.

Grace, entretanto, não estava mais convencida de que tinham passado todo esse tempo fugindo de Ewan. Algo havia mudado.

Ou talvez fosse falsa esperança.

– Isso, sem dúvida, é um ponto contra – Felicity comentou.

– Mas o que diabos estamos discutindo aqui? – Devil interveio. – Será que vocês esqueceram que ele nos aterrorizou por anos? Esqueceram que ele me golpeou na cabeça e tentou me matar congelado?

– Mas é importante ressaltar que você *não* morreu congelado – Felicity observou.

Devil encarou a esposa abismado.

– Teremos uma conversinha quando chegarmos em casa, mulher.

Ela balançou a cabeça para o restante do grupo.

– Nós nunca temos conversinhas quando chegamos em casa.

– Porque você me distrai, mas hoje não cairei nas suas artimanhas. Só sobrevivi porque você me salvou.

– Não fui só eu – Felicity falou para Grace. – O duque partiu de Londres na noite em que deixou Devil como morto. E ele sabia que estava sendo observado. Se eu não tivesse salvado Devil, Whit teria, pois teria vindo contar a Devil que Marwick fora embora.

Não era uma impossibilidade, Grace pensou. Mas era uma aposta.

– Esse argumento nunca me convenceu – Devil resmungou.

– Nunca? – Grace perguntou, curiosa. – Vocês discutem o assunto com frequência?

– É a teoria de Hattie – Whit grunhiu. – E eu não gosto nem um pouco – concentrou-se na esposa –, já que ela foi *explodida*.

– Repito – Hattie disse um tanto animada –, fui apenas *levemente* explodida.

Grace encarou Hattie, com a impressão de que a cunhada tomara um pouco mais de láudano do que devia e estava alucinando em vez de estar dormindo:

– Levemente explodida?

Whit bufou irritado enquanto Hattie fazia um gesto de pouco-caso, respondendo Grace:

– E só porque ele não me alcançou a tempo. Creio que ele tinha a intenção de me alcançar a tempo de impedir que eu fosse ferida. Ele não foi o responsável pela segunda explosão. E foi esta que me machucou e a todos os outros. Sabemos disso.

– E daí? Damos estrelinhas a ele por não acender o fósforo? – Whit rebateu. – Por não disparar a pistola? Intenção não teria te salvado se você...

Hattie o calou com um beijo na bochecha.

– Sim, amor, mas eu não fui.

– E daí? Então devemos perdoá-lo simplesmente porque você sobreviveu?

Hattie olhou para Felicity.

– Não creio que ele tenha se safado dessa sem ser punido. E você?

– De jeito nenhum – quem respondeu foi Devil. – Mas não tenho objeções quanto a jogarmos o corpo dele na câmara fria por uma ou duas décadas. Armazená-lo em gelo faria bem pra ele.

Eles me disseram que você estava morta.

– E se ele tivesse conseguido matar Hattie? Machucar Felicity? O que vocês teriam feito? – Grace perguntou.

Devil e Whit se entreolharam. e ela viu a resposta passando entre os dois. Também era sua resposta.

– Eu teria queimado cada esquina de Mayfair até encontrá-lo – Devil disse.

– Nós três – ela anuiu –, batizados na vingança.

– Não – Whit disse, com suavidade. – Nós quatro.

Devil soltou um palavrão baixinho e olhou para a filha, que babava alegremente em sua manga.

– Apesar de todo o azar, fomos nós que tivemos sorte. Tenho Felicity e Helena, tenho Covent Garden e os negócios. – Olhou desconfiado para Grace. – Tenho você, suponho.

Grata pela repentina leveza da atmosfera, Grace pôs a mão sobre o peito.

– Nossa, estou lisonjeada.

Devil sorriu para a irmã e prosseguiu:

– Mas o que ele tem? A propriedade? A casa em Mayfair? O título e todas as responsabilidades que traz? Além de todas as lembranças.

– Nós também temos lembranças.

– Sim, mas nossas lembranças vêm com o presente. Nós três. Crescidos. Mudados. Sobreviventes. O que ele tem além de solidão e remorso?

Whit grunhiu.

– Eu não sei – Grace admitiu.

– Não importa – Devil prosseguiu –, porque o que ele tem não é a questão, Gracinha. O que *você* tem é a questão.

– Tenho o mesmo que vocês.

Outro grunhido de Whit. E então:

– O que você tem é pior.

– Por quê?

– Porque minhas costelas sararam, assim como o rosto de Devil. E os outros ferimentos... – Estendeu a mão para Hattie, que a segurou no mesmo instante. – Tivemos a chance de nos recuperar. Mas você... O seu ferimento não pode ser remediado.

Ele partira o coração dela.

– E, porque nunca foi remediado, você nunca foi capaz de amar de novo. E é por isso que passou a vida tomando conta de Covent Garden. Dos empregados em seu clube e das garotas nos telhados e de nós... Nunca tirando um momento para pensar em como poderia cuidar de si mesma.

Nunca se dispondo a correr o risco de amar de novo. Em vez disso, você serve amor sem amarras na Shelton Street, e finge que ninguém percebe que, no fim da noite, está sozinha.

Grace detestou cada uma daquelas palavras, pois sabia que eram verdadeiras, assim como detestava que Whit, silencioso e impassível, sempre soubesse exatamente qual era o problema.

— Prefiro quando você não fala.

Ele grunhiu.

— Eu amo — Grace respondeu, na defensiva. Quando os irmãos se entreolharam, ela disse: — Amo, sim! Contra minha vontade, amo vocês dois. E suas esposas. E Helena. — Apontou para Hattie, agora sentada a uma das cabeceiras da mesa. — E o bebê na barriga de Hattie... a propósito, quando ele nasce?

Hattie passou a mão pela barriga enorme:

— Pelo jeito, nunca. Ele quer ficar aqui dentro.

— *Ela* não é estúpida. O mundo é um lugar perigoso — disse Whit, apontando o queixo para Grace. — A tia Grace está pensando em se engraçar com um homem maluco.

— Não estou me engraçando com ele.

— Então está fazendo o quê?

— Eu não sei...

— Você falou isso mais vezes na última hora do que em nossa vida inteira — Devil observou e foi fulminado por Grace.

— Não pense que isso não me incomoda.

O silêncio imperou por um bom tempo, até que Devil falou novamente:

— Grace, se tem uma coisa que eu sei... uma coisa que aprendi no último ano... é que esse negócio, o amor, é a única coisa que não temos como saber.

— Portanto, se engrace com o maluco — Whit disse.

Me desculpe.

— Ele não é maluco.

— Não, ele não é — Hattie concordou, olhando para o marido.

— O que isso significa? — Grace perguntou, olhando de uma pessoa para outra, todos com uma cara de quem pegou o último doce de Natal.

— O quê?

Hattie suspirou.

— Ele veio me procurar no escritório da Sedley-Whittington vários dias atrás.

– Como assim?

Sedley-Whittington, empresa que levava o nome de Hattie e Whit, era a companhia que geria os negócios nas docas de Londres. O que Ewan queria com eles?

– Ele teve sorte de não ser jogado no Tâmisa por Whit – disse Devil, servindo-se de outro drinque.

– Por quê? – Grace perguntou. – Para dar mais dinheiro às docas?

– Não – Hattie respondeu, a curiosidade evidente em sua voz. – Ele veio pedir trabalho.

– Como é que é?

– Exatamente as minhas palavras – Whit resmungou.

Grace o ignorou, concentrando-se na cunhada.

– E o que você disse?

– Sim, esposa, o que você disse?

– Eu fiz o que ele pediu.

Não podia ser. Decerto não estava ouvindo bem.

– Você deu um trabalho ao Duque de Marwick.

– Não sou tola – Hattie anuiu. – Ouvi dizer que ele foi ótimo com um bloco de gelo. Imagine o que pode fazer com um gancho.

– Você deu a ele um emprego como carregador de caixas? – Grace arregalou os olhos, e Hattie retribuiu com um olhar torto.

– Ele realmente tentou me explodir, Grace. Não estava inclinada a ser gentil.

Não conseguiu conter a risada.

– Mas o que ele quer?

– Bem, com certeza não é um trabalho – disse Devil.

– Para alguém que não quer trabalhar, ele é muito bom no que faz – disse Hattie. – Já estou até pensando em promovê-lo.

– Claro que está – Whit praguejou.

Grace ignorou a querela.

– Mas por quê?

– Talvez não exista uma explicação mirabolante. – Hattie deu de ombros. – Talvez ele só queira uma segunda chance. Talvez queira esperança.

Esperança.

Helena fez um barulhinho, e Grace olhou para aquele bebê, que tinha alegremente trocado o chocalho por um dedo do pai, e falou com a criança:

– Foi ele que propôs o projeto de lei que está em trâmite no Parlamento, para ajudar o cortiço.

Silêncio. E então Beast virou seu uísque de uma vez.

– Não vai passar. Ele está lutando contra moinhos de vento.

E não estavam todos eles?

– Grace – Felicity chamou baixinho. – O que *você* quer?

Do que você precisa?

Tais palavras ecoaram nos ouvidos dela, sem parar.

Venha me procurar quando souber.

Encarou os irmãos:

– Acho que também quero um pouco de esperança.

– Porra!

– Caralho!

Felicity sorriu à resposta uníssona dos homens.

– Ora, ora, *isso* não é excitante?

Capítulo Vinte

Havia um engolidor de fogo na frente do 72 da Shelton Street.
Bem que ela disse que era especialista em festas, Ewan pensou, assistindo às chamas dançando em plena noite conforme o cocheiro sacolejava a carruagem abaixo pela rua de paralelepípedos. *E esta é uma senhora de uma festa.*

Pensando bem, quando Grace se vangloriou de suas habilidades, ele imaginou que se depararia com as gargalhadas estridentes, as janelas iluminadas como o sol, tingindo as pedras da rua com o brilho dourado. Esperava a multidão de mulheres mascaradas em trajes elaborados, divertindo-se com a liberdade de estarem longe de Mayfair sem serem reconhecidas, mas nunca imaginou que daria de cara com engolidores de fogo.

E, no entanto, ali estava um engolidor de fogo, com um cantil na cintura e uma tocha na mão, cercado por crianças embasbacadas e flanqueado de ambos os lados por homens em pernas de pau que os elevavam quase até o primeiro andar do prédio. Prédio este em que Ewan pusera os pés apenas uma vez, quando Grace o levara até ali para colocar um ponto-final em seus ataques aos irmãos e lhe dar uma lição há muito merecida.

Da qual se lembrava como se tivesse sido ontem.
Nunca mais verá aquela garota de novo.

E fora embora, com a lição fresca na memória. Mas retornou, na esperança de que o oposto não fosse verdade – de que ela pudesse um dia aceitá-lo de volta.

Tornou-se um homem melhor. E houve momentos nas últimas semanas, embora passageiros, em que ela se permitiu sorrir e baixou a guarda...

E Ewan pensou que, talvez, Grace pudesse estar começando a gostar dele de novo. E houve o momento em que ela o beijou. E que se entregou em seus braços e falou seu nome gemendo de prazer.

Ali, teve quase certeza de que ela gostava dele.

Mas aí houve a noite no terraço, quando ele foi longe demais – revelou demais –, e ela fugiu. Ali, teve certeza de que tinha estragado tudo. Foi procurar Lady Henrietta no dia seguinte, tendo decidido que, se não podia reconquistar Grace, podia pelo menos pagar sua dívida com Covent Garden, começando por aquela dama. Pagar pelos navios que ela perdera por causa dele, de sua angústia e luto. Pelas docas que tivera de reconstruir, e pelos homens que trabalhavam com ela.

Ewan apresentou suas desculpas e, milagrosamente, Henrietta as aceitou.

E assim passou uma semana impermeabilizando deques e carregando caixotes, e chegando em casa, em Mayfair, somente para desabar na cama e dormir bem pela primeira vez desde que conseguia se lembrar. Disse a si mesmo que era a exaustão física, mas, no fundo, sabia a verdade. Era a consciência de que, pela primeira vez, estava construindo e não destruindo.

Era a esperança de que, com penitência o bastante, talvez pudesse ser perdoado.

Se não por Grace, por seu povo.

Uma semana depois, recebeu o pacote, uma fina caixa de ébano, embrulhada em um papel todo preto, com nada além do número 72 do lado de fora. No mesmo instante, soube que era dela.

Ao abri-la, repousando sobre o forro de cetim branco, havia uma máscara preta, como a que ele usara no baile de máscaras. Ao pegar a máscara, viu o cartão que exibia uma única linha de texto.

Venha me procurar.

O verso indicava data e hora exatos e o local: Shelton Street, nº 72. Abaixo, no centro do cartão de papel cru, uma dália cor-de-rosa.

A assinatura dela.

Venha me procurar, ele pensou. As mesmas palavras que lhe dissera quando a deixou em Covent Garden. Mas Grace não mencionou o restante.

Ewan sabia do que precisava. Será que ela sabia?

Será que era disso que o convite se tratava?

Seja lá o que fosse, não perderia uma oportunidade de estar com Grace. Especialmente ali, em seu hábitat. Ewan pediu para saber mais sobre Dahlia, e, agora, ela se mostrava disposta a revelar seus segredos.

Mesmo assim, ele não esperava um engolidor de fogo.

O homem em questão tomou um gole do cantil, ergueu a tocha e iluminou a noite com uma coluna incandescente que alcançava facilmente um metro de altura. As crianças que circundavam o artista gritaram excitadas, beirando a euforia quando os homens de pernas de pau acenderam as próprias tochas e começaram a fazer malabarismos, criando a ilusão de que a porta do 72 da Shelton estava sob um arco de fogo.

Ewan foi se aproximando devagar, esperando o fim da performance acabar, mas o engolidor de fogo já o vira.

– Bem-vindo, milorde! – Ele tirou o chapéu alto e se curvou em uma rebuscada mesura. – Por favor! Siga em frente.

Quando Ewan voltou a atenção para os artistas em pernas de pau, jogando tochas, o engolidor de fogo riu com gosto:

– Eles estão perfeitamente seguros, meu bom senhor. E, se os achou interessantes, espere só até ver o que o aguarda... lá dentro!

Em outra noite, em outro momento, para outro homem, tais palavras teriam despertado bastante curiosidade para impulsioná-lo porta adentro, mas Ewan não precisava da promessa de performances ou façanhas extravagantes. Saber que Grace estava lá dentro era mais do que suficiente.

Ela estava lá dentro e queria que ele também estivesse.

A porta de metal foi aberta sem que precisasse bater, como se estivesse à sua espera. No interior, uma mulher alta, negra, cuja maquiagem marcante dos olhos reluzia à luz das velas, sussurrou no ouvido de outra mulher que imediatamente desapareceu pelas cortinas.

– Eu sou...

– Sei quem você é – a mulher disse, entredentes. Inclinou-se para trás e entreabriu a cortina, apenas o suficiente para espiar algo que se desenrolava no salão lá atrás. Aparentemente satisfeita com o que viu, retornou sua atenção a Ewan.

– Tenha em mente que as máscaras servem para preservar o anonimato, Sir.

Sir. Nada de duque. Não aqui. Aqui, fora destituído do título, e o prazer que essa perda trouxe foi imenso.

Olhou por cima do ombro e viu dois homens imensos, cada um deles portando pistolas em coldres abaixo dos braços. Seguranças. Em uma situação em que qualquer outro homem teria se sentido intimidado com tal demonstração de força bruta, Ewan ficou contente. Significava que Grace estava mais segura entre essas paredes do que ele esperava.

Acenou um breve cumprimento aos homens. Não foi correspondido.

Então olhou para a mulher que também mal parecia notar sua presença.

– E agora?

Ela abriu a cortina, o bastante para que ele pudesse passar. E o simples movimento preencheu a pequena entrada com o som e as cores vibrantes da festa que acontecia do outro lado.

– Dominion lhe aguarda.

Dominion.

Claro que só podia se chamar Dominion.

E ele fora convidado. Para se divertir. Para se deleitar com ela.

Grace. Dahlia. Ambas.

Sentiu a excitação percorrendo suas veias e encarou a mulher que abria o portal para o mundo de Grace.

– Onde ela está?

Recebeu um olhar inquisitivo, perscrutador. Ótimo. Gostava de saber que Grace podia contar com pessoas que cuidavam dela, mesmo aqui, em seu reino.

– Não sei a quem está se referindo, Sir.

Ao que tudo indicava, teria de se virar por conta própria. Cumprimentou a mulher e reagiu da única maneira que podia: atravessou as cortinas e adentrou a bacanal de Grace.

Nunca vira nada igual: uma profusão de cores e sons, gritos e risadas e música, animação e celebração... Nada de orquestra erudita ou quarteto de cordas – em vez disso, os músicos estavam entre os convidados. Em um dos cantos do amplo salão de recepção, uma jovem com uma peruca esbranquiçada, que se elevava vários centímetros acima da cabeça, tocava violino cada vez mais rápido, enquanto uma mulher mascarada, trajando o que só poderia ser descrito como uma nuvem cor-de-rosa, girava impossivelmente depressa, a saia do vestido se abrindo conforme ela rodava e os espectadores batiam palmas no ritmo da música.

Do outro lado do salão, um grupo de mulheres mascaradas estava acomodado em um grande e exuberante sofá circular de veludo safira, assistindo à artista que usava o centro do círculo como palco. Era uma acrobata em calças diáfanas e uma blusa colada ao corpo, que se dobrava e se retorcia, contorcendo-se em posições inimagináveis, e tão vagarosamente que ressaltava ainda mais a força notável.

Conforme a artista se equilibrou em apenas uma mão, com ambas as pernas apontando para o teto, as mulheres que assistiam ao show estouraram em uma onda de aplausos e por pouco Ewan não se juntou a elas.

Uma bandeja repleta de taças de champanhe passou por ele, e meia dúzia de mãos enluvadas em uma miríade de sedas e cetins se adiantaram para apanhar os copos, e a mulher que as servia não deu um passo em falso, servindo às foliãs precisamente o que elas queriam. Somente quando elas estavam satisfeitas, a garçonete se dirigiu a Ewan, com um sorriso acolhedor, como se soubesse o tempo todo que ele estava ali.

– Champanhe, Sir?

Ele recusou.

– O que gostaria então?

A moça desapareceu assim que ele pediu uma dose de *bourbon*, e Ewan duvidou de que a veria novamente, certo de que, no meio daquela multidão, a jovem jamais o encontraria outra vez.

Então foi até uma pequena antecâmara com a porta aberta. Lá dentro, uma mulher sem máscara estava posicionada atrás de uma mesa no canto do cômodo – alguns foliões ao redor observavam o que ela fazia. A mulher sorriu e o convidou a se aproximar:

– Junte-se a nós, meu bom senhor – ela disse com um carregado sotaque italiano.

Ewan se aproximou, incapaz de conter a curiosidade conforme a mulher, que se apresentou como Fortuna, extraía uma pilha de copos de debaixo da mesa, cada um deles pintado com máscaras venezianas.

Ela deu nomes aos copos à medida que os colocou sobre a mesa.

La Tragedia.

La Commedia.

Gli Innamorati.

E então, usando botões de rosa vermelhos, deixou a plateia boquiaberta ao executar uma série de truques impossíveis, passando as flores através da cerâmica, tudo enquanto contava a história de dois amantes desaventurados, que encontraram felicidade, sofrimento e, enfim, um ao outro.

– ...fadados a serem... – E os copos voavam pela mesa. – ...dando o amor como garantido... – E os botões sumiam e reapareciam.

Desapareceram novamente quando ela mostrou à audiência um copo vazio com o retrato dos dois amantes em um abraço apertado.

– ...de corações partidos – ela terminou, com suavidade, antes de recolocar o copo sobre a mesa, de boca para baixo.

– Mas! – Fortuna disse, após permitir que o silêncio desapontado pairasse por um instante. – Hoje, a noite não é dos corações partidos, não é mesmo? – Olhou para uma mulher ali perto: – Ou será que é, milady?

– Não! – a mulher asseverou, meneando a cabeça.

– Sir? – Fortuna encarou Ewan.

– Não – disse, sem conseguir conter o sorriso.

– *Allora...* – ela entoou, cheia de deleite. – Talvez seja verdade o que dizem. No amor, *espere.*

Ela levantou o copo aparentemente vazio e revelou uma rosa desabrochada de um vermelho vibrante. Todos na plateia soltaram um suspiro de surpresa, e Ewan deu um sorriso ainda mais amplo quando Fortuna lhe estendeu a belíssima rosa com um aceno de cabeça:

– Para a sua *innamorata. Piacere.*

Estendeu a mão para receber a flor, mas, antes que a alcançasse, Fortuna olhou para além dele.

– A menos que... – E fez uma pausa. – Uma rosa não seja a flor correta.

E então, diante de todos ali reunidos, Fortuna fez um floreio com a mão sobre a flor que segurava na outra mão, transformando-a em outra flor completamente diferente.

Uma deslumbrante dália cor-de-rosa.

Ewan sentiu o corpo inteiro se aquecer, ciente de quem veria quando se virasse.

– De fato – ele respondeu, alto o bastante para que ela escutasse –, *esta* é perfeita.

O sorriso discreto de Fortuna se tornou amplo ao depositar a flor nas mãos de Ewan. Ela disse algo mais em italiano, mas ele já se virava para encontrar Grace e perdeu todo o ar ao vê-la.

Era uma visão dourada.

Os carretéis de fios de ouro que prometera a ela quando eram crianças estavam todos ali, urdidos em um magnífico vestido de seda *Dupion*, iridescente à luz das velas. À primeira vista, o vestido seria considerado recatado – sobretudo em comparação com os demais que desfilavam nas convidadas –, perfeitamente ajustado aos ombros e colado aos braços, onde a seda formava um recorte pontiagudo sobre o dorso das mãos.

Não havia nada de recatado na linha baixa do decote redondo, que revelava uma bela porção da pele macia do colo, sarapintada de sardas, e a fartura dos seios. Os cachos acobreados cascateavam sobre os ombros, brincando provocativos com os recortes do tecido, e um cachinho errante preso por baixo da linha do decote era a mais pura tentação.

Naquela combinação de ouro e cobre, ela era como o sol e, sem dúvida, era esse o motivo pelo qual, de repente, Ewan sentia tanto calor.

Grace devia tirar aquele vestido antes que causasse um incêndio no edifício.

Um sorriso passou pelos lábios e os olhos dela cintilaram como se soubesse exatamente o que ele pensava. Acenou com a cabeça para a mão de Ewan, onde, por pouco, ele se absteve de esmagar a flor da ilusionista.

– O truque favorito de Fortuna.

– É excelente – ele concordou, a voz raspando a garganta seca, como se não falasse havia semanas. – Gostei particularmente da parte em que ela conjurou sua presença.

– Essa parte nem sempre acontece. – O sorriso largo se tornou ainda mais amplo, e Ewan foi tomado por um desejo louco de estufar o peito. Ele a faria sorrir para sempre se ela o permitisse.

– Melhor ainda. Ela é muito boa.

– O que seria de um circo sem um mágico? Que tal negociarmos? Meu prêmio pelo seu?

Grace estendeu um copo para ele, com dois dedos de *bourbon*, e Ewan ficou intrigando, olhando ao redor, procurando a jovem com a bandeja de champanhe.

– Como ela...

– Dominion foi projetado para lhe proporcionar prazer, Sir. Acha mesmo que uma dose de *bourbon* é um desafio?

O triunfo e o orgulho estavam evidentes em suas palavras, o que deixou Ewan com ainda mais vontade de beijá-la.

– Para me proporcionar prazer, é?

– Para proporcionar prazer aos convidados. – Grace riu.

– E quanto a você? Partilha do prazer?

Grace balançou a cabeça apenas uma vez:

– Não.

– Por que não?

Grace hesitou, e Ewan soube qual era a resposta. Mesmo assim ela não se pronunciou. E ele nunca quis ouvir uma reposta tanto quanto queria ouvir aquela.

Mas esperou. *Conte-me.*

– Porque negócios são negócios – ela disse, finalmente. E até podia ser verdade, mas não era a resposta que ela queria dar. – Porque é o meu prédio, meu negócio, minha *commodity*. Não compartilho do prazer que ofereço às minhas clientes porque meu prazer vem justamente de oferecer a outras pessoas o acesso a isso.

– Pessoas como eu – ele anuiu.

Ela olhou para baixo ao ouvir o comentário. Estava ruborizada? Ah, meu Deus, como adorou aquilo. Queria vê-la ruborizando para sempre.

– Se é que o você gostaria de ter hoje à noite, então, sim.

Hoje à noite.

– É o que eu gostaria de ter, hoje e em todas as outras noites.

Ela estava ruborizada.

– Minha oferta vale apenas para hoje.

Não queria mais saber de encontros fortuitos. Queria constância.

– Então só me resta aceitar. E passar a noite tentando te convencer a me dar mais.

– Veremos. – Ela ergueu as sobrancelhas.

– Não é um não.

Grace revirou os olhos, mas Ewan viu o sorriso espreitar quando ela se virou, conduzindo-o para fora da sala de Fortuna, de volta para o grande salão, onde uma segunda violinista se juntara à primeira e alguns casais tinham se reunido à dançarina original, girando e girando com desapego.

Ela parou para observar, as saias douradas ainda farfalhando. Ewan seguiu o olhar dela. Havia três casais dançando, todos eles tão agarrados uns aos outros, deixando explícito que aquilo ia muito além da dança. Uma mulher mais velha, devidamente mascarada, dançava com um homem alto, de cabelos claros, ambos com os olhos travados um no outro conforme se movimentavam. Mais perto de Ewan e Grace, uma mulher de cabelos escuros rodopiou se afastando dos braços da amante, abrindo um sorriso sedutor antes de convidá-la a deixar a dança... e presumivelmente seguir para algum lugar mais privativo, considerando a rapidez com que as mulheres desapareceram no meio da multidão.

E, ao seu lado, Grace sorria, com um deleite que era impossível não notar.

– Gostaria de dançar?

Ela o encarou, confusa, como se ele falasse um idioma que ela não entendia. Ewan colocou o copo em uma mesa próxima e, ao se virar, estendeu a mão.

– Desta vez, sem máscaras.

– Você está usando uma máscara.

– Não do tipo a que me refiro.

Não hoje à noite. Nunca mais diante dela.

Grace tomou o braço dele, e o grupo ao redor abriu espaço. E os dois dançaram, rapidamente entrando no ritmo da música. Ela o deixou conduzir e se entregou ao movimento, e logo estavam balançando e girando e virando sem parar, cada vez mais rápido, ao som da música. Até que Ewan se cansou da distância infinitesimal entre eles e a ergueu, colando o corpo dela no seu, braços e pernas se entrelaçando, enquanto ela ria e a multidão ia à loucura.

Quando a música terminou, ambos estavam rindo ofegantes, os lindos olhos castanhos de Grace estavam fixos nos dele e, por um instante, tudo parecia fácil e simples e verdadeiro, e Ewan teve uma sensação estranha... uma sensação de paz pela primeira vez desde... talvez desde sempre.

Não conseguiu se conter e se inclinou e lhe roubou um beijo, rápido e suave e perfeito, que ela concedeu de pronto, e suspirou quando ele se afastou.

– Nada de máscaras – ele sussurrou. – Não hoje à noite.

Não entre nós.

– Por que não se permite ter prazer aqui? – perguntou mais uma vez. – Por que não abre espaço para si própria como abre para todo mundo?

– Porque o prazer deve ser compartilhado.

E compartilhar implicava confiar. Ele a entendia melhor do que ninguém.

Mas queria lhe proporcionar tudo isso. A confiança, a partilha, o prazer. Tudo o que ela desejasse.

– Permita-me compartilhar com você. Esta noite.

Ela permaneceu quieta por um longo momento, sem desviar o olhar, a respiração de ambos ainda acelerada e ofegante, se misturando. Até que, enfim, ela aquiesceu:

– Sem máscaras.

E Ewan não sabia se era possível sentir um prazer tão intenso quanto o que sentira naquele instante. Os dois se desgrudaram, mas ele entrelaçou a mão na dela, recusando-se a deixá-la se afastar conforme recuperava seu *bourbon* e Grace o guiava até a porta.

– Este é um dos melhores que já bebi. – Ele bebeu enquanto caminhavam.

– Repassarei o cumprimento a nossos fornecedores.

Devil e Whit.

– Ou será que gostaria de cumprimentá-los pessoalmente? – acrescentou, em um tom descontraído. – Ouvi dizer que agora está trabalhando como carregador para Sedley-Whittington.

Então... Ela sabia.

– Lady Henrietta foi muito generosa ao me aceitar na tripulação.

– Por quê?

Propósito.

Ewan não falou, mas Grace parecia ter ouvido mesmo assim.

– Este é o seu plano? Segundas, terças e sábados transportar cargas? Terças e quintas ir à Câmara dos Lordes?

– É um trabalho honesto – ele argumentou, acrescentando com frieza: – Ao contrário do Parlamento.

E estava gostando. Gostava de sentir os músculos cansados ao fim do dia, gostava do orgulho que os colegas tinham da profissão, gostava do sabor da cerveja ao fim da jornada de trabalho.

– Na minha experiência, aristocratas não ligam muito para trabalho honesto.

Ewan não queria falar da aristocracia.

– Este lugar é para o meu prazer?

– Sim. – Ela o olhou no fundo dos olhos.

– Então nada de aristocratas. – ele disse, sorrindo. – Mas você sabia que este seria o meu primeiro pedido, não sabia?

– De fato, Sir. – Ela sorriu de volta. – Já sabia.

– Obrigado – ele agradeceu, baixinho.

– E qual seria o segundo?

– Quero conhecer Dahlia – respondeu sem titubear.

Uma fração de segundo enquanto ela considerava a questão. Enquanto ele prendia a respiração. E então Grace indicou a porta da sala seguinte, mais um nível neste mundo incrível que ela criara.

Um convite para explorar.

Um convite para conhecê-la.

Ambos se entreolharam.

– Mostre para mim.

– Com prazer.

Capítulo Vinte e Um

Ele estava amando Dominion.
Podia ver. Era nítido em como estava à vontade, deixando-se inundar por todas as ondas de diversão luxuriosas que chegavam. Quando o encontrou assistindo à apresentação de Fortuna, teve dificuldade para notar qualquer outra coisa além de como ele estava hipnotizado pela mágica. Sabia que era um truque, mas, mesmo assim, se entregou.

Naquele momento em que experimentou Dominion pelo olhar de Ewan, teve certeza de que nunca se arrependeria de tê-lo convidado. Pois, no simples ato de aceitar o convite, de vir ao clube e se permitir desfrutar de todas as atrações, ele a encheu de esperança.

E, afinal, era isso que ela queria, não era?

Era selvagem e ridículo e implausível e doloroso.

Mas, também, um tanto quanto perfeito.

Quando dançaram, ele a levantou bem alto e lhe proporcionou o prazer que ela com tanta frequência se negava. Liberdade. Alegria. Felicidade, mesmo nos menores detalhes.

Afinal, não era o que mereciam? Depois de todos esses anos?

Agarraram a oportunidade, atravessando a porta do salão de recepção para o salão oval do clube, transformado em uma espécie de tenda circense – os refinados estofados haviam sido movidos para as extremidades da sala, e um grande trapézio descia pendurado do teto, no qual uma acrobata se apresentava para um público de – Grace calculou rapidamente – quase cinquenta pessoas.

– Seu clube – ele falou baixinho.

Grace o encarou, sem se surpreender com o fato de que ele sabia desse lugar – não era tolo. Pouquíssimos, no entanto, sabiam a verdade.

– O quanto você sabe a respeito?

– Sei que é para mulheres.

– De fato, em todas as noites exceto no Dominion. E, mesmo hoje, todos os homens aqui presentes são convidados de minhas clientes.

Ewan estava intrigado:

– E como consegue manter os homens à distância uma vez que eles tiveram o gostinho daqui?

– Excelente pergunta. Homens são criaturas curiosas, não são? Ao mesmo tempo em que querem nos manter fora de seus espaços, não suportam a ideia de que criemos espaços só para mulheres.

– Você sabe disso melhor do que ninguém.

O sentido ali implícito era óbvio. Grace fora impedida de assumir o título e teve a própria existência ameaçada mesmo ao deixar claro que não tinha o menor interesse nele. Ela pigarreou, nitidamente entendendo a referência, e concentrou sua atenção no salão.

– Convidados só são permitidos mediante a minha autorização expressa.

– E você tem dossiês de todos eles.

– Extensivos – ela assegurou. – E, assim que são autorizados, são trazidos de balsa, vendados, de diferentes pontos da cidade por membros da minha equipe. E então são conduzidos até aqui por túneis subterrâneos.

– Eu, não – ele a encarou.

– Não, você, não – ela disse suavemente.

Veronique queria que ele tivesse vindo como o restante de todos os homens, insistindo que, de todos os que estariam ali presentes, Ewan era o mais perigoso... Afinal, ele sempre representara perigo, não é mesmo?

– Por que não?

Grace se opôs, colocando sua confiança em risco. Sua esperança.

E não acreditava que tivesse sido um erro.

Por favor, pensou, *que não seja um erro.*

– Porque você é *meu* convidado.

Algo brilhou no olhar dele, algo como satisfação.

– E por que o show na entrada? Se todo mundo está chegando por caminhos secretos?

Grace sorriu.

– Podemos mesmo chamar de circo se não houver crianças para apreciar? – Ewan riu, e ela perguntou: – Aliás, elas estão gostando?

– A apresentação está literalmente pegando fogo. Elas estão radiantes, pode acreditar.

– Quanto mais clientes satisfeitos, melhor – constatou ela, voltando-se para o salão. Os foliões daquela noite eram algumas das pessoas mais poderosas e agradáveis de Londres, Grace se sentiu orgulhosa. O Duque e a Duquesa de L... e o Marquês e a Marquesa de R... estavam presentes, os maridos alegremente paparicando as esposas. Lady N... estava de volta, desta vez com seu parceiro; pelo jeito, não havia navios para serem descarregados no armazém dos Bastardos nesta noite.

Contudo, a maioria do público era de mulheres sócias do clube e seus acompanhantes.

Grace assistiu à trapezista se puxar e ficar de pé na barra do trapézio, então se equilibrar cuidadosamente sobre apenas um pé e dar uma cambalhota ao redor da barra antes de se sentar novamente, com as anáguas à mostra, desalinhadas e volumosas, como as da dama na deliciosa pintura de Fragonard.

– Dahlia, você se superou! – Grace se virou, sorrindo, embora estivesse aborrecida. Esta noite não era dela – era do clube. A vários metros de distância, a Duquesa de Trevescan se aproximava, champanhe em uma mão, e Henry, um companheiro muito robusto e muito bem-sucedido na outra.

– Como sempre, desmascarada, duquesa?

– Não gosto do jeito que as máscaras borram meu delineado – a mulher respondeu com um gesto de pouco caso.

– Bem – Grace inclinou a cabeça –, se você está despreocupada, então também estamos.

Mas a duquesa já estava com a atenção voltada para além de Grace, medindo um Ewan mascarado de cima a baixo, alto e atlético, os lábios impossivelmente carnudos e o queixo impossivelmente quadrado. Ela entreabriu os lábios ligeiramente, arregalou os olhos de surpresa e então demonstrou algo como... compreensão.

– Vejo que também está acompanhada hoje, Dahlia.

Grace ignorou a onda de calor que sentiu nas bochechas.

– Até eu às vezes tenho permissão de trazer um convidado.

– O convidado – disse a duquesa, sem desviar os olhos de Ewan, que retribuía com um olhar altivo, a combinação de sombras e da meia-luz do quarto dificultando a leitura da expressão em seu rosto. – É um prazer imenso ver vocês dois. – Ela fez uma pausa. – Juntos.

A duquesa fez um brinde, sorveu um gole da taça e dirigiu-se a Henry, significativamente:

– Vamos, querido?

Quando o companheiro sorriu, ela apanhou seu braço e o guiou pela multidão em direção às escadas que levavam aos quartos no andar de cima.

Grace voltou a atenção para Ewan, que observava o casal se retirando, pensativo, antes de olhar para o trapézio no centro do salão. Ambos assistiram à artista por alguns minutos antes de Grace comentar:

– Levou uma semana para instalar o trapézio para ela, mas acho que valeu a pena, não acha?

Ewan grunhiu em concordância, e Grace o observou, notando, pela primeira vez, que ele não estava contemplando a trapezista. Observava o público, em sua maioria sócias, muitas das quais desfrutavam das ofertas mais lascivas do clube, como geralmente acontecia nas noites de Dominion.

Ao redor da sala havia diversos casais – e uma tríade – dedicando-se a diferentes tipos de prazer – nada obsceno –, havia quartos no andar de cima que garantiam a privacidade para isso, e várias outras salas neste mesmo andar que garantiam a ausência de privacidade aos foliões com tal preferência. Tais casais estavam espalhados ocupando a mobília, agarrados uns nos outros, mulheres sentadas no colo de homens, saias erguidas até o joelho para facilitar carícias. Na frente deles, Tomas sussurrava no ouvido de uma risonha Condessa C..., pendurada artisticamente em seu colo. Grace tinha experiência suficiente para saber que muito em breve os dois iriam para um quarto.

Do outro lado do salão, Zeva estava postada à porta, garantindo que tudo corria bem e de maneira acolhedora, e que, no geral, não havia nada fora dos parâmetros do 72 da Shelton Street.

Ewan, contudo, parecia incapaz de desviar o olhar.

No que estaria pensando?

Sentiu um frio na barriga com as possibilidades, nem todas boas.

– Está encarando as pessoas, milorde – ela arriscou, disfarçando a preocupação com um tom brincalhão de provocação.

Ewan ainda assim não olhou para ela.

– Nem todos os homens são convidados.

Ela observava seu perfil quando ele se deu conta de que o nº 72 da Shelton, além de ser um dos melhores clubes de Londres, também era uma de suas melhores casas de prazer.

– Não.

– E quando você diz prazer...

– Em todas as suas formas.

Um pequeno gemido. Compreensão? Aversão? Desdém? O que seria?

– E, quando os homens que não são clientes nem funcionários veem o que este lugar tem a oferecer, como são persuadidos a manter segredo?

Só então ela entendeu. Fascinação.

Sentiu algo se descontrair dentro de si. Ewan não estava descontente.

Ele estava *intrigado*. E algo a mais. Parecia... impressionado. Grace sorriu.

– Uma vez que estão aqui, eles rapidamente revelam seus prazeres particulares... o que torna mais fácil fazê-los guardar segredos.

– Prazeres particulares como o quê? – ele perguntou, virando-se para ela.

Grace suspirou, em parte aliviada, em parte chocada. Porque ali, naqueles olhos cor de âmbar, viu o que Ewan estava pensando, as pupilas negras faiscando de desejo.

Ele gostou, gostou do mundo que ela havia construído.

Queria um gostinho daquilo.

E *isso* era algo que ela entendia.

– Prazeres como o que você está experimentando agora – ela disse, com suavidade, ainda mais disposta a acolhê-lo. – Gostaria de explorar algum cômodo em particular?

– Você não me entendeu. Não quero observá-los.

– Não?

– Não.

Grace franziu o cenho. Após quase uma década trabalhando com sexo, considerava-se uma espécie de especialista em adivinhar o que os clientes queriam. Não costumava errar.

– Prefere ser observado?

– Só se você preferir.

Um arrepio a percorreu mediante o convite. A disposição de se aventurar com ela. O desejo que lhe escurecia os olhos. Levou a mão ao rosto dele, afastando uma mecha de cabelo loiro que caía sobre a testa.

– O quê, então?

Percebeu que a pergunta destravou algo nele e, quando se aproximou, cochichou com a voz grave em seu ouvido:

– Assistir a todas essas mulheres conquistando o próprio prazer aqui, neste lugar que você construiu... – Ele passou a mão pela boca, e Grace pensou que provavelmente nunca tinha apreciado um gesto tanto quanto apreciara este. – Me faz querer te ver conquistando o seu próprio prazer.

Tais palavras a acertaram em cheio, bem no âmago, e de repente, ela queria a mesma coisa.

Precisava disso.

Não hesitou.

Começou a percorrer os cômodos, onde mais acrobatas e músicos e cantoras sensuais se apresentavam, e uma massa fervilhante de pessoas bebia, comia e se refestelava. Cruzaram um longo corredor onde dois casais estavam muito ocupados se agarrando, passaram pelo palco onde Nastasia Kritikos cantava uma ária com trinados que a teriam transformado na musa inspiradora de Mozart.

Olhou para trás, esperando ver Ewan assistindo à diva, mas, em vez disso, ele a observava. No momento em que seus olhares se encontraram, ele a puxou para si e roubou outro beijo, junto de seu fôlego e seus pensamentos.

Quando a soltou, Grace agarrava suas lapelas.

– Mostre-me o que mais você construiu aqui.

Havia uma dúzia de lugares a que podiam ir: quartos extravagantes no andar de cima, cada um deles projetado para evocar uma fantasia; as catacumbas sob o edifício, as adegas de queijos e vinhos; a estufa no terraço.

Mas não queria levá-lo a nenhum lugar que pertencesse ao clube.

Queria levá-lo a algum lugar que pertencesse a ela.

Então, conduziu-o através de uma pequena sala de jogos, onde um grupo de damas aristocráticas se reunia em volta de uma mesa onde uma francesa, que Grace tinha descoberto na praça do mercado, lia cartas ricamente ornamentadas e adivinhava o futuro.

As cartas eram lindas, todas pintadas à mão, mas não eram páreo para a mulher em questão, que parecia capaz de olhar diretamente para suas espectadoras e ler seus desejos mais profundos.

Arrebatadas, nenhuma das mulheres percebeu quando Grace passou, puxando Ewan consigo, rumo ao canto da sala, onde acionou o trinco escondido de uma porta quase invisível e o guiou a uma escadaria, retirando-o de Dominion.

Fechou a porta atrás de si e, no mesmo instante, foram envoltos pelo silêncio, a algazarra da festa do outro lado imediatamente abafada. Com velas acesas a intervalos esparsos, a escadaria estava fracamente iluminada, e ali, sozinhos, Grace passou a ficar atenta ao som de suas respirações. Olhou para Ewan, agora tão próximo que, se ela se inclinasse apenas um centímetro em direção a ele, seus corpos se tocariam.

Ele analisou o espaço pequeno e apertado e sorriu com malícia:

– Eu estava pensando em algo um pouco maior, mas...

E, sem dizer mais nada, pegou o rosto dela nas mãos e a beijou, pressionando-a contra a parede, enquanto ela suspirava, não querendo nada além de seu toque.

Grace retribuiu o beijo, profundo e completo, deleitando-se com os ombros largos, o grunhido baixo de desejo na garganta dele, a fragrância de tabaco ameaçando consumi-la.

Ewan se afastou, apenas o suficiente para dizer:

– Mmm... Mas aqui vai servir.

Antes que Grace pudesse responder, ele a beijou novamente, deslizando a mão pelo corpete, acariciando a pele exposta do colo até chegar aos seios, de repente muito apertados naquele vestido. Ewan enfiou o polegar no decote até encontrar o mamilo, que começou a acariciar. Ela gemeu alto e, sem parar com aquele toque único e enlouquecedor, ele foi beijando-lhe o rosto até chegar ao ouvido, onde sussurrou:

– Este vestido é pecaminoso.

Grace abriu os olhos, esforçando-se para encontrar as palavras.

– Eu o escolhi especialmente pra você.

– Ah, eu sei.

Ewan a acariciou novamente, e ela começou a fechar os olhos, perdendo-se no toque delicioso.

– Oh...

Ele interrompeu o carinho, e Grace abriu os olhos.

– Olhe para mim. – Beliscou de leve o mamilo. – Quero te deitar em uma cama, como um banquete, e me deliciar com você. Quero memorizar o jeito que o ouro reluz contra a sua pele.

Grace encostou a cabeça na parede e respirou profundamente, expondo, sem pensar, o pescoço e peito para ele, como oferendas.

Ewan soltou outro pequeno grunhido de prazer e aceitou, beijando e chupando deliciosamente a coluna do pescoço, descendo pela pele macia do colo. Grace enfiou os dedos nos cabelos dele, guiando-o para baixo, até que ele alcançou a linha do decote e ambos gemeram de frustração.

Grace praguejou baixinho na escuridão, e sentiu os lábios dele em sua pele.

– Minha vontade é rasgar esse vestido bem aqui – ele disse, passando a língua pela linha do decote. – Mas você não merece isso.

– Eu não me importo – ela fechou a mão nos cabelos dele.

Ewan se endireitou, correndo um dedo pelo decote, demorando-se sobre os seios, e então subindo até o ombro de Grace.

– Mas eu, sim. Eu te prometi carretéis e carretéis de fios de ouro. E não vou estragar os que você conquistou. Jamais.

Grace o encarou. Viu que ele falava a verdade. E, ali, naquele momento, na escadaria secreta de seu clube, enquanto a classe mais escandalosa de Londres ria e bebia e se divertia entregue a um abandono inconsequente a poucos metros de distância – quando esse homem de quem passara a vida inteira se escondendo se recusou a rasgar seu corpete – Grace se apaixonou pela segunda vez na vida.

E dar-se conta disso foi tão apavorante que ela fez a única coisa em que conseguiu pensar. Agarrou a mão dele e o levou para a cama.

Subiram a escadaria privativa do 72 da Shelton Street, passando pelos quartos usados pelas sócias do clube, passando pelo andar onde, um ano antes, ela cuidara de seus ferimentos até que ele recobrasse a saúde, somente para levá-lo ao ringue e mandá-lo embora para sempre.

Graças a Deus, ele havia retornado.

E, no último andar, ela destrancou um pequeno trinco e abriu uma porta, revelando seus aposentos. Aliás, mais que isso. Porque esta escadaria em particular não levava simplesmente ao escritório de Grace, onde jazia sua mesa cheia de papéis e livros-razão. Não levava à sua sala de estar – nunca usada – tampouco à pequena biblioteca, onde ela lia quase todas as noites. Não, esta porta levava diretamente ao seu santuário particular. A cama dela.

Ewan a seguiu para o quarto e, desta vez, foi ele que os trancou lá dentro, o barulho suave da porta sendo fechada fez o coração de Grace disparar. Virou-se para ele, esperando que viesse com tudo para cima dela, selvagem e sensual. Queria que tivesse feito isso... Via-se tão desconcertada com a constatação de que sucumbira ao amor que estava disposta a qualquer coisa para não ter de pensar nisso.

Ewan, todavia, não parecia ter pressa.

Foi para cima dela, mas com a preguiça certeira de um predador, como se soubesse que tinham todo o tempo do mundo para o que estava por vir, como se soubesse que ela não ia fugir.

E, ao admirá-lo, alto e lindo, o queixo quadrado sob a máscara preta, os olhos cravados nos dela, como se não houvesse mais nada no mundo que preferisse observar, Grace se deu contar que não fugiria.

Não estava certa de que seria capaz.

E, do nada, desconcertada pelos próprios pensamentos e consumida pela expectativa, perdeu o equilíbrio. No mesmo instante, o predador vagaroso deu lugar a um ágil apanhador: ele a amparou, com um braço de aço ao redor de sua cintura.

– Te peguei.

Grace suspirou, não pelo susto, mas pelas palavras, incapaz de não responder:

– Eu sei.

Ewan olhou no fundo de seus olhos por um longo momento.

– Sabe mesmo? – sussurrou, fazendo um carinho nos cabelos dela, colocando um cachinho rebelde atrás da orelha. – Sabe que eu sempre estarei aqui para você? Basta você me deixar...

Grace sentiu o coração aquecido com tais palavras.

– Serei sempre o que você precisar.

– E do que você precisa? – ela perguntou.

– Neste momento, tenho tudo de que preciso.

Ela inspirou profundamente, e Ewan acrescentou:

– Mas, preciso te avisar, não creio que sou capaz de usufruir com parcimônia.

E se eu quiser te dar tudo sem cerimônia?

Não falou em voz alta. Em vez disso, retirou a máscara dele, vendo seu rosto por inteiro.

– Sem máscaras – sussurrou.

– Sem máscaras. – Ele sorriu.

Grace não sabia como poderia voltar a usar qualquer tipo de máscara diante dele.

– Vire-se.

Ela obedeceu prontamente.

Gentilmente, ele apanhou as madeixas e as colocou para frente, sobre o ombro dela, garantindo amplo acesso ao fecho do vestido. O predador estava de volta, abrindo devagar e meticulosamente a linha de botões que descia ao longo das costas de Grace, aos poucos afrouxando o tecido dourado. Ela levou a mão aos seios, segurando o corpete no lugar conforme Ewan avançava em sua tarefa e dava beijos na curva do ombro dela, descendo uma das alças.

Sentiu a língua dele em sua pele e foi como se seu corpo inteiro se incendiasse.

– Aquela noite... – ele falou – ...nos meus jardins.

– Você fingiu não me reconhecer.

Deveria estar furiosa, mas não estava. Parte dela, na verdade, estava grata, porque a libertava dos pensamentos conflitantes que tivera aquela noite e proporcionava algo diferente com que ocupar a mente: a fantasia de que eram simplesmente amantes.

Afinal, nunca houvera nada de simples entre eles.

E, nesta noite, tudo se tornaria ainda mais complexo.

– Eu te reconheci. Claro que reconheci.

Deu um beijo em sua nuca, delicado e perfeito, fazendo-a estremecer com o fogo do desejo.

– Você jamais passará despercebida por mim – ele murmurou, quente e delicioso com os lábios contra a pele dela. E Grace se sentiu ao mesmo tempo grata por não estar olhando para ele e desesperada para vê-lo confessar o que deveria ser um pecado, mas, ao contrário, estava muito mais perto do paraíso. – Jamais haverá uma ocasião em que eu não reconhecerei sua silhueta, sua voz, seu perfume, adocicado e cítrico.

Grace engoliu em seco conforme ele prosseguia com tamanha adoração, um beijo após outro, como se não tivesse percebido que poderia agir com mais rapidez.

Como se não tivesse percebido que ela poderia enlouquecer se não agisse com mais rapidez, droga.

– Naquela noite – ele falou, ainda com os lábios contra a pele dela, conforme trabalhava nos laços do espartilho, afrouxando-a, libertando-a. – Eu disse que me sinto como Apolo quando estou com você.

– Eu me lembro – ela respondeu, as palavras saindo quase como um suspiro, enquanto Ewan desatava os últimos laços e seus dedos encontravam a tão esperada recompensa, deslizando sobre sua pele, vermelha e marcada pelos arames do espartilho. Grace quase se engasgou com o prazer insuportável do toque. – Ele... – A mão de Ewan contornou sua cintura e subiu até se posicionar abaixo de seu seio, farto e ardente. Acomodou-a ali, sem seguir adiante, como se esperasse ela terminar o que dizia. – Ele chegou a uma clareira na floresta e viu uma mulher nua em uma lagoa.

Grace sentiu a vibração da risada dele em suas costas, o som amplificando o prazer de seu toque enquanto ele subia a mão, finalmente aninhando o seio, esfregando o polegar sobre o mamilo em um círculo lento e lânguido.

– Ela não estava nua na lagoa.

– Você não me disse isso. – Grace meneou a cabeça.

– Eu estava distraído, se me lembro direito.

– E é possível que esteja igualmente distraído agora?

– Tsc, tsc... – ele se queixou ao pé do ouvido dela. – Estou te contando uma história.

Ele levou a outra mão para se juntar à primeira – acolhendo o outro seio. Acariciando o outro mamilo.

– Oh, sinto muito – disse Grace, contorcendo-se de prazer. – Prossiga.
– Ewan beliscou um mamilo, apenas o suficiente para ser uma dorzinha gostosa. Grace perdeu o ar. – Por favor.

– Mmmm... – Aquela vibração mais uma vez.

– O que ela estava fazendo então? – Grace tentou focar na história.

– Ela estava matando um leão.

Ewan soltou os seios dela, puxando o vestido e o espartilho para baixo, revelando os braços, o quadril, e a seda deslizando macia por sua pele foi uma provocação perversa, que tentava Grace a se jogar nos braços dele e deixar que Ewan fizesse absolutamente tudo o que quisesse. De todas as maneiras possíveis e imagináveis.

Antes que pudesse satisfazer seu desejo, no entanto, Grace estava no meio de uma poça dourada de tecido aos seus pés, e então Ewan a puxou pelos quadris, pressionando-a com força contra si, e ela sentiu o magnífico comprimento dele, duro em contato com sua bunda. Grace se empinou para trás, e Ewan levantou um dos braços dela, colocando-o ao redor do próprio pescoço. Em seguida, retornou uma das mãos a um seio enquanto deslizava a outra pela barriga dela.

– Toque-me – Grace pediu, suavemente. – Por favor.

Ewan grunhiu, descendo os dedos pela penugem que cobria a parte mais íntima dela, um dedo brincando no ponto em que Grace mais ansiava por ele. Ela virou o rosto para ele, encontrando os olhos brilhantes.

– Ewan... – suspirou.

– Cirene.

– O quê?

Aquele dedo maravilhoso se moveu ainda mais.

– Cirene, a matadora de leões.

– Mmm – ela gemeu, rebolando, amando o roçar de prazer que ele lhe proporcionava. – Conte-me mais.

– Ela era a filha única de um grande guerreiro – ele prosseguiu, enquanto a mão trabalhava levemente, tão levemente, nela. – E nasceu tão linda e delicada que ninguém acreditava que valia a pena deixá-la ir para o campo de batalha.

– Ah! O que foi dado como certo – Grace comentou, emaranhando os dedos nos cabelos dele.

– Exatamente. Ela queria o campo de batalha, mas teve de se contentar com um campo diferente: sempre ficava a cargo do pastoreio das ovelhas quando seu pai ia para a guerra.

– Ora, ora, se não são guloseimas saborosas para leões.

Ewan deu uma mordidinha na orelha dela, desencadeando um arrepio de prazer.

– Exatamente. E um dia, quando pastoreava seu rebanho, um leão apareceu, e Cirene, uma excelente guerreira, o matou.

– Vamos, Apolo – ela disse, ofegante, rebolando contra ele. – Mais depressa.

Ewan parou. Grace soltou um palavrão.

– Você aprendeu este palavrão aqui.

Grace podia ouvir o sorriso travesso na voz dele – o tanto que Ewan estava se deleitando em ter controle sobre ela. Virou-se, querendo vê-lo. Passara uma vida inteira imaginando como ele sorriria neste exato momento, enquanto brincavam com o prazer e fingiam que o resto do mundo não existia.

Ewan esquadrinhou cada centímetro do corpo de Grace quando ela ficou de frente para ele, cada protuberância, cada curva, cada cicatriz deixada pelas lutas da juventude. Ela o viu catalogar cada detalhe, admirando suas pernas, demorando-se na porção de pelos crespos que escondia sua parte mais íntima.

Quando voltou a atenção para o rosto dela, disse, grave e delicioso:

– Apolo foi arrebatado.

E Grace, rainha de Covent Garden, capaz de parar rebeliões com uma única palavra, percebeu que nunca se sentira mais poderosa em toda a vida do que naquele momento, diante deste homem, forte e bonito e poderoso, que estava completamente perdido ao olhar para ela.

Ewan a puxou para si, pegou-a no colo e a levou para a cama, onde a deitou e permitiu que Grace o puxasse para se juntar a ela na colcha amarrotada de seda. Deixou que ela o beijasse, um beijo longo e exuberante, com um movimento lento de língua e uma sucção lenta do lábio, até que ambos estivessem no limite.

Isso.

Eis o que era prazer para ela. Ser desejada. Não por seu dinheiro ou poder ou pela posição que ocupava, mas por quem era.

Mas não era tudo. Não era o bastante.

O prazer residia na reciprocidade. Em desejar e ser desejada. Em dar e receber. Em necessitar e prover.

Eis o prazer que passara a vida inteira procurando.

E ali estava, em Ewan, seu primeiro amor. E, ela suspeitava, seu último.

Ele recuou um pouco para conseguir dar um beijo em sua bochecha. Outro no canto do olho. Outro no queixo.

– Ela era a coisa mais linda que ele já tinha visto – sussurrou e, de repente, Grace estava doida para saber o resto da história.

Com um sorriso endiabrado, comentou:

– Todo mundo adora uma garota que sabe lutar.

– Verdade. – Aqueles olhos cor de âmbar se perdiam nos dela, contemplando-a. E aquela única palavra, dita com tanta suavidade, ameaçou deixá-la em chamas. Antes que pudesse explorar tal ardor, no entanto, Ewan continuou, roçando as pontas dos dedos em seu braço, no quadril, e Grace estremeceu na expectativa de mais. – Apolo era um deus havia muito tempo, sabe, e já tinha visto muitas belas mulheres, mas nunca uma que fosse tão feroz e tão comprometida com a própria jornada. Uma guerreira. Ele se apaixonou na hora e a pediu em casamento no mesmo instante.

– E então? Ela caiu nos braços dele e os dois viveram felizes para sempre?

Outro daqueles sorrisos astutos.

– Você não está prestando atenção. Cirene não se importava com o fato de que ele era um deus. Ela era uma das lutadoras mais habilidosas que o mundo já vira. Sabia de seu poder e não estava disposta a abrir mão dele. Nem mesmo por um imortal.

– Garota esperta – Grace elogiou, agora com as próprias mãos em ação, despindo-o do paletó e desamarrando a gravata enquanto ele falava.

– Eu não te disse que ela era corajosa *e* brilhante?

Ela jogou a gravata para longe, deslizando as mãos pelo linho macio da camisa, descendo, até arrancá-la de dentro das calças.

– Você também disse que ela era bonita.

Ele amparou o queixo dela em seus dedos, erguendo-a para si.

– Incomparável.

Outro beijo, ardente e delicioso.

– Mas ela não queria uma segunda vida igual a que levava com o pai. Não queria repousar em idílio, a esposa de um deus. Queria governar um reino, como uma rainha guerreira.

Grace o observou, prestando atenção a cada palavra, entendendo como a história terminaria. O único final possível.

– Ela o rejeitou.

Ewan anuiu.

– E então o grandioso deus, deus do sol, da verdade, da luz e da profecia, fez a única coisa que lhe restava.

– Ele a raptou – Grace sussurrou. E tais palavras, parte de uma história boba, deixaram-na horrorizada. Horrorizada com a ideia de que sempre haveria alguém com mais poder, e que não pararia por nada para fazer valer a própria vontade. Quantas vezes ela se viu em estado de alerta, com medo de tal poder na mão de homens?

Na mão deste homem com quem estava?

– Não – Ewan a encarou, cautelosamente. – Não, Grace. Ele não a raptou. Ele suplicou. O filho de Zeus, a grande divindade da Guerra de Troia, colocou-se de joelhos e implorou que ela o aceitasse. Ofereceu-lhe riqueza, joias, imortalidade... se apenas o deixasse amá-la.

– E ela recusou novamente.

– E por quê? – A história acabava, e ali, no limiar daquela pergunta, Grace se deparou com a realidade. – Ele não queria nada mais do que oferecer o mundo a ela. Amá-la e mantê-la em segurança e lhe dar tudo o que ela desejasse.

– Mas não o que ela precisava – Grace respondeu. – Ele não poderia saber do que ela precisava... sendo um deus e ela uma reles mortal.

Sendo ele um duque e ela uma ninguém.

– Cirene não queria receber o mundo – ela disse com suavidade. – Não das mãos dele.

Ewan aquiesceu, incentivando-a a prosseguir.

– Apolo queria presenteá-la com o futuro, mas ela queria conquistá-lo sozinha.

Uma longa pausa se estendeu entre os dois, e Grace ficou na dúvida se Ewan continuaria a conversar, conforme contornava a linha de sua mandíbula, então a curva de seus lábios com a ponta do dedo. Enfim:

– Do que você precisa?

A pergunta trouxe uma sensação tão reconfortante. E alegria.

E esperança como nunca sentira.

– Preciso de você... – confessou.

Ele aguardou. Sempre tão paciente.

– Preciso de você.

Os olhos dele ficaram turvos ao ouvir a resposta.

– Agora – ela sussurrou. – Esta noite.

Não disse o restante – o pedacinho que mudaria tudo.

Não disse *para sempre.*

Ewan, porém, parecia ter ouvido mesmo assim, considerando a intensidade com que a beijou, deitando-a na cama e colocando-se sobre ela, beijando-lhe o queixo, o pescoço, os ombros, os seios, depois, conforme se aproximava do mamilo rígido, com mais delicadeza. Os lábios dele eram tão macios... Grace suspirou com o jeito como ele a venerava, enfiando as mãos nos cabelos dele, arqueando o corpo para ficar colada ao dele.

Ansiava por Ewan.

Não só por seu toque, mas por tudo, a intimidade das carícias, o cuidado, o prazer.

Tanto prazer.

Ele seguiu o toque dela, fechando os lábios ao redor do mamilo e chupando com gentileza, saboreando-a até que ela estivesse puxando os cabelos dele e murmurando seu nome, pressionando-o contra os seios, ardendo de vontade, lentamente se desmanchando sob a cadência das sugadas longas.

Ewan deslizou uma das mãos pelo quadril de Grace, pela coxa, afastando provocativamente as pernas até que ela estivesse aberta para ele, erguendo o quadril para receber o toque, rebolando de encontro a ele. Ela pulsava de desejo, não só pelas carícias prometidas, mas por todo o resto, o modo como a devorava com o olhar, com os lábios, com as palavras. Queria tudo dele.

Entreabriu suas dobras e começou a estimulá-la, e, ao ver que ela estava muito molhada, soltou um grunhido de satisfação que a deixou ainda mais lubrificada e cheia de desejo. Ewan levantou a cabeça para poder encará-la nos olhos.

– Você gosta disso!

Grace anuiu, balançando o quadril no ritmo de suas carícias.

– Eu gosto de você.

Ewan parou e, por um momento louco e fugaz, ela se perguntou se havia falado demais. Mas, se isso fosse demais, o que aconteceria se contasse o resto?

Acariciou-a novamente, e Grace começou a fechar os olhos. Ele parou de novo.

– Não, meu amor – ele pediu, o vocativo aquecendo-a tanto quanto o toque. – Eu quero que você assista.

Os dedos se moviam em círculos preguiçosos, bem no coração dela. Grace abriu mais as pernas.

– Vá em frente, então.

Ambos olharam para baixo, para a mão dele, trabalhando no corpo dela, e Grace deslizou a própria mão sobre a dele, os dedos se entrelaçando, a respiração ficando mais pesada. Nenhum dos dois desviou o olhar quando Ewan disse:

– Eu quero ver você gozar.

Inclinou-se e abocanhou o mamilo novamente, em longas e adoráveis chupadas que a fizeram ofegar, agora masturbando-a com mais força e firmeza, mais rápido, conforme ela se arqueava.

– Ewan – sussurrou. – Por favor.

E veio o ápice, com Grace rebolando de encontro a ele enquanto Ewan a guiava pelas veredas do prazer, levantando a cabeça para vê-la reivindicar o clímax para si.

– Isso – ele rosnou. – Vem com tudo. Goza com vontade.

E ela gozou, sob o olhar atento dele, tal qual um presente, uma promessa de que sempre estaria lá para garantir seu prazer. Para fornecê-lo. Para deliciar-se com ele. Para não a deixar sucumbir ao sentir que perderia as forças.

Quando Grace estava saciada, Ewan se ergueu um pouco, a mão a abraçando com força, garantindo que ela aproveitasse até o último momento de prazer.

Finalmente, ela olhou para ele e fez um carinho em seu rosto.

– Era para ter sido você – sussurrou. – Eu que deveria ter te dado tal prazer.

– E você acha que não deu? – ele disse com os lábios nos dela, roubando beijos entre palavras sussurradas. – Não sinto nada além de um prazer capaz de roubar a sanidade de qualquer um.

Ela não deveria ter gostado disso, mas gostou.

– Tão bom assim?

– Impossivelmente bom. Meu Deus, Grace. Ter prazer com você... quase apaga todas as outras experiências prazerosas que já tive.

– E já teve muitas experiências?

Não sabia por que fizera tal pergunta. O que acontecera nos últimos vinte anos não devia ter importância. Não importava se ele tivera amantes. Não importava quem elas eram.

Não deveria ter perguntado.

Ewan, entretanto, não pareceu se importar:

– Não.

A resposta foi dolorosa. Por ser tão verdadeira. Ele fora tão solitário quanto ela. Ansiando por alguém, exatamente como ela.

Ansiando por ela.

– Eu senti tanto a sua falta – ele sussurrou, as palavras tão suaves que, se eles não estivessem entrelaçados, não as teria ouvido. Mas ouviu, e soube que eram sinceras. – Cada dia, cada hora. Senti a sua falta.

Uma pausa, e então:

– Na verdade, dizer que senti sua falta... não basta. Essa palavra... essa palavra implica uma ocorrência natural. Sugere que se eu estivesse em casa no dia em que você foi até lá... ou se você estivesse em St. James da última vez que comprei gravatas... então talvez eu poderia ter tido uma chance de não sentir sua falta. Mas como nomear o vazio lancinante que senti com sua ausência? O tempo todo? Todos os dias?

Grace sentiu os olhos ardendo com lágrimas mediante a maneira como ele conseguira exprimir em palavras o mesmo vazio que habitara seu coração. Uma tristeza pungente, como se parte dela tivesse se perdido.

Beijaram-se novamente, com urgência, dando vazão a toda aquela tristeza.

– Que nome damos àquela solidão, como se metade de mim tivesse partido, para nunca mais retornar? – Ewan perguntou. – Que nome damos a isso?

Amor.

– Ewan – Grace sussurrou, sem saber ao certo o que dizer. Sem saber o que pensar. Sabendo apenas que queria ajudá-lo a amenizar aquela dor.

A dor que ela também sentia.

E, de repente, ele paralisou, o fôlego preso na garganta. Grace o encarou, mas Ewan não estava olhando para o rosto dela.

Capítulo Vinte e Dois

Grace tinha uma tatuagem no ombro esquerdo.
Não tinha notado até então – sempre estivera coberta por alças, corpetes e mangas e, quando a despiu antes, pelas madeixas vermelhas. Depois, ficou tão hipnotizado pelos olhos e pelo rosto e pelo modo como ela se entregou ao desejo que não notou.

Mas agora notara, no ombro esquerdo, uma tatuagem preta. E reconhecera porque antagonizava com a marca que ele tinha no mesmo lugar. A dele, uma cicatriz branca – da qual ela cuidara poucas noites atrás – de vinte anos e ainda saliente e enrugada, fruto do castigo que recebera por amá-la.

Punição que sofreria tantas vezes quanto necessário, se significasse mantê-la em segurança. E manteve.

Grace fugiu e construiu para si um reino e um palácio ao lado dos irmãos de Ewan, a quem ela reivindicava como próprios. E ele sempre imaginara que ela havia feito de tudo para esquecê-lo, desde o momento em que fugira, acreditando que se tornara o monstro que o pai o obrigara a ser.

Só que não o esqueceu.

Pelo contrário, carregava-o consigo.

Porque ali, no ombro dela, estava a marca dele, o mesmo M que o pai havia talhado em sua carne, mas virado a noventa graus.

Não mais um M de Marwick.

Agora um E.

De Ewan.

Sentiu o ar preso no peito, o coração martelando, e não conseguiu encontrar palavras para falar – o fardo tão pesado daquela marca de repente provando que tudo o que ele tinha feito, tudo o que tinha sido, tudo o que tinha sacrificado, valera a pena, porque Grace não o esquecera. Ela o carregara consigo.

Tocou-lhe o ombro, e ela virou a cabeça, para observá-lo acariciar a pele macia, perfeita e tatuada. Cobriu a letra com a palma da mão.

– Doeu?

Suas palavras saíram irregulares, como seus pensamentos.

– Sim.

Ewan olhou para ela.

– Não está falando da tatuagem.

– Não – Grace balançou a cabeça.

– Sem máscaras – ele sussurrou.

– Doeu. Doeu demais. Por dias e semanas. – Ewan fechou os olhos, o peito apertado conforme ela prosseguia. – Senti sua falta como se não pudesse respirar. Acordava no meio da noite, no escuro, no úmido, na chuva, no frio. E sentia a sua falta. Escalei aqueles malditos prédios em Mayfair, contando as malditas chaminés, imaginando que um dia você iria deixá-lo. Que sairia daquele lugar. Que largaria o título e voltaria para nós.

Os olhos estavam marejados, brilhando à luz das velas.

– Não. Não para nós. Para *mim*. Imaginei que você voltaria para mim.

Uma lágrima escorreu, caindo na mão que ele tinha sobre a tatuagem. Ardente.

– Mas você não voltou.

Eu queria ter voltado.

Todas as noites. Deitava-se na cama naquela casa no meio do nada e calculava o caminho exato que teria de fazer para chegar até eles.

– Eu esperava que a tatuagem aliviasse a dor. Como se drenasse o veneno.

Odiava ser como veneno para ela.

– E funcionou?

Grace o encarou, sustentando o olhar por um longo momento para que ele pudesse ver toda a verdade quando disse, baixinho:

– Não.

– Grace... – Esta palavra era uma arma. Uma agulha, tatuando seu coração.

– Meu Deus, como eu odiei esse nome – ela disse, em um fluxo mais livre. – Odiei o quanto me lembrava de você toda vez que Devil ou Whit o usavam.

– Eu sofri da mesma maldição: era assombrado por você toda vez que um criado reverente, um dândi afetado ou alguma mãe casamenteira se dirigia a mim como Vossa Graça, e ficava furioso. Era um lembrete constante de que a minha Grace não estava em lugar algum onde eu pudesse encontrá-la.

– E era isso que eu era? A sua Grace?

– É tudo o que eu sempre quis que fosse.

– Inclusive hoje à noite?

– Sempre. Para todo o sempre.

Ewan retirou a palma da mão que tinha sobre a tatuagem, inclinando-se para dar um beijo de leve sobre a pele quente, antes de encará-la nos olhos. Estendeu a mão e cobriu a dela com a sua:

– Você disse que minha cicatriz me fez dele para sempre.

Grace se encolheu com as palavras, como se desejasse retirá-las.

– Não. – Não tinha a intenção de que ela se arrependesse. Já havia arrependimento o bastante para uma vida inteira entre eles. Sacudiu a cabeça: – Se isso é mesmo verdade, então sua marca faz você ser minha?

Ela deslizou as mãos pelos cabelos dele, puxando-o para baixo, em sua direção. E, em um piscar de olhos, antes que colasse os lábios aos dele, sussurrou:

– Sim.

E, com esta única palavra, Grace o libertou. Ewan se ajeitou sobre ela, deixando-a comandar o beijo, deixando-a explorá-lo completamente. Começou a explorá-la também, deslizando a perna nua entre as dela enquanto Grace o abraçava pelo pescoço e se erguia para encontrá-lo, entregando-se a ele.

Ewan grunhiu ao senti-la contra si, tão quente e macia, os músculos fortes de suas coxas enlaçando-o ao redor da cintura à medida que o beijo se tornava ávido e carnal, como se ela ansiasse por isso há tanto tempo quanto ele. Grace correspondia ao seu desejo na mesma intensidade; esfregando-se, puxando-o para mais perto, abrindo-se para ele, dando-lhe tudo o que queria. E, como se não bastasse, ela interrompeu o beijo com um pequeno suspiro, dizendo:

– Faça-me sua.

Em mais de uma ocasião ao longo dos últimos anos, Ewan realmente achou que estivesse ficando louco. Mas, naquele momento, quando Grace sussurrou tais palavras, entregando-se a ele, foi o mais próximo que chegou da loucura. Louco de desejo. Louco de esperança. Louco de necessidade.

Devorou os lábios dela, mal lhe permitindo respirar.

– Se eu fizer isso... se você permitir... não é só uma noite.

Ela o encarou, os lindos olhos castanhos nos dele.

– Eu sei.

Sabia? Ele não ousou ter esperança.

– Não é só por uma semana, ou um ano, Grace.

Pegou o rosto dela entre as mãos. Ela tinha que entender isso. Tinha que tomar a própria decisão.

– Eu quero recomeçar.

Ela assentiu.

– Eu sei.

– Quero ser tudo o que você deseja.

Grace sorriu, e ele quase parou de respirar diante de tanta beleza.

– Achei que você queria ser tudo o que eu precisava.

– Isso também – disse, beijando-a. – Isso também.

– Nesse caso... – ela respondeu, o olhar ficando escuro e lânguido, enquanto ela projetava os quadris contra ele, esfregando sua parte mais macia contra o membro duro dele uma, duas vezes, até que ambos gemeram. – Faça-me sua.

Minha.

O resquício de controle que lhe restava foi por água abaixo, e então ambos estavam se agarrando, mãos e bocas sedentas, explorando pele, cabelos. Ewan desceu beijando-lhe o pescoço, demorando-se novamente na tatuagem no ombro, até chegar aos seios, dando em cada belo mamilo marrom uma bela de uma chupada, até Grace se arquear toda.

Continuou a exploração descendo com uma trilha de beijos por seu torso, deleitando-se com a força dela, os músculos definidos – lapidados ao longo dos anos de luta e escalada pelos telhados de Londres. Fez uma pausa suave na barriga, e ela riu quando ele passou a bochecha áspera da barba por fazer sobre a pele dela. Ewan levantou a cabeça ao som magnífico, simultaneamente familiar e desconhecido.

– Ah, a rainha de Covent Garden tem cócegas – ele brincou.

Ela riu, olhando para o teto.

– Não conte a ninguém.

– Nunca – ele jurou, repetindo o movimento e adorando ouvi-la rindo e perdendo o fôlego rapidamente; então Grace puxou a cabeça dele, para ver a expressão no rosto de Ewan. – É meu segredo.

– Pois guarde-o bem – ela disse, sorrindo.

Ele guardaria – e deu-se conta, naquele fugaz e magnífico momento, de que passaria o resto da vida guardando os segredos dela.

Assim como ela passara tanto de sua vida guardando o segredo dele.

Deu outro beijo na pele sensível e deslizou lentamente para baixo, separando mais as pernas delas e acomodando-se entre elas.

– Conte-me outro segredo.

Grace respirou fundo com o pedido, feito bem diante de seu núcleo. Ewan sentiu uma corrente de satisfação e inclinou-se para frente, separando-a gentilmente com os polegares para admirá-la.

– Por Deus! – sussurrou, e só a sensação das palavras ditas tão perto de sua pele quente e molhada era o suficiente para deixá-la doida. – Nunca vi nada tão lindo.

– Ewan – ela se engasgou. – Por favor.

Ele soprou uma corrente de ar frio direto para o centro dela, e Grace gemeu de prazer e frustração.

– Conte-me outro segredo – ele pediu.

– Eu te quero – Grace sussurrou, e as palavras saíram tão roucas e distantes de tesão que para ele foi como ganhar um presente.

– Boa menina – elogiou, pressionando um beijo em sua coxa, perto da virilha, onde os nervos estavam à flor da pele. Grace levantou os quadris, rebolando, querendo ser recompensada, e Ewan pensou que poderia morrer ali com a aparência deslumbrante dela, rosa e molhada e quente como uma chama. Colocou um dedo no topo de suas dobras, e ela suspirou, o som tão notável, que ele precisou usar todas as energias para não gozar ali mesmo.

– Sim, bem aí – ela disse, frustrada. – Vai!

Ela estava tão pronta para ele. Lisa e molhada e perfeita.

Ewan balançou aquele único dedo sobre o centro dela, amando a respiração entrecortada, o pequeno gemido que ela engoliu enquanto circulava aquele pontinho sensível e protuberante no topo daqueles pequenos lábios. Esfregou suavemente, para cima de um lado e para baixo do outro, e ela finalmente soltou um grito.

– É assim que você gosta, né? – ele disse baixinho, mais para si mesmo.

Grace soltou outro palavrão, e a linguagem grosseira e poderosa era a prova perfeita de que ela estava se desfazendo. Ewan se demorou ali, naquele ponto, acariciando e estimulando, até que ela assumiu a dianteira, usando o toque dele para encontrar o próprio prazer.

– Isso, meu amor – ele murmurou, dando outro beijo na pele macia da coxa. – Me mostra do que você gosta. Me mostra o que te faz gemer.

As palavras a deixaram enlouquecida, e Ewan passou a masturbá-la com dois dedos, estimulando o ponto quente e úmido, sentindo-a pulsar ao redor dele. Ela abriu mais as pernas e empurrou o quadril para cima.

– Mais – gemeu. – Por favor.

– Você está latejando bem aqui, não está? Tadinha. Está doendo?

– Meu Deus, sim. Eu quero...

– Fala, fala pra mim o que você quer.

Eu lhe darei tudo o que quiser.

– Eu quero...

Minha boca, ele torceu para que fosse a resposta.

Teria um treco se não estivesse logo de boca nela.

Grace não disse. Mas fez melhor: enfiou os dedos nos cabelos, cerrando os punhos e colocando-o exatamente onde ela o queria.

– Isso – ela ofegou, quando Ewan a abocanhou, segurando-a bem aberta e lambendo-a com vontade. – Oh, sim – ela suspirou. – Isso!

Ela tinha gosto de doce e de pecado, e ele se refestelou, deleitando-se com o gosto dela, com o modo como se balançava contra ele, lutando pelo prazer sem vergonha, com as mãos em seus cabelos, segurando-o firme contra si enquanto se movia. Durante todo o tempo, ela falava, xingava, dizia-lhe todas as maneiras em que ele estava fazendo do jeito certo.

– Sim – gemeu. – Aí.

Ela dava a direção, e ele atendia, ansioso, por todos os caminhos que poderiam deixá-la doida.

Círculos lentos se tornaram gradualmente mais rápidos, a língua trabalhando no ritmo dos quadris dela, até que Grace gritou seu nome, e Ewan percebeu que ela estava quase lá. Continuou a empreitada, deleitando-se com o gosto dela enquanto proporcionava a ambos prazeres além de tudo que ele já experimentara.

E então, bem quando chegou ao ponto de frenesi, Grace olhou para ele como uma maldita deusa e disse:

– Será que te conto um outro segredo?

Eles se entreolharam ao longo do corpo nu dela, e Ewan balançou a cabeça afirmativamente, não querendo se afastar de onde estava nem por um minuto.

– Quero que você se masturbe enquanto eu gozo.

A mais pura excitação tomou conta de Ewan, além de gratidão e vontade.

E desejo. Isso também.

Pegou seu pau, nunca tão duro. Nunca tão quente. Nunca tão necessitado. E masturbou-se no mesmo ritmo em que a masturbava, com o gosto delicioso dela em seus lábios, a visão de Grace rebolando contra ele, e a própria mão tornando a experiência toda insuportavelmente gostosa.

Ela agarrou os cabelos dele com mais força.

Suas coxas tremeram.

E, praguejando os palavrões mais sujos que ele já tinha ouvido, Grace chegou ao clímax, gritando o nome dele pelo quarto escuro enquanto Ewan trabalhava nela com as mãos e com a boca e a língua até que ela perdesse a noção de tudo que não fosse prazer.

Conforme a mulher voltava a si, Ewan diminuía o ritmo da língua, dos dedos, parando aos poucos enquanto ela ainda pulsava, e Grace o puxava para si, ansiosa por mais, com o nome dele brincando, rouco, nos lábios.

Ansiosa por todo o resto.

Ewan levantou a cabeça depois que a última onda de prazer a percorreu e deitou-se ao lado dela, não querendo nada além de abraçá-la, beijar sua têmpora e niná-la.

Mas Grace tinha outros planos, invertendo as posições e montando nele, empurrando-o para a cama.

– Você não gozou – ela sussurrou, dando-lhe um longo e prolongado beijo que ameaçou sua sanidade pelo jeito que ela lambeu os lábios, o gosto dela ainda lá.

– Eu não queria. Era para você.

– Mmm – ela soltou um suspirou, baixo e pecaminoso, inclinando-se para beijá-lo outra vez. – Quer que eu te diga o que eu quero a seguir?

Se Ewan já não estivesse duro como aço, sentir o peso delicado do corpo de Grace sobre o seu, enquanto fazia aquela pergunta preguiçosa com ares de satisfação, teria garantido a ereção.

– É o que eu mais quero.

Ela pressionou os quadris contra ele uma, duas vezes, até que ele gemeu, e então ela foi um pouco para trás, ajeitando-se, e pegou seu membro.

Ewan perdeu o fôlego ao sentir o toque, os dedos o acariciando com firmeza e determinação.

– É isso o que eu quero. Quero você!

– Tudo o que você quiser – ele respondeu, exercitando cada fibra de seu corpo para se impedir de agarrá-la, jogá-la na cama e assumir o controle.

Grace pareceu notar o esforço, brincando com as carícias, subindo pelos braços, deslizando pelo peito até chegar à extremidade dura e pulsante do corpo dele. Esfregou-se contra ele mais uma vez e ambos soltaram um suspiro pesado quando ela sentiu a pressão do pau contra sua parte mais sensível.

– Eu gosto disso – ela disse.

– Mmm... – ele respondeu. – Eu gosto de você.

Ela o observou, os olhos radiantes de prazer.

– Gosta mesmo?

Como ela poderia duvidar? Colocou a mão sobre uma bochecha dela, encarando-a no fundo dos olhos.

– Demais – ele assegurou, inspirando fundo, querendo memorizar este momento. – Procurei por você por tanto tempo, pensando que seria tudo igual quando te encontrasse. Pensando que você ainda seria a garota que eu amei.

Percebeu que um nó se formou na garganta dela ao ouvir tais palavras.

– Mas, em vez dela, encontrei *você*, belíssima e audaciosa, sim. Mas forte e poderosa, gloriosa pra caralho. Você é gloriosa, Grace.

Tais palavras a comoveram, e Grace respirou fundo, erguendo o queixo apenas o suficiente para que ele percebesse a resposta. Orgulho. Satisfação.

– Eu vejo quem você é – ele disse.

– Eu sonhei com isso – ela respondeu, baixinho, uma confissão que o queimou como uma chama. – Que você retornaria. E me encontraria. E me desejaria.

– Não acredite, nem por um minuto, que eu não te desejaria.

– Eu não sou mais a garota que você amou.

Nunca mais verá aquela garota de novo.

As mesmas palavras que ela lhe dissera um ano atrás. As palavras que o arrasaram. As palavras que o reconstruíram.

– Não, não é. Você é mais. Você é a mulher que eu amo.

Grace inspirou tais palavras, apoiando as mãos no peito dele enquanto os olhos se enchiam de lágrimas não derramadas. Ewan estendeu a mão para puxá-la até si e beijá-la. Quando se afastaram, ele sussurrou:

– Você não tem que dizer nada. Mas não podia mais ficar calado. Eu te amo. Não a garota que você foi. Não a mulher que eu pensei que encontraria. Você. Aqui. Agora. – Inclinou a cabeça em direção às janelas com vista para Covent Garden. – Lá fora no alto dos telhados e lá embaixo no cortiço.

Grace acariciou o rosto dele e o beijou, intensa e passionalmente, até que ambos estivessem ofegantes de prazer.

– Você se lembra do que te disse naquela noite em meus jardins? Lembra do que eu te chamei?

Um sorriso suave e secreto brincou em seus lábios.

– Você me chamou de Rainha.

Ele assentiu.

– E eu, seu trono.

Fogo se acendeu nos olhos dele.

– Gosto disso.

Um grunhido baixinho vibrou no peito dele.

– Eu também, meu amor.

Os dois se encaixaram outra vez, Ewan abrindo os grandes lábios dela enquanto Grace se levantava, a cabeça do pau dele já na abertura, quente e molhada e perfeita. *Não*. Sem herdeiros.

– Espere

Ela parou, compreendendo. E meneou a cabeça.

– Não precisamos esperar. Não há possibilidade de gravidez.

Então, ele também compreendeu. Havia meios de prevenir o inevitável, e Grace era uma mulher adulta que sabia muito bem como utilizá-los.

Ela se abaixou um centímetro. Dois. Apenas o suficiente para deixá-lo louco enquanto ela sussurrava em seu ouvido:

– Isso é…

– O paraíso – ele grunhiu.

– E você acha que podemos deixar ainda melhor? – ela sorriu.

– Consigo pensar em vários jeitos de tentarmos – ele respondeu, sorrindo de volta.

– E este é um deles? – ela perguntou, dengosa, descendo ainda mais no pênis ereto, quente e glorioso, vagarosa e perfeita, quase matando-o com a sensação.

– É o melhor deles – Ewan gemeu, duro, enquanto ela se erguia um pouquinho e então continuava a descer, devagar, apoderando-se cada vez mais dele.

– Ah, meu Deus, isso é tão…

Esperou, observando-a, ciente de que poderia ser desconfortável. Não querendo machucá-la, mas desesperado para penetrá-la.

– Tudo – ela sussurrou, e esta única palavra, carregada de pecado e sexo, o deixou ainda mais duro. Grace sentiu. – Você gosta disso.

– Ahhh – ele resmungou, incapaz de encontrar palavras apropriadas para o momento. – Como eu gosto.

Grace o beijou mais uma vez, balançando-se até encontrar o encaixe perfeito, seu suspiro de prazer sendo correspondido por um gemido de Ewan. Ela disse:

– Você gosta quando eu digo o quanto você me completa.

– Gosto. – Ele não conseguia parar de estocar dentro dela, devagar, apenas o suficiente para enlouquecê-lo com o gostinho do que seria.

– Será que eu digo mais? Será que digo o quanto seu pau está duro? Será que te conto que você me deixa tão aberta que nem consigo lembrar como era não ter você dentro de mim? Será que te conto como é essa sensação, Ewan, sabendo que *você* tá metendo dentro de mim?

Aquilo era assassinato. Ela estava acabando com ele.

Grace se aproximou e cochichou em seu ouvido:

– Você, enfim, no lugar ao qual pertence.

Ele perdeu de vez o controle. Levantou-a no colo e a jogou na cama, a risada deleitada dela a única coisa capaz de penetrar a névoa de desejo. Ewan se perdeu nos olhos radiantes:

– Você acha isso engraçado?

– Eu acho isso perfeito – ela respondeu.

Ewan recebeu a resposta dos lábios de Grace com um beijo.

– Aposto que posso tornar ainda mais perfeito.

Ela levantou o quadril, provocando-o.

– Ah é? Então prove!

Ele provou, começando, finalmente, com estocadas lentas e rasas, até Grace arquear o corpo para ele, que imediatamente abocanhou-lhe os mamilos e começou a chupar enquanto ela enfiava os dedos nos cabelos dele, implorando por mais. Ewan estava mais do que disposto a isso, então acelerou, metendo mais fundo, mais rápido, mais forte, até que Grace estivesse suspirando o nome dele e rebolando no mesmo ritmo, acompanhando estocada por estocada, profundas e suaves e então mais rápidas. E foi a vez de ele cerrar os dentes para conseguir se segurar.

Não chegaria ao clímax sem ela. Nunca mais sem ela, jamais.

Não agora que sabia como era estar com ela.

Grace era uma sereia, movimentando-se sob seu corpo, os cachos rebeldes espalhados pela cama como seda tecida com fios de fogo. O amor que sentia por esta mulher o consumia, esta mulher que era mais forte, mais poderosa e mais bela do que qualquer outra pessoa que já conhecera.

E, neste momento, ela pertencia a ele.

Conforme Ewan a penetrava, Grace deslizou a mão entre seus corpos e ele abriu espaço para que ela pudesse contribuir com o próprio prazer mais uma vez, massageando o ponto nevrálgico de toda aquela sanha.

Ele se inclinou para beijá-la de novo.

– Tá gostoso, meu amor? Suas mãos e meu pau, juntos?

– Mmm – ela gemeu, muito distraída em sua busca pela liberação. E então abriu os olhos, arregalados, e ele sabia que ela estava quase lá.

– Ewan – ela ofegou.

– Comigo – ele comandou. – Olhe pra mim enquanto você chega ao prazer. Eu quero ver.

Ela obedeceu, os enormes olhos castanhos cravados nos dele enquanto se entregava. E observá-la foi sua ruína. Ele chegou ao clímax com ela, gritando o nome de Grace enquanto fazia tudo o que podia para levá-la ao ápice do orgasmo, recusando-se a parar, recusando-se a ir mais devagar, até que ela estivesse exaurida.

E, só então, quando ela caiu sobre os travesseiros, mole, foi que ele parou, virando para aninhar-se a ela, puxando-a para junto de si, até que ela estivesse completamente entregue em seus braços, a pele ainda toda ruborizada de prazer e os cabelos espalhados como um manto de seda vermelha.

Os dois ficaram deitados assim por vários minutos, a respiração pesada fluindo no mesmo ritmo, os corações aos poucos desacelerando o compasso. O corpo de Grace cada vez mais solto e lânguido enquanto ele roçava os dedos na pele impossivelmente macia, maravilhado com os rumos que a noite tinha tomado, conduzindo-os àquele momento de plenitude e paz.

Será que algum dia ele já tinha se sentido assim? Consumido pela mais pura satisfação. Como se nada do que viera antes ou do que viria no futuro importasse porque, neste momento singular, só havia perfeição.

Deveria saber que seria assim.

Grace, em quem ele sempre pensou como uma parte que lhe faltava, agora era muito, muito mais.

Acariciou suas costas nuas, e ela inspirou profundamente, os seios subindo e descendo com a respiração e, ao sentir o contato deles com seu próprio peito, Ewan se deu conta mais do que nunca.

– Eu te amo – sussurrou para Grace, com vontade de dizer mais uma vez, agora, neste momento perfeito.

Ela ergueu a cabeça ao ouvir a declaração, procurando o olhar dele e encontrando o que quer que estivesse procurando, porque depositou um beijo no peito dele. Aninhou-se novamente em seus braços como se nunca mais fosse sair dali.

E ele apertou ainda mais o abraço, incentivando-a ficar.

Mas aí ela fez a pergunta que ele sabia que faria desde o dia em que despertara, no escuro, exatamente neste mesmo prédio, um ano antes.

Na ocasião, não estava preparado para respondê-la.

Agora, contudo, estava pronto.

Sem máscaras.

– O que aconteceu naquela noite?

Capítulo Vinte e Três

Ewan não respondeu de imediato.

Na realidade, por um instante, ela pensou que nem responderia. Ou que, talvez, nem a tivesse escutado, já que nada mudou com a pergunta – o abraço, a respiração, tampouco o batimento tranquilo e compassado de seu coração.

Até que, enfim, respondeu, a voz ecoando grave entre eles.

– Eu me fiz essa mesma pergunta mil vezes.

Grace não teve coragem de olhar para ele, pois sabia que, o que quer que estivesse prestes a acontecer, mudaria tudo. E receava que fosse para pior.

– E então?

Acompanhou a respiração dele, calma e regular, obrigando-se a ser paciente, como se o mundo inteiro que construíra não estivesse em caos mediante a possibilidade de estar apaixonada pelo homem que, por tanto tempo, fora seu inimigo.

Durante anos, teceu dezenas de conjecturas para a questão. Mais. Logo que escaparam, Devil, Whit e ela passaram horas tentando entender a traição. O que tinha acontecido? O que virara Ewan contra eles quando estavam tão perto de fugir?

Devil, bravo e amargurado, sempre acreditou que Ewan tinha simplesmente decidido que dinheiro e poder eram bons demais para serem dispensados. Afinal, ele fora o escolhido do velho duque desde o princípio, não fora? Por que apostar suas fichas neles, moleques de barriga e bolsos vazios nas ruas escuras e úmidas do cortiço?

Provavelmente morreriam antes de chegarem à vida adulta.

Whit fora mais empático. Ainda se lembrava dele se encolhendo de dor enquanto ela enfaixava as costelas quebradas do irmão com a própria anágua e ainda defendia que Ewan nunca dava ponto sem nó. *Existe um motivo*, ele dizia. *Ewan não nos traiu.*

E insistiu nisso por semanas. Meses, enquanto desapareciam no cortiço, escondendo-se com medo do velho duque vir atrás deles – as únicas pessoas no mundo que sabiam do plano de roubar o ducado para a própria linhagem em vez de morrer sem herdeiros.

Um dia, Whit acordou com a mente e o coração transformados. Endurecidos. E, daquele dia em diante, fez de tudo para mantê-los a salvo até mesmo do menor cochicho sobre os Duques de Marwick – velho ou novo.

Grace, entretanto, nunca teve o benefício do desinteresse indiferente. Nunca encontrou esse lugar. Amava e odiava Ewan. Estava furiosa e triste. E desejou estar com ele mais vezes do que podia contar. Mais do que qualquer um poderia.

Mesmo quando fechou seu coração, nunca foi capaz de esquecê-lo.

Portanto, era impossível para ela agir como se não tivesse nenhum interesse especial na resposta, enquanto estavam ali, deitados nus na cama, tão perto de revelarem tudo um ao outro.

Especialmente quando ele finalmente respondeu:

– Eu jamais teria te machucado.

Grace não teve escolha a não ser virar para ele ao ouvir estas palavras, encarando-o no fundo dos olhos, tentando desvendar a verdade. E, ainda assim, sentiu uma pontada de suspeita.

Franziu o cenho com a lembrança daquela noite.

– Eu me lembro – ela disse. – Você...

O corpo inteiro dele se enrijeceu com a invocação, e Grace se interrompeu, por um momento considerando não dizer o resto. Não. Se iam seguir em frente, a verdade precisava ser dita.

– Você veio pra cima de mim. Eu vi a lâmina na sua mão. A fúria no seu rosto.

– Não era pra você – Ewan argumentou. – Não espero que acredite, mas é verdade.

– Alguma coisa aconteceu.

– Sim, alguma coisa aconteceu – ele concordou, dando uma risada sem humor. – O velho fez sua escolha.

– Sempre soubemos que seria você. Desde o começo, era você. Devil e Whit... eram apenas iscas.

– Eles estavam lá para me treinar a me tornar um Marwick – Ewan explicou, fitando o teto. – Para me lembrar do que era importante. O título. A linhagem. Eles estavam lá para me treinar para ser implacável.

E ele tinha sido naquela noite.

Não tinha?

Ewan riu da ironia dos fatos.

– Só que o velho também ensinou os dois a serem implacáveis. Estaria orgulhoso deles agora.

– Eles estão cagando e andando pro orgulho daquele monstro. – Grace não mediu as palavras.

– Eles nunca deram a mínima. E por isso que o velho odiava os dois mais do que me odiava. Mas o ódio que ele tinha da gente não chegava nem perto do pavor que tinha de você.

– De mim? – Ela franziu o cenho. – E o que ele pensava que eu podia fazer? Ele era um duque, eu era só uma criança. Que vivia na propriedade porque ele tinha sido benevolente o bastante.

– Você não enxerga, Grace, o que te tornou ainda mais aterrorizante, uma simples garota. Uma órfã que não deveria ter a menor importância. Você deveria ter sido facilmente descartada. Mas este não era o seu destino. Em vez disso, você o odiava com tanta veemência e com uma frieza calculista. Você era brilhante e amada por todos que te conheciam, mesmo que não soubessem a verdade… que você era o bebê batizado como duque…

Ewan se interrompeu e, após um momento de consideração, prosseguiu:

– E você lutou do nosso lado com uma bravura que ele não conseguia controlar. Assim que chegamos, ele nos colocou um contra os outros. Joguinhos psicológicos, testes de resistência e brutalidade física. E ele não conseguia quebrar nosso espírito. Éramos três. E nos unimos em batalha não para vencer, mas para derrotá-lo. E ele abominava esse comportamento, já que não entendia por que não conseguia nos separar.

– Vocês eram irmãos – Grace disse simplesmente. Passou dois anos com o trio e vinte com Devil e Whit, sabia que os três tinham sido forjados no mesmo fogo, feitos como um conjunto.

– Não – Ewan disse, acariciando as costas dela. – Ele imperou sobre nós com a promessa de dinheiro para nossas mães e riqueza para nós. Comida em nossa barriga e conhecimento em nosso cérebro. Tetos sobre nossa cabeça. Tudo o que quiséssemos, se lutássemos uns contra os outros.

– Mas nunca lutaram. Mesmo quando ele colocava vocês três no ringue para lutar. Você sempre controlou seus socos, Ewan. – Uma pausa, e então ela prosseguiu: – Uma lição que pratica até hoje. Eu te vi fazendo isso em Covent Garden no outro dia.

Ele esfregou distraidamente um hematoma que ainda desaparecia no queixo.

– Foi um erro. Se você não tivesse parado a luta, talvez eu não estivesse aqui.

Claro que ela ia parar a luta. Jamais o deixaria morrer.

– É melhor você se lembrar disso, almofadinha. Aqui na lama, a gente luta sujo.

– Não cometerei os mesmos erros de novo. – Fez uma pausa, observando-a atentamente, então disse: – Só controlava os meus golpes com você.

– O que quer dizer?

– O nosso espírito poderia ter sido quebrado facilmente. Poderíamos ter sido separados. Manipulados. Não foi o sangue que nos manteve unidos contra ele. Foi você.

Grace arquejou.

– Nós três te amávamos. Whit e Devil como uma irmã, dispostos a te proteger sem hesitar. E eu... – ele se interrompeu, e ela pegou a mão dele, entrelaçando os dedos deles. – Como se você fosse parte de mim – ele suspirou. – Meu Deus, você era tão valente.

– Não, não era. Eu era uma ninguém. Eu era nada. Ninguém me notava.

– Você sempre estava presente. Acha que eu não me lembro de todas as vezes em que me resgatou? Em que nos resgatou? Cobertores quando estava frio. Comida quando estávamos famintos. Luz na escuridão. Você cuidou de nós tantas e tantas vezes. E sempre fora de vista.

– Não era bravura – contestou. Sim, fizera tudo o que podia para ajudá-los sem que o duque descobrisse, mas... – Eu nunca o enfrentei. Poderia ter feito muito mais para mantê-los a salvo. Eu era a prova do crime que ele tinha cometido, e eu nunca... – Ela desviou o olhar, odiando as lembranças do tempo em que viveu naquela casa, do tempo que dividiram. – Eu nunca o enfrentei.

– Nem eu.

Eu tirei vocês de lá.

O eco das palavras da outra noite, quando ela o acusou de persegui-los. De deixá-los para trás.

– Exceto pelo fato de que eu acho que você enfrentou, sim. – Ela se demorou observando-o, desconfiada. – Acho que você o enfrentou naquela noite.

A chama bruxuleante da vela na mesa de cabeceira se apagou. Estavam nos aposentos dela há um tempão. Duas horas, talvez mais. Grace consultou o relógio na parede oposta. Três e meia. A festa ainda corria a pleno vapor lá embaixo. Mas, aqui, o tempo tinha parado.

– Às vezes, repasso aquela semana na minha cabeça. Lembro de cada momento com tanta clareza. – Ele olhou para Grace: – Você se lembra? Estávamos planejando fugir.

Ela fez que sim.

– Você tinha decidido que era hora. Antes que o inverno chegasse e ele decidisse pegar um de vocês para fazer de exemplo.

– Fazia dois anos que estávamos lá. Dois anos e todos nós já tínhamos idade para ir à escola. Devil e eu já estávamos bem altos.

– Logo vocês não conseguiriam se esconder com tanta facilidade – ela recordou.

– Isso, e sabíamos que tínhamos ganhado corpo para conseguir nos infiltrar em Covent Garden. Poderíamos trabalhar. – Ewan olhou para ela. – E éramos grandes o bastante para te proteger.

Grace sorriu:

– Quem diria que seria Covent Garden que precisaria se proteger de mim.

Ele acariciou a pele macia mais uma vez, puxando-a para junto de si.

– Queria poder ter vindo junto. Queria ter visto você tomar este lugar de assalto.

– Eu também queria – Grace concordou, séria.

– Só que antes disso ele nos encontrou juntos. – Ewan levantou a mão dela e beijou os nós dos dedos. – Eu e você.

Colocou a mão dela no ombro esquerdo dele, onde a cicatriz ainda queimava.

– Lembro-me daquela noite como se fosse ontem – ela disse. – Beijos castos e palavras doces, eu estava envolvida em seu abraço.

Entregues à escuridão, cochichando planos para o futuro. Juntos. Longes de Burghsey e do ducado.

– Você se lembra do que eu te disse? Antes de ele nos encontrar?

Grace fez que sim, encarando os olhos dele.

– Você me disse que encontraria um jeito de nos manter em segurança.

– E o que mais?

– Você me disse que me amava. – Ela sorriu.

– E você me disse o mesmo – ele respondeu, dando um beijo na testa e inspirando fundo nos cabelos dela.

– E então ele nos encontrou e te feriu. E, ao te ferir, ele me feriu também. – Ela levou a mão outra vez até o local onde ele havia sido marcado e beijou a cicatriz de novo. – Eu sinto muito.

– Nunca, jamais, se desculpe por isso. Eu teria suportado mil cortes como esse se isso significasse guardar todas as nossas lembranças. As mais felizes da minha vida... até agora.

Grace passou o polegar com delicadeza sobre a pele saliente da cicatriz.

– E agora? Qual é a lembrança mais feliz da sua vida?

Ela sentiu a mão dele em sua bochecha e olhou para cima, os olhares fixos um no outro.

– A noite de hoje. Aqui, neste lugar que você construiu, um palácio de prazer e poder e orgulho, neste lugar que você me confiou, neste mundo que dividiu comigo. É a noite mais feliz da minha vida.

Lágrimas acompanharam tal declaração, cheia de pesar e arrependimento – o que teriam se tivessem fugido juntos? O que teria acontecido?

– O que aconteceu, Ewan? – ela perguntou de novo. – Como tudo mudou de repente?

– Ele me escolheu. E, ao me escolher, tornou impossível minha fuga com vocês. – Ele tirou uma mecha de cabelo que caíra sobre o rosto dela, sussurrando: – Eu não podia ir com você.

– Por que não? – ela o confrontou, confusa e incrédula. Nada daquilo fazia sentido. – Por quê? Por causa do título?

– Por causa do homem – ele explicou, erguendo a mão dela e guiando-a até ombro de Grace, espelhando o toque que fazia na própria cicatriz. – Por causa do monstro.

– Conta pra mim.

Ewan inspirou fundo e disse baixinho:

– Ele deixou minha mãe à míngua.

Grace não entendeu por que começar por ali, mas foi por ali que ele escolheu e ela teria deitado em seus braços e escutado para sempre se ele lhe pedisse.

Ou, talvez, tivesse começado por ali porque era o começo dele. Onde eles haviam começado, como fios de seda, tecidos na mesma trama pelo destino.

– Ela saiu para uma caminhada como amante do Duque de Marwick e, ao retornar, deu de cara com a casa esvaziada de todos os pertences – ele contou, com facilidade e sem emoção, como se já tivesse ouvido essa história mil vezes, e ela imaginava que ele tinha, um conto gravado em sua memória pela mãe heroína. – Tudo tinha sumido. Joias, mobília, obras de arte. Tudo de valor. Sumido.

Grace acariciou o peito dele, sentindo os pelos castanhos, a vibração da voz. E conforme Ewan falava, tudo o que ela mais queria era ter um bálsamo para curar aquela dor, das histórias do passado que guardavam tanta raiva e sofrimento... e às vezes, a dor de outros, ainda pungente, ainda sem alívio.

Ele soltou uma risada seca, sem humor.

– Minha mãe falava desse dia mais do que falava de qualquer outra coisa. O dia em que o duque a jogou fora. Esse dia e os anteriores, com festas e o privilégio e o poder que ela detinha em Mayfair: a impecável amante do Duque de Marwick! – Ele fez uma pausa, e então: – Creio que ela não aceitou numa boa quando soube que ele a mantinha ao mesmo tempo que a mãe de Devil e a de Whit.

Grace não conseguiu conter o comentário sarcástico:

– A esposa não queria saber dele... o que mais um aristocrata bem-dotado poderia fazer?

Ele soltou um grunhido, e ela teve a impressão de ouvir algum divertimento nisso.

– Embora não tão bem-dotado por muito tempo.

Poucos meses depois, a mãe de Grace, a Duquesa de Marwick, usaria uma pistola para garantir que o velho duque nunca mais tirasse vantagem de outra mulher.

– Uma verdadeira boa ação – disse Grace. – Uma das poucas coisas que sei sobre minha mãe, e a que me deixa mais orgulhosa.

Ele brincava no ombro dela, descrevendo pequenos círculos com a ponta dos dedos.

– Imagino que você tenha puxado dela a força e a integridade.

– E a mira – ela alfinetou.

– E a mira – ele repetiu, o sorriso na voz substituído pela aspereza quando disse: – Creio que minha mãe teria adorado ser a parceira dela naquele duelo. Adoraria punir o velho assim como foi punida.

Ewan estava tenso, e Grace não se mexeu, exceto pelos dedos que continuavam a brincar, desenhando os círculos lânguidos.

Quando prosseguiu, estava sussurrando:

– Ela sentia tanto ódio dele por ter quebrado o contrato. Amantes de duques deviam receber vultosas recompensas ao se aposentar. Casas geminadas em Earl's Court e duas mil libras por ano, além de uma conta aberta em Bond Street. Mas ele não cumpriu nada disso... pelo contrário, ele a castigou.

O velho duque tinha punido todas as mulheres que passaram por sua vida. Fora cruel e misógino. E Grace abriu a boca para falar justamente isso para Ewan, para ajudar a aplacar a dor que claramente o corroía.

Só que ele continuou a falar antes que ela tivesse a oportunidade:

– Ele puniu minha mãe por minha causa.

– Não! – ela atalhou imediatamente, levantando a cabeça. – Você não… Mas ele a interrompeu.

– Ela a abandonou somente com um baú de roupas. E sabe que, durante anos – ele falava sem olhar para Grace –, quando ela me contava essa história, eu achava que ela repetia essa parte do baú para ressaltar a simpatia do meu pai. Os vestidos, bordados com pérolas e fios de ouro, vendidos antes mesmo que eu fosse capaz de entender o que pérolas e ouro significavam. Sempre imaginei que ela me contava essa história para sublinhar sua humanidade, ciente da vida à qual ela seria condenada. Uma vida que ela não tinha escolhido.

Grace respirou fundo. Só Deus sabia o quanto ela testemunhara de tudo que havia de bom e de ruim em Covent Garden, porém, desde que os Bastardos começaram a gerir o cortiço, fizeram o melhor que podiam para garantir que as pessoas de lá pudessem fazer as próprias escolhas.

Para que pudessem escolher um trabalho honesto. E seguro.

Escolhas tão raras para mulheres.

– Mas agora, como homem adulto, entendi que não tinha nada a ver com humanidade. Ele estava furioso e queria que ela passasse o resto da vida com aquelas sedas apodrecendo no baú, para se lembrar do que tinha aberto mão. Por minha causa. Ele queria que ela se arrependesse de mim.

– Mas ela não se arrependeu. – Grace meneou a cabeça.

– Você não tem como saber.

– Tenho, sim – ela rebateu, incisiva, disposta a não deixar que ele levasse a melhor nessa. – E eu sei porque vivi em Covent Garden mais tempo do que você, e vi coisas aqui que você nunca chegou a ver. E sei que mulheres que não querem ter filhos não precisam tê-los. E sei que sua mãe também sabia disso e sabia quais eram os meios. E é por isso que sei que ela fez uma escolha.

Acolheu o rosto dele entre as mãos, obrigando-o a escutá-la.

– O duque não a deixou sem nada, Ewan. Ele a deixou com *você*. Com escolha.

– E o que eu trouxe de bom pra ela? – ele disse, com raiva. – Ela morreu aqui, neste lugar, com nada além da lembrança da escolha que fez. E eu nem estava aqui.

Grace concordou.

– Sim, ela morreu aqui, e eu espero do fundo do coração que seu pai esteja apodrecendo no inferno por isso e por um milhão de outros motivos. Mas você não morreu aqui. – Ela estava com lágrimas nos olhos. – *Você não morreu, Ewan, e este é o presente que ela te deu.*

Ele ficou perdido em pensamentos por um tempo que pareceu interminável, até que, finalmente, Grace não aguentou mais e preencheu o silêncio com a própria história.

– Eu fui procurar por ela, sabe...

Ele se virou com tudo para encará-la.

– Mas ela já tinha ido. Febre.

– Eu sei – ele respondeu. – Ela morreu enquanto estávamos em Burghsey. Ele se divertiu ao me dizer naquela mesma noite, pouco depois de vocês fugirem, que eu não tinha levado o golpe com remorso o suficiente.

– Eu sinto muito. – Grace estremeceu.

Ewan balançou a cabeça, desconsiderando as condolências.

– Por que você foi atrás dela?

– Pensei que se ao menos eu pudesse... – ela começou a explicar, mas parou.

– Me conta.

Não poderia negar a verdade a ele.

– Pensei que você voltaria para buscá-la.

– Eu não podia. – Ele engoliu em seco.

A mesma justificativa de antes. Mas desta vez Grace não permitiu que ele desviasse o olhar.

– Você não pôde fugir com a gente. Não pôde ir atrás dela... por que não?

– Porque todos vocês estavam em perigo – ele disse, com o peito oprimido pela culpa. – Por minha causa. Ele sabia o paradeiro de vocês. – O ódio que gelava as palavras de Ewan era tão intenso que Grace quase sentiu frio. – Pelo menos foi o que ele me disse, e eu acreditei. E ele deixou bem claro que, se eu fosse embora, ele encontraria todos vocês e faria o que eu não fui capaz de fazer... o que eu nunca faria.

Tudo finalmente fez sentido.

– Ele me queria morta.

– Sim.

– E queria que você me matasse.

– Esta era a minha tarefa final. Matar você.

A substituta. O estepe.

– E eliminar qualquer possibilidade de um dia alguém descobrir que você não era o verdadeiro herdeiro...

– Não só isso... Também garantir que eu não tivesse mais ninguém no mundo.

Grace sentiu o coração disparar ao se dar conta de que fora a consequência da vida de Ewan, por mais que tivesse sobrevivido. Confusão, raiva e tristeza se misturando em seu peito. Devil, Whit e ela tinham fugido, mas o que acontecera com Ewan em compensação?

– O título em primeiro, segundo e terceiro lugar. Sempre – ele disse.

– O herdeiro, em primeiro, segundo e terceiro lugar. Sempre.

Ela sentia a mente acelerada, revivendo aquele momento, anos atrás. Ewan avançando para cima dela, lâmina em punho. Whit caído, com as costelas quebradas. E então Devil, bloqueando-o. Levando a facada.

Ewan tinha controlado o golpe.

– O rosto de Devil...

– Calculei mal – disse ele, em um fiapo de voz. – Não era pra ter sido um corte tão grande. Ele veio de um ângulo diferente do que eu esperava.

– Intencionava – ela o encarou. – Esperava.

Ele sustentou o olhar.

– Eu tinha que fazer parecer real.

– Para o seu pai acreditar.

– Não. Para *você* acreditar.

– E que importância isso tinha? – ela perguntou, confusa.

– Porque sabia que se você não acreditasse, nunca iria embora sem mim.

Ewan a fitou por um longo momento, então continuou:

– Eu sabia que, se você não acreditasse, sempre tentaria retornar. E assim nunca estaria a salvo dele.

Era verdade.

– Eu teria lutado por você, Ewan. Todos nós teríamos.

– Eu sei. E ele teria tirado tudo de você. – Ewan fez uma pausa e acariciou os cabelos dela, brincando com um dos cachinhos. – E, com isso, ele teria tirado tudo de mim. Eu não poderia ser o motivo de ele punir outra pessoa que eu amava.

A compreensão se abateu frustrante e devastadora. Aquele monstro havia roubado o futuro da mãe dele. Por causa de Ewan. E ameaçado o de Grace.

– Por isso você ficou.

– Sim. Fiquei e vivi a vida que ele exigiu de mim e, de tempos em tempos, ele soltava alguma informação a seu respeito.

– Mas por quê? Por que ele simplesmente não matou a gente?

– Porque, se você morresse, ele perderia o controle sobre mim. A sua segurança era o único meio de me manter na linha. De garantir que eu soubesse que você só tinha sobrevivido porque ele quis. E que te manter viva dependeria das minhas ações.

– Porque ele sabia o que todos nós sabíamos. Que você era bom. – Quantas vezes tinham dito isso, Devil, Whit e ela, sentados em algum canto escuro de Covent Garden, se perguntando o que teria acontecido para Ewan se virar contra eles.

– Eu não sou bom.

Só que era. E nunca lhes ocorrera que Ewan tivesse feito um sacrifício.

– Você veio atrás de mim depois que ele morreu. – Não para destruí-la, para amá-la.

– Assim que ele morreu. O velho deu o último suspiro, e eu o amaldiçoei e parti para Londres. Durante anos, ele me disse que sabia onde você estava, mas nunca me contou, e eu virei essa cidade de ponta-cabeça para te encontrar. Só que você já estava construindo seu império aqui, longe de qualquer um que não fosse de Covent Garden. E este lugar te manteve em segurança. E eu fui perdendo o tino com o passar dos anos, procurando por você. Eu não sou bom – ele repetiu. – E quando pensei que tinha tudo sido em vão... Quando pensei que você estava morta... eu, também, me tornei um monstro. Fui atrás de Devil e Whit, vim atrás deste lugar, querendo acabar com tudo e com todos. Puni-los por não conseguirem te manter em segurança.

Grace sentiu um aperto no coração ao ouvir a confissão.

– Sou uma maçã tão podre quanto meu pai.

– Não – ela acudiu, sentando-se imediatamente. – Não diga isso.

– Mas é a verdade. Assim como ele, eu estava disposto a destruir todos em meu caminho para conseguir o que queria. Assim como ele, não tenho ninguém. E é o que mereço. Assim como ele.

– *Não!* – Grace bradou, veemente. – Você não é nada como ele, e eu me arrependo de ter pensado que fosse. Me arrependo de ter acreditado que você tinha nos manipulado e nos traído. Eu me arrependo de ter pensado que você tinha sido consumido pela ambição. Me arrependo de ter pensado que você tinha voltado por vingança e não por causa de algo muito mais poderoso.

Grace olhou para Ewan, consumida pela própria frustração e por uma tristeza profunda, por ter passado uma vida inteira acreditando que o garoto que amava havia se transformado em inimigo. Consumida por algo a mais.

– Sem máscaras – sussurrou.

A mão de Grace repousava no peito de Ewan, e ele a envolveu entre as suas, pressionando-a contra seu coração.

– Sem máscaras.

– Eu te amo.

A confissão pairou entre os dois por um instante interminável, Ewan paralisado. Mas Grace sentiu na palma da mão o coração dele imediatamente batendo mais forte, mais acelerado.

Com o próprio coração na boca, falou:

– E, quando digo que te amo, não me refiro ao garoto que você foi um dia, mas ao homem que você é agora.

E então Ewan sorriu, perfeito e maravilhoso, e não havia nada no vasto mundo como o sorriso dele.

Nada.

Ele a puxou para junto de si:

– Diga novamente.

– Eu te amo – Grace sussurrou as palavras ao mesmo tão estranhas e absurdamente familiares.

– Ama? – ele sussurrou de volta, sorrindo com os olhos. Lindos. Era a perfeição. E Grace o queria tanto – queria aquele sorriso a acalentando e conquistando por toda a vida. E além. Ele repetiu, desta vez, rindo de surpresa. – Ama!

Ela também não conseguiu conter o riso, subitamente se sentindo leve e livre.

– Sim – ela concordou. – Sim.

E Ewan se sentou e a beijou, e Grace o beijou, e então ele a deitou, e ela se entregou completamente. A *eles*. A um novo começo. Uma segunda chance, sem nomes ou títulos ou o passado entre eles.

Uma segunda chance para serem felizes, para sempre.

Uma batida ressoou da porta do outro cômodo.

Os lábios dele brincavam no pescoço dela, sussurrando bobagens, arrancando risadinhas.

– Mande quem quer seja embora.

– Pode ser importante.

– Provavelmente são Devil e Whit, chegando pra descer a porrada na minha cara por ter despojado a irmã deles.

– Perdoe-me, Sir. Se teve alguém que foi despojado esta noite, foi você.

– Isso é verdade.

Um grito ecoou do Dominion, que continuava sendo celebrado a todo vapor lá embaixo, o barulho pontuado por outra batida, desta vez na porta dos aposentos privados. Ela parou para ouvir e levantou a cabeça.

Não era mais uma batidinha de leve. Era uma batida vigorosa.

Grace saiu da cama imediatamente e começou a se vestir, Ewan atrás dela, colocando as calças.

– Dahlia! – Veronique bradou do outro lado da porta. – É uma invasão!

Capítulo Vinte e Quatro

— Tá um verdadeiro inferno lá embaixo – Veronique disse assim que Grace, após se vestir apressadamente, escancarou a porta do escritório e correu até a escrivaninha. Veronique era seguida por duas guarda-costas, mulheres armadas cujo trabalho era manter as sócias em segurança.

Grace as encarou quando entraram:

— Vocês duas voltem lá para baixo. Precisamos retaliar e tirar as sócias daqui.

Elas ouviram os gritos e a algazarra que vinham lá de baixo, e o barulho estridente de algo se quebrando.

— Agora!

— Você precisa de proteção.

Grace só olhou feio em resposta enquanto apanhava uma pilha de livros de contabilidade e diários.

— Ela já tem – Ewan disse, surpreendendo todas com sua presença e com a voz impenetrável, ao seguir Grace pelo cômodo.

— Você não pode ficar aqui.

— Pro inferno que não – ele rebateu no mesmo minuto.

— Se você ficar, será visto. Será descoberto.

— E daí?

Ela olhou para o teto, bufando de frustração.

— Você é um duque, Ewan. Tudo o que eles querem é a chance de usar seu poder contra você.

— Não! – ele redarguiu. – Eu sou um duque. O poder é todo meu.

Era o cúmulo da arrogância. Tão arrogante e tão errado, ainda mais ali, onde um duque podia ser desovado no rio com a mesma facilidade com que poderia voltar para Mayfair. E, além disso, ela odiou o fato de que, mais uma vez, ele estava se valendo do título que tinha feito tanto mal a eles.

Grace contornou a mesa e chutou a borda do tapete estendido no chão do escritório e, sem que ela precisasse explicar, Ewan se abaixou e puxou o pesado tapete. Grace contou as tábuas do assoalho e, com a ponta do pé, empurrou uma tranca escondida em uma delas, revelando uma porta secreta. Se Ewan ficou surpreso, não demonstrou. Em vez disso, inclinou-se e a abriu. Lá dentro, havia pilhas e mais pilhas de papel. Ele se afastou, dando espaço pra Grace se agachar e colocar mais uma braçada de livros lá dentro.

– Contabilidade – explicou, embora ele não tenha perguntado. – Dossiês de membros.

– Ele está do nosso lado agora? – Veronique quis saber.

Grace ignorou a pergunta e fechou a porta, trancando-a novamente. Ewan lhe estendeu a mão, e ela deixou que ele a puxasse de pé.

Veronique estava intrigada com toda aquela intimidade.

– Ouvi dizer que os rapazes de Covent Garden te deram uma surra alguns dias atrás, almofadinha. E você espera manter Dahlia a salvo?

– Sim, espero. – Ele arrumou o tapete do jeito que estava antes.

Veronique decerto sentiu firmeza porque liberou as mulheres.

– Vão! E não hesitem em fazer estrago.

– Boa luta! – desejou Grace enquanto as mulheres saíam e ela retornava à mesa para pegar a echarpe, que amarrou na cintura.

Veronique reportou a situação, e Grace escutou atentamente.

– Estamos direcionando todo mundo nos andares de cima para os telhados e os participantes do Dominion para os túneis.

– E os invasores?

– Uma dúzia; talvez uma quinzena. Uns brucutus enormes, armados com porretes. Bem o tipo de gangue com a qual ninguém quer se meter.

– Como eles entraram? – Ewan perguntou.

– Do mesmo jeito que você, almofadinha – Veronique respondeu, sem paciência. – Pela porta da frente, como se tivessem a porra de um convite.

– Quem são eles? – foi a vez de Grace perguntar. – Polícia?

– Não. Não estamos falando de polícia aqui.

O que não significava que eles não fossem organizados. E não significava que não agissem a mando da Coroa. Mas significava que estavam atrás do tipo de sangue de que ninguém queria prova.

E ai de Grace se desse o que eles queriam sem uma boa luta.

– Então é melhor irmos logo para lá – convocou, indo em direção à porta.

Veronique sacou uma pistola do coldre que trazia debaixo do braço e interpelou Ewan:

– Tem certeza de que consegue lutar?

Grace encontrou os olhos do homem que amava, em calças e em mangas de camisa, puro músculo e força bruta, fúria no olhar e na mandíbula contraída, passando ao mundo a mensagem de que estava preparado para andar sobre fogo pelo que era certo.

Por ela.

– Eu nunca vi ninguém lutar como ele.

Ela abriu a porta, e o trio foi na direção dos gritos.

Desceram correndo a escadaria central rumo ao salão principal do clube, onde acontecia meia dúzia de brigas. Os homens que tinham vindo destruir o 72 da Shelton eram facilmente reconhecíveis – sujos e impiedosos. Mas não contavam com o fato de que a segurança de Veronique fosse igualmente impiedosa e preparada para a batalha.

Ou a dos Bastardos. Do outro lado do salão, Annika, a administradora das operações de contrabando de Devil e Whit, colocou Lady Nora Madewell atrás de si e desferiu um soco perverso que, a julgar pelo guincho que se seguiu, quebrou o nariz do oponente.

– Ah, eu não vou ficar pra trás, não! – Lady Nora gritou, pegando um pesado vaso de cristal, cheio de flores, e estilhaçando-o na cabeça do boçal, que caiu de joelhos. Radiante de orgulho e com um sorriso largo no lindo rosto, Lady Nora se virou para a amada:

– Nada mau, ouso dizer.

– Nada mau – Annika concordou, dando um meio-sorriso, o maior cumprimento que alguém poderia receber da seríssima norueguesa. E puxando sua dama para junto de si: – Muito bem.

Ali perto, uma das soldadas de Shelton Street derrubou um dos brucutus com uma cadeirada bem dada, provocando uma onda de gritinhos das sócias que passavam correndo rumo à escadaria na parte de trás do prédio, que dava acesso aos túneis subterrâneos que as tirariam do clube em segurança.

– Cate foi ótima – disse Grace.

– Você as treinou muito bem – Ewan elogiou.

– Diga-me isso de novo quando tivermos acabado com essa confusão.

– Quem quer que tenha armado isso, não ficará impune – disse Ewan, examinando a turba. – Reconheci uma dúzia de membros poderosos da Câmara dos Lordes aqui hoje à noite.

– Eles não estão aqui por causa dos homens – Grace respondeu. – Estão atrás das sócias; de cada mulher aqui presente.

Viram as pessoas correndo, quase se pisoteando para escapar dos homens que tinham o cuidado de destruir tudo no caminho. Grace viu um troglodita estilhaçar uma luminária de vidro em um canto do salão oval antes de rasgar uma almofada com uma faca superafiada.

Do outro lado do salão, alguém tinha virado um divã. Seu clube era o alvo, droga!

Um casal se destacou da corrente de fugitivos e foi até eles, Nelson, com um corte na testa que sangrava mais do que Grace gostaria de admitir, abraçava protetoramente a viúva Condessa de Granville, que trazia na mão um lenço ensanguentado e, no rosto, um cenho franzido no lugar da máscara.

Nelson deu um beijo na têmpora da condessa e dirigiu-se a Grace:

– Estamos indo para o telhado.

– E para Mayfair – acrescentou Lady Granville, decisiva, preocupação e algo a mais evidentes no olhar.

Ambos não voltariam. Grace reconhecia o amor quando o via. Deu passagem a eles:

– Fiquem bem.

O casal seguiu seu caminho no meio do tumulto, perdendo-se noite afora.

Grace olhou novamente para o caos que tinham diante de si.

– Eles não querem nos assustar – concluiu. – Querem nos fechar.

– Por quê? – Ewan perguntou.

– Porque – ela começou, analisando tudo ao redor; Lady Marsham e a Duquesa de Pemberton passaram correndo, aterrorizadas, olhando para trás para ter certeza de que o inimigo não estava em seu encalço – eles não suportam o fato de que nós somos o futuro.

Mesmo se conseguissem evacuar todo mundo, não seria o bastante. A invasão alcançaria o objetivo: aterrorizar as sócias. Mandá-las de volta, assustadas, às salas de estar em Mayfair, aos chás em Park Lane. De volta às fofocas em Bond Street e às caminhadas ao longo das margens do lago Serpentine. Confiná-las à segurança de que desfrutavam como o sexo "frágil".

E o número 72 da Shelton se tornaria o exemplo dos homens que colocaram as mulheres de volta ao seu devido lugar.

Só por cima do meu cadáver.

A fúria tomou conta de Grace, que cruzou olhares com a trapezista, ainda acima da multidão, de pé no trapézio e com vista panorâmica da casa.

Grace ergueu o queixo na direção da mulher.

– Onde?

A mulher, ainda bem, entendeu o que Grace perguntava e apontou na direção da sala da frente, onde Fortuna estivera mais cedo naquela noite. Onde Ewan e ela tinham dançado, loucos e livres – uma lembrança que seria para sempre manchada pela invasão, por capangas invadindo seu palácio e deixando um rastro de destruição.

A fúria se transformou em ódio.

Outro grito veio daquele salão, e Grace saiu em disparada, abrindo caminho no meio da multidão, já puxando a echarpe vermelha da cintura e enrolando-a nos punhos, com movimentos rápidos e precisos.

Atrás de si, ouviu Ewan gritar seu nome, mas não olhou pra ele. Este era o lugar dela. Seu mundo. Suas pessoas. E as protegeria a qualquer custo.

Em um momento ela estava em seus braços e, no outro, tinha sumido, desaparecido no meio da multidão que fugia em uma direção, mergulhando na direção oposta, rumo ao perigo, como sempre fizera.

Grace, sempre a primeira a se lançar ao socorro, independentemente dos riscos.

Um vislumbre dos cachos vermelhos o impediu de perder a cabeça ao sair correndo atrás dela. Ela estava indo muito rápido, sumindo quase que imediatamente na aglomeração. Berrou o nome dela, a frustração e o medo o impelindo para o meio da multidão que, graças aos céus, pareceu entender sua urgência e abriu caminho.

– É o Marwick Maluco! – ouviu alguém falar enquanto atravessava o mar de gente. A alcunha do passado, que se empenhara tanto para superar desde que retornara, usada novamente. E porque ele *estava* doido mesmo. Era um animal selvagem, desesperado para alcançar a mulher que amava. Olhou para trás:

– Você disse quinze?

– Mais ou menos. – A gerente de Grace estava ao lado dele. – Quatro no salão central, e mais uns dez espalhados pelo resto do prédio.

– E seus homens? Conseguem lutar? – Onde Grace tinha se metido?

– Minhas *mulheres* são mais fortes que você, almofadinha.

Ewan grunhiu em resposta, atravessando o salão onde o mágico, os violinistas e a acrobata tinham se apresentado mais cedo, mas parou de repente quando ouviu a mulher ao seu lado soltar um palavrão e começar a xingar.

O salão fora destruído. Cortinas rasgadas e móveis quebrados, mesas e cadeiras viradas de cabeça para baixo. Pinturas arrancadas da parede e rasgadas.

Aquilo não era um trote. Era punição.

Eles não suportam o fato de que nós somos o futuro.

Ao redor do salão, os invasores lutavam com os funcionários do clube e, no centro de tudo, Grace. Quando ele a viu, ela esmurrava um dos bandidos, que cambaleou para trás, abrindo o espaço perfeito para ela mandar um chute potente no meio do tronco. O sujeito desabou no chão, e ela usou a echarpe para aplicar o golpe final, rápida, inibindo qualquer chance de reação ao deixá-lo inconsciente. Estava espanando as mãos quando percebeu que Ewan a observava, explodindo de orgulho ao vê-la assim, em seu hábitat.

Uma rainha.

Ela o encarou com curiosidade enquanto ele ia até ela, incapaz de se conter, incapaz de ficar longe, e, apesar da batalha comendo solta, Ewan a puxou para os braços e beijou-a com voracidade, reivindicando-a para si – sua própria Boadicea.

Quando terminou, Grace estava entregue em seus braços, e, quando ela abriu os olhos, ele disse:

– Eu vou me casar com você. – Outro beijo, rápido e gostoso. – Eu vou me casar com você, e nós vamos manter este lugar seguro. E você nunca mais terá de lutar sozinha. Lutaremos juntos.

Grace arregalou os olhos, mas antes que pudesse dizer qualquer coisa, Ewan percebeu alguém se movimentando pela visão periférica, e os dois se viraram. O atacante já levantava um bastão, mirando em Grace.

Ewan ficou louco, bloqueou o golpe com um rugido de fúria e segurou o bastão com uma mão forte, descendo o outro punho com tudo na cara do homem duas vezes.

– Ninguém encosta nela – ele bradou desferindo outro murro.

E com outro soco:

– Ninguém encosta nesse lugar. – E então erguendo o homem pelo colarinho. – Você me entendeu?

O homem assentiu.

– Quem te enviou?

– Não sei. Só fomos instruídos a garantir que este lugar não pudesse mais ser utilizado.

– Malditos ratos de aluguel – praguejou, com o gosto amargo da frustração. – Voltem para o esgoto de onde saíram e digam a quem quer que os tenha contratado que este lugar está sob a proteção do Duque de Marwick. Entendeu?

Ouviu Grace ofegar atrás de si, mas não olhou para ela, ocupado demais esperando uma resposta.

– S-sim.

– Ótimo.

E levantou o punho para desferir outro soco, mas Grace o deteve com um toque. Ela se dirigiu ao sujeito:

– Vocês são a mesma gangue que atacaram Maggie O'Tiernen?

O homem desviou o olhar, a cara toda ensanguentada, o que deixou Ewan ainda mais bravo.

– Fale a verdade, mano – disse, do jeitinho que os homens falavam em Covent Garden. – Você não vai gostar das consequências de uma mentira.

– Sim – confessou, arregalando os olhos. – Foi a gente.

– E Satchell's?

Ewan se virou para ela. *O que Grace sabia?*

– Sim.

– Qual seu nome?

O homem hesitou, e Ewan o chacoalhou como uma boneca de pano.

– Mikey.

– Eu nunca esqueço um rosto, Mikey. Fique longe de Covent Garden. Você não vai gostar se nossos caminhos se cruzarem de novo.

O capanga assentiu, em um misto de medo e gratidão. Grace indicou o resto do salão, onde os lutadores do 72 da Shelton Street tinham despachado os invasores.

– Pegue os seus homens e deem o fora do meu clube.

O homem obedeceu sem questionar, sabendo com todos os instintos de capanga de aluguel que havia sido derrotado. Grace observou a gangue fugir, todos em péssimo estado. Virou-se pra Ewan:

– Você me pediu em casamento.

– Pedi.

– Você me pediu em casamento no meio de uma briga.

– Nunca fomos convencionais – ele brincou, com um sorriso meio sem jeito.

Mas Grace não entrou na brincadeira.

– Devo propor de novo agora que a luta acabou e saímos vitoriosos?

– Não – ela rebateu no mesmo instante.

– Grace... – Ele parecia confuso.

– Dahlia – ela corrigiu.

– O quê?

– Aqui eu não sou Grace. Sou Dahlia.

A atmosfera ficou pesada entre eles, e Ewan não gostou nem um pouco. Não gostou do mau presságio que parecia evocar, considerando a frieza na voz dela.

– Se tem um momento em que eu diria que você é Grace, seria exatamente agora.

– Porque você me pediu em casamento?

– Precisamente.

– Porque você quer que eu seja sua duquesa.

– Sim. – E ele queria tanto que não conseguia nem expressar em palavras. Mas do que já quis qualquer outra coisa. – Sim. Por Deus, sim, é o que eu posso fazer. Posso fazer de você uma duquesa e tornar esse lugar intocável. Posso te dar tudo aquilo pelo que trabalhou. Você quer este lugar? É o que eu também quero pra você. Mas quero que você esteja segura aqui. Quero que seus funcionários estejam seguros.

– Eles estão. Nós estamos – ela arguiu.

– Agora, sim. Mas eu posso assegurar que esteja segura para sempre. Acha que esses brutamontes foram contratados por Mayfair? Por homens com medo de que suas esposas comecem a ter ideias agora que têm uma rainha? Por homens com medo de que mulheres ganhem poder?

– Eu acho – ela admitiu.

– Então deixe que eu cuide disso. Case-se comigo. Sou um duque. Isso é o que dissemos que faríamos.

Adiantou-se para tocar nela, mas Grace recuou.

– Dissemos que usaríamos o ducado para vencer. É assim que começa. Você se casando comigo. E, assim, este lugar se tornará indestrutível.

Este era o começo do futuro deles. O próximo capítulo de suas vidas. O "felizes para sempre". Mas algo estava errado.

– Nem mesmo você tem o poder de parar o que quer que seja isso, duque.

Ewan resistiu ao arrepio que o título lhe causou; fazia semanas que Grace não o usava.

– Esta ameaça será sufocada de baixo, não de cima. Será derrotada por mim, não por você.

– E por que não pode ser por nós? Juntos?

– Juntos – ela repetiu, tensa, após uma pausa.

– Sim – ele insistiu e daria toda a sua fortuna para saber o que ela estava pensando. – Juntos.

Grace o encarou por um longo momento, e havia algo na fisionomia dela que Ewan reconheceu de uma noite muito tempo atrás... há vinte anos.

Decepção.

Então, ela disse, baixinho:

– Você planejou tudo isso.

A ironia, é claro, residia no fato de que a única vez em que Grace se permitira considerar a possibilidade de casamento fora com ele.

Um casamento com o garoto que ela amava havia muito tempo, um garoto que fez planos para se tornar duque, para retornar a Londres, triunfante e poderoso, e mudar o mundo de onde viera.

O garoto que fez planos de transformá-la em duquesa e mudar o mundo ao seu lado.

Só que ela não era mais aquela garota de 12, 13 ou 14 anos. Não era mais aquela garota de 15 anos que tremia de frio e sonhava com o retorno dele.

Era uma mulher adulta que salvara aquele mundo e a si mesma, sem contar com nenhum título ou privilégio. Construíra poder do nada. Um império do nada. E, quando ameaçada, lutava. E triunfava.

Ele não tinha acabado de ver?

E agora lhe oferecia um título como se fosse um presente. Como se não fosse a causa de todo o mundo deles ter sido arruinado.

E aquela palavra: *juntos.*

A mesma palavra que a Duquesa de Trevescan usou mais cedo quando ficou deleitada ao encontrar Grace e Ewan. *Juntos.*

Grace olhou para ele.

– Foi você. Você mandou a Duquesa de Trevescan. Naquela noite. Para me contar que você tinha retornado.

Ewan desviou o olhar.

– Foi você. Ela veio por isso, e o quê? Começou a falar de você, contando que você daria um baile de máscaras e estava procurando uma noiva?

Isso chamou a atenção dele.

– Eu não estava procurando uma esposa. Já tinha encontrado a que eu queria.

Isso chamou a atenção dela.

Grace ignorou o coração batendo mais forte ao ouvir estas palavras, e a verdade contida nelas, brilhando no olhar dele.

– Tudo o que você precisava era me convencer de que você tinha mudado.

– Eu mudei – ele disse.

– E eu pensei que era verdade – ela respondeu.

– E é!

– Não é. Eu não quero ser sua duquesa. Não tenho o menor desejo de ser cúmplice do seu mundo, o mundo que nos arruinou. Que arruinou nossas mães. Meus irmãos. O mundo que ameaça Covent Garden todos os dias e que hoje à noite veio atrás de mulheres porque Deus não permite que elas tenham um momento dedicado ao próprio prazer. À própria satisfação. À alegria. – Grace fez uma pausa, odiando as palavras, odiando todo o resto. – E tudo isso sem contar como esse mundo te arruinou.

Conforme falava, Grace sentia a raiva aumentar. E abriu os braços para indicar a destruição ao redor deles:

– Acha que um título pode nos salvar disso? Pois eu te digo que não pode! O ducado de Marwick só serviu para nos colocar em perigo.

Ewan passou a mão pelos cabelos, andando de um lado para outro, e ela notou que ele estava no limite da raiva.

– E você acha que eu não sei como isso me arruinou? Acha que não me ressinto desse maldito título há vinte anos? Eu o abomino. Toda vez que alguém vem me falar dele, eu o odeio ainda mais. Hoje à noite, ao tirar isso de mim, você me deu o presente mais incrível que já recebi: o gostinho de uma vida sem a porra do ducado.

Grace ficou chocada com as palavras.

– Acha que não me lembro todos os dias do pacto que fizemos? Sem herdeiros. Sem futuro. Sem levar adiante nada que carregue o nome dele.

Fez uma pausa. Tinha o semblante completamente tresloucado.

– Acha que não me lembro do pacto toda vez que olho pra você e penso em como poderia ser a vida contigo se eu não fosse a porra do duque?! Quer que eu te conte? Como seria essa vida? O que nós poderíamos ter?

– Não – ela negou, balançando a cabeça com o coração apertado no peito, mas Ewan já estava contando.

– Acha que eu não imagino dias ensolarados aqui em Covent Garden? Trabalhando de carregador nas docas? Acha que não anseio por uma vida em que todos os dias volto para casa, para você, aqui, neste lugar estupendo que você construiu, e durmo ao seu lado todas as noites e te acordo com um beijo todas as manhãs? Você vende fantasias. Quer saber como a minha continua?

Não.

Sim.

– Não.

Ewan colocou a mão no rosto de Grace, para que ela olhasse para ele.

– Esta é a minha fantasia. Você e eu, aqui. Com um bando de bebês com cabelos cor de fogo.

Grace fechou os olhos, Ewan prosseguiu:

– Meus irmãos e os filhos deles. Uma *família*.

A última palavra foi dita em um fio de voz.

– Por Deus... Não consigo nem dizer o quanto eu quero uma família, uma família construída na nossa casa. Sua e minha. O início de algo novo.

Uma lágrima gorda escorreu com aquelas palavras, com a dor que encerravam e com a dor gêmea que desencadearam no peito dela. Ali estava Ewan, completamente disponível, acariciando sua bochecha e, ao mesmo tempo, enxugando suas lágrimas com o polegar.

– Mas não posso ter nada disso. Por causa de um maldito título.

Grace sentia o coração batendo forte à luz dessa raiva, represada por décadas.

– Mas, se teve algo a que me agarrei ao longo de todos esses anos, foi a isto: que um dia eu usaria esse título como sempre pretendemos. E aqui está a chance. Hoje à noite, vou me valer dessa desgraça, desse título roubado, para salvar este lugar. Por você. Hoje, eu vou te dar a luta que você quer.

Grace sentiu o corpo todo enrijecer, apavorada com as palavras dele.

– Eu te amo.

Em todos os seus anos de luta livre, Grace tomara vários golpes inesperados, mas nunca um como esse: que a deixou sem ar.

E Ewan não parou.

– Sim, eu te amei quando que te vi pela primeira vez, há uma vida, mas o que sentia... o que sentia nem se compara com o quanto eu te amo agora. Você é perfeita! Forte, ousada, valente e brilhante! E o tanto que eu anseio estar perto de você só torna pior quando de fato estou perto de você, porque eu não posso te ter. Porque toda vez que tento te alcançar, você me escapa pelos dedos... como a droga de um sonho.

Ela engoliu em seco, com um nó na garganta, as palavras eram um eco de seus próprios sentimentos – seus desejos mais desesperados, impossíveis de serem aplacados.

– Sim... Pedi à duquesa que te trouxesse ao baile de máscaras. E quase perdi a cabeça, postado lá na beira do salão, à sua espera, nutrindo uma desvairada esperança. E só quando você chegou, me dei conta de que o que eu tinha sentido antes não era esperança, era medo. E só quando *você* chegou foi que se tornou a minha esperança.

Uma lágrima escorreu pela bochecha de Grace, e Ewan a enxugou imediatamente com o polegar.

– Eu faria tudo de novo. Jamais poderia deixar de te procurar, Grace. Você é meu começo e fim. A outra metade de mim. Sempre foi e sempre será. Eis a minha luta – ele repetiu, suavemente. – Case comigo.

Ela negou com a cabeça, consumida pela tristeza, as lágrimas rolando, quentes e instantâneas.

– A história que me contou, Cirene e Apolo. Ele queria que ela partisse com ele, para viver com os deuses. Ela queria governar um reino. O que aconteceu?

Ewan hesitou:

– Conte-me – ela pediu, já sabendo a resposta.

– Ele fez dela Rainha da Líbia. E a terra era bonita, exuberante e próspera, e governada por uma rainha guerreira.

Uma lágrima gorda caiu, escorrendo pela bochecha dela.

– E o que aconteceu com ele? Reinou ao lado dela?

Ewan não conseguia olhar para ela.

– Grace...

– Não. O que aconteceu com Apolo?

Ele a encarou, e ela finalmente viu toda a tristeza estampada nos olhos cor de âmbar.

– Ele a deixou.

– Porque ela não queria viver no idílio, casada com um deus, vivendo à sombra de seu poder. Ela queria o próprio reino. Seu amor. Sua vida. Juntos. Iguais. Tudo ou nada.

– E valeu a pena? – ele perguntou. – Uma vida inteira sozinha, quando não precisava ficar só.

– Eu não sei – ela respondeu. – Mas a alternativa não era o bastante.

– Mas e eu? – ele disse. – E quanto a me querer?

O nó na garganta se apertou dolorosamente com a pergunta e com a verdade da resposta que diria:

– Eu te quero com todo o meu ser – Grace confessou. – Eu te quero com todas as minhas forças.

Ewan deslizou os dedos pela bochecha dela e seguiu até chegar aos cabelos, e Grace se aproximou, seduzida pelo toque, dando-se conta de que, entre eles, a dinâmica seria sempre a mesma: até quando tentava se afastar, acabava indo atrás dele. Sempre atraída por ele.

O beijo que trocaram foi intenso, repleto de um desejo doloroso e de todo o amor perdido nos anos que passaram separados. E, se tivesse sido uma hora antes, um dia antes, Grace teria se regozijado com aquela carícia, recebendo-a como um presente, um aceno para o futuro. Esperança.

Mas, naquele momento, não era futuro. Era o fim.

As lágrimas escorreram por suas bochechas quando Ewan terminou o beijo e abriu aqueles lindos olhos cor de âmbar fitando-a profundamente:

– E assim meu pai ganha.

As palavras deixaram Grace sem ar, o medo tomando conta de si. Medo, amor e um desejo arraigado que ela não podia negar – mesmo ciente do que estava prestes a acontecer. Mesmo ciente de que ele estava prestes a dar a ela o que jurou que queria só pra se dar conta de que estava morrendo de medo.

Morrendo de medo de perdê-lo.

Será que bastaria?

– Eu te quero – disse Ewan, e Grace odiou o jeito que essas palavras saíram, resignadas. – Eu te quero, eu te amo e não se trata de um primeiro amor. É o último. E se você não consegue ver isso... se não tem coragem de assumir e viver esse amor, e me deixar ficar ao seu lado, então não é o bastante. Em quantos testes ainda tenho que passar para você acreditar nisso? Para confiar? Confiar em mim?

– Eu quero – ela disse. E era verdade. Não havia nada que quisesse mais do que aquele homem, com ela, para sempre.

O silêncio se estendeu entre os dois por uma eternidade, e, no rosto dele, Grace viu a tormenta de emoções. Frustração. Tristeza. Desapontamento. E, enfim, resignação.

– Querer não é o bastante – disse Ewan. – Para nenhum de nós.

As palavras pairaram entre os dois, perversas. Um golpe que ele não tentou abrandar.

Grace Condry, rainha de Covent Garden, ficou ali, parada em seu clube destruído, e, pela primeira vez em duas décadas, deixou as lágrimas saírem.

Capítulo Vinte e Cinco

Na manhã seguinte, à medida que o sol tingia os telhados de Londres com o brilho e o frescor de um dia de outono, os irmãos a encontraram no terraço.

— Entre nós, temos o quê? Cinco casas? — disse Devil, chegando ao lado dela. Grace estava sentada em um bloco de chaminé, com o braço sobre o joelho, olhando para Mayfair por cima dos telhados. Ele levantou a gola de seu sobretudo e cruzou os braços.

— Bem que poderíamos achar um lugar mais quente para nos encontrarmos.

Grace nem olhou para ele.

— Sempre preferimos os telhados. O que era que você costumava dizer? Isso era o mais longe que sairíamos da lama?

— Mmm — Devil respondeu, balançando-se para frente e para trás. — Mas Whit é dono da porção sudoeste de Berkeley Square, então olha só pra gente.

Ninguém riu.

Em vez disso, Whit entrou no campo de visão dela, encostando-se na mureta baixa que demarcava a beirada do telhado, cruzando um tornozelo sobre o outro, enfiando as mãos no bolso e encolhendo os ombros contra o vento.

— O Clube está uma baderna.

E estava mesmo. Vidros quebrados, cortinas rasgadas, móveis em pedaços, nem mesmo uma janela intacta. Alguém tinha tropeçado em um candelabro e queimado um buraco no carpete. Ainda bem que isso foi antes de todas as garrafas de bebida alcoólica se espatifarem no chão, ou nem estariam no terraço.

– E você está falando só do interior – Grace concordou. – Terei sorte se alguma das sócias olhar de novo na minha cara.

– Não... – Devil pontuou. – Não creio que elas se afastarão. Você lhes prometeu um circo, e não foi exatamente o que lhes ofereceu?

– Está tudo destruído. Mandei todo mundo pra casa... – Grace não queria encarar os irmãos.

– Bem, temos uma dúzia de funcionários lá dentro cuidando da limpeza, então diria que seu maior problema no momento é um motim – disse Devil. – Zeva e Veronique estão latindo ordens como verdadeiras leoas de chácaras. Acho que você devia encomendar uniformes de generais para ela quando fizer o pedido dos novos papéis de parede.

– Eu mandei todo mundo pra casa! – Ela ficou irritada.

– Mas tem conserto – interveio Whit, ignorando a irmã. – Você é rica, e nós temos contatos dentro de todas as tecelagens, fábricas de móveis e destilarias que você possa precisar. Isto é, se estivermos mesmo falando do clube.

Devil bateu a bengala no telhado, pensativamente.

– Dá pra consertar o resto também, de verdade. E se alguém sabe disso, somos nós.

– O resto? – Grace enfim encarou o irmão. E Devil e Whit se entreolharam por cima dela.

– Ela se faz de desentendida comigo – Whit resmungou. – Nunca gostou de falar sobre ele.

Ewan.

– Ouvimos dizer que ele partiu seu coração de novo, Gracinha.

Tais palavras, ditas com tanta ternura gentileza, de um jeito que Grace só vira Devil falar com Felicity e Helena, quase a fizeram desabar. Teve de pressionar os lábios com firmeza.

– Podemos matá-lo agora? – Whit grunhiu.

– Ele me ama – ela balbuciou.

– Ele sempre te amou – Devil retorquiu. – E isso não soa muito como algo de partir o coração. Pelo contrário, pra falar a verdade.

– Ele quer se casar comigo – disse olhando para o horizonte. – Eu seria a Duquesa de Marwick.

Os dois irmãos permaneceram em silêncio por um longo momento. Whit resmungou, e Devil disse:

– Então aí é que está a merda.

Outro longo momento de silêncio, desta vez quebrado por Whit:

– E o que você respondeu?

Grace se virou abruptamente para os dois, a indignação evidente no semblante, junto de outra emoção, talvez traição, enquanto olhava de um para outro.

– Ora, e o que você acha que eu respondi?

– Ah... Então não foi ele que partiu seu coração – Whit esclareceu. – Foi você que partiu o dele.

– Desde quando você é um especialista em corações partidos? – Grace rebateu. – Achei que você queria matá-lo.

Ele arqueou as sobrancelhas.

– Calma, Gracinha.

– Nós *não* queremos não matá-lo – explicou Devil. – Mas sabemos como é levar um pé na bunda.

– Pra falar a verdade, não tô sentindo muita empatia pelo bastardo, não – admitiu Whit.

– E daí? O que será que ele vai fazer? – emendou Devil.

– Nunca fomos capazes de prever as ações dele – Whit disse, negativo. Silêncio.

Devil bateu a bengala. Uma. Duas.

– Grace, sim.

Ela não gostou da verdade que ouviu naquelas palavras, sobretudo porque falava com a verdade em seu coração. A lembrança nítida dele indo embora – um novo homem. Mudado, assim como ela era uma nova mulher.

Para sempre.

Sabia o que tinha que fazer. Estava acabado.

– Ele vai embora – Grace disse. A dor no peito quase insuportável. – Ele vai embora e nunca mais vai voltar.

A ironia era que Ewan finalmente tinha feito o que ela dissera a ele que queria.

E, agora, tudo o que ela mais gostaria era que ele voltasse e ficasse.

– Ele já partiu – Devil disse.

A afirmação foi como um tapa.

– Como você sabe?

– Porque estamos seguindo Ewan desde que ele retornou.

– Por quê? – ela olhou de cara feia.

– Em primeiro lugar – ele se sentou na mureta alta do telhado —, toda vez que ele apareceu no passado... desde quando? – Recorreu a Whit para preencher a lacuna temporal.

– Desde sempre – Whit acrescentou dando de ombros.

– Ok. *Sempre* que ele apareceu tentou matar um de nós. – Fez uma pausa, então acrescentou: – E, devo dizer, você foi a primeira de nós que ele tentou matar. Mas aqui estamos nós... a vida é mesmo cheia de mistérios e esquisitices.

– Ele não tentou me matar – Grace garantiu.

A atmosfera ficou em suspensão ali no terraço – até o vento frio de outono pareceu fazer uma pausa para deixar as palavras ecoarem.

– Como você sabe? – Devil quebrou o silêncio.

– Porque ele me disse – ela explicou. – O velho duque me queria morta.

– Porque você era a prova do que ele tinha feito.

Grace assentiu.

– Mas não só isso – Whit pontuou. – Ele te queria morta porque sabia que jamais teria Ewan por inteiro se Ewan tivesse alguma esperança de ficar contigo, por menor que fosse.

Whit, sempre enxergando o que ninguém mais via.

– Sim – ela concordou. – Mas ele nunca me machucaria.

– Só que nós vimos... – Whit respondeu. – Todos nós vimos quando ele foi pra cima de você.

– Não! – Desta vez foi Devil que interrompeu. – Ele não foi pra cima dela. Veio pra cima de mim. Sempre me perguntei por que ele me olhou no fundo dos olhos um pouco antes. Achava que era porque ele queria a briga.

– E ele queria – Grace confirmou. – Queria brigar com você para nos dar tempo de fugir.

O silêncio se abateu sobre os três, enquanto se perdiam nas lembranças daquela noite fatídica, em que tudo o que acontecera de certo modo não acontecera.

– Ai, meu Deus... – Whit foi o primeiro a falar. – Ele se entregou a Marwick. Para nos manter a salvo.

– Mas o velhote com certeza saberia de nosso paradeiro – Devil ponderou.

Ele sabia onde você estava, Ewan lhe contou, *mas nunca me disse.*

Grace concordou.

– Nós éramos jovens e estávamos com medo. Sem dúvida deixamos um monte de pistas pelo caminho. Mas ele nunca veio atrás da gente.

– O que não significa que não ameaçou vir – disse Devil, finalmente entendendo a manipulação. Como não cogitaram antes até onde o pai maquiavélico estaria disposto a ir? – Só Deus sabe quantas vezes ele nos ameaçou, dizendo que estaríamos arriscando a segurança dos outros se não andássemos na linha.

– Principalmente a minha – Grace falou.

– Mmm – Whit concordou. – E ninguém seria mais suscetível a ameaças contra Grace do que Ewan.

Devil bateu a bengala algumas vezes, em um ritmo lento e cadenciado.

– Caralho... – murmurou enfim, completamente chocado. – Ele abriu mão de você. E te deixou aos nossos cuidados. Não é de admirar que ele tenha virado Londres de pernas para o ar quando achou que tínhamos deixado você morrer.

– Ele abriu mão de tudo – disse Grace, mais para si mesma que para os irmãos.

Dos irmãos que ele tinha acabado de encontrar.

Dela.

Eu te amei no momento em que te vi, há uma vida, mas o que sentia... o que sentia nem se compara com o quanto eu te amo agora.

– Ele nos deu um ao outro – ela disse, olhando para os telhados.

– Todos esses anos, pensamos que ele tinha escolhido o título no nosso lugar – disse Whit. – Quando, na verdade, ele escolheu o título por nós. Foi um sacrifício por nós.

– Não por nós – Devil corrigiu. – Por Grace.

Ewan os procurou como forma de penitência semanas atrás. Jurou que compensaria tudo o que fizera. Quando, na realidade, ele estava pagando penitência fazia vinte anos.

– Você disse que ele foi embora – Grace falou para Devil, com os olhos marejados. – Para onde ele foi?

– Nordeste. Na direção de Essex.

De volta à propriedade. Ao lugar que eles abominavam porque havia tirado tantas coisas deles. De Ewan, sobretudo. Quis gritar ao ouvir a resposta. Em vez disso, no entanto, levantou-se e encarou os irmãos.

– Ele não deveria ir para lá.

– Ele é o Duque de Marwick; para onde mais deveria ir? – Devil indagou.

Qualquer outro lugar.

– Ele odeia o título. Odeia aquela casa. Foi destruído por isso. Aquele lugar foi a ruína de Ewan tanto quanto foi a nossa.

Mais até.

Grace continuava a encará-los.

– Ele não quer isso.

– A casa?

– Nada disso – ela esclareceu. Mas ele não tem escolha, ou tem?

Eu quero você, ele tinha dito. *Eu te quero, eu te amo, e isso não é um primeiro amor.*

Ewan poderia ser feliz com ela.

Poderiam ser felizes juntos.

Parecia impossível, mas era tudo o que ela queria.

– Ele me quer – Grace disse, baixinho.

– Então por que ele voltaria para lá? – Devil perguntou.

– Porque… – ela começou, então se interrompeu, odiando o fim da frase. Sem querer concluí-la.

Porque eu estava com medo de assumir o que eu queria.

– Porque ele não tem para onde ir – foi Whit quem falou.

Porque ela o afastou, de novo. Fugiu dele, de novo. E, desta vez, ele não tinha merecido. O arrependimento tomou conta dela – arrependimento e algo ainda mais poderoso.

Necessidade.

Necessitava dele. E não havia vergonha nisso. Só promessas. Esperança. Grace se recompôs.

– Ele não deveria ir para lá – repetiu. – Deveria estar aqui. Comigo.

Não sabia como aquilo ia funcionar. Mas faria funcionar. Porque, se a escolha recairia entre uma vida com ele e uma vida sem ele, então não havia escolha. Pelo menos nenhuma digna de ser considerada.

Ela era a rainha de Covent Garden e tinha passado uma vida tornando o impossível possível.

– Cometi um erro. Preciso ir atrás dele.

– Não diga o que eu acho que você vai dizer – disse Devil.

E Grace disse.

– Eu o amo.

– Merda! – ele respondeu.

– Eu o amo, e temos de salvá-lo.

– Suponho que não poderemos matá-lo agora. Que pena... – Whit grunhiu, e Devil soltou um suspiro dramático.

– Prepararei a carruagem.

Horas depois, Ewan adentrou Burghsey House para enfrentar o passado.

Ninguém pisava na casa senhorial havia uma década – desde que Ewan assumira o ducado e banira os criados da casa principal. Ele sabia, na época, que, mesmo se tudo saísse de acordo com seus intentos, encontrasse Grace e a convencesse a se casar com ele, jamais viveria novamente dentro daquelas paredes que nunca haviam trazido nada além de dor.

Pelas janelas da ala oeste, viu que o sol estava se pondo e acendeu uma vela há muito esquecida. Começou a percorrer os corredores da imensa casa, passando pelos carpetes esfarrapados e empoeirados, pela mobília desbotada após dez anos sem uso. Dez anos de poeira e abandono e, ainda assim, a casa ainda era a mesma: a entrada colossal, de pedra talhada e madeira de mogno, recoberta por tapeçarias penduradas ali desde o alvorecer do ducado; a familiar fragrância de cera de vela e história; o silêncio profundo que se estabelecera uma vez que Devil e Whit e Grace partiram e que pouco a pouco foi destituindo sua sanidade.

Parado ali, dentro da casa, Ewan foi jogado de volta, com a violência de um soco, a uma rua imunda de Covent Garden. Subiu as escadas, o mapa da mansão era uma memória fresca. Retrato após retrato, as linhagens de duques e marqueses e condes e lordes cujas identidades haviam se impregnado nele quando criança. Todos os veneráveis homens que constituíram a imaculada linhagem de Marwicks.

E Ewan, o próximo da linha.

Mal sabia seu pai que Ewan nunca desejara assumir o título. Mal sabia seu pai que Ewan jamais continuaria a linhagem. Que não haveria mais herdeiros para o ducado. Não depois de Ewan, que nunca fora o herdeiro real para começo de história. Subiu para o primeiro andar, depois para o segundo, onde a luz do sol se diluía na escuridão do crepúsculo, e cruzou da ala leste para a oeste.

Não precisava da vela, tinha o mapa da casa talhado na mente e podia navegá-la no mais profundo breu se quisesse. Contou as portas conforme seguia pelo corredor. Passou pelas duas primeiras.

Três. Quatro.

Cuidado com a tábua que range.

Cinco.

Atravesse o corredor.

Seis. Sete.

Oito – passou os dedos na porta que um dia fora de seu quarto – uma porta que Grace encontrara incontáveis vezes no escuro. Pousou a mão nela, fazendo pressão e resistindo à urgência de tentar a maçaneta. De agachar e espiar pela fechadura.

Mas não precisava. Lembrava de cada centímetro daquele quarto. Cada tábua do assoalho. Cada vidraça da janela. Não precisava revisitá-lo. Não estava ali pelo passado, mas pelo futuro.

Atrás da nona porta no corredor, subiu uma escadaria estreita que levava ao terceiro andar, onde jazia a câmara ducal, que tinha o triplo do tamanho do quarto mais amplo do segundo andar.

Os aposentos senhoriais.

Do duque.

Ewan respirou fundo, girou a maçaneta e entrou para confrontar o inimigo.

Os aposentos do pai tinham sido os primeiros a serem fechados assim que o corpo esfriou. Não pusera os pés lá dentro desde então e nunca imaginou que retornaria àquele lugar – com medo de que ainda estivesse repleto do homem que abominava.

E talvez, se tivesse retornado antes, tivesse achado que sim, que a memória do homem que os manipulara e os ameaçara incontáveis vezes ainda assombrava a mansão. O homem que roubara dele qualquer esperança de felicidade quando o destituíra do nome da mãe e o forçara a dar as costas às pessoas que amava para mantê-las a salvo.

Mas tudo tinha mudado.

A noite caíra lá fora, e Ewan ergueu a vela ao cruzar o quarto, passando pela cama gigantesca e pela lareira havia muito tempo vazia com as enormes poltronas que permaneciam intocadas – o silêncio já não era mais ameaçador como costumava ser naquela casa.

Em vez disso, era acolhedor, como se toda a sala, toda a *mansão*, o próprio ducado, estivessem esperando o retorno de Ewan. Esperando por isso.

Parou abaixo do retrato do pai, uma grande pintura a óleo que, inexplicavelmente, conseguira evitar a negligência e o envelhecimento que se abatera sobre o resto de toda a propriedade, como se o pai tivesse vendido a alma para garantir que para sempre seria lembrado desta forma – impecavelmente belo e com os olhos cor de âmbar herdados pelos três filhos. Ewan nunca gostou de olhar para aquela pintura; nunca gostou das similaridades que via nela. Os olhos, a mecha de cabelos loiros, o queixo marcante, o nariz longo e reto, que seria outra semelhança se Devil não tivesse quebrado o de Ewan – o que para ele fora um presente.

Por décadas, Ewan pensou que o nariz quebrado era a única coisa que o diferenciava do pai – afinal, ele não tinha feito as mesmas escolhas que o Sir?

– Seu bastardo! – As palavras saíram como um tiro naquele cômodo que não testemunhava sons havia dez anos. – Você adorava usar essa palavra contra a gente. Como uma arma. Porque não pertencíamos a você. E pensou que isso nos machucava. Nunca soube da verdade, seu covarde infeliz...

Três garotos, seus irmãos.

– O que você não sabia era que essa palavra nos uniria. Nos deixaria mais fortes do que você. – Encarou o pai, o desprezo atravessando os anos e a escuridão. – Não sabia que isso assinalaria a sua derrocada.

– Mas sempre soube que seria ela, não é? – murmurou, finalmente se permitindo recordar. De quem viera atrás. E por quê. – Tinha medo de Grace por causa do que ela significava para mim. E isso foi *antes* que eu pudesse entender o que era amá-la. Antes que eu pudesse entender o que era ficar ao lado dela, e vislumbrar um futuro, e saber que não precisava ser sombrio. Que poderia ser forte, sagaz, cheio de esperança. E cheio de amor.

Fez uma pausa, respirando no silêncio. Sabendo que esta era a última vez que pisaria naquele quarto. Sabendo que seria a última vez que daria um minuto de seu tempo para aquele homem. Para aquele lugar. Ao nome que nunca fora seu.

Sabendo que daria as costas para a propriedade naquela noite e retornaria a Londres, para cumprir a promessa feita há tanto tempo àquele lugar que sempre amou.

À mulher que ele amava, e que já cumpria a promessa.

Nós vamos mudar tudo isso.

Juntos.

Ewan ergueu a vela, olhou o pai nos olhos e disse:

– Você estava certo ao ter medo dela; mas deveria ter tido medo de mim também.

E ateou fogo ao retrato.

As chamas se espalharam rapidamente, a moldura e a tela combustíveis perfeitos. Ewan deu-lhe as costas enquanto o fogo subia pela parede, consumindo a sala, como se fosse consciente e soubesse o que tinha de fazer.

Ewan saiu dali e foi para o próximo cômodo, sabendo que tinha apenas uma chance de deixar tudo para trás e retornar a Londres. Retornar para ela e começar uma nova vida. Juntos. Longe daquele lugar e de seu espectro.

Rápida e metodicamente, incendiou todos os retratos, o fogo se alastrando sobre o gesso e a madeira, descendo as escadas – alastrando-se mais depressa do que poderia ter imaginado.

Era um incêndio que seria lembrado no condado de Essex por muitos anos.

E, a cada momento, a cada nova chama, Ewan se sentia mais livre.

Livre para voltar para casa.

Para ela.

Quando o fogo se propagou tanto quanto sua satisfação, quente o bastante para garantir o fim desse lugar que merecia ser reduzido a cinzas, Ewan se dirigiu à porta, as chamas se espalhando ao seu redor.

Ótimo. Era hora daquilo terminar.

Não queria desperdiçar nem um outro minuto remoendo o passado. Queria o futuro.

Queria Grace.

Cruzou a imponente passagem em direção à porta, as labaredas lambendo a balaustrada do primeiro andar. Pela abertura da porta, viu como elas já corriam para o conservatório. Velozes, furiosas. Cálidas como a liberdade.

Ewan pegou a maçaneta e abriu a porta, a brisa gelada bem-vinda contra o calor da casa. Antes que pudesse sair, no entanto, ouviu um rangido ameaçador e olhou para o andar de cima, onde uma viga se projetava sobre a entrada, agora engolida pelas chamas.

A hesitação foi um erro.

Com um tenebroso estrondo, a varanda desmoronou da parede e, sem entender como, em meio ao barulho, ele ouviu a voz dela.

Capítulo Vinte e Seis

Grace e os irmãos passaram as horas na estrada rumo à Burghsey House em silêncio, a atmosfera no interior da carruagem densa de lembranças conforme retornavam ao lugar que os moldara – o espírito vingativo de Devil, a fúria de Whit e o poder de Grace.

À medida que as rodas sacolejavam e os quilômetros se estendiam por horas, os três se perderam no passado.

Depois de três horas, Devil praguejou ao perceber que o dia chegava ao fim.

– Puta merda! Não lembro de ser tão longe.

– Levamos dois dias para chegar a Londres – Whit respondeu, esfregando sem perceber a mão no torso, um eco das costelas quebradas que suportara naquela caminhada interminável.

Trinta minutos depois, a inquietação de Devil estava quase insuportável, com ele batendo a bengala sem parar na ponta da bota.

– Não lembro dessa porra ser tão deserta.

– Eu lembro – disse Grace, baixinho, contemplando o crepúsculo que incendiava o céu em tons de amarelo e vermelho pela janela. – Lembro como era solitário antes de vocês chegarem. – E então, quando eles vieram, parecia que alguém tinha acendido os lampiões da propriedade. – Embora creio que não devesse dizer isso, considerando o que aconteceu com vocês lá.

– O que aconteceu foi a gente ter encontrado uns aos outros – Whit respondeu, com a voz baixa e áspera. Como sempre, quando ele falava, parecia que era a primeira vez. – Os Bastardos Impiedosos aconteceram. – Fitou a irmã na luz bruxuleante: – Grace, tem um milhão de coisas que, se pudesse, eu mudaria sobre aquele lugar e aquele homem esquecidos por Deus, mas ter vivido lá não é uma delas. Nenhum de nós mudaria isso.

Devil tamborilou a bengala de novo.

– Mas mudaria alegremente a preferência de Devil por uma bengala-espada.

– Ah, vai se ferrar.

Ignorando a querela dos dois, Grace voltou a se concentrar na janela, a luz do sol praticamente extinta, assim como qualquer possibilidade de acompanhar o progresso da viagem com aquela escuridão. Será que ainda estavam muito longe? Quanto tempo ainda levaria para que pudesse vê-lo e dizer a verdade: que o amava e queria ficar com ele.

E que juntos dariam um jeito em todo o resto.

Vinte anos sem ele eram mais que suficiente.

Grace continuava fitando a escuridão, perdida em pensamentos enquanto Devil e Whit cutucavam um ao outro, a discussão sem fim a confortando conforme ficava mais e mais desesperada para ver Ewan, revivendo cada momento que tinham passado juntos desde que ele retornara a Londres.

No clube. No terraço dele. No beco com as lavadeiras. A luta em Covent Garden. Os beijos no jardim dele.

As máscaras.

– Como ele sabia? – ela perguntou baixinho.

– Como ele sabia o quê? – Devil devolveu a pergunta.

– Que era eu. No escuro, naquela noite quando ele acordou. No ringue, mesmo com o saco na cabeça. Na noite do baile de máscaras.

Foi Whit quem respondeu:

– Ele sempre vai te reconhecer, Grace.

Nunca deixarei de te procurar, Grace.

E, mesmo assim, ela o mandou embora.

Você é meu começo e fim. A outra metade de mim. Sempre foi.

Em vinte anos, ela se convenceu de que não era verdade. Que o que quer que eles tivessem sido – o que quer que ela tivesse sonhado – não passava de uma fantasia. Um devaneio.

E estava parcialmente certa. Fora uma fantasia.

Só que, melhor do que ninguém, ela deveria saber que, muitas vezes, a fantasia é mais real e mais poderosa do que a própria realidade.

E esta noite, ela queria que a fantasia se tornasse realidade, ponto-final.

Se a carruagem pudesse ir só um pouquinho mais rápido...

Olhou pela janela de novo, o pôr do sol ainda brilhando em um vermelho intenso à distância no horizonte. Foi só então que ela se deu conta de que aquilo não era possível. Era muito tarde para o pôr do sol.

Não.

– Não – ela se levantou e pôs as mãos na janela. – O que ele fez? – Não era o pôr do sol.

Eram chamas.

A Burghsey House estava engolfada por chamas.

A carruagem parou a cerca de cem metros do inferno, tão perto do fogo quanto o cocheiro estava disposto a chegar, o veículo balançou conforme o condutor desceu de seu assento, e mais ainda com Grace se agitando para alcançar a maçaneta e escancarar a porta do veículo.

O que ele tinha feito?

Onde ele estava?

– O que ele fez?

– Ele sempre foi maluco... Mas isso...

Whit e Devil estavam atrás dela quando Grace passou pelos cavalos, já correndo para a mansão que ardia na calada da noite.

Ele estava botando fogo na casa. Por ela.

– Grace! – Ouviu o grito de Devil atrás de si, mas o ignorou, disparando na escuridão, rumo ao incêndio. – Não!

Um braço de aço a deteve, e ela gritou, debatendo-se, furiosa. Whit.

– Me larga, porra! – gritou enquanto ele a segurava com força.

– Pare – ele resmungou.

Raiva e frustração invadiram-na ao tentar se soltar, agoniada para alcançar Ewan.

Virou-se com selvageria, já com a mão fechada, desferindo um soco que o acertou em cheio no nariz e o fez cambalear para trás.

– Porra! – reclamou, atordoado, e Grace aproveitou para escapar.

– Grace! Pare! – Devil gritou, segurando-a.

– Preciso achá-lo! – ela berrou, tentando se soltar. E, se precisar, dou um soco na sua cara também.

Mas Devil era mais forte do que aparentava.

– Eu aguento – ele disse em seu ouvido. – Já aguentei coisa pior por você, Gracinha. Todos nós já aguentamos.

Virou-se mais uma vez, pronta para fazer mais estrago, mas Devil estava preparado e bloqueou o punho dela com a mão pesada.

– Grace – insistiu, calmo e comedido, embora estivessem ali, nas terras ancestrais do pai, onde todos eles viveram um inferno.

– Grace – Whit repetiu atrás de Devil, alcançando-os, com o nariz sangrando e preocupação estampada no rosto.

O brilho avermelhado das chamas deixando evidente a preocupação no semblante dos dois irmãos.

E foi isso que partiu o coração dela. A doçura naqueles olhos, olhos que faziam parte de um conjunto. De um trio. O coração martelou no peito.

– Ele está lá dentro.

– Você não tem como saber – Devil argumentou.

– Mas eu sei – ela respondeu, em pânico, e olhou para Whit. – *Eu sei*. Ele está lá dentro e está sozinho, e eu preciso encontrá-lo.

Morreria antes de deixar esse lugar ficar com ele.

Não depois de tudo pelo que tinham passado.

– Por favor – sussurrou.

– Fizemos uma promessa, anos atrás – Devil ponderou. – Prometemos a ele que te manteríamos em segurança. Você não vai entrar no fogo.

– E quantas vezes ele botou a mão no fogo pela gente? – ela gritou. – Quantas vezes fez isso bem aqui? Aquela noite, uma vida atrás, ele nos espantou desse edifício… e tem vivido nesse inferno desde então.

– Grace...

Ficaram mudos por um instante. Até que, como um presente, Whit resmungou. Grace se agarrou àquele ruído, sussurrando:

– Por favor, eu saberia. Saberia se ele estivesse morto.

A compreensão de só quem sabia a angústia que ela estava sentindo raiou em sua expressão.

– Acredito em você.

Devil afrouxou a pegada. *Um erro.*

Já preparada, Grace se desvencilhou e saiu correndo, seguida pelo palavrão proferido pelo irmão, rumo à casa, ao fogaréu. Rumo ao homem que amava.

Lá ele estava. A porta da grande casa senhorial foi aberta, e *ele estava lá*, em uma camisa de mangas, alto e majestoso e vivo, emoldurado pelas labaredas, como nunca vira nenhum duque antes.

Ewan estava vivo.

Grace parou abruptamente quando o viu, soluçando de alívio, revivendo a conversa da noite anterior. A confissão dele. Não. Não fora uma confissão.

Ele chamou de luta.

Sua última batalha por ela.

Penúltima.

Porque, quando ela o rechaçou, ele fez uma última escolha. Desferiu o golpe final. Que acertou o alvo perfeitamente. Ewan foi até ali e ateou fogo naquele lugar que eles tanto odiavam.

– Puta merda... – Devil disse baixinho. – Ele fez.

Esse homem maluco, e magnífico, estava queimando seu passado.

Em nome do futuro.

Grace corria, desesperada para alcançá-lo, quando um estalo terrível ecoou na noite. Procurou na direção do som, sabendo o que estava por vir.

Não!

Gritou o nome dele, disparando ensandecida para a casa, os irmãos em seu encalço, enquanto as vidraças explodiam em uma janela no andar de cima e ele era engolido pelas chamas.

Não. Este lugar não ficaria com ele.

Ele era dela.

E, como se obedecessem à sua vontade, as chamas se partiram, e lá estava ele de novo, andando pelo fogo, tal como prometera, alto e majestoso, coberto de fuligem e cinzas, a casa queimando como o inferno atrás de si.

E Ewan veio direto para ela.

Grace se jogou nos braços dele, que a levantou e a beijou, um beijo sensual, profundo e perfeito, até que finalmente se descolaram, e ele a encarou com profundidade.

– O que está fazendo aqui?

– Vim te buscar. Vim dizer que te amo. Que você é meu e que nunca mais vou deixar você ir embora de novo.

Beijaram-se mais uma vez, com paixão, os corações acelerados quando encostaram testa com testa, e Ewan disse:

– Tens a minha permissão.

O prazer a percorreu como uma corrente elétrica despertada pela exuberância das palavras e pela promessa que traziam consigo. *Para sempre.*

– O que você fez?

– O que deveria ter feito há muito tempo. Deveria ter destruído este lugar desde o começo. O lugar que ameaçou nos destruir todos os dias que passamos aqui. E que quase me destruiu depois que você foi embora.

Eles se beijaram, e Grace pôde sentir o doloroso gosto do arrependimento nos lábios dele.

– Mas não te destruiu. Só te fez muito mais forte.

– Não. Você me deixou mais forte. Forte o suficiente para nos libertar. Forte o bastante para deixar o passado para trás e construir um novo futuro. Com você. Em Covent Garden. Se você me aceitar.

Sempre.

Sempre o aceitaria.

– Caramba, duque – Devil disse com secura, ao se aproximar com Whit. – Isso aqui ia tirar o velho do sério.

Ewan não se soltou de Grace quando se viraram para contemplar a casa ardendo em chamas no meio da noite, assistindo ao colapso de uma das paredes internas, que inflamou as labaredas que lambiam os buracos onde outrora havia janelas na fachada.

E não olhou para o irmão, nem mesmo ao responder:

– Não sou mais duque.

De repente, os três entenderam e o encararam, maravilhados e incrédulos. Grace balançava a cabeça.

– Você só pode estar brincando.

– Mas não estou. Passei o último ano da minha vida restaurando a propriedade, que agora prospera. Sua Majestade, sem dúvida, vai se deleitar com os rendimentos.

Ele abriria mão de tudo. Por ela. Por eles.

– Não acreditam? – Ewan voltou a contemplar o inferno. – Ninguém sobreviveria a semelhante incêndio. Nem mesmo o duque maluco de Marwick.

Os três seguiram seu olhar, absorvendo o que tinham acabado de escutar, enquanto assistiam à mansão virar cinzas.

Depois do que pareceu uma eternidade, Whit finalmente falou:

– O duque está morto, sem sombra de dúvida. Vi com meus próprios olhos.

Devil abriu um sorriso que cintilou à luz do fogo.

– Ora, foi consumido pela história, assim como Burghsey House foi pelo fogo... tudo muito trágico.

Ewan olhou para Devil e Whit, observando-os cuidadosamente.

– E, com ele, todos os fantasmas que nos assombravam.

E foi assim que Robert Matthew Carrick, Conde de Sumner, Duque de Marwick – o duque que nunca existiu – morreu.

– Sorte a sua que saiu de lá a tempo, mano – Whit acrescentou. – Caso contrário, Grace era capaz de entrar lá e apagar o fogo na força do ódio e te arrastar pelos cabelos pra fora do inferno.

Ewan agarrou-a perto de si.

– Se existe alguém que poderia fazer isso, esse alguém é você.

– Ainda tenho planos pra você – ela disse correndo os dedos pelos cabelos dele.

Ah, aquele sorriso... Que sempre a derretia.

– Eu também tenho um ou dois planos em mente.

– Me conta! – ela pediu.

O que viria a seguir?

– Um novo começo. Uma nova vida. O que for necessário para ficar com a mulher que eu amo.

– O que você está oferecendo? – ela perguntou.

– Trabalho honesto de dia e todas as suas fantasias à noite.

Grace sentiu uma onda de calor percorrê-la com a promessa pecaminosa contida em tais palavras.

– Nossas fantasias – ela corrigiu, ficando na ponta dos pés e dando outro beijo, junto com um carinho no rosto.

– E então, o quê, devemos te nomear Duque de Covent Garden?

– Estava contando com um título mais elevado.

– Nunca mais poderá voltar a Mayfair – Grace ponderou. – Não se tiver matado o Duque de Marwick. O mundo inteiro te conhece por lá.

– Eu sei, meu amor. Não quero saber de Mayfair. Não há nada para mim lá. Tudo o que eu fiz… Mayfair não pode corrigir. Mayfair não pode honrar a velha promessa que fiz a Covent Garden. E não pode honrar a promessa que fiz a você. – Ele acariciou o rosto dela. – Não quero mais ser duque. Não quando posso estar ao lado de uma rainha. Não quando posso ser seu rei.

Você é uma rainha. E eu sou seu trono.

Tais palavras fizeram o corpo todo dela fervilhar.

Ewan encostou sua testa na dela.

– Não quero mais ser Vossa Graça. Só quero que *você* seja *minha* Grace. – Ele a beijou novamente. – Sempre foi você. Todos os dias. Todas as noites. Cada minuto. Desde o começo. Este é o suprassumo de todas as minhas ambições: merecer você. Seu amor. Seu mundo. Ficar ao seu lado e transformá-lo.

Sim.

– Viver ao seu lado. Viver de amor e deixar que todo o resto se ajeite.

O fogo ardia atrás dele, assinalando o fim do passado e o começo do futuro.

Ele tinha ateado fogo ao assento do ducado.

– Preciso admitir – Devil falou de onde estava ao lado de Whit, assistindo à casa queimar. – Isso foi um gesto infernal.

Whit resmungou em concordância, e Grace ouviu o tom de aprovação ali também. Ewan tinha libertado todos eles.

– É verdade o que dizem, você é mesmo louco – comentou ela, sem conseguir conter uma gargalhada.

– Talvez – ele concedeu. – Louco por você, com certeza.

Devil gemeu de constrangimento ao ouvir tais palavras enquanto Ewan a beijava outra vez, antes de acrescentar:

– Você disse que eu jamais poderia ver aquela garota novamente. Mas e se eu não quiser? E se, em vez dela, eu quiser você? O que nós temos não é primeiro amor. É o próximo. É o último.

Grace balançou a cabeça, concordando com os olhos cheios de lágrimas.

E Ewan sorriu... aquele sorriso que nunca falhara em baixar suas defesas.

– Sim.

– Eu te amo – ela disse, as únicas palavras que conseguiu encontrar.

– Que bom – ele respondeu. – Me fala de novo.

– Eu te amo.

Puxou-a para junto de si, beijando-a profundamente. Sorriu mais uma vez.

– Grace – disse ele em voz baixa, como uma oração. – Minha Grace. Finalmente comigo.

– Finalmente comigo – ela sussurrou, enchendo-lhe de beijos. No queixo, nas bochechas, na testa, onde ela podia cheirar o fogo. E então:

– Do que você precisa?

O eco de todas as vezes que ele fizera tal pergunta reverberou entre os dois.

– Do amanhã – ele respondeu, abraçando-a. – Preciso do amanhã. Com você.

O Futuro

— Aí está você.
Ewan se virou, dando de cara com a esposa vindo em sua direção, deslumbrante em um corpete dourado com calças pretas justas que combinava com o sobretudo bordado com fios de ouro. Os rebeldes cachos vermelhos cascateavam pelos ombros e as bochechas estavam rosadas com o ar refrescante e a exposição ao sol.

Nunca vira coisa mais linda, mesmo depois de anos ao lado dela.

Afastou-se da beira do terraço e, antes que ela pudesse dizer uma palavra a mais, agarrou-a e lascou um beijo demorado, que tirou seu fôlego e seu prazer ao levantar a cabeça e finalizar a carícia, adorando o modo como ela estava entregue em seus braços, olhos fechados de prazer.

Quando Grace abriu os olhos, tinha um sorriso sonhador – que ele complementou com o próprio sorriso, cheio de um orgulho arrogante. Havia poucas coisas de que gostava mais do que ver o semblante de prazer de sua esposa. Ela riu.

— Você parece um porquinho que ganhou pérolas.

Ewan desbastou a analogia.

— Você sabe que o ditado é "mais feliz que porco na lama", não sabe?

Ela fez pouco-caso da correção:

— Você já se deu conta da elegância de um porquinho com um colar de pérolas? Está revelando suas origens não tão humildes, marido.

Ele a puxou para mais um beijo, até ela ficar completamente entregue em seus braços. Então encostou sua testa na dela e sussurrou:

— Fale de novo.

Os belos olhos castanhos cintilaram de prazer, parecendo em chamas à luz do crepúsculo.

– Marido.

Pouquíssimas semanas após o incêndio na Burghsey House, eles se casaram na Igreja de St. Paul em Covent Garden – onde Ewan fora batizado trinta anos atrás –, como se uma bobagem como um registro de batismo falsificado fosse impedir os Bastardos Impiedosos de celebrar um casamento e a festa subsequente. E depois, o Sr. e a Sra. Ewan Condry – o nome que ele escolheu – desfilaram pelas ruas de Covent Garden como rei e rainha, Grace mostrando a Ewan cada cantinho do mundo onde ele tinha nascido, e onde ela se forjara.

O ducado retornou à Coroa com o incêndio; os planos de perpetuar a linhagem do velho duque destruídos. A terra e os inquilinos em Essex ainda prosperavam, e os funcionários da propriedade de Mayfair foram cooptados por uma série de residências aristocráticas – cujas senhoras eram todas filiadas de um certo clube em Covent Garden.

Com todas as responsabilidades devidamente delegadas, Ewan nunca mais pensou no título, concentrado demais no trabalho, no amor, no futuro.

Nos anos seguintes ao seu retorno, o número 72 da Shelton foi restaurado, a clientela crescendo junto do espaço – Ewan e Grace agora viviam em uma bela casa perto de Drury Lane, conectada às demais casas dos Bastardos pelo terraço.

Suas filhas cresciam à luz e às sombras de Covent Garden, cercadas por homens trabalhadores e mulheres fortes, inteligentes, em um mundo que seus pais trabalhavam todos os dias para fazer um lugar melhor.

– Nunca vou me cansar dessa palavra nos seus lábios – disse Ewan, puxando-a pela coxa para junto de si e dando-lhe um beijo na testa.

– Está perdendo o festival, *marido* – ela disse. Os dois se debruçaram pela borda do terraço para observar a praça do mercado, onde os vigaristas e os mascates do dia tinham dado lugar a músicos e vendedores de torta e um cuspidor de fogo que era um tanto quanto familiar. Viram Felicity e Devil dançando ao som de um violino enfurecido, girando e girando até que estavam enroscados um no outro e sem fôlego.

– Não estou perdendo. Estava justamente assistindo antes de descer aqui.

Após passar o dia em Covent Garden discutindo planos de saneamento de água e moradia para os trabalhadores do cortiço, ele viera assistir ao pôr do sol, que se derramava sobre os telhados e tingia o mercado de luz dourada.

E, sim, viera contemplar a esposa reinando sobre seus domínios.

– Eu sei – ela disse. – Estava observando você nos observar.

– Ah, é?

– Ora, é difícil não reparar em um *voyeur* tão atraente.

Ewan sorriu com o elogio, apertando-a ainda mais junto de si.

– As meninas estão felizes.

No canto mais afastado da praça, sob a luz de um lampião que fora aceso com a chegada do crepúsculo, meia dúzia de garotas – primas – rodeavam Whit e Hattie. As meninas de Felicity e Devil, Helena e sua irmãzinha Rose, ambas espertas como a mãe e tão ardilosas quanto o pai, acompanhadas pela brilhante filha de Hattie e Whit, Sophia, que, aos 9 anos, poderia tranquilamente assumir o comando do negócio de cargas. E, com elas, três meninas de cabelos de fogo – de 7, 5 e 4 anos, todas com cachos rebeldes como os da mãe, e olhos cor de âmbar como os do pai.

– Whit deu doces para elas o dia inteiro – Grace falou. – Balas de limão, framboesa, morango... os bolsos dele parecem sacos sem fundo.

– É Hattie que traz os doces na bolsa – Ewan revelou.

– Ela mima demais o Whit.

– Ele merece – Ewan disse, olhando para ela.

– Pois eu digo que todos nós merecemos. – E então, após uma pausa, inclinou a cabeça com um sorriso levado. – Há algo de doce que posso te dar, marido?

A pergunta desencadeou uma onda de calor em cada parte do corpo de Ewan.

– Consigo imaginar uma ou duas coisinhas.

– Só uma ou duas? Estou desapontada...

Eles se beijaram mais uma vez, longa e lentamente, até perderem o fôlego.

– Preciso confessar – ele disse. – Eu me sinto tão mimado cada dia que passo com você e com as meninas. Ou quando estou com meus irmãos, aqui nesse lugar. Eu me sinto tão mimado quando volto para casa à noite e te encontro.

Grace deu um beijo na bochecha de barba malfeita, enquanto ele acrescentava:

– Às vezes, eu me sinto tão mimado que até me pergunto se tudo isso é real.

– Tenho uma ideia – Grace falou, afastando-se dele, as mãos ainda entrelaçadas. – Venha se divertir comigo. Vamos dar risada e dançar e gastar horrores, vamos deixar os crupiês te tapearem, e Devil te desafiar para uma luta e Whit te convencer a comprar um cão de caça para as meninas.

– Nada de cão de caça – ele asseverou.

Sua esposa exuberante deu um belo sorriso.

– Ainda tem um filhotinho marrom que pode ganhar seu coração, meu marido... mas eu ainda não terminei.

– Ora, por favor – ele respondeu. – Prossiga.

Grace se aproximou novamente, pressionando o corpo esguio e voluptuoso ao dele, e passou os braços ao redor do pescoço. E então beijou o rosto, as bochechas, o queixo dele.

– Venha brincar comigo, até nossos pés ficarem exaustos e nossos corações transbordando... e então voltaremos para casa e cairemos na cama. Felizes. Exatamente como merecemos.

E, porque mereciam, foi precisamente o que fizeram.

Nota da autora

Meu coração mora em Covent Garden, mesmo com duzentos anos de diferença do mundo dos Bastardos Impiedosos. Nos últimos anos, tive a sorte de passar dias dedicados à pesquisa em Covent Garden e arredores, assim como nas docas de Londres; esta série não existiria sem a vasta coleção do Museu de Londres (particularmente o magnífico trabalho com *Life and Labour of the People of London*, de Charles Booth), The Museum of the London Docklands, o Covent Garden Area Trust, o Foundling Museum e a British Library.

Um breve comentário sobre as invasões que são essenciais na história de Grace. Levaria tempo para que a nova e jovem Rainha conduzisse o período de rígida moralidade de que seu nome virou sinônimo – nesses primeiros anos, houve um aumento na liberdade social para as mulheres em todos os níveis da sociedade.

Porém, como sempre acontece quando grupos marginalizados ganham terreno social, houve uma enorme repercussão negativa. Entre o desdém social, o desprezo político e a violência física, a expansão do papel da mulher de todas as classes foi veementemente contestado pelo restante do século 19, resultando não somente em buscas e incursões como a que aconteceu no 72 da Shelton Street, como em leis que criminalizavam o trabalho sexual, negavam o voto às mulheres e, em ampla escala, eram bastante retrógradas para elas – tudo enquanto a Rainha Victoria ocupava o trono.

É claro, Grace e Ewan – e todos os Bastardos – lutaram por essas mudanças a cada passo do caminho.

Quando propus este romance histórico cujos protagonistas eram criminosos, lutadores e donos de bordel, que existiam muito além dos salões de baile de Mayfair, a Avon Books não pestanejou. Sei muito bem a sorte que tenho por ter ao meu lado Carrie Feron, que sempre sabe qual é o meu caminho, mesmo quando eu mesma não sei, e toda a equipe da editora. Obrigada a Liate Stehlik, Asanté Simons, Angela Craft, Pam Jaffee e Kayleigh Webb, e a Eleanor Mikucki por aguentar bravamente minha absoluta e abominável confusão entre *lay* e *lie*, e Brittani DiMare, que faz me parecer uma escritora melhor a cada livro.

É surreal ter escrito o final de Bastardos Impiedosos – esses quatro me fizeram companhia por anos, muito antes que eu começasse a escrevê-los. Sou muito grata ao Kiawah Group por todos esses anos, incluindo Sophie Jordan, Carrie Ryan e Ally Carter, que me ajudaram a desenvolver a sementinha dessa ideia, Tessa Gratton e Sierra Simone, que me apoiaram, Louisa Edwards, que atendeu cada ligação e respondeu cada mensagem no meio da noite. Obrigada por me ajudarem a fazer dos meus meninos (e menina) de Covent Garden verdadeiros criminosos.

Grace tem tantos pedacinhos de minhas mulheres favoritas. Se olhar de perto, verá detalhes de minha mãe, minha irmã, Chiara, Meghan Tierney, Jen Prokop, Kate Clayborn, Adriana Herrera, Joanna Shupe, Megan Frampton, LaQuette, Nisha Sharma, Andie Christopher, Alexis Daria, Tracey Livesay, Nora Zelevansky, Julia Quinn, Kristin Dwyer, Holly Root, Eva Moore, Cheryl Tapper, e tantas outras.

Como sempre, aos meus amores: V, minha garota rebelde, e Eric, que, sem dúvida, abriria mão de um ducado por mim – obrigada por sempre me deixar voltar para casa.

E, finalmente, a você, querida leitora: obrigada por acreditar nos meus bastardos, por embarcar nessa jornada comigo e por confiar em mim ao trazer Ewan de volta. Sei reconhecer um voto de confiança quando vejo um. Espero que fiquem comigo para o que vem por aí – mal posso esperar para que conheçam as minhas *Hell's Belles*.

Este livro foi composto com tipografia Electra Std e impresso
em papel Off-White 70 g/m² na Formato Artes Gráficas.